Patrick bard est photographe et romancier (*La Frontière, L'attrapeur d'ombres*). Il est également l'auteur de nouvelles et certains de ses textes ont été adaptés pour le théâtre. Son premier roman, consacré aux femmes mexicaines assassinées à Ciudad Juárez, *La Frontière*, a reçu le prix polar Michel Lebrun 2002.

Patrick Bard

# L'ATTRAPEUR D'OMBRES

ROMAN

*Éditions du Seuil*

TEXTE INTÉGRAL

ISBN 978-2-02-079838-9
(ISBN : 2-02-057195-1, 1re publication)

*À la mémoire d'Ernest Mouchebœuf, mon grand-oncle, revenu d'Argentine pour tomber dans la Somme en 1918.*

« Le sniper doit être capable de tuer calmement et délibérément une cible qui ne représente pour lui aucune menace immédiate. Il est beaucoup plus facile de tuer en situation de légitime défense, ou de défense d'autrui, qu'il ne l'est de tuer quelqu'un sans mobile apparent. Le sniper ne doit pas être vulnérable à des émotions apparentées à l'anxiété ou au remords. Les candidats à l'entraînement de tireur d'élite essentiellement motivés par le prestige peuvent être inaptes à faire preuve de cette froide rationalité exigée par le métier de sniper. »

*Manuel des théâtres d'opérations*
n° 23-10 de l'Armée des États-Unis.

# PROLOGUE

*Jérusalem-Est, mai 2002*

La salle du restaurant The American Colony était pleine à craquer de journalistes, de photographes, d'équipes de télévision qui tenaient conférence en toutes les langues du monde sous les vieux plafonds coloniaux du restaurant palestinien.

Sébastien Meyer, songeur, posa près de la tasse de café oriental vide son exemplaire du *Herald Tribune* plié à une page où figurait un article consacré à l'insécurité aérienne en Fédération de Russie. Le journaliste rapportait une blague qui circulait dans les milieux de l'aviation civile russe. Un passager remarquait un parachutiste accroché à une aile de l'avion, qui lui faisait signe de le rejoindre. Paniqué, il appelait l'hôtesse qui se penchait à son tour vers le hublot, puis, tranquillement, sortait un parachute de sous un siège et entreprenait de se harnacher. « Vous n'allez tout de même pas sauter ! » s'exclamait le passager. « Si, répondait l'hôtesse. Cet homme que vous voyez là, accroché à l'aile, c'est le pilote ! »

De fait, c'était pratiquement une catastrophe aérienne par semaine, tous vols et tous types d'engins volants confondus, qui survenait dans le pays. Voler sur une compagnie russe, disaient les statistiques, c'était multiplier ses chances de mourir dans un crash par cent. En février 2002, un Tupolev s'était écrasé près d'Irkoutsk, les quatre moteurs coupés pour une raison inconnue, panne de kérosène, semblait-il. Et, quelques jours auparavant, c'était une ligne à haute tension qui avait mis un terme à la carrière politique du général Alexandre Lebed, adversaire malheureux de Poutine aux précédentes élections. Décidément les hélicoptères volaient bas, dans ce pays.

Sébastien Meyer étira ses jambes douloureuses et marcha jusqu'au Kiosque d'Ibrahim, dans le jardin près de la fontaine en pierre rose de Jérusalem qui glougloutait sous les palmiers. L'air sentait le jasmin.

Il leva les yeux vers le ciel cobalt d'Israël, traversé par un jet d'El Al.

Ça faisait six ans, presque jour pour jour.

# 1.

# « L'œil était dans la tombe »

# 1

*Sarajevo, 11 mai 1994, 09 h 02*

Les journées de Goran Milkovic débutaient invariablement de la même façon : comme s'il était Dieu, chaque matin, sitôt son café avalé, il faisait voler en éclats le genou d'un enfant.

Milko, comme l'appelaient familièrement ses copains, avait commencé à tuer deux ans plus tôt, après avoir découvert dans les journaux de Belgrade les récits de massacres de civils serbes perpétrés par les Croates à Vukovar, en Slavonie. Choqué, écœuré par les images des cadavres d'enfants et de vieillards, il avait mis ses dons de tireur d'élite au service des Serbes de Bosnie, bien qu'à Gorbavica, où il habitait un appartement dans un immeuble de béton des années 70, les habitants aient toujours vécu mélangés, au point d'ailleurs que nombre des membres de sa belle-famille étaient musulmans.

Depuis le début du siège de Sarajevo, il prenait quotidiennement son poste dans une tour blanche de trente étages qui dominait Vojvode Radomira Putnika, désormais connue sous le sobriquet de « Sniper Alley », de l'autre côté de la rivière Miljacka.

Il ne grimpait jamais plus haut que le seizième étage.

Il s'installait derrière l'une des discrètes meurtrières percées à travers le ciment armé.

Un poste idéal, légèrement en surplomb.

Milko s'était aperçu non sans un certain étonnement que tuer des êtres humains lui procurait du plaisir. Pas au tout début, certes.

Il avait été profondément marqué par ses deux ou trois premières victimes.

Le premier, surtout. Il s'en souvenait encore. Jamais il n'oublierait ce petit gosse que son grand-père tenait par la main. Milkovic était à son poste depuis plus d'une heure et demie déjà et plusieurs cibles potentielles s'étaient présentées devant la mire de son fusil.

Il hésitait. Trop vieux, trop jeunes, trop ci, trop ça, pas un n'avait encore trouvé grâce à ses yeux. Goran Milkovic avait pourtant été un chasseur exceptionnellement précoce. Son père, un homme de haute stature, pieux à l'extrême, dévot même, lui avait appris à traquer les animaux sauvages, à se cacher dans les bois, à supporter le froid, à marcher des jours entiers sans émettre la moindre plainte. Au besoin, les coups pleuvaient. Ils renforçaient la détermination. Ils extirpaient le péché du corps et de l'âme. Ils purifiaient, disait ce père intransigeant. À chaque fois que le petit Goran avait désobéi, à chaque faux pas, son père l'avait traîné jusqu'à l'église orthodoxe pour expier. La rédemption était au bout du chemin.

Les os de Goran s'allongeaient. Il avait abattu son premier cerf dès l'âge de huit ans.

Ne pas sentir la morsure du gel, supporter des kilomètres sur une paire de skis de fond, ne pas trembler au moment de toucher la cible. Tout ça n'était rien comparé à la peur qu'il avait dû dompter. Non, rien en regard des énormes mains paternelles qui prodiguaient l'amour à poings fermés. Même devenir champion olympique, cela avait été peu.

Et Dieu savait si la médaille qu'il avait gagnée aux jeux Olympiques d'hiver de Sarajevo lui avait procuré une intense satisfaction. Mais tuer un homme. Tuer un enfant. Goran Milkovic trouvait finalement cette forme très particulière de chasse bien plus excitante que le biathlon.

La guerre était là, tout autour, elle rôdait. Avec elle la douleur, les cris, et cette terreur qu'il savait tenir en laisse et qu'il méprisait tant chez autrui. Heureux ceux qui mouraient sous ses balles : ils connaissaient la paix bien plus vite.

À sa façon, Goran lui aussi prodiguait l'amour. À balles réelles.

Il avait fini par élire ce petit gamin qui se promenait dans la rue au bras de son grand-père.

Il serait le premier.

Milkovic avait cessé de respirer.

Instinctivement, quand le coup était parti, il avait cligné des yeux.

Quand il les avait rouverts, le gosse était étendu, immobile. Une flaque de sang s'élargissait sous lui, le grand-père paniqué restait là à trembler, bras ballants, en état de choc. Une cible facile. Trop facile. Du coup, Milko avait hésité, puis fini par épargner le pauvre vieux.

Le soir venu, il avait été incapable de trouver le sommeil. Il ne cessait de voir et revoir le môme. Vivant, puis mort. Vivant, mort, par sa seule volonté.

Il avait beaucoup rêvé de ce gamin, surtout au début.

N'importe quel être humain normal aurait été attendri par ce grand-père bosniaque et son petit-fils. Alors Milko s'était rappelé les images des enfants serbes exécutés.

Il avait convoqué la haute silhouette de son père, sa main levée sur lui.

Un geste du doigt avait suffi.

Sa seconde victime avait été une adolescente aux cheveux couleur de blé mûr, et il en avait éprouvé un pincement au cœur. Mais il avait imaginé les troupes serbes. Les viols, quand elles envahiraient la ville. L'espace d'un instant, il avait entrevu la fille écartelée, hurlante sous les assauts des soldats en uniforme, pantalons de treillis baissés aux chevilles.

Ses scrupules s'étaient évanouis. Il l'avait soustraite à l'humiliation, à la douleur.

D'elle aussi, il avait rêvé, beaucoup.

C'est sans doute la raison pour laquelle il prit ensuite pour cible un gibier plus convenu.

Un homme dans la force de l'âge, un chauffeur de tramway, sans doute père de famille. Bien sûr, sa veuve et ses enfants vinrent bien un peu hanter ses nuits. On n'avait rien sans rien.

Après ? Oh, après… C'étaient des musulmans. C'était l'ennemi. Des tueurs d'enfants serbes. Lui, il était le chasseur, le prédateur.

Il n'avait pas fallu longtemps avant qu'il se prenne pour le Tout-Puissant.

Un sentiment d'invincibilité s'était installé en lui.

Au fil du temps, il avait perfectionné sa tactique.

Les blessés étaient finalement bien plus encombrants que les morts. Ils criaient, suppliaient, ils mobilisaient des énergies.

C'était une guerre sale.

Milkovic avait pris l'habitude de réaliser des tirs très difficiles, à 300 mètres au moins, sur trépied, avec son Sig Sauer SSG 3000 allemand – un vrai bijou, avec lunette à pointage laser et chargeur de dix-huit cartouches. Son truc, c'était de repérer un gibier susceptible d'attendrir les passants. Un jeune adolescent, ou mieux encore un enfant. Il tirait toujours au genou, c'était devenu sa signature. Quand on amenait les gamins à l'hôpital, les infirmiers disaient : « Encore cette ordure de Milko ! » En quittant sa cachette, il laissait toujours ses douilles sur place, pour marquer son territoire. Il fabriquait lui-même ses munitions, variait les dosages de poudre pour modifier les effets des balles. Celles destinées à blesser traversaient le corps de part en part, sans provoquer de gros dégâts.

On l'aura compris, Goran Milkovic était un perfectionniste.

Bien sûr, une fois le gosse à terre, terrifié, hurlant, les adultes ne pensaient plus qu'à lui porter secours.

En position de visée, la mire se déplace au rythme de la respiration. La méthode de Goran consistait à fixer un point à un mètre du blessé, puis à attendre. Toute cible qui se présentait sur ce point, se déplaçant d'avant en arrière par rapport à lui, était de la viande froide. Il ne sentait même plus l'à-coup de son index sur la gâchette. Il se contentait d'exercer une pression régulière sur la détente et à un moment donné le coup partait, au niveau de la tête, ou de la poitrine. C'étaient des munitions différentes de la première balle, destinée à blesser. La vélocité de ses projectiles de 7,62 mm était telle que l'onde de choc tuait à coup sûr plus vite encore que la blessure infligée en provoquant un arrêt du cœur. Chaque fois c'était le même scénario ou presque. Une fois l'appât immobilisé, rotule pulvérisée, il observait les civils musulmans qui s'étaient réfugiés au bruit de la détonation derrière un des containers en métal disposés sur Sniper Alley par la Forpronu. Animés de sentiments contradictoires, ils regardaient le gamin se tortiller dans son sang, ils se trituraient les méninges, ils observaient les collines avec anxiété, le sniper était peut-être parti, il avait peut-être renoncé.

C'était comme un jeu. Il suffisait d'attendre. Il y en avait toujours un, plus courageux que les autres, qui finissait par se décider. Et boum !

Oui, c'était une guerre sale. Et le boulot de Milko, c'était de semer la terreur. Mais les autres, en face, ne faisaient pas de cadeaux non plus. Dès qu'il en avait dégommé trois ou quatre, il fallait décrocher au plus vite avant que le sens dans lequel étaient tombés les corps, l'onde de choc ou les éclairs des détonations ne le signalent aux snipers bosniaques. Son issue de secours n'était jamais loin de son poste de tir. Goran Milkovic connaissait son circuit par cœur. Même chemin pour aller et venir, toujours s'assurer que la voie était libre. Après quoi Milko retournait vaquer à ses occupations dans les faubourgs d'Illidza, au volant d'une Golf rouge qu'il conduisait à un train d'enfer, mordant les bas-côtés et prenant les virages sur les poignées de portière. Ses occupations, en l'occurrence, avaient pour nom *bizness*, comme il sied à un chef de guerre respecté en passe de devenir une légende pour les Serbes de Bosnie. Car Goran Milkovic avait appris cela aussi, le sens des affaires. Tuer, ça vous change.

Et puis le métier de sniper était plutôt lucratif, cent dollars par adulte éliminé, et même si le meurtre d'enfants était moins bien rémunéré, tout ça laissait encore pas mal d'argent à investir dans les affaires. Et plus le temps passait, plus ses dollars faisaient des petits.

Ce matin-là il était arrivé de bonne heure, comme d'habitude, vers six heures, pour se poster.

Il était vêtu d'un pull léger et d'un jean noir, et chaussé de baskets. Il avait choisi une meurtrière au ras du sol d'à peine quelques dizaines de centimètres de côté au dixième étage, ni trop haut ni trop bas, juste à la parfaite hauteur. Il s'agenouilla et déplia son trépied. Lorsqu'il prit appui de la main sur le sol pour s'allonger sur le ventre, une douleur traversa sa paume. Il venait de se couper avec un éclat de verre. Des débris de toutes sortes encombraient la pièce, jonchaient le sol.

Et merde ! Il regarda autour de lui. Il aurait dû donner un coup de balai avant de se mettre au travail. Mais ce va-et-vient aurait aussi bien pu le faire repérer par les snipers bosniaques. Enfin…

Il tira un poignard de l'étui fixé à sa cheville à même le jean et entreprit de découper un lambeau de rideau poussiéreux qui voletait doucement à une fenêtre aux carreaux cassés. Il soignerait ça correctement un peu plus tard. En attendant, ça épongerait au moins le sang.

Il n'était pas question de laisser ce petit incident altérer ses qualités de tireur.

Le temps était idéal. Pas de vent, le vent avait beaucoup d'influence sur les trajectoires des balles. Une lumière de début du monde, rasante, dans son dos, mettait en valeur chaque relief du terrain. Il s'était installé confortablement, comme à l'accoutumée, le fût de son arme dissimulé aux regards extérieurs. Puis il avait enclenché son chargeur ; la nuit précédente, il avait concocté un savant mélange de poudre et de phosphore.

Calmement, il avait observé sa cible.

*

*Sarajevo, 11 mai 1994, 09 h 02*

Emir Ferhatbegovic n'avait jamais eu très envie de se battre. Mais le jour où un milicien lui avait enfourné le canon de son arme dans la bouche pour le convaincre de s'enrôler, il s'était dit que, vingt-trois ans, c'était peut-être un peu trop jeune pour mourir et il avait changé d'avis. C'était si gentiment demandé. Ça s'était passé peu après le 5 avril 1992, quand le siège de la ville avait commencé. Les Serbes avaient étranglé Sarajevo. 260 tanks et 120 mortiers envoyaient quotidiennement 4 000 obus sur les écoles, les hôpitaux, les mosquées, les églises, les synagogues, les maternités et bien sûr les 500 000 habitants de la capitale de la Bosnie-Herzégovine. L'eau, le pain étaient vite devenus un problème. Les Sarajéviens déambulaient, bidons vides à la main, à la recherche d'un point d'eau, constituant autant de cibles potentielles. Et les snipers serbes étaient entrés dans la danse. Au moins autant que le canon du pistolet dans sa bouche, les dégâts que les snipers occasionnaient avaient conduit Emir à apprendre le maniement d'un AK 47. Il s'était révélé bon. Il avait un talent presque inné pour repérer les snipers serbes, parfois même avant qu'ils tirent.

Son instinct l'avait vite rendu dangereux.

Depuis, tous les deux jours, il prenait son poste pour vingt-quatre heures dans un immeuble au hall dévasté, aux murs meurtris par les obus de mortier, à deux pas de l'Holiday Inn, sur Zmaja od Bosne. Dans les escaliers encombrés de débris, des miliciens aux uniformes bleus dépareillés ornés de l'écusson bosniaque aux trois fleurs de lys, le front ceint de bandeaux à la Rambo, armés de mitrailleuses lourdes, cartouchières en bandoulière et pistolets SZ 99 à la ceinture, rôdaient comme des fantômes. Quand il y avait de l'électricité, Emir montait par l'ascenseur jusqu'à sa meurtrière, au mépris du risque de rester bloqué dans la cabine par une de ces coupures de courant aussi nombreuses qu'imprévisibles.

Depuis deux ans, Emir accomplissait à chaque fois le même rituel. À peine arrivé, il s'accroupissait et approchait son visage d'une fenêtre basse, à travers les rideaux. De là, il pouvait voir chez lui, en face, à Gorbavica, en plein sur la ligne de front. Au début il parvenait à se faufiler nuitamment jusque là-bas. À présent c'était devenu totalement impossible. Si ça se trouvait, une famille serbe occupait désormais son appartement. Parfois, quand la fatigue prenait le dessus, quand il avait bu un peu trop de *slivovica* la veille, il se mettait à pleurer en gémissant, je ne veux pas être un soldat, je ne veux pas être un soldat, jusqu'à s'endormir bercé par sa propre plainte. Ce matin-là, les rues étaient exceptionnellement désertes, mis à part un chat qui trônait au beau milieu des éclats de plâtre tombés des façades. La nuit, pourtant, avait été particulièrement calme. Aucun obus ne s'était abattu sur la ville et seuls quelques staccatos d'armes automatiques troublaient le silence de cette matinée de printemps ensoleillée. Emir Ferhatbegovic espérait que son nouvel armement saurait se montrer efficace. Au fil du temps les armes étaient devenues pour lui un peu comme les femmes, très douces, très belles et très dangereuses.

Bénie soit la générosité des Iraniens, il venait de toucher un lance-roquettes flambant neuf.

*

*Sarajevo, 11 mai 1994, 09 h 02*

Jamais Sébastien Meyer n'aurait pensé qu'il puisse y avoir un jour la guerre à Sarajevo. Vous auriez posé la question à n'importe quel habitant de la ville lors du premier séjour qu'y avait fait le jeune photographe en 1986, il vous aurait traité de fou, voire de con. Certes, on craignait alors pour la Macédoine, et les indépendantistes kosovars se montraient plutôt remuants, mais la Bosnie-Herzégovine, jamais ! Et Sarajevo, appelé à devenir une des villes phares de l'Europe, moins encore. Ici, Serbes orthodoxes, Croates catholiques, musulmans et Tsiganes vivaient dans un état de cohabitation totalement pacifique, fait de tolérance. Du moins, c'était ce que racontaient avec fierté les Sarajéviens à qui voulait l'entendre, en désignant les bulbes des clochers qui voisinaient avec les silhouettes élancées des minarets d'où s'envolait l'appel du muezzin. Un leitmotiv rassurant qui tenait autant de l'exorcisme que de l'incantation. Pourtant, comment une guerre aurait-elle été possible ? Tout musulman avait un cousin par alliance serbe ou croate, et vice versa. Tito avait bien fait les choses en unifiant la Yougoslavie et en étouffant les ambitions et les vieilles querelles nationalistes. C'était en tout cas ce que Sébastien Meyer avait pensé au pied de la stèle commémorative qui marquait le lieu d'où était partie la Première Guerre mondiale, lorsque Gavrilo Prinzip, un jeune nationaliste bosniaque, avait assassiné François Ferdinand d'Autriche, l'archiduc héritier des Habsbourg, et sa femme Sophie, le 28 juin 1914 sur les quais de la Miljacka.

Oui, mais Tito était mort. C'était même la raison pour laquelle le quotidien *L'Humanité* avait envoyé Seb Meyer en Yougoslavie, pour effectuer un reportage photo sur l'*après*.

Pour voir comment Milosevic s'en sortait avec l'héritage titiste. La réponse, comme on disait dans ces années-là, avait été globalement positive. Meyer avait traîné dans Bascarsija, l'ancien quartier turc, et le marché. Il était allé à la mosquée, et le grand mufti de Sarajevo lui avait même offert un Coran qui lui avait sauvé la vie un peu plus tard, mais c'était une autre histoire… Il avait éclusé des verres de *slivovica* avec des étudiants saoudiens dans une église désaffectée où se produisaient des danseuses du ventre. Il avait visité la Bibliothèque nationale, cathédrale du savoir dont l'architecture ottomane était l'écrin. Il avait bu des litres de café oriental dans les petits bistrots des rues qui dévalaient les collines aux vieilles maisons charmantes dominées par le cimetière musulman. Assisté à un spectacle folklorique à l'Hôtel Bristol, où il logeait, et visité l'ultramoderne Holiday Inn, construit à l'occasion des Jeux d'hiver de 84. Et, bien entendu, il n'avait pas coupé à l'intégrale des installations olympiques, stade Zetra et cité inclus.

Il avait coulé des heures bucoliques au bord du petit ruisseau d'Illidza, et au bar du vieil hôtel Terma, tandis que les curistes en peignoir déambulaient dans les couloirs.

À présent, les chars étaient stationnés sous les grands arbres du parc de la vieille station thermale. Illidza était devenue la première ville serbe à portée de canon de Butmir, l'ultime excroissance bosniaque hors de l'étau serbe. Quant à Sarajevo, la ville était méconnaissable.

L'Holiday Inn était constellé d'impacts d'obus, inhabitable à partir du cinq ou sixième étage. Cent dollars la nuit, en pension complète, ça n'était pas donné, mais c'était le seul hôtel de la ville qui fonctionnait encore et la plupart des journalistes y logeaient. Les chambres avec vue y coûtaient bien moins cher que celles qui étaient abritées des regards : une vue sur la montagne équivalait à une vue sur un nid de snipers. Le Bristol était réduit à l'état de ruine. Le stade, dont le toit de cuivre avait fondu sous la chaleur des incendies provoqués par les obus qui pleuvaient sur la ville, n'était plus qu'un vaste cimetière, chaque jour un peu plus surpeuplé. Entre la ville et l'aéroport, Dobrinja – une cité construite à l'occasion des jeux Olympiques – était l'enjeu de farouches combats entre ex-voisins de palier serbes et bosniaques.

Depuis le 25 août 1992, le million de volumes qu'abritait la Bibliothèque nationale n'était plus qu'un amas de pages calcinées par l'incendie, mêlé aux tuiles brisées et aux fragments de charbon de bois de la charpente, et seul le squelette de brique et de pierre du bâtiment dressait encore ses moignons noircis face à la rivière. Un obus était tombé sur le marché de Markale, déchiquetant vingt-deux personnes d'un coup, qui faisaient tranquillement la queue pour acheter du pain. Quelques jours auparavant, Sébastien avait croisé un chien rendu fou par un simple beignet, et qui essayait de l'arracher à son propriétaire en grondant. Les arbres avaient été coupés, les avenues jonchées de débris étaient encombrées de tramways à l'abandon livrés à la rouille, de carcasses de voitures criblées d'impacts de balles, disposées en chicanes. Les piétons, d'une pâleur de craie malgré le soleil printanier, traversaient les rues en courant. Dans l'avenue du Maréchal-Tito, pas une façade de la vieille ville autrichienne n'avait été épargnée par les éclats d'obus. Sur certaines d'entre elles, des mains maladroites et pleines de sollicitude avaient tracé des avertissements à la craie : *« Pavi !! Snajper ! »*, attention, sniper. Qu'avait pu devenir l'interprète francophone qui avait trimballé Seb quelques années plus tôt ? Ils avaient à peine quelques jours d'écart et, merde ! il n'arrivait même pas à se souvenir du prénom du garçon aux cheveux noirs, au visage juvénile barré d'une moustache trop sérieuse pour son âge. Dragan ? Skander ? Était-il encore vivant, ou bien avait-il lui aussi rejoint les morts dans le grand stade ? Avait-il combattu ou bien s'était-il tenu sagement à l'écart du conflit ? Avait-il fui ? Et comment aurait-il fui ? La ville était étranglée par les Serbes. En arrivant de Paris, Seb avait obtenu son accréditation au bureau du service de presse de la Forpronu, à Zagreb. Puis il était monté dans un C-130 des Nations unies, harnaché du désormais obligatoire gilet pare-balles. Il s'était fait fourguer une saloperie qui pesait trois tonnes, à peu près aussi à l'épreuve des balles qu'une crêpe bretonne, pour 3 500 balles dans un surplus du passage du Dragon, près de la gare Montparnasse.

Sorti de l'aéroport, pour parcourir les huit kilomètres qui vous séparaient du centre de Sarajevo, vous deviez foncer sur l'échangeur, en plein no man's land. Vous ne saviez jamais qui allait vous allumer, des Bosniaques ou des Serbes. Pied au plancher, les chauffeurs zigzaguaient entre les blocs de béton et les containers. Une fois en ville, à moins qu'il ne vous tombe un obus de mortier sur le coin de la figure – et il en pleuvait quasiment nuit et jour –, vous étiez à peu près en sécurité.

Depuis leur quartier général de Pale, Radovan Karadzic, psychiatre et poète, leader des Serbes de Bosnie, et le général Radko Mladic, son âme damnée, avaient déclaré : « Nous allons reconstruire Sarajevo en plus vieux. »

Cette haine pour la capitale, c'était d'abord celle de la campagne à l'égard des villes, avant même d'être celle des Serbes contre les Bosniaques.

Ce matin-là, Seb était sorti de l'Holiday Inn à pied, par la porte du garage où les équipes de télé remisaient leurs voitures blindées. Le temps était magnifique. Oh ! il n'y avait pas d'arbres en fleur, il n'y avait même plus d'arbres du tout, mais en cherchant bien, derrière l'odeur du plastique cramé et les relents de quelques rares incendies provoqués par un ou deux bombardements nocturnes, on pouvait presque percevoir l'haleine du printemps. Depuis la campagne, chargée d'effluves d'herbe humectée de rosée, elle avait franchi les ruines des immeubles pour atteindre les habitants de la ville en plein cœur. Quelques plaques de neige tenaient encore bon au sommet du mont Igman. Comment expliquer au reste du monde qu'un matin sur Sarajevo pouvait être admirable, et vous faire sentir gonflé d'une énergie débordante ?

Il avait d'abord pris quelques photographies au 35 millimètres, avec son Leica, d'un enfant en guenilles sous une affiche collée sur un mur de l'Holiday Inn qui proclamait : « Mir, Peace, la Paix. » Des images qui collaient à son humeur du jour.

Meyer se déplaçait prudemment par des passages abrités des snipers. Certains habitants de la ville ne couraient même plus, lassés d'être des proies. Ce n'était pas son cas. Essoufflé, en sueur, il aperçut un peu plus loin une vieille femme affaissée sur elle-même, recroquevillée le long d'un container. Les gens passaient à côté d'elle, leur bidon vide à la main, indifférents à la mort. Le sniper avait visiblement vidé les lieux. La quête quotidienne de l'eau pouvait commencer.

Sébastien Meyer s'approcha lentement en extirpant un boîtier Eos 1 chargé en couleur à 100 iso de son fourre-tout. Le sang qui s'échappait de la bouche de la femme n'avait même pas encore eu le temps de coaguler, il s'était répandu en fleuve vermeil sur le bitume.

Ses yeux étaient fermés et son fichu attaché bien serré sous le menton n'avait même pas glissé dans la chute. Une miche dépassait de son cabas. Sans doute revenait-elle de l'usine à pain. Sa main était crispée sur un porte-monnaie ouvert d'où s'échappaient quelques pièces. Un manteau gris, des chaussures de pauvre, des bas reprisés. Une vie.

Sébastien Meyer prit une série de clichés au 50 mm, au 125e de seconde, à une ouverture de 11. Il y avait déjà beaucoup de lumière à cette heure, une lumière douce, chaude et caressante, qui effleurait le visage de la morte et soulignait le relief de chacune de ses rides.

Quelques jours plus tôt, Sébastien avait aidé des ambulanciers de fortune à charger des enfants blessés dans des coffres de voiture. Il avait posé ses boîtiers à terre. Quand les sauveteurs avaient été suffisamment nombreux pour que son aide fût devenue inutile, il avait recommencé à photographier. Mais là, il ne pouvait plus rien pour cette femme.

À part témoigner et c'était déjà beaucoup.

Le photographe pensait lumière, cadrage, penché sur la morte, l'appareil à cinquante centimètres de son visage, et sa posture aurait suggéré celle d'un charognard s'il n'avait émané de lui cette concentration, ce presque recueillement. C'était ainsi. Photographier signifiait travailler au plus près du sujet. L'objectif était un prolongement physique de l'œil.

« Si ça n'est pas bon, c'est que vous n'étiez pas assez près », disait Robert Capa.

Une proximité physique chèrement payée par beaucoup de ses confrères, et la liste n'était pas close. Elle s'allongeait d'année en année. Ça ne servait à rien de pleurnicher. Autant être froid, efficace. Ça vous rendait plus dangereux pour les tyrans de tout poil.

Sans la presse, Dieu sait ce qui serait advenu de la ville et de ses habitants. Même si Sarajevo finissait par devenir le dernier endroit à la mode, le lieu où il fallait être vu. L'avant-veille, Seb avait déjeuné à la table voisine de Joan Baez, au Holiday Inn. C'était dire. N'importe. Ce n'était pas le courage politique qui étouffait l'Europe et ses dirigeants. Heureusement, il y avait les opinions publiques.

Ses deux boîtiers en bandoulière, Meyer poursuivit son chemin. Il n'était pas lourdement chargé. Il avait horreur de ces gilets mille-poches de pseudo-baroudeur, et un mal de dos chronique l'incitait depuis des années à travailler léger.

C'était un avantage supplémentaire dans la pratique de la course à pied sous les balles.

La grande avenue à deux voies qui coupait Sarajevo d'est en ouest avait l'aspect d'un terrain vague abandonné aux épaves. Pas de piétons ni de véhicules en circulation.

Sur Sniper Alley, c'était la mauvaise heure.

Il venait de se décider à aller faire un tour du côté du marché noir, sur l'avenue Tito, près des baraques des soldats ukrainiens de la Forpronu, toujours prompts à la débrouille, lorsqu'un véhicule qui arrivait à fond de train attira son attention. C'était un van Volkswagen, apparemment une bagnole blindée d'une ONG quelconque comme il en florissait chaque jour de nouvelles en ville, et sans doute n'y aurait-il pas pris garde outre mesure si son conducteur n'avait roulé aussi vite. Certes, il était courant de débouler entre les blocs de béton à 160 kilomètres/heure, mais là le type essayait visiblement de déboulonner Prost de son piédestal.

Ce con allait se viander avec ses passagers.

Meyer s'accroupit à l'abri d'un angle de container rouillé, fixa en hâte un téléobjectif de 300 mm sur son Eos et cliqua sur le véhicule blanc. Le système de mise au point fonctionnait de telle façon qu'une fois sélectionnée, la cible restait nette dans ses déplacements tant qu'elle ne sortait pas du viseur. C'était une technique dérivée de la recherche militaire. Il poussa le bouton qui mettait le boîtier en mode bracketing automatique, couvrant une exposition d'un diaphragme d'écart entre la lumière maximum et la lumière minimum, avec une priorité à la vitesse au 500ᵉ de seconde. La photo serait nette, et correctement exposée. Le van se dirigeait vers lui à grande vitesse. Lorsqu'il aborda une chicane, ses roues gauche se soulevèrent comme s'il allait partir en tonneaux. Il se présenta alors légèrement de trois quarts, de telle sorte que l'inscription sur ses flancs était à présent visible. Sébastien Meyer appuya sur le déclencheur, soutenant de son autre main le fût du téléobjectif.

Soudain il n'y eut plus rien.

# 2

*Sarajevo, 12 mai 1994*

Lejla Duran prenait toujours le même chemin pour arriver à l'hôpital de Sarajevo, situé juste avant l'avenue Tito et l'Holiday Inn. Elle pouvait sentir quand le sniper était à son poste. Quand il l'observait depuis les collines. Parfois même elle ressentait une douleur au front, juste là où elle devinait que la balle la frapperait. Elle l'appelait *son* sniper, parce qu'elle avait fini par connaître ses horaires, par imaginer ses manies. Elle ne courait jamais. Elle le défiait, et pourtant jamais il n'avait ouvert le feu à son passage. Lejla avait fini par échafauder entre eux une sorte de complicité illusoire. Tout dans son attitude, sa démarche, disait : « Vas-y, tire, tu vois je n'ai pas peur de toi ! »

Mais, certains autres matins, la relation chimérique que la jeune femme entretenait avec le sniper n'était plus que haine. Il était serbe, c'était sûr, les snipers bosniaques étaient plus discrets, sauf quand ils s'amusaient à tirer dans les bidons pleins d'eau des piétons pour les faire cavaler. Ils trouvaient ça drôle, ces cons-là !

L'électricité était de nouveau coupée. Les bombardements avaient duré une partie de la nuit. C'était souvent comme ça, les soirs de lune. Dans les couloirs, des toubibs aux blouses blanches maculées de traces sanglantes fumaient cigarette sur cigarette, épuisés. Qu'est-ce qu'ils en avaient à foutre, du cancer du poumon ? De toute façon, ils ne vivraient probablement pas assez longtemps pour que les métastases se développent.

L'usine Marlboro de Sarajevo tournait à plein rendement.

C'était un temps parfait pour les snipers, et les tirs de mortier avaient repris sur la ville d'où montaient les panaches de fumée des incendies.

Le ballet des voitures aux vitres rafistolées avec des bouts de contreplaqué, aux coffres pleins de morts et de blessés râlants, était incessant. Il allait encore falloir brancher les groupes électrogènes. Et le carburant qui devenait de plus en plus cher. Au bloc, les chirurgiens opéraient à la lampe torche. Un jour, dans une salle pleine de gamins blessés, Lejla, répondant à l'interview d'un journaliste autrichien particulièrement stupide qui lui demandait pourquoi, en tant que musulmane, elle ne portait pas le voile, avait demandé :

– Regardez ces gosses. Êtes-vous capable de me dire lequel d'entre eux est musulman, croate ou serbe ? Regardez-les. Vous ne savez pas, hein ? Alors ne me posez pas la question, parce que moi non plus je ne veux pas savoir. Ici, musulman, croyez-le ou non, c'est d'abord une nationalité, avant d'être une religion. Il y a plein de musulmans athées, à Sarajevo. »

C'était beaucoup moins vrai depuis l'arrivée de combattants fondamentalistes sandjaviks du Monténégro, d'Iraniens, de Saoudiens, de moudjahidines afghans et autres enturbannés.

Enhardie par la colère, Lejla avait poursuivi :

– Les snipers font combien de morts par jour à Vienne ?

Le journaliste avait fait mine de ne pas entendre. Alors, elle avait osé :

– Je lance un appel à vos lecteurs autrichiens. Je convie personnellement tout étudiant en médecine de votre pays à être mon invité, ici même, à Sarajevo. Et, tant qu'il y est, qu'il vienne avec des médicaments. Et de l'essence. Et aussi des magazines, pour qu'on ait des nouvelles de ce qui se passe derrière le Mur. Parce que, vous savez, le monde extérieur ne veut plus dire grand-chose pour nous. C'est juste comme une rumeur lointaine.

C'est seulement vers la fin de l'après-midi que Lejla put prendre un moment pour fumer à son tour une cigarette et discuter avec le vieux gardien de l'hôpital qui était resté en poste.

Elle aimait qu'il lui raconte l'hôpital avant la guerre, une époque que Lejla n'avait pas connue. Elle avait été en poste à Mostar et n'était arrivée à Sarajevo qu'en 92 avec l'idée d'y entamer des études de médecine, deux jours avant le début du siège.

Un médecin vint l'arracher brutalement à sa conversation.

– Lejla ? Dis-moi, le photographe français, comment il va ? Les officiels de la Forpronu sont là. Ils veulent l'évacuer demain. Il est en état ?

La douleur avait réveillé Sébastien Meyer. Une douleur lancinante, obsédante, comme si son sang battait derrière ses yeux, et cette pulsation envahissait son cerveau, elle le hérissait comme l'aurait fait un crissement d'ongle sur un tableau noir. Il avait ouvert les yeux, enfin, essayé, et mis pas mal de temps à comprendre qu'un pansement était fixé sur son œil gauche. Il avait regardé le plafond, puis les murs de la pièce aux fenêtres obturées, plongée dans la pénombre du crépuscule qui filtrait par une porte vitrée ouverte sur un couloir, et il avait aperçu ses voisins cloués dans leur lit.

Certains étaient inconscients, d'autres gémissaient. C'était un hôpital. Soudain il s'était rappelé qu'il était à Sarajevo. Un sniper ? Un éclat d'obus ? Merde.

Merde, merde, merde. Rongé par une trouille immonde, il avait cherché à se redresser.

Où étaient ses jambes ? OK. Elles remuaient. Ses bras ? Ouf, à première vue tout allait bien. Pas de pansement au torse, ni au ventre. Bon, tout avait l'air de marcher. Mais alors, qu'est-ce qu'il foutait là ? Il essaya de toucher son pansement à l'œil, et la douleur fut si insupportable qu'elle lui arracha un cri étouffé. C'était comme si quelque tortionnaire avait tenté d'arracher son globe oculaire avec une pince. Il se força à respirer lentement, à faire refluer la douleur, à la tenir à distance. Mais qu'est-ce qui s'était passé, bordel ? Il essaya désespérément de se rappeler : d'accord, le gamin, sous le panneau « Mir, Peace, la Paix », Sniper Alley. Il se revoyait ensuite penché sur la vieille morte, en train de la photographier.

Après, plus rien. Le trou.

La bouche séchée par l'angoisse, le cœur battant la chamade, il essayait de réfléchir. C'était difficile : un bourdonnement continu résonnait dans ses conduits auditifs comme un *la* de tonalité téléphonique déformé par une fréquence ultrasonique de fond marin.

Il lui fallut de longues minutes avant de réaliser qu'il n'entendait rien d'autre.

Lejla entra et observa un moment ce jeune homme mince doté d'un nez busqué et dont les sourcils en broussaille se rejoignaient, cet œil unique qui la fixait. Elle pouvait y déchiffrer la douleur, la panique mêlées d'incompréhension.

Ils avaient tous le même regard au réveil.

Il essaya encore de se redresser, mais le vertige le rejeta sur l'oreiller. Un bricoleur fou avait déplacé son cœur, et l'avait branché à la place de son cerveau.

La preuve, il l'entendait battre sous son crâne. Et ces bourdonnements ! Oh putain, ce que ça faisait mal !

Lejla le salua d'un « *Zdravo !* » sonore, juste pour voir. Seb tenta de secouer la tête pour marquer son incompréhension, mais c'était trop douloureux. Il montra son oreille de l'index, d'un geste presque comique. L'infirmière ne parlait pas français. Elle traça quelques mots en russe sur une feuille de papier appuyée sur la tablette qu'elle tenait en main et présenta les caractères cyrilliques à Seb. Le plus lentement possible, il bougea la tête de droite à gauche. Bon.

Elle se remit à griffonner, en allemand, cette fois : « *Guten Tag, ich heisse Lejla.* »

La concentration baignait son front de sueur, il acquiesça d'un clignement d'œil. Elle repoussa les mèches trempées, et l'essuya à l'aide d'un bout de drap. La pièce sentait le sang. Seb savait que tout l'hôpital sentait le sang, c'était même la première chose qui avait frappé ses narines. Le sang d'homme, c'était une odeur qui ne ressemblait à aucune autre. Ce n'était pas une puanteur d'abattoir, c'était autre chose de très particulier qu'il n'aurait su décrire. Souvent, il était venu faire des images dans cet endroit. L'une d'entre elles avait été beaucoup publiée. Elle montrait un garçonnet tout blond alité, un bras et une jambe dans le plâtre, sur des suspensoirs. Il jouait avec un pistolet en plastique dirigé vers le plafond. Seb avait photographié la morgue, aussi, pleine de l'odeur lourde des cadavres entassés.

Un jour, il s'était trouvé dans une salle d'opération vide, au revêtement maculé de traînées sanglantes qui traçaient au sol une signalisation de carnage. Il prenait des photos de cette pièce où il ne se passait rien de spécial, mais qui disait par son silence l'horreur de la guerre. Il avait reculé pour avoir toute la salle dans le viseur et avait heurté des reins un brancard où gisait un mort. Il n'avait même pas été recouvert d'un drap, ni recousu. Personne ici n'avait de temps pour les morts. Il avait réalisé qu'il se trouvait depuis de longues minutes dans la même pièce que le cadavre.

L'expression *inanimé* avait alors pris pour lui tout son sens. Sans âme. Sans vie.

Les morts, comme des objets.

Lejla écrivait fiévreusement sur sa tablette, et la langue rose qui pointait entre ses lèvres rouge sombre trahissait la concentration. Où avait-elle bien pu dégoter un tube de rouge à lèvres ? Les femmes de cette ville étaient incroyables. Elles se battaient pour garder leur dignité. En pleine guerre, elles pouvaient risquer la mort, traverser tout Sarajevo pour une robe ou une paire de chaussures. Se faire tuer pour avoir voulu rester coquette au milieu de ce merdier. Elle était jolie, cette infirmière brune aux longs cheveux bouclés, avec ses petits friselis qui collaient à ses tempes. Il se demandait s'il ne l'avait pas croisée au B.B., une boîte qui tournait à plein régime depuis le début de la guerre. Il y avait une ambiance folle, là-dedans. Les jeunes risquaient de se faire allumer par les snipers rien que pour aller danser. Toutes les filles y étaient sublimes. Une fois que vous étiez allé en boîte au B.B., aucune autre discothèque nulle part au monde ne pourrait plus jamais vous contenter.

Les jeunes s'y éclataient en sachant qu'ils pouvaient mourir dans l'heure qui suivait.

Tout était plus fort.

La musique, la drague, les pétards, les mots. Tout.

Lejla lui tendit la feuille de papier fixée par une pince à la tablette.

« Un sniper a essayé de vous atteindre avec son lance-roquettes. Par chance, il vous a manqué et un véhicule blindé de la Forpronu conduit par des Français vous a ramené jusqu'ici. Vous avez eu de la veine. D'habitude, ils ne s'arrêtent jamais pour ramasser les blessés. L'explosion vous a momentanément rendu sourd, vos tympans ont souffert mais cela reviendra avec le temps, ne vous inquiétez pas. Comment vous sentez-vous ? »

Meyer s'empara de la feuille et du feutre et traça maladroitement quelques mots dans un allemand bourré de fautes appris sur le tas à partir du yiddish paternel.

« Mal. Me souviens de rien. Mon œil ? »

La réponse ne tarda pas.

« Vous souffrez d'une amnésie partielle liée à l'état de choc. Ça aussi, c'est normal. La mémoire vous reviendra sans doute. Ça arrive la plupart du temps. Votre œil gauche – l'écriture était devenue légèrement hésitante – avait subi des dégâts irréparables. Nous avons dû sectionner le globe oculaire au niveau du nerf optique. Je suis désolée. »

Seb mit un moment à comprendre ce que cette phrase clinique impliquait.

Borgne. Il était borgne. De son œil directeur.

Il ferma l'œil rescapé tandis que Lejla se retirait.

Dans le couloir, deux officiers de la Forpronu coiffés du béret bleu des Nations unies attendaient.

– Alors ? demanda le plus grand des deux, en allemand.

– Il peut partir demain, de toute façon ce n'est pas ici qu'on opérera ses tympans, c'est un acte délicat dont nous n'avons pas les moyens, répondit Lejla avant de s'éloigner.

Un peu plus tard, alors que la nuit était tombée sur Sarajevo, elle se faufila dans la salle où Seb gémissait. Il cherchait du regard un verre d'eau pour apaiser le feu sur ses lèvres craquelées par la fièvre. L'apercevant enfin, il essaya de l'attraper et le manqua. L'énucléation avait provoqué une disparition de la vision en relief à laquelle il devrait s'habituer. Lejla prit le verre et fit glisser un peu d'eau dans la gorge desséchée du blessé, puis elle humecta délicatement ses lèvres. Enfin, comme on offre une friandise en cachette à un gamin puni, elle tamponna la saignée de son coude avec un coton imbibé d'alcool, lui garrotta la base du biceps et lui injecta une dose de morphine.

En jetant des regards inquiets autour d'elle, elle fit disparaître la seringue dans la poche de sa blouse. La morphine se faisait rare à Sarajevo. Elle était réservée aux cas où elle s'avérait indispensable. D'un autre côté, Lejla, comme beaucoup de Sarajéviens, tenait en haute estime ceux qui risquaient courageusement leur vie sans y être obligés pour venir en aide à la ville et à ses habitants, ou pour témoigner à l'extérieur du martyre qu'ils vivaient au quotidien.

Les sentiments de la population à l'égard de la Forpronu étaient nettement plus mitigés.

Pour nombre d'assiégés, les casques bleus étaient d'abord des militaires lourdement armés.

Il semblait pourtant que les Serbes de Pale les manipulaient comme des pantins.

« Si ces *soldats de la paix* ne servaient à rien, ils n'avaient qu'à s'en aller ! », « Ah, si seulement Sarajevo avait eu autant de pétrole que le Koweit ! », « Heureusement que l'ONU n'existait pas en 39, sinon Hitler dirigerait encore l'Europe ! ». Tels étaient les propos entendus dans les files d'attente, les queues interminables pour l'eau, le pain, aux carrefours de la ville martyre, et qui nourrissaient les papiers des journalistes.

Avant de sombrer dans une douce inconscience, Sébastien Meyer eut encore le temps de s'interroger : depuis quand les snipers allumaient-ils les passants au lance-roquettes, et comment allait-il récupérer son trésor, toutes les bobines accumulées dans sa chambre du Holiday Inn, et au fait où était passé son fourre-tout ? Les questions s'enchaînaient avant de se dissoudre dans la morphine, irrésolues. Il ne cessait de penser à la photo dont il avait gardé le souvenir, celle de la femme morte au porte-monnaie. C'était une bonne photo.

La dernière qu'il ait faite, et la dernière qu'il ferait avant longtemps.

Pourvu que son matériel ne soit pas resté sur le trottoir.

*

*Sarajevo, 13 mai 1994*

Seb Meyer n'avait pas revu Lejla. Ce matin-là, alors qu'il réclamait en vain son sac photo à l'encan, qu'il demandait sans succès que l'on fît un crochet par l'hôtel pour y récupérer ses films, qu'au moins on prévienne un confrère, il fut emmené sans même savoir si quelqu'un avait répondu à ses supplications, noyé dans le cotonneux silence de sa surdité.

Pour déjouer les tirs d'éventuels snipers, l'ambulance se colla au VAB, « Véhicule à l'avant blindé » d'un blanc immaculé, flanqué des énormes lettres UN, qui l'escortait vers l'aéroport.

À l'intérieur, Seb tentait de recoller les morceaux épars de son cerveau ravagé par la douleur.

Cinquante-trois jours plus tôt, il roulait en sens inverse vers Sarajevo.

Il avait fallu en écumer, des rédactions, avant qu'au service photo des *Nouvelles* on daigne enfin lui accorder du bout des lèvres une accréditation au nom du journal et une vague promesse d'éventuellement publier ses photos, si… s'il y avait de la place dans les colonnes du journal – tu comprends, coco, Sarajevo, ça dure depuis un bon moment déjà et ça excite nettement moins les foules que l'autre, le magicien, là, qui fait disparaître sa bite tous les jours dans Claudia Choufleur.

D'accord, BHL s'était montré, et là, c'était devenu plus intéressant. Mais est-ce qu'il allait retourner là-bas avec Arielle Dombasle ?

Ça, c'était une vraie question dont pouvait dépendre une commande ferme.

Sans compter qu'on en était à préparer les dossiers sur :

Les Français et le sexe

Maigrir avant l'été

Les amours de vacances

Un dossier « Exclusif : les Français roulent beaucoup trop vite ! »

Après il y aurait septembre, donc :

La rentrée parlementaire

Le dossier impôts.

Et la Toussaint, et Noël, et la tête, alouette, alors, Sarajevo, hein, il y avait des priorités, tout de même. La guerre, en pleine Europe, il y avait des festivals photo, des galeries pour ça.

Faut dire, le conflit en ex-Yougoslavie, les lecteurs en bouffaient depuis des mois, il y avait pléthore de journalistes là-bas, la presse faisait son boulot, alors un de plus, un de moins, hein.

Le cynisme de Joubert, le directeur du service photo des *Nouvelles*, n'était que de façade et Seb le savait pertinemment. Ancien photo-journaliste réputé, blanchi sous le harnais, à présent recasé derrière un bureau, Joubert aurait bien voulu obtenir de sa direction des moyens dignes de ce nom pour produire de véritables reportages, dans des conditions correctes.

Mais il n'avait aucun pouvoir. Ou si peu. *Les Nouvelles* étaient loin d'être dans le peloton de tête des magazines généralistes, et ça n'était pas facile de convaincre la direction d'investir dans le récit photographique.

Ce n'est pas que Seb Meyer ait été à proprement parler un novice. Loin de là.

Au tout début de sa carrière, militantisme politique et soif d'informer avaient été chez lui totalement imbriqués. Il n'y avait là aucun hasard. Sacha Meyer, son père, était né près de Lodz en 1936. Seb aimait à dire que son géniteur avait choisi de vivre en France dès l'âge de quatre mois. Les grands-parents avaient en fait pris leur bébé sous le bras et fui le nazisme qui les avait rattrapés en juillet 42, à Paris, sous la forme de joviaux gendarmes français en képi qui les avaient escortés jusqu'au Vél'd'hiv'. De là, ils étaient partis vers Drancy et Auschwitz pour ne plus revenir. Ils avaient trouvé malgré tout le temps d'expédier le petit Sacha en zone libre où il avait été pris en charge par l'OSE. À la Libération, comme nombre d'orphelins de déportés, il avait été élevé grâce à l'action de la Commission centrale de l'enfance, une émanation des FTP-MOI, un groupe de résistants juifs étrangers. Évidemment – comment aurait-il pu en être autrement ? –, Sacha Meyer avait adhéré en 52 aux Jeunesses communistes. L'Homme nouveau était en gestation. En lorgnant du côté de Moscou, on pouvait même deviner à quoi il ressemblerait : un jeune ouvrier, une jeune kolkhozienne brandissant de conserve un drapeau rouge. Il avait échappé à Sacha Meyer que ceux-là avaient un air de famille avec les jeunes pionniers allemands d'avant la tourmente. Il avait, il faut dire, de sérieuses circonstances atténuantes en la personne de Libertad Hurtado, une fille de républicains espagnols exilés, aux cheveux d'un roux inattendu pour une demoiselle castillane. Pour mieux la séduire, il avait chanté dans les manifs, à ses côtés, « Prenez gaarde, à la jeune gaardeu ! » à s'en faire péter les cordes vocales. En 56, l'année des événements de Budapest – qui le laissèrent de marbre –, il eut enfin le courage de l'embrasser à la sortie d'un meeting à la Mutualité. De piquets de grève en distributions de tracts, ils filèrent rapidement un parfait amour qui les conduisit très vite devant le maire de Pantin, où, en 1959, ils avaient élu domicile dans une chambre de bonne à deux pas des Quatre-Chemins d'Aubervilliers.

Libertad Meyer avait obtenu un poste de femme d'entretien au lycée communal, derrière l'hôtel de ville, tandis que Sacha était entré grâce à des camarades du Parti à la SNCF et travaillait à la gare de triage de Noisy-le-Sec. Les réunions de cellules succédaient aux bagarres syndicales. Johnny avait beau chanter *Retiens la nuit*, ça ne retenait pas pour autant les copains qui partaient pour l'Algérie. Les trente glorieuses n'avaient pas cours dans ce quartier aux pavés déchaussés comme des chicots de scorbutique, à deux pas des abattoirs de la Villette dont les rafales de vent rabattaient les remugles mêlés à l'odeur acide du charbon, les jours de vent d'ouest. Les Algériens battaient la semelle en courbant les épaules, le dimanche, sur les fortifs où s'étaient installées les Puces de la Villette, essayant d'arrondir des fins de semaine difficiles en fourguant des cochonneries ramassées dans les terrains vagues. Les logements sociaux poussaient, certes, mais ils étaient bien longs à supplanter les bidonvilles qui fleurissaient passé la Petite Ceinture. Il y avait eu de Gaulle, l'OAS, et cette nuit du 17 octobre 61, terrible. Des dizaines, des centaines même de petites gens, de sympathisants du FLN, de pauvres types venus du fin fond du bled avaient été assassinés par la police parisienne. Sacha Meyer était resté longtemps sur le pont qui enjambait la gare de Pantin, à contempler les rails ensanglantés par un soleil levant voilé de la vapeur des dernières locomotives Pacific 231. C'étaient les mêmes flics. Oui, les mêmes que ceux qui avaient poussé ses parents dans les autobus pour le Vél'd'hiv'. La lutte allait continuer, cependant le peuple, jamais, c'était bien connu, ne serait vaincu malgré le spectre du stalinisme que Khrouchtchev avait laissé entrevoir depuis le fond des placards du socialisme soviétique. L'épreuve avait été rude. Mais la foi du couple Meyer en la révolution prolétarienne en était sortie renforcée par le sacrifice des morts de Charonne, la manifestation qui avait suivi le 17 octobre. En effet, une semaine plus tard, un rassemblement monstre avait répondu à la funeste nuit. Mais les CRS, décidément en grande forme, avaient alors coincé des manifestants contre les portes fermées de la station de métro Charonne, balançant pour faire bonne mesure les grilles en fonte des arbres sur l'affluence entassée au pied des escaliers. Après que la multitude paniquée se fut dispersée, laissant derrière elle un océan de sacs à main et de chaussures des deux sexes abandonnés sur le boulevard, six morts avaient été relevés et les camarades les avaient accompagnés jusqu'au Père-Lachaise en un impressionnant cortège de centaines de milliers de militants.

Quatre années, une traction avant fatiguée et un poste de télévision en noir et blanc plus tard, Libertad se trouva enceinte des œuvres de monsieur Meyer, pardon, du camarade Meyer. Ils obtinrent – enfin – un appartement dans une des tours de la cité des Courtillières, non loin du fort d'Aubervilliers, doté d'une salle de bains et de toilettes qui n'étaient même pas sur le palier ! Si ça n'était pas une preuve de la supériorité du socialisme, ça !

Bon, mais restait à baptiser la progéniture à venir. Sacha hésitait entre Nathan, le prénom de son père, et Jacques, comme Duclos, alors secrétaire général du Parti. Si c'était une fille, alors il choisirait sans aucun doute Jeannette, comme Jeannette Veermersch, présidente de l'Union des femmes françaises. Libertad penchait plutôt pour Dolorès, comme Ibarruri, la pasionaria du PC espagnol réfugiée à Moscou. Ce fut la télé nouvellement installée qui finalement emporta la décision quand le bébé mâle se présenta neuf mois plus tard, en plein succès du feuilleton télévisé *Belle et Sébastien*. Sacha n'eut pas le cœur de refuser cette faveur à son épouse qui venait de lui donner un fils.

Le petit Sébastien s'était montré plutôt doué pour l'école, bien qu'il affichât un goût immodéré pour l'indiscipline. Ce que ne pouvaient deviner ses parents toujours absorbés par leurs activités politiques et syndicales, c'était qu'au bas des tours bleues et roses de la cité des Courtillières se développaient des bandes de gamins qui ne laissaient pas un jour de tranquillité à leur progéniture qu'ils rackettaient sans vergogne.

« Hé ! t'as pas cent balles ? » était la première phrase qu'entendait chaque matin Seb Meyer dès qu'il posait un pied dehors. De complexion chétive, peu enclin à la bagarre, le gamin avait très vite compris que le meilleur moyen de ne plus se faire dépouiller était encore de cesser d'être le premier de la classe, et de copiner avec ses tortionnaires, tant et si bien qu'il avait fini par devenir le meilleur pote du caïd du groupe, un dénommé Kamel, douze ans quand même, qui l'avait pris sous son aile. Sébastien était rapidement devenu la mascotte de la bande, qu'il impressionnait par ses positions non violentes. Ce qui, entre autres choses, mettait ses membres en devoir de le protéger, promettant à quiconque lèverait la main sur Seb de mettre ses tripes à l'air et d'y foutre le feu.

Les capacités d'adaptation. C'était ce qui avait permis à l'être humain de survivre sans poils, sans griffes et sans canines dans un milieu hostile dont il avait fini par devenir le super-prédateur.

Moralité, l'adolescence de Sébastien Meyer avait été quelque peu mouvementée et la courbe de ses résultats scolaires inversement proportionnelle à sa sécurité physique. Les murs de sa chambre se couvrirent bientôt de posters des Sex Pistols et des Clash, et sur sa tête poussa une crête orange du plus bel effet tandis que la cave familiale se remplissait de mobylettes volées. Sa carrière universitaire prit fin en 1983 au lycée Marcellin-Berthelot de Pantin, à deux pas des Quatre-Chemins, après une infructueuse tentative de deuxième seconde, à cause d'une sombre histoire de deal d'herbe. Au cours des vacances qui suivirent, une jolie brunette au nez pointu avait su trouver des arguments pourtant bien éloignés de la dialectique marxiste pour le persuader d'adhérer à son tour aux Jeunesses communistes. Il fut bientôt convaincu du bilan « globalement positif » de l'URSS, comme l'affirmait haut et fort le nouveau secrétaire du Parti, Georges Marchais, dit « le Grand Georges ». Kamel s'était fait gauler par la police au guidon d'une Motobécane bleue récemment « empruntée » et les parents Meyer étaient intervenus pour extraire le gamin du commissariat de Pantin, un vaste bunker de béton brut au bord du canal de l'Ourcq à peu près aussi joyeux qu'un *kombinat* à l'abandon. Solidarité de classe et de quartier oblige, s'ils désapprouvaient les fréquentations de leur fils, Sacha et Libertad n'auraient pas toléré que Kamel subisse le sort généralement réservé aux enfants d'immigrés dans la pénombre des locaux policiers où les tabassages étaient fréquents.

En signe de reconnaissance, Seb avait rasé sa crête. Quant à Kamel, son père lui avait administré la rouste que les flics n'avaient pas eu le temps de lui prodiguer.

Le vieux travaillait, il faut dire, à l'usine Motobécane, laquelle était installée non loin de la porte de Pantin !

Fan de westerns depuis l'enfance, Sébastien était alors tombé sur un album d'Edward Sheriff Curtis, à la bibliothèque municipale. L'homme avait consacré sa vie entière à photographier les Indiens d'Amérique du Nord au crépuscule de leur civilisation, à la toute fin du

XIX$^{e}$ siècle. Il était mort pauvre, laissant derrière lui une œuvre majeure. Seb avait passé l'après-midi à feuilleter fiévreusement les pages aux photos sépia, plongé dans la contemplation des portraits de Géronimo et Sitting Bull, en plein mythe.

Le vol du livre avait été le dernier larcin de Sébastien Meyer.

Après avoir renoncé à la délinquance – mais pas aux pétards –, Seb s'était adonné à un nouveau vice contracté à la Maison des jeunes du Pré-Saint-Gervais, commune voisine de Seine-Saint-Denis et très ancien fief socialiste : la photographie, tandis que Kamel, qui avait fini par devancer l'appel, partait pour les lointaines casernes françaises de Baden-Baden, en Allemagne.

Bien entendu, dans la famille Meyer, Robert Capa était un mythe, et le désir bientôt exprimé par Sébastien de devenir photo-journaliste au service du prolétariat emporta l'adhésion immédiate de Sacha et Libertad, soulagés de voir leur progéniture rentrer enfin dans le droit chemin.

Pour commencer, et grâce aux relations étroites que la cellule de Pantin entretenait avec la place du Colonel-Fabien, Seb s'était retrouvé coursier au quotidien *L'Humanité*.

C'était un début. Il sillonnait Paris au guidon de sa Motobécane bleue – le père de Kamel avait réussi à lui obtenir une ristourne en tant qu'employé –, un vieux boîtier Nikkormat cabossé en bandoulière. Bien vite, il avait consacré son temps libre à couvrir les manifestations des mouvements lycéens, et il n'avait pas tardé à devenir correspondant du quotidien communiste. C'était un système ingénieux, qui permettait aux militants amateurs de photographie de disposer d'un laboratoire au sein des locaux du journal pour y exercer leur art, en échange de quoi les meilleurs de ces travaux étaient publiés. Ils complétaient ainsi les reportages des photographes employés à temps plein au sein de la rédaction.

L'accident du travail qui coûta sa jambe droite à Sacha Meyer était l'un des plus courants parmi ceux qu'avait à déplorer régulièrement la direction de la SNCF. En 1984, alors qu'il travaillait à resserrer des boulons sur la voie entre Noisy et la gare de Rosny-sous-Bois, à cheval sur un rail à contresens de la marche, Meyer n'entendit pas plus qu'il ne vit venir le wagon poussé à petite vitesse par une motrice électrique qui lui sectionna le tibia à hauteur du genou.

Sa carrière de cheminot prit fin, remplacée par une pension d'invalidité qui permit au couple de continuer à subvenir à ses besoins. Le caractère de Sacha commença à changer, et avec lui l'humeur de Libertad qui s'assombrissait un peu plus chaque jour.

En 1985, à l'âge de dix-neuf ans, Sébastien Meyer avait été engagé définitivement. Il était ainsi devenu le plus jeune photo-journaliste de *L'Huma*. Un an plus tard, la droite était de retour au pouvoir. Grèves, manifestations se succédaient.

Il fut envoyé pour la première fois en Yougoslavie, pour en revenir globalement convaincu, ainsi qu'il a été dit.

Parallèlement, il effectuait des reportages pour l'agence est-allemande ADN/Zentralbild sur les événements franco-français, toujours en négatif couleurs. Il envoyait ses films à Berlin-Est, et recevait en retour le paiement de son travail en francs suisses sur un compte bloqué à Genève.

Cette avantageuse disposition, liée à une hausse constante de la monnaie helvétique, lui permit d'emménager dans un deux-pièces d'une HLM en brique rouge qui datait des années glorieuses du Front populaire, dans l'avenue Édouard-Vaillant, au Pré-Saint-Gervais, toujours grâce à ses relations. Le journal avait émigré à

Saint-Denis dans un immeuble construit par Oscar Niemeyer, l'architecte de Brasilia, et accessoirement du siège du PCF à Paris, place du Colonel-Fabien. En Mobylette, ça n'était pas trop éloigné du Pré-Saint-Gervais. De retour d'Allemagne, Kamel s'était retrouvé dans l'appartement d'en face, Sacha Meyer devait bien ça au père de Kamel, après tout, il avait quand même aidé Seb pour l'achat de sa Motobécane de coursier.

C'est en 1987 qu'était intervenue la rupture. Sébastien avait été envoyé en Afghanistan pour couvrir le conflit du côté russe. C'était un immense privilège pour un si jeune photographe, et ses confrères plus âgés l'avaient jalousé, mais son talent s'affirmait un peu plus chaque jour, de façon indéniable. Ses photographies en noir et blanc atteignaient une rare intensité dramatique.

Sébastien Meyer était revenu bouleversé d'Afghanistan. Là-bas, il avait vu les Mig soviétiques larguer leur napalm sur des populations civiles. Les vétérans de l'Armée rouge se comportaient en canailles mafieuses. Les austères montagnes pachtounes servaient de décor à un Vietnam bis. Il avait d'ailleurs bien failli y laisser sa peau, un jour qu'il s'était trop éloigné de la colonne russe qu'il accompagnait. Il était tombé de l'autre côté d'une butte sur des moudjahidines qui l'avaient collé contre le mur en pisé d'une maison. Il n'avait pas eu besoin d'interprète pour comprendre le sort qui lui était réservé. Un combattant coiffé du bonnet traditionnel afghan s'était avancé vers lui et avait armé sa kalachnikov en hurlant des imprécations. C'est alors qu'ils l'avaient fouillé, et qu'ils avaient trouvé sur lui le Coran offert un an auparavant par le grand mufti de la mosquée de Sarajevo.

La trouvaille avait suscité la curiosité chez les combattants. Le débat qui s'ensuivit dura l'après-midi entier. Fallait-il quand même l'abattre ? Quelqu'un proposa de le pendre.

Un autre, trouvant la manière un peu trop expéditive, penchait pour la torture. Finalement, on lui avait offert le thé avant de le renvoyer avec son Coran, mais sans son matériel photo, sur l'autre versant de la colline, les jambes encore flageolantes.

Il avait pris ce soir-là une cuite mémorable à la vodka, puis il était monté sur un promontoire rocheux où, à la faveur de la nuit, il s'était roulé un énorme pétard de ce qui se faisait de mieux dans le pays. C'était là, sous les étoiles d'un ciel limpide, à 3 000 mètres d'altitude, que le déclic s'était fait.

De retour à Paris, il avait bien essayé de parler. À son chef de service. À son rédacteur en chef. À ses parents, en désespoir de cause. En vain. Les vaillants soldats de la glorieuse Armée rouge menaient là-bas un juste combat. Point final.

Un matin de juin 1987, il avait glissé dans la boîte aux lettres de la place Séverine, à deux pas de chez lui, sa lettre de démission du journal et sa carte du Parti.

Pire encore, il n'avait jamais remis ses photos à la rédaction.

Rares étaient à cette époque les photographes admis à couvrir la guerre du côté soviétique.

Ce privilège fit qu'il trouva sans peine preneur de son reportage.

Il fut publié sur dix pages, dans *Week-End*, un grand hebdomadaire d'actualité, accompagné d'un commentaire acerbe sur l'entêtement des Russes en Afghanistan.

La religion, c'était l'opium du peuple !

Sacha hurlait dans la cuisine de l'HLM.

– Ce sont des fous de Dieu ! Qu'est-ce que tu crois, qu'avec ta non-violence tu arrêteras les chars des capitalistes le jour où il y aura la révolution, hein, dis ?

– Papa..., avait tenté d'argumenter Seb.

Mais Sacha Meyer l'avait fait taire d'un geste brutal de la main et avait arraché avec dépit sa prothèse qu'il avait balancée contre un mur, et le voisin n'avait pas manqué de cogner contre la mince cloison pour protester.

– Tais-toi ! Regarde (son père hurlait en désignant son moignon), si les vieux étaient pas allés se faire tirer dessus pendant les grèves au siècle dernier, tu crois que je toucherais une pension, dis ? Tu crois que d'aller publier tes cochonneries dans la presse bourgeoise, ça va aider les pauvres, les laissés-pour-compte, tu crois que ça va accélérer le processus…

Trop, c'était décidément trop. Sébastien avait haussé les épaules, fait mine de ramasser son sac photo et lâché :

– Stalinien un jour, stalinien toujours.

La baffe était partie de Libertad, elle l'avait pris par surprise.

– Non, mais ça va pas ! Mais t'es complètement cinglée !

Jamais ses parents, ni l'un ni l'autre, n'avaient levé la main sur lui au cours de toutes ces années. Il s'était avancé vers sa mère, menaçant.

Son père s'était précipité et l'avait poussé jusqu'à la porte en boitant, à cloche-pied.

– Fous-moi le camp d'ici, petit merdeux ! Après tout ce qu'on a fait pour toi ! Tu es un traître à ta propre classe, à ta propre famille. Fous le camp, je te dis !

Il hurlait en repoussant son fils jusque sur le palier.

Libertad et Sacha Meyer avaient obstinément refusé depuis ce jour de lui adresser la parole, et Seb n'avait plus revu ses parents.

Conflit du Haut-Karabakh, chute du Mur de Berlin en novembre 1989, Roumanie, guerre du Golfe, Somalie, Seb avait tout couvert, accro à l'adrénaline. Sur place, il restait concentré à l'extrême. Jusqu'au pied de l'avion pour Paris, il prenait des photos.

Il avait vu des centaines de morts, il avait assisté à des dizaines d'agonies.

Au retour, les cauchemars le submergeaient, déclenchés par la contemplation des images réalisées, étalées sur sa table lumineuse. Les visions, comme une bombe à retardement, pouvaient resurgir inopinément au cours d'un paisible et superficiel dîner en ville, ravivées par une simple question – tu reviens de là-bas, que penses-tu de la situation, moi je crois que, dis que, sais que –, mais déjà Seb n'écoutait plus. Il y était retourné, là-bas, au beau milieu du chaos. Pour tous ces gens, il incarnait un mythe. Le photographe baroudeur.

La vérité, c'était qu'ils n'avaient aucune idée de l'épouvante que générait la guerre.

Seuls une grosse cuite ou le haschich dont Kamel était devenu un pourvoyeur providentiel pouvaient l'anesthésier, adoucir ses tourments. Très vite, il avait appris à se protéger, à fuir ces soirées mondaines, à se réfugier dans la solitude jusqu'à digestion presque complète des images d'horreur imprimées au fond de sa rétine. Sébastien Meyer n'avait aucune disposition pour les paysages. Il aimait photographier ses semblables et le faisait avec talent. Il aimait les gens. Et de sa colère naissait l'acte photographique.

Au bout d'un moment, dans son petit appartement du Pré-Saint-Gervais, il se mettait à rebondir d'un mur à l'autre comme un lion en cage, dans l'attente de la prochaine guerre.

À ce stade, le départ n'était jamais loin.

Jamais il n'avait eu l'envie d'intégrer une agence photo. Bien qu'il sût qu'un classique parcours professionnel incluait ce genre d'obligations, il avait décliné toutes les propositions qui lui avaient été faites et avait tenu à rester *free-lance*, comme on disait.

Il vendait son travail au plus offrant. Au mieux disant. Rarement deux fois de suite au même magazine. Enfin, hormis quelques rencontres furtives, sa vie affective était un désert.

*

Seb avait eu envie de voir Sarajevo dans la guerre. Ça paraissait si incroyable.

Tout le monde y allait.

Il avait donc débarqué à Zagreb en ce mois de mars 1994, et pris une chambre à l'Hôtel Esplanade, à deux pas de la gare ferroviaire. C'était un vieil hôtel austro-hongrois aux tapis défraîchis, au charme suranné, construit en 1925, à la fastueuse époque où l'Orient-Express faisait halte dans la capitale croate. Sa fenêtre sous les toits donnait sur la vieille ville qui avait cicatrisé depuis les premiers bombardements de l'aviation serbe, deux ans plus tôt.

Les tramways circulaient parmi la foule des badauds qui erraient sous les frondaisons du parc jouxtant l'hôtel. La guerre semblait à des années-lumière. Muni de son accréditation du magazine *Les Nouvelles* et de photos d'identité nullissimes sorties d'un Photomaton de Roissy-Charles de Gaulle, il s'était rendu au siège de la Forpronu.

L'après-midi même, il était revenu chercher son badge accréditif.

Un gros porteur quittait le lendemain Zagreb pour la capitale bosniaque, chargé de médicaments. Le pont aérien fonctionnait quotidiennement.

Le C-130 s'était posé sur le tarmac sous une averse de neige fondue.

De lointaines rafales de kalachnikov résonnaient contre les parois des montagnes, et de temps à autre l'explosion d'un obus de mortier lui répondait comme un vague roulement de tonnerre.

Les bâtiments de l'aéroport avaient été comme rongés par un déluge d'acier. Sur le bord de la piste, quelques avions militaires de l'ex-armée yougoslave, frappés de l'étoile rouge, achevaient d'agoniser.

Des militaires casqués de bleu et vêtus de gilets pare-balles montaient la garde près de véhicules blindés de l'ONU. Seb avait pris place dans l'un d'eux, en compagnie de quelques membres de la Forpronu arrivés par le même vol.

Ils étaient sortis de l'aéroport en contournant Dobrinja, laissant derrière eux Butmir, et le premier *check-point* serbe à l'entrée d'Illidza. Ils avaient roulé dans le no man's land en direction de Stup, un faubourg situé au sud-ouest de Sarajevo. Sous le pont de l'autoroute, un container criblé comme un carton de fête foraine était disposé en travers de la route pour ralentir la circulation. De part et d'autre de la route, les épaves de voitures, les carcasses gonflées des chevaux, les débris formaient de réguliers monticules. Chaque jour, les casques bleus dégageaient la route au bulldozer. Coûte que coûte, l'aéroport devait rester ouvert.

Peu à peu, les maisons basses avaient cédé la place à des immeubles couturés de cicatrices. La chaussée était balisée d'impacts. Les habitants rasaient les murs comme des ombres. Le VAB du 12e RICM s'était arrêté devant l'immeuble des PTT. Sébastien, courbé sous la pluie, était allé quérir un *propysniva*, un laissez-passer permettant de franchir les *check-points* serbes ou bosniaques, avant de se diriger au pas de course vers le Holiday Inn, son sac photo sur une épaule et un sac de voyage minimaliste sur l'autre. Au sous-sol de l'hôtel dormaient des véhicules blindés de la télévision. Des Land Rover aux carrosseries couvertes de « TV », « PRESS », tracés à grands renforts de bande adhésive, des Opel grises, de vieux modèles aux vitres obturées, une ou deux Yugo, quelques Golf et une ou deux Mercedes, sans compter quelques voitures de location avec lesquelles des journalistes étaient venus d'Italie en dépit de toutes les interdictions et qui, sans doute, ne reverraient jamais leur port d'attache. Allez expliquer qu'on vous a vidé un chargeur d'AK 47 dans les portières pendant que vous visitiez Pise ou Florence. Elles seraient déclarées volées par leur locataire et feraient le bonheur des trafiquants.

Seb n'aimait pas les véhicules blindés. On y était sourd et pratiquement aveugle.

Un photographe, c'était d'abord un piéton, sens en alerte.

Il avait débarqué dans le hall du Holiday Inn. La façade sud était obturée de sacs de sable, de planches. Les étages supérieurs étaient éventrés par les obus serbes.

On lui avait attribué une chambre au dernier étage, c'est-à-dire au cinquième, celles du dessus étant inutilisables. Un énorme pan du plafond lézardé s'était détaché. Il y avait une baignoire, mais pas d'eau. Lorsqu'il était redescendu, des journalistes de tous les pays étaient attablés dans des boxes au milieu d'un patio qui baignait dans une lumière d'aquarium. Des serveurs en nœud papillon et en costume sombre s'activaient parmi la clientèle. L'endroit était surréaliste. Avant d'aller se coucher, il avait monté de l'eau dans trois bouteilles de bordeaux vides pour se laver.

Dans les jours qui avaient suivi, Sébastien avait exploré le territoire autour de l'hôtel.

L'entrée principale, qui donnait sur Sniper Alley, avait été murée pour des raisons aisément compréhensibles. Il sortait donc par une porte dérobée sur le côté, traversait en courant le grand terre-plein central. Soixante mètres à découvert, le cœur pompant l'hémoglobine gonflée à l'adrénaline, les premiers jours surtout. Ensuite, on pouvait marcher à l'abri des snipers. Le photographe avait abandonné son gilet pare-balles dans sa chambre. Les habitants de Sarajevo vivaient à découvert depuis plus de deux ans. Comment aurait-il été possible de regarder ces gens se faire tirer comme des lapins en se trimballant avec une armure ?

Lorsqu'il avait besoin de sortir des limites de la ville, Seb payait un chauffeur.

Il lui arrivait plus rarement de surmonter son aversion et de profiter d'un VAB au pilote accommodant, ou du 4x4 d'une chaîne de télé. Tout le monde se connaissait, depuis le temps qu'on allait ensemble d'une guerre à l'autre. Ses confrères de l'hôtel lui avaient proposé d'utiliser l'Imarsat, le téléphone-satellite de l'agence Reuters à l'hôtel, mais qui aurait-il bien pu appeler, à vingt-cinq dollars la minute ?

Au bout de quelques jours, Seb avait affrété une Opel dont le chauffeur s'appelait Ismet.

Il avait entendu parler d'une maison de retraite où les pensionnaires avaient pété les plombs, à Nedarici.

Le spectacle, à l'intérieur, était affligeant. Derrière l'abri précaire des murs rongés par les déflagrations d'obus et les balles, il avait découvert des vieux amaigris, puants, les vêtements en lambeaux, qui déambulaient dans des pièces jonchées de gravats. Certains n'avaient plus sur eux qu'une veste de pyjama rapiécée. Leurs jambes pâles et maigres, leurs cuisses maculées d'excréments frissonnaient dans les courants d'air provoqués par les vitres brisées, et leurs vieilles couilles fripées se balançaient sous le tissu rayé effrangé au rythme de leur pas hésitant. Les pensionnaires avaient été abandonnés, livrés à eux-mêmes durant tout l'hiver et condamnés à manger le peu que quelques courageux leur apportaient : la maison de retraite avait le malheur d'être restée six mois sur la ligne de front. Rares avaient été les volontaires pour les ravitailler ou leur porter secours. La guerre n'avait que faire des vieux. Elle hachait menu son content quotidien d'hommes faits, et nul ne savait par quel miracle la maison de retraite avait été épargnée par l'artillerie serbe comme par les mortiers bosniaques. Seb avait fixé les images de ces ombres errantes, le cœur serré à la pensée de ses propres parents.

À la fin de la première semaine, il s'était rendu à l'hôpital de Kosevo, sur lequel était tombé un obus. Les malades psychiatriques qui y étaient internés avaient littéralement disjoncté et la scène qui s'était offerte à lui n'avait rien à envier à celles qu'il avait immortalisées à la maison de retraite de Nedarici. Jeljko Karamusic, le psychiatre qui dirigeait l'établissement, avait allumé une cigarette en tremblant :

– Il y a eu une énorme explosion. Les patients ont été pris de panique, nous avons été forcés de les évacuer en pleine nuit, ils étaient surexcités, à la limite de l'incontrôlable, certains d'entre eux sont des psychotiques profonds, et nous n'arrivions même pas à mettre la main sur l'infirmière en chef, c'était l'horreur ! Ils sont revenus, depuis, mais il nous manque du personnel. Beaucoup ont péri quand la bombe est tombée.

Le petit homme brun aux yeux bleus, au regard franc derrière d'épaisses lunettes, essayait sans beaucoup de succès de surmonter son accablement. Dans les couloirs, des déments sans surveillance rebondissaient, tournaient en rond, les plus agités tremblant comme des parkinsoniens en phase terminale et lançant leurs bras en tous sens vers le plafond dans des mouvements désordonnés. Des hurlements, des pleurs, des vagissements montaient des profondeurs de l'établissement, rythmés par les coups de poing, les coups de tête frappés contre les murs déjà ébranlés par l'explosion.

Seb avait décidé de retourner régulièrement à l'hôpital de Kosevo. Il avait réalisé là-bas toute une série de portraits d'internés, à chaque fois accompagnés d'une ou deux phrases de témoignage.

Le récit d'un des malades mentaux l'avait particulièrement ébranlé. L'homme, un fonctionnaire des impôts plutôt placide et taciturne avant la guerre, avait été interné parce que ses hurlements réveillaient tout son immeuble.

« Je n'arrivais pas à dormir, avait-il expliqué à Seb. La nuit un homme m'apparaissait, il n'avait plus de visage. C'est à cause de l'obus ; nous étions tous à table quand il est tombé. D'un coup, tout est devenu sombre, un rideau noir est tombé devant mes yeux. Puis j'ai vu le sang. Certains d'entre nous étaient morts, d'autres avaient été emportés par l'explosion, il y avait du sang partout, beaucoup de sang. Je ne peux plus le supporter. Ça me rend fou. Ce serait plus facile s'ils disaient : "Voilà, on va tous vous tuer d'un coup", au lieu de faire ça à petit feu. »

À Sarajevo, beaucoup de gens sombraient dans la folie et le taux de suicide était devenu incroyablement élevé.

Seb Meyer avait aussi pas mal zoné avec quelques chefs de guerre, de ceux qui sillonnaient la ville au volant de leurs Golf rouges, et il n'avait pas tardé à s'apercevoir que les frontières entre Serbes et Bosniaques n'étaient pas aussi étanches qu'il y paraissait. Certains étaient cousins. À Dobrinja, on entendait des snipers des deux camps s'interpeller d'un immeuble à l'autre : hé, Slobo, t'es là ? Ismet ? c'est toi ? Et tandis que les hommes se donnaient des nouvelles de la famille ou se lançaient des défis, les insultes lancées par des voix éraillées fusaient de toutes parts, les : « Enculé, on a baisé ta femme, elle s'est fait engrosser par un Serbe ! », montaient des cours d'immeuble, des fenêtres aveugles, scandés en rythme au gré des rafales de Kalachnikov. Et pour ce qui était du trafic d'essence, le marché noir entre les deux camps battait son plein. C'était une guerre de voyous, et les plus audacieux des caïds et des petits truands d'avant-guerre étaient devenus de vrais héros populaires. Lors de la première attaque serbe, ils avaient galvanisé la rue, on va pas se laisser massacrer comme à la boucherie, allez, en avant, ils avaient organisé des milices de plusieurs milliers de combattants, ils avaient littéralement sauvé la ville. À présent ils en étaient devenus les maîtres, au grand dam de la présidence bosniaque. Ces petits mafieux s'étaient métamorphosés en idoles du peuple, leurs photos trônaient sur des affiches vantant leur bravoure, leurs joues se gonflaient des seins des filles qui arboraient des T-shirts à leur effigie.

Izetbegovic aurait bien aimé se débarrasser de ces encombrants alliés.

Semaine après semaine, Seb avait pris ses habitudes à Sarajevo. Il aimait se rendre au café Ramona, parce que les filles y étaient jolies. Elles passaient des journées entières à papoter en tournant leur cuiller dans leur tasse remplie de Nescafé. Au fur et à mesure qu'elles buvaient, elles rallongeaient le café avec de l'eau. C'était là qu'il avait rencontré Dina.

Dina était coiffeuse, il l'avait abordée après avoir remarqué que la petite blonde aux yeux noisette le regardait par en dessous depuis un bon moment. Elle ne devait pas avoir beaucoup plus d'une vingtaine d'années, était habillée d'un jean impeccable et d'un chemisier blanc immaculé. Elle faisait semblant d'être absorbée dans la lecture d'un vieux numéro d'*Oslobodenje* lorsqu'il lui avait proposé un nouveau Nescafé. Elle sentait l'eau de Cologne.

À un moment de leur conversation, elle avait lâché :

– Si je dois passer encore un hiver sans eau, ni électricité, ni chauffage, je vais prendre une corde et me pendre, ils n'auront même pas besoin de me tuer.

Et comme il s'étonnait de ce que malgré tout elle réussisse à préserver son aspect physique, à trouver de l'eau, à laver ses vêtements, elle lui avait répondu :

– Je ne peux pas t'expliquer comment on vit, ici. Parce qu'ici il n'y a pas de vie. Ici, il y a seulement l'instinct de conservation. Rester propre en fait partie.

Ils avaient discuté ainsi une bonne partie de l'après-midi, puis ils avaient fini la soirée au B.B. Hypnotisé, Seb ne pouvait quitter des yeux les seins de Dina qui s'agitaient au rythme de la musique. La vie à Sarajevo battait plus vite, plus fort.

Ils avaient échoué tout naturellement dans le grand lit du Holiday Inn.

Deux jours plus tard, Dina avait été prise pour cible par un sniper.

La semaine qui avait suivi, le photographe était peu sorti de l'hôtel.

Il avait observé avec indifférence le va-et-vient des *beautiful people* qui faisaient étape pour un jour ou deux et qui cherchaient désespérément un photographe ou une équipe de télé pour les immortaliser vêtus d'un gilet pare-balles devant des sacs de sable. Des illuminés de tout poil débarquaient quotidiennement, comme ce journaliste aux longs cheveux et à la barbe blonde, pieds nus dans ses sandales, qui n'écrivait jamais une ligne et que tout le monde appelait Jésus. Il y avait des journalistes bidons, des photographes bidons, des ONG bidons, ces gens étaient inexpérimentés, dangereux pour eux-mêmes et pour les autres, ils débarquaient dans la guerre comme on vient en pèlerinage, ils étaient là pour se sauver eux-mêmes, pas pour sauver les autres.

– C'est absolument vrai, lui avait répondu John Leppard.

Ce photographe anglais travaillait pour *The Independant*. Seb copinait avec lui depuis la Roumanie.

– Il y a beaucoup de gens paumés ici. J'ai vu moi-même, à Osijek, des *Frenchies* qui s'étaient engagés dans les Brigades internationales croates, des jeunes gars de la faculté d'Assas, *in* Paris.

Leppard parlait un français approximatif. Il s'exprimait toujours avec beaucoup de réserve. Sauf quand il était bourré, ce qui arrivait souvent.

Il valait mieux vider les bouteilles de rouge de l'hôtel, disait-il, on risquait quand même moins de choper une hépatite, avec tous ces morts qu'ils enterraient n'importe où. Et au moins, comme ça, on avait des bouteilles vides pour se laver. John Leppard était un photographe brillant, couvert de prix, dont la réputation était planétaire. Mais il n'en tirait apparemment aucune fierté. Dès les premiers jours de printemps, il se mettait invariablement à arborer d'inénarrables shorts qui mettaient en valeur des cannes maigrelettes rougies par les coups de soleil. Ses cheveux blonds étaient coupés très court et il suait beaucoup pour quelqu'un d'aussi mince. Aussi portait-il invariablement en écharpe une serviette de toilette avec laquelle il s'épongeait constamment le cou. Son visage, et surtout son nez en bec d'aigle, était constellé de taches de son.

La chambre de Leppard était payée par son journal. Il avait fini par inviter Seb à la partager. Le jeune pigiste ne roulait pas sur l'or, il ne fallait pas être grand clerc pour deviner ça. Depuis, ils avaient fait équipe, c'était plus sûr à deux. Ils avaient commencé par suivre un convoi d'aide humanitaire d'une ONG européenne qui arrivait de Split par la route. À Illidza, ils avaient été bloqués au *check-point* serbe pour une histoire d'autorisation de transit. Les miliciens à l'haleine chargée de *slivovica* étaient rentrés dans les containers criblés de balles qui leur servaient de QG pour parlementer avec les officiers hollandais et français qui escortaient le convoi. Par une meurtrière découpée dans l'acier, la gueule noire d'une mitrailleuse SG 42 tenait la route de Butmir.

Les négociations avaient fini par aboutir et le convoi s'était ébranlé vers un petit col le long d'une route minée, avant d'amorcer la descente sur Sarajevo. Il avait beaucoup plu les jours précédents. Lorsqu'ils virent le blindé de tête basculer dans le ravin, ils ne comprirent pas tout de suite que la piste de terre battue venait de s'effondrer. Le convoi s'immobilisa. Leppard et Meyer descendirent de la Golf qui les transportait en courant et crapahutèrent tant bien que mal vers le blindé coincé dans les sapins, trente mètres plus bas. Les casques bleus s'affairaient déjà autour du VAB, extrayant des hommes blessés plus ou moins grièvement.

Seb passa la tête dans le véhicule blindé. L'officier français qui pilotait l'engin avait l'air très calme, assis sur son siège. Il semblait dormir, mort, la nuque brisée.

Le convoi avait repris sa route vers l'aéroport. Là il avait fallu s'abriter un moment d'un bombardement intempestif des Serbes dans un tunnel construit sous l'aéroport. L'atmosphère y était étouffante, ils y étaient restés des heures avant de regagner les voitures et d'entrer enfin dans Sarajevo. Seb et Leppard, vannés, avaient rejoint l'hôtel et s'étaient écroulés sur leurs lits.

Une nuit, ils parvinrent à gagner la façade sud du Holiday Inn et grimpèrent dans les étages, se cognant aux débris qui encombraient les escaliers, dans le noir. À plat ventre sur le sol défoncé d'une chambre du quinzième étage qui béait sur les silhouettes des montagnes, ils avaient contemplé une bonne partie de la nuit les bombardements sur la ville. C'était à la fois terrifiant et beau, les explosions faisaient jaillir des boules de feu écarlates, des éclaboussures d'étincelles, et les balles traçantes dans la nuit de Sarajevo avaient quelque chose de magique et mortel tout à la fois.

Quelques jours plus tard, Leppard trouva une place dans une voiture qui partait pour Tuzla et Seb décida de rester en ville. Il commençait à songer au retour. Il avait accumulé beaucoup de films. Il était temps de penser à développer. Des dizaines de petits rouleaux de Tri-X s'étaient amoncelés dans le tiroir de sa table de nuit, avec leurs petits bouts de papier légendés coincés autour par des élastiques.

C'était indispensable. Impossible de se souvenir de tout, des semaines plus tard.

Il pensait avoir pris beaucoup de bonnes photos. Peut-être arriverait-il à ne pas perdre d'argent si *Les Nouvelles* lui accordaient suffisamment d'espace pour une belle publication.

Sinon, il irait proposer ses images à quelqu'un d'autre.

Les photographes étaient si nombreux à Sarajevo. Beaucoup prenaient des clichés identiques. Était-ce utile ? Il s'était endormi avant d'avoir trouvé la réponse.

C'était la veille du jour où il avait été touché.

Tout le bénéfice du travail de ces dernières semaines s'était envolé.

C'était la catastrophe.

S'il ne récupérait pas ses films, en plus d'avoir été blessé, il allait se retrouver dans la merde.

Il n'était pas en mission, il avait fini par partir de son propre chef. Il ne pouvait même pas invoquer l'accident du travail.

Pas un journal n'avait été assez gonflé pour l'envoyer. Sans compter que, fauché comme il l'était, il avait bien sûr fait l'économie d'une assurance spéciale, cette bonne blague…

Et Leppard qui avait foutu le camp à Tuzla ! Peut-être qu'une fois à Paris il parviendrait à le joindre en appelant l'Imarsat de Reuters.

Les brancardiers chargèrent Seb dans l'avion qui le ramenait à Zagreb. De là, il rejoindrait la France. Pour y subir une tympanoplastie, avaient dit les médecins.

C'était de la dentelle, comparé à la chirurgie de conflit.

Il n'avait cessé de réclamer ses films et son sac photo, poliment d'abord, puis jurant jusqu'à ce qu'il sente les roues du porteur vibrer sur le tarmac, mais il semblait que tout le monde autour de lui était aussi frappé de surdité, que même les Français avaient oublié l'usage de leur langue dans cette guerre de cinglés.

Si quelqu'un lui répondit quelque chose, il n'en entendit rien.

L'avion décolla et franchit les montagnes qui entouraient la ville en jouant à saute-mouton sur les trous d'air.

La carlingue mal pressurisée accentuait encore une migraine tenace entretenue par le bourdonnement dans ses oreilles.

La douleur submergea ses tympans et les larmes envahirent ses joues.

Seb aurait donné n'importe quoi pour un pétard.

Il réclama à l'un des infirmiers une dose de morphine. Il fut entendu.

# 3

*Paris, hôpital Tenon, juin 1994*

Sébastien Meyer ouvrit l'œil et contempla par la fenêtre entrouverte de sa chambre d'hôpital les marronniers du square qui jouxtait la mairie du 20e arrondissement. Les branches torturées, secouées par le vent, se détachaient sur un ciel gris et morne.

La rumeur de la ville, des klaxons, du chuintement des pneus sur le pavé mouillé lui parvenait étouffée, accompagnée de bouffées de gaz d'échappement, de Gauloise tiède et de bouche de métro. Ça sentait Paris. Et, surtout, c'était le bruit de Paris.

Les médecins avaient un moment espéré que ses tympans déchirés cicatriseraient, mais une double tympanoplastie s'était finalement avérée indispensable. Dès son réveil, quelques jours auparavant, les sons lui avaient été restitués comme avant ce qu'il appelait à présent *l'accident*. Enfin, presque comme avant. Son oreille gauche, à ce que disait ce bon docteur Cohen, le chirurgien qui l'avait opéré, ne pourrait jamais recouvrer son acuité initiale.

D'entêtants bourdonnements envahissaient son crâne douloureux et provoquaient de terribles migraines.

– Ce sont des acouphènes, avait expliqué le toubib à son réveil, c'est une des conséquences du *blast*, l'effet de souffle dû à l'explosion. C'est très désagréable, je sais, mais malheureusement nous ne pouvons pas faire grand-chose pour vous soulager. Nous n'en savons pas beaucoup là-dessus, à part qu'ils peuvent apparaître naturellement, sans cause précise. Et surtout, nous ne savons rien sur la durée de ces symptômes. Les sifflements internes que vous percevez peuvent s'atténuer au cours des mois, voire des années à venir. Ou disparaître totalement. Le plus probable, c'est que dans un premier temps ils vont s'espacer, ce qui vous laissera respirer. Vous risquez d'être sujet à des vertiges, c'est une des autres séquelles du *blast*. Vos radios ont révélé un petit traumatisme crânien, vous avez un minuscule caillot qui appuie sur une de vos parois crâniennes, un bleu au cerveau, en quelque sorte, qui ne va pas arranger vos problèmes d'effets secondaires ! Enfin, ça devrait se résorber assez vite. Normalement vous devriez être mort. Allez, mon garçon, c'est le printemps, dans quelques jours vous serez dehors, les filles attendront bien un peu notre Tintin !

Sur ces paroles optimistes, le patron avait quitté la chambre, entouré d'une noria d'étudiants qui griffonnaient sauvagement sur leur carnet en buvant chaque mot de Cohen.

Tintin mon cul !

Seb repoussa le tissu rêche à force d'avoir été récuré à grand renfort de nettoyant industriel. Est-ce qu'on réutilisait les draps dans lesquels les gens étaient morts ? Est-ce que quelqu'un était mort dans ces draps-là ? Pfff…

Il avait trop chaud.

Il tendit le bras en direction de la carafe d'eau et remplit son verre sans trop de difficultés.

Il avait appris à corriger l'absence de relief due à la perte de son œil gauche.

Les cauchemars, par contre, étaient revenus, confus.

D'abord, il était dans la tranchée. Une tranchée qu'il ne connaissait que trop bien, quelque part dans le Haut-Karabakh. Il disait quelque chose au soldat qui se trouvait à côté de lui, et le soldat empoignait son arme. Puis le militaire prenait le visage sévère de son père pour l'avertir : « Tu n'es plus communiste. Tu es un traître à la classe ouvrière ! Fais attention, avant de traverser ! »

Et comme Sébastien tournait la tête, il se retrouvait au milieu d'une grande ville hybride en feu, un peu comme si Paris et Bruxelles, à la suite d'une copulation sauvage, avaient engendré une capitale tentaculaire en plein chaos. Il se tenait sur la chaussée au milieu d'un grand boulevard, et une camionnette fonçait droit sur lui. Il voulait bouger mais ses pieds étaient englués dans le bitume. Au moment où la calandre du véhicule allait le heurter, il se réveillait en sursaut.

Dans ses rêves, il voyait par ses deux yeux et il entendait normalement.

Sidonie, l'acariâtre infirmière guadeloupéenne sans âge qui était de service, passa avec son chariot de médicaments et déposa deux Diantalvic sur la tablette à roulettes à côté de son lit.

Elle quitta la chambre en lâchant, de dos :

« Et il faut les prendre, hein ! »

Le photographe s'exécuta.

Pour le bien que ça lui faisait.

Il avait reçu très peu de visiteurs depuis son admission au service des ORL de Tenon.

Un représentant de Reporters sans frontières était passé pour prendre quelques notes destinées au rapport annuel de l'ONG. Ils allaient demander à la Forpronu une protection accrue des journalistes sur les zones de conflit en ex-Yougoslavie. Les Serbes poussaient le bouchon un peu trop loin. Sébastien s'était montré plus circonspect. Était-ce bien un sniper serbe qui l'avait allumé ? Ç'aurait tout aussi bien pu être un Bosniaque. Ne serait-ce que pour pouvoir mettre le coup sur le dos des Serbes, histoire d'exaspérer encore un peu plus la communauté internationale. Avec l'espoir de provoquer une intervention militaire qui libérerait Sarajevo de l'étau qui l'enserrait.

Maintes fois, Seb avait essayé de pressurer ses neurones pour tenter d'en extraire le jus noir qui les obscurcissait. Il aurait donné n'importe quoi pour se rappeler de ces quelques minutes qui manquaient à sa vie. Elles devaient pourtant bien être là, quelque part, planquées en une *terra incognita* de son esprit.

Mais rien. Le vide. Le trou.

Quelques confrères parisiens, rédacteurs et photographes, étaient venus le visiter.

*Les Nouvelles* avaient adopté un profil bas depuis l'accident. Meyer n'était pas réellement parti en commande pour le journal.

Ils avaient juste accepté de l'accréditer avant son départ.

Ils avaient juste promis de publier ses photos si elles étaient bonnes.

Ses frais n'étaient pas pris en charge, pas plus que son rapatriement.

Et pourtant, si ses photographies avaient été publiées, ils n'auraient pas hésité à leur accoler un bandeau *De notre envoyé spécial, Seb Meyer.*

Avec ses rouleaux de pellicule qui dormaient dans le tiroir d'une commode de Sarajevo, on était loin du compte. Il n'avait même plus de matériel photo. Envolés, son sac et ses boîtiers. Il ne se faisait aucune illusion. Un bidasse l'aurait ramassé, l'aurait gardé ou revendu, n'importe qui l'aurait piqué, allez savoir. Si seulement Leppard pouvait avoir la bonne idée de rappliquer avec ses films ! Il avait bien essayé de le joindre par l'Imarsat de Reuters, mais personne n'avait eu la moindre nouvelle de l'Anglais depuis son départ pour Tuzla.

En attendant, l'accident du travail ne jouerait pas.

Avec ses indemnités journalières, c'était tout juste s'il pourrait se faire cuire des tartes dans des capsules de Coca-Cola !

Heureusement, son loyer était faible. Et heureusement encore, la solidarité avait joué.

Le Foyer des photographes, une association de photo-journalistes dont il était membre, avait envoyé une lettre indignée au directeur de publication des *Nouvelles*. Elle menaçait de se fendre d'un communiqué de presse dévastateur à l'Agence France-Presse.

Du coup Sylvain Joubert, le chef du service photo, avait abandonné son habituelle posture cynique pour se lancer dans une bataille interne destinée à convaincre la direction de faire un geste généreux en faveur de Seb. C'était une rude tâche. Les vieux briscards, les journalistes formés sur le terrain qui avaient fini par prendre les rênes de leur journal, les patrons de presse à l'ancienne avaient été remplacés par des cohortes de froids directeurs financiers à la faveur de regroupements et de rachats successifs, et *Les Nouvelles* ne faisaient pas exception à la règle.

« Trop de comptables, plus assez de funambules », avait lancé dédaigneusement le rédacteur en chef du plus grand hebdo du pays avant de tirer sa révérence quelques mois plus tôt.

Joubert avait remonté son pantalon de velours informe avant de partir à l'assaut du contrôleur de gestion.

On attendait le résultat, avait-il laissé entendre à Meyer au téléphone.

Seb avait effectué ses premiers pas titubants pour se rendre au petit snack-marchand de journaux du rez-de-chaussée. Ça tournait, c'était pire que les montagnes russes. Il avait déjà vécu ça : une tempête d'équinoxe en mer d'Irlande, sur un ferry. Il avait été malade à crever, il n'arrêtait pas de vomir tandis qu'un marin sadique lui racontait des histoires de naufrage. Entre deux spasmes, il aurait volontiers pris le temps d'étrangler le type de ses propres mains.

Il avait acheté *Le Monde*. La situation ne s'arrangeait pas à Sarajevo, et la communauté internationale se refusait toujours à une intervention militaire, malgré la pression des opinions publiques qui réclamaient des bombardements sur les positions serbes. Il avait très vite abandonné la lecture du quotidien. Une migraine tenace enserrait ses tempes. Arpenter le cloître autour du jardin aux arbres malingres lui fut difficile. Il décida de remettre sa promenade au-dehors à plus tard. Dans les couloirs, sur le chemin du retour, il fut obligé de s'asseoir à plusieurs reprises pour se reposer. Il croisa des ombres en pyjama qui traînaient derrière elles leur perfusion accrochée à un suspensoir à roulettes, des couples qui se donnaient la main, l'un des deux en tenue d'hôpital. Parfois, une calvitie totale trahissait l'usage de la chimiothérapie.

Incapable de lire très longtemps, il passait ses soirées à regarder la télé. Par chance, juste la veille, ça avait été le jour de « la Dernière Séance », présentée par Eddy Mitchell.

Deux films dont *La Flèche brisée* de Delmer Daves, avec James Stewart, et surtout *La Prisonnière du désert* de John Ford, avec Nathalie Wood et John Wayne.

Sébastien Meyer aimait les westerns. Enfant, il avait assisté à la projection sur grand écran de quelques-uns des derniers grands chefs-d'œuvre du genre, assis entre ses parents endimanchés, au Casino de Pantin, une splendeur en stuc avec loges et balcon à l'italienne, lustres et fauteuils de velours rouge défraîchis.

Depuis le cinéma avait été reconverti en garage, comme dans la chanson.

Seb considérait le style épuré à l'extrême du western, sa trame d'une sobriété à toute épreuve, comme une transposition contemporaine de la tragédie grecque. Il suffisait de voir *L'Homme qui tua Liberty Valance* pour s'en convaincre. Le réalisateur préféré de Seb demeurait sans nul doute Ford, qui avait fait de Monument Valley un décor à la mesure de ses films, qui, parmi les premiers aussi, avait porté un regard différent sur les Indiens, dans son crépusculaire *Cheyennes*. Et pour une fois le titre du film avait été à peu près correctement traduit, pas comme *My darling Clementine*, qui était devenu *La Poursuite infernale !*

La première fois qu'il avait croisé son reflet dans le miroir du cabinet de toilette de sa chambre d'hôpital, lorsqu'il s'était vu avec le bandeau de cuir, il avait immédiatement décidé de refuser l'œil de verre qu'on lui avait proposé. Il n'allait tout de même pas faire comme Le Pen ! Ford avait bien vécu avec un bandeau.

Lentement, il avait soulevé la pièce de cuir. Ses paupières s'ouvraient sur un tunnel de chair rouge, une fenêtre sur son cerveau embrasé.

Son œil était dans la tombe. Oui, l'œil était dans la tombe et regardait Seb Meyer.

Le bandeau lui conférait une allure farouche.

Il l'avait remis en place.

*

*Le Pré-Saint-Gervais, juin 1994*

Sébastien Meyer avait pris l'autobus 61 place Gambetta. Les passagers dévisageaient avec circonspection ce jeune homme amaigri aux vêtements crasseux, qui portait un bandeau sur l'œil. Il était descendu à la station place Séverine.

Quand il avait ouvert la porte de son deux-pièces de l'avenue Édouard-Vaillant, il avait eu l'étrange impression de débarquer chez quelqu'un d'autre.

C'était une sensation familière à ses retours de reportages. Cette fois pourtant, il lui sembla s'être absenté depuis plusieurs années.

Sa blessure, le séjour à l'hôpital, le retour sans images, sans ses appareils, le laissaient désoccupé, comme étranger à sa propre maison. C'était un vaste ensemble d'immeubles construit sur Pantin et le Pré-Saint-Gervais pour loger les vagues successives de paysans arrachés à leur campagne et venus grossir les rangs des ouvriers.

La cabale interne menée par Joubert, alliée aux pressions du Foyer des photographes, avait fini par porter ses fruits. Le syndic de gestion en ayant référé au directeur financier du groupe, le conseil d'administration avait fini par décider qu'on pouvait peut-être missionner *a posteriori* ce collaborateur atypique. Une rapide évaluation des risques avait montré qu'en termes d'image *Les Nouvelles* y trouveraient leur compte. De plus, le communiqué de presse de l'association de photo-journalistes pourrait avoir des effets fâcheux, notamment en résiliations d'abonnements qui s'avéreraient plus coûteuses qu'une prise en charge d'ailleurs partiellement assumée par la Caisse d'assurance maladie. Sébastien Meyer était donc devenu la victime d'un accident du travail qui entrait dans le champ d'application de la Convention collective des journalistes, si, si. Il pouvait compter sur des indemnités journalières qui lui donneraient le temps de voir venir, et la prime d'invalidité qu'il toucherait pour son œil perdu lui permettrait sans doute de racheter quelque matériel photo pour remplacer les appareils laissés à Sarajevo.

Il pénétra dans la petite entrée. Pas de sac de voyage à poser sur la térasolite lie-de-vin de l'entrée. Pas de coup de fil au labo photo, pas d'attente anxieuse des pellicules développées.

Il croisa son reflet dans la glace qui pendait près du porte-manteau.

Son maigre bagage était resté au Holiday Inn de Sarajevo. Il ôta son blouson, s'assit au bord du lit sur une couverture berbère ramenée de reportage et entreprit de délacer ses baskets qu'il envoya promener d'un geste sec du pied, ce qui eut pour effet de déclencher un vertige en retour. Il dut attendre un moment que la pièce s'arrête de tourner.

Son regard borgne courait sur les murs décorés de reproductions des photographies d'Indiens prises par Curtis au début du siècle, la poussière amoncelée sur les meubles de récup, son intérieur surchargé de bric et de broc, les rayonnages débordants de livres encombrés de toiles d'araignée qui reliaient entre eux les albums consacrés au western et les monographies de grands photographes du 20e siècle, les romans russes et les recueils de nouvelles italiennes. Dans une vitrine trônait la collection d'objets kitsch que Seb avait rapportés du monde entier au gré de ses reportages. Un Elvis dans sa boule de verre sur qui tombait la neige, affublé d'une boîte à musique qui jouait *Love me tender*, un gros réveille-matin à l'effigie de Mao Tsé-toung dont la main saluait le peuple au fil des secondes et qui diffusait *L'Orient est rouge* toutes les heures, un Christ immolé sur un Golgotha en coquillages collés, chaque main clouée à un palmier en plastique, version mexicaine et tropicale de la crucifixion, une approximative Mercedes en bois sculpté achetée au marché de Kampala, et surtout, fierté de sa collection, un bracelet-montre à l'effigie de Saddam Hussein. Pendant la guerre du Golfe, les Alliés canalisaient tellement les photographes, les équipes de télé et les journalistes qu'il était devenu pratiquement impossible de travailler librement. Les Américains avaient retenu la leçon de la guerre du Vietnam. Ils trimballaient les personnels des agences en charter, comme des voyagistes qui mèneraient un troupeau de touristes à la plage. Ils leur montraient ce qu'ils voulaient bien leur montrer. Au besoin, ils leur fournissaient des figurants pour monter des images, les patrons des journalistes étaient satisfaits, tout le monde était content. Ça n'était plus du journalisme, c'était de la pure propagande, orchestrée par les Américains avec la complicité des pays alliés et de l'immense majorité des médias. Seul un petit groupe de journalistes frondeurs, français en majorité, avait pu échapper à la vigilance des services de presse des Armées et se faufiler sur le terrain.

FTP. *Fuck The Pool.*

C'était le surnom qu'ils s'étaient donné. Ils avaient fini par être capturés par les Irakiens. Ils les avaient plutôt bien traités, avant de finalement décider de les rendre aux Alliés ivres de rage. Sébastien avait rapporté la montre en souvenir de cette mésaventure. La montre et aussi un paquet d'images publiées partout. À la sortie de Koweit City, sur des kilomètres, ça avait été le carnage. Un gigantesque embouteillage de véhicules disparates carbonisé par les bombes à effet de souffle larguées par les Américains sur les troupes irakiennes qui fuyaient le Koweit comme elles pouvaient, à bord de camions militaires, de 4x4 civils, de Mercedes ou de BMW volées remplies à ras bord de télés, de magnétoscopes. Vitrifié sur place, l'enchevêtrement de carcasses pleines de morts avait fait la une des journaux. Les troupes de Saddam étaient en train de prendre la poudre d'escampette, de toute façon. Est-ce que cette boucherie était vraiment nécessaire ? En haut lieu, on avait dû juger que oui.

Il n'y avait rien de tel qu'une expérience en taille réelle.

Depuis Hiroshima, tout le monde savait ça.

Sébastien avait ramassé la montre au bracelet cassé sur la route de Bagdad au milieu des épaves. Elle ne fonctionnait plus.

Il soupira. Pieds nus dans ses chaussettes crasseuses, il alla se coller à la fenêtre.

Des gamins jouaient au foot sur le stade Léo-Lagrange autour duquel la cité avait été construite en fer à cheval.

Il se résolut à se déshabiller et glissa son corps amaigri sous la douche en prenant garde de ne pas mouiller son orbite vide qui nécessitait un traitement antibactérien spécial.

Des coups frappés à sa porte le sortirent de la salle d'eau.

Il noua précipitamment une serviette-éponge autour de sa taille et alla ouvrir.

Ses oreilles toujours aussi décollées, coiffé d'une casquette de base-ball Reebok, vêtu d'un survêtement Sergio Tacchini tellement blanc qu'il aurait fallu chausser des lunettes de soleil avant de le regarder, pieds calés dans ses babouches marocaines, Kamel se tenait maladroitement debout sur le paillasson, deux énormes sacs en plastique à la main.

– Zyva, je t'ai entendu rentrer, mais je m'suis dit attends, laisse-le arriver, c'est bon !

Seb s'écarta pour laisser entrer son voisin de palier qui déposa les sacs dans l'entrée.

– Tiens, ton courrier, comme tu m'avais dit, je te l'ai pris dans la boîte tous les matins. Attends, c'est ouf, tu reçois autant de lettres qu'un ministre, toi, la vie de ma mère, j'te jure, je savais plus où les mettre, les lettres ! Zarma, ton œil, putain ! C'est pas vrai, ça. J'ai vu l'autre, là, Bilalian, quand il a parlé de oite, et tout, je savais pas à quel hosto t'étais, sinon je serais venu te voir, sur la tête de ma mère ! Et tes parents, ils sont pas venus ? Ah ouais, la vérité, j'ai pas osé appeler chez eux, la tête de ma mère, après ce que…

– Laisse ta mère tranquille, Kamel. Et mes parents avec. Merci quand même. Tu sais, j'ai pas tellement envie d'en parler. Enfin, pas tout de suite. Tu veux un thé ? Euh, je veux dire si j'en ai.

– Ouais, d'accord, s'cuse, je suis un peu relou, comme keum.

Pendant que Sébastien farfouillait dans les placards de la minuscule cuisine dans l'espoir d'y dénicher un résidu de thé, Kamel s'affala dans un canapé clic-clac fatigué recouvert d'un tissu indien et entreprit de rouler un mégapétard.

Ce que ça pouvait être bon, après tout ce temps !

Seb aspira à fond la fumée au goût musqué et but une gorgée de thé brûlant. Pour la première fois depuis l'accident, il se sentait un peu mieux. Ah, Kamel, Kamel… Ange gardien de l'avenue Édouard-Vaillant.

– Oh, vas-y, Seb, fais tourner le oinj !

Le photographe éclata de rire.

Lorsque son voisin eut pris congé, les yeux injectés de sang et la tête farcie de tétrahydrocannabinol, Sébastien s'endormit sur le canapé en regardant *She wore a yellow ribbon*. Il connaissait le film par cœur et John Wayne sanglé dans son uniforme du 101e de cavalerie continua dans ses rêves à chevaucher au pied des mesas brûlées par le soleil. Jusqu'à ce que surgisse une camionnette que le Duke esquiva en dégainant son colt et qui fonça droit sur Seb.

# 4

*République du Congo (Congo-Brazzaville),*
*région de Pointe-Noire, septembre 1988*

Amélie Moukengué avait levé la tête vers les gros nuages noirs qui s'amoncelaient dans le ciel, semblables à de grands troupeaux d'éléphants venus du large. Un pan d'azur avait été épargné et le soleil cognait encore de bon cœur sur les bêtes et les gens. La chaleur était étouffante. Dans une semaine ou deux, la saison des pluies déverserait sur l'équateur sa manne bienfaitrice, les habitants des villages sortiraient dès les premières gouttes. De la taille d'un œuf, elles s'écraseraient sur la terre réduite en poussière et on danserait de joie sous le déluge. Bientôt.

En attendant, l'adolescente avait réussi à échapper à la corvée de pilage du manioc pour gagner une zone marécageuse non loin du village et s'y rafraîchir. Par-delà les hautes herbes, il y avait le fleuve, l'énorme fleuve Congo qui se dilatait, chargé de boues, d'alluvions charriées depuis Kinshasa, Brazzaville, Kisangani et plus loin encore, le maître d'école l'avait dit. Le Congo qui s'élargissait, donc, comme un énorme serpent écrasé par un de ces camions que conduisaient les Blancs de la Petrocoq, avant de se jeter dans l'Atlantique, plus loin, vers Pointe-Noire, à une centaine de kilomètres de là. Les femmes qui battaient le linge, les enfants qui se baignaient étaient descendus plus bas sur le fleuve.

Amélie se débarrassa de son turban coloré, déroula son boubou de batik hollandais autour de son corps gracile et entra dans l'eau couleur de terre, une gamelle d'aluminium cabossée à la main. La vase s'insinuait entre ses doigts de pied, c'était une sensation à la fois désagréable et sensuelle, la matière gluante chatouillait le moindre centimètre carré de la plante de ses pieds. Le marigot était peu profond et la jeune fille dut s'agenouiller pour pénétrer un peu plus loin dans l'eau. De temps à autre, elle jetait un regard inquiet vers la clairière où aboutissait le chemin de latérite qui menait au village. Elle avait treize ans depuis quelques jours à peine, elle était promise à Denis, un jeune pêcheur, le plus habile de tous, et chaque jour sa pirogue propulsée par un carré d'étoffe qui tenait lieu de voile revenait au mouillage chargée à ras bord de poissons tilapias brillants comme des diamants. Les formes naissantes d'Amélie excitaient à présent bien des convoitises, et le désir qu'elle pressentait dans le regard des hommes l'avait déjà laissée profondément troublée. Elle devrait veiller désormais à soustraire les cônes géométriques de ses seins à l'appétit des garçons, que Maman Moukengué disait insatiable.

Ah, ça, il fallait s'en méfier des garçons, oui. Dans un village en amont du fleuve, bien en amont au-dessus de Matadi et des cataractes, un de ces colporteurs qui remontent le Congo sur des baleinières en bois surchargées de débrouillards, de spécialistes du trafic, de sacs de sel, de ciment, de savons, de bassines en plastique, de bidons, de miroirs, de tubes de rouge à lèvres, de fard, avait même détourné une brave mère de famille du droit chemin. C'était justement avec son stock de maquillage que le marchand suborneur était parvenu à ses fins. Mais l'époux de la femme volage était un sorcier aussi puissant que redouté. Il avait surpris les amants au plus fort de leurs ébats et les avait fétichés sur place. Ils étaient restés pétrifiés, collés comme deux chiens, et on les avait enterrés sans avoir pu les séparer.

Au village, depuis une semaine, on ne parlait plus que de ça. C'était sûr, si Maman Moukengué la surprenait ici, toute seule, Amélie passerait un mauvais quart d'heure, ça oui.

Elle s'accroupit complètement dans l'eau et versa sur ses tresses aux motifs compliqués de pleines gamelles d'eau tiède. Un souffle de brise marine fit naître un frisélis sur le marais.

Quelques aigrettes s'élancèrent au-dessus des jacinthes d'eau et prirent leur envol.

Étonnée, Amélie les suivait du regard en clignant des yeux à cause de l'eau lorsque retentit la première détonation.

Elle avait sursauté. Ça venait du village. Elle s'était retournée en direction de la clairière, intriguée. Personne.

Depuis que le président Sassou N'guesso et ses Cobras arrivés au pouvoir en 79 avaient instauré un régime marxiste, le pays était instable, en proie à de constantes guérillas, et la proximité de l'Angola voisin n'arrangeait rien. Mais cette région-ci avait toujours été calme, les membres de l'ethnie kongo, majoritaire dans le pays, n'étaient guère inquiétés, en dehors des hommes qui partaient, de leur plein gré ou enrôlés de force, combattre les milices Ninjas de l'opposition. On parlait même de la construction d'une maternité, d'un hôpital financé par les Blancs, pour les habitants de la région.

Amélie aurait adoré devenir infirmière.

Un jour, qui pouvait savoir. À treize ans on est encore plein de rêves.

À peine quelques secondes plus tard, d'autres détonations avaient résonné, puis carrément des rafales d'armes automatiques. Leur fracas creusait des dépressions dans l'air brûlant de l'après-midi de septembre. Effrayée, Amélie s'avança un peu plus profondément dans l'eau vaseuse. À présent, elle pouvait entendre une lointaine rumeur, des cris aigus, des bruits de pas. Ça se rapprochait. Elle s'enfonça dans le flot et la boue, dissimulée aux regards, et seuls son nez et ses yeux émergeaient de l'eau fangeuse. Paralysée par la peur, une peur instinctive, elle ne parvenait plus à rassembler ses idées. Des panaches d'une fumée épaisse et noire montaient paresseusement vers le ciel, derrière les arbres. Le village. Malgré la tiédeur de l'eau, malgré la chaleur, Amélie s'était mise à claquer des dents sans pouvoir s'arrêter, comme atteinte de ces fièvres que causaient parfois les piqûres de nombreux moustiques qui peuplaient le delta. Soudain, deux femmes déboulèrent du chemin sur la petite plage, portant des bébés dans leurs bras, leurs pieds nus battant le sol dans une course désespérée et Amélie n'eut que le temps de reconnaître Julienne et Marie-Josèphe.

Une série d'éclairs jaillit des fourrés, tactactac, tactactac, deux fois.

Julienne écarta les bras, le bébé roula au sol et rebondit. Touchée en plein dos, elle s'effondra sur elle-même comme un tas de chiffons informe, sans un cri. On aurait dit que Marie-Josèphe avait marché par mégarde sur un pan de son boubou. Son pied se posa sur le tissu qui tomba à ses pieds, dévoilant ses lourdes mamelles gonflées de lait, son ventre rebondi qui portait encore un enfant. Déséquilibrée, elle amorça un soleil, le nourrisson catapulté en avant atterrit à cinquante centimètres de l'eau. Elle se releva maladroitement, intégralement nue, et fit encore un ou deux pas hésitants en direction du bébé avant de s'effondrer à son tour.

Les tirs s'intensifiaient du côté du village.

Ça n'était pas possible ! Ça ne pouvait pas être ! Tétanisée, Amélie se mordait les lèvres pour essayer d'empêcher ses dents de claquer et un liquide vermeil perlait sur ses incisives épaisses et blanches. Elle aurait voulu… elle aurait voulu sortir de l'eau, courir vers les enfants, les ramasser, les emmener, courir, les sauver.

Mais courir vers où ? Le village ? Tout son être, son instinct hurlaient un *non !* sans appel.

Le goût du sang dans sa bouche la sortit de son hébétude, de sa prostration.

Sans trop savoir ce qu'elle faisait, comme Denis, son fiancé, le lui avait appris, elle se laissa couler en retenant sa respiration, les yeux écarquillés sur un monde flou et boueux. Le bruit des bottes d'assaut, des coups de crosse sur la plage lui parvenait étouffé, déformé par le liquide qui avait envahi ses conduits auditifs. Elle ferma les yeux et pensa très fort à Denis qui était sorti avec sa pirogue. Il allait revenir la chercher, c'était sûr, il allait la sauver. Il suffisait d'attendre assez longtemps. Elle se força à ne pas évoquer Maman Moukengué ni Papa Moukengué ni ses frères et sœurs, un poisson, voilà, c'est ça, elle était un poisson, un tilapia, un tout petit tilapia, et elle attendait que Denis vienne la pêcher avec son filet. Les poumons prêts à éclater, elle nageait en direction du fleuve, collée au fond limoneux.

Denis aussi avait vu les fumées depuis sa pirogue. Avec les autres pêcheurs, il avait pagayé de toutes ses forces en direction du village où les attendaient les hommes en armes. Ils n'avaient rien pu faire. Denis ne pêcherait plus jamais de tilapias à présent que son cadavre gisait près d'une case, bras en croix sur le dos.

Des corps s'affalaient dans l'eau, des bras battaient la surface de l'eau rougie. Amélie émergea plus loin pour reprendre sa respiration et l'air qu'elle avalait à pleines goulées lui brûla la trachée. Ces hommes, pourvu qu'ils ne remarquent pas son boubou sur la plage !

Amélie replongea. Quand elle émergea à nouveau, les silhouettes qui s'agitaient là-bas sur la plage avaient la taille de jouets, mais l'incendie derrière eux démentait cette illusion. Elle nageait vers le large, nageait nageait comme un automate qui aurait perdu toute notion du temps, elle respirait à peine, et tout son corps frissonnant était bloqué par le refus, muré dans une brasse mécanique.

Même longtemps après que le silence fût revenu, elle nageait encore. Puis elle perdit connaissance. Tout au moins conscience, car elle continua à brasser l'eau comme un métronome, bouche fermée, yeux clos, au ralenti.

La nuit tombait lorsque enfin elle s'échoua au bord du marais. Une heure, peut-être deux passèrent encore avant qu'elle parvienne à se dresser sur ses membres douloureux, titubante, grelottante.

Des cadavres émergeaient de l'eau comme les grumes d'un radeau de flottaison désagrégé, d'autres n'étaient pas allés plus loin que la plage. Les bébés de Julienne et Marie-Josèphe avaient eu la tête écrasée. Le village brûlait encore et les cases incendiées s'effondraient sur elles-mêmes tandis que les flammes projetaient des lueurs sauvages vers le ciel, dans une odeur de paille brûlée et de cochon grillé. Des corps jonchaient les rues. Ils étaient tombés, maladroitement emmêlés dans une fuite éperdue. Des ruisseaux de sang s'étaient échappés des amas de cadavres, aussitôt bus par la latérite. Des hommes, des femmes, des enfants, des vieillards. La famille, les voisins d'Amélie. Morts. Ils étaient tous morts.

Lorsque l'armée finit par arriver, les soldats découvrirent Amélie errante, nue et hagarde au milieu des poules et de quelques vaches épargnées. Ils ne purent tirer d'elle le moindre mot et se résolurent à la faire grimper dans un de leurs camions, enveloppée dans un boubou ensanglanté ramassé dans une venelle.

Ils l'emmenèrent vers l'hôpital de Pointe-Noire. Peut-être les médecins pourraient-ils la calmer, au moins faire cesser cet incessant tremblement qui l'agitait.

*

*Paris, janvier 1995*

– C'est de la daube, coco ! Je te reconnais plus, là, qu'est-ce qui t'arrive ?

Joubert examinait attentivement les diapositives disposées sur la table lumineuse de la salle du service photo, dans l'espoir d'en dénicher une qui fût – même vaguement – publiable. Il secoua la tête et se redressa, ôta ses lunettes demi-lunes qui pendaient au bout d'un fil sur son pull beige et gratta ses cheveux gris.

Les chauffeurs de bus avaient débrayé suite à des violences répétées et au tabassage de l'un d'entre eux en Seine-Saint-Denis, la veille. Les images qu'avait ramenées Sébastien de la manifestation étaient carrément inutilisables. Floues, mal cadrées, d'une banalité affligeante. Bastille-Nation, ça n'était pourtant pas la bataille de Stalingrad, nom d'un chien !

Depuis quelque temps déjà, Sébastien Meyer avait repris contact avec ses clients.

Du coup, la rédaction des *Nouvelles* s'était senti quelques obligations à son égard.

Joubert lui avait passé une ou deux commandes prudentes de reportages en Île-de-France, ça n'était pas les grands espaces, pour sûr, mais au moins c'était du boulot.

Seb avait accueilli avec appréhension ces premières missions depuis l'accident.

– Qu'est-ce que tu veux qu'on fasse de ça ?

Seb baissa la tête, absorbé dans la contemplation du pantalon de velours vert bronze à grosses côtes du chef du service photo.

– J'ai l'air malin, moi. Il va falloir aller acheter des photos en agence, à présent. Ça fait la deuxième fois en un mois, Seb. C'est ton nouveau boîtier, ou quoi ?

Le photographe s'était rendu sur le boulevard Beaumarchais.

Il avait déniché un Eos d'occasion chez Photo-Ciné du Cirque, un magasin situé juste en face du Cirque d'hiver. Paul, le vendeur, qu'il connaissait depuis des années, lui avait fait un prix. Il avait complété ce matériel avec deux zooms qui n'étaient plus de toute première fraîcheur, des modèles bon marché, un 28-105 et un 100-300 mm. Ça n'était pas demain la veille qu'il pourrait se payer de nouveau un Leica neuf. Seb avait immédiatement porté le viseur à son œil, presque fébrilement. Ça allait être bon de tenir à nouveau un boîtier dans ses mains ! Dans sa hâte, il avait collé l'œilleton à son bandeau de cuir.

Par moments, son cerveau refusait d'enregistrer la disparition de son globe oculaire gauche.

Il avait immédiatement rectifié son erreur et visé maladroitement avec l'autre œil.

Quelque chose n'allait pas. Il l'avait immédiatement senti.

Meyer était imprégné de culture photographique, il savait parfaitement ce qu'était une bonne image. Avant de recommencer à travailler, il avait décidé de se nettoyer l'esprit. Il était allé visiter les expositions de la Maison européenne de la photographie, dans le quartier du Marais. Il y avait une rétrospective de l'œuvre d'Henri Cartier-Bresson, son photographe préféré, sur les Européens, et c'était toujours un bonheur d'admirer ces chefs-d'œuvre en noir et blanc.

Il en était sorti rempli du désir de photographier, la tête bourrée d'idées.

Les jours suivants, il avait arpenté les rues de Paris en quête d'images. Il partait tôt le matin, son appareil en bandoulière, prenait le métro à la station Porte-des-Lilas et descendait au hasard de ses inspirations, dans l'état d'esprit d'un pêcheur à la ligne qui s'en irait taquiner le goujon, la gaule à l'épaule. Au début, il était rentré bredouille. Pas moyen de cadrer avec ce foutu œil droit. Et puis il y avait ces maudits vertiges, ces bourdonnements dans la tête, ces migraines insistantes comme des rages de dents, il se serait tapé la tête contre les murs. Il avait insisté. Au cours de ses flâneries, il essayait de domestiquer cet œil indiscipliné qui se refusait à organiser des images cohérentes.

Il avait lu quelque part que les hémisphères du cerveau étaient inversés par rapport à la latéralité physique des membres. Le cerveau gauche ordonnait au bras droit ; et vice versa.

La créativité était attachée au cerveau droit. La rationalité au gauche.

Donc, l'œil perdu à Sarajevo répondait aux impulsions créatives de son cerveau droit.

En tout cas, son œil droit, rationalité ou pas, n'était doté d'aucune imagination, d'aucun sens artistique, et moins encore quand ces maudits acouphènes tyrannisaient ses tympans malgré l'opération subie à Tenon. Dans ces moments-là, la douleur précipitait son esprit dans un épais brouillard.

Il avait impatiemment attendu ses développements.

Contrairement aux apparences, la photographie prenait du temps, énormément de temps.

La première fois qu'il avait mis les pieds dans un laboratoire, il avait d'abord été impressionné par l'aspect médical du lieu, le carrelage blanc, les odeurs chimiques, l'hyposulfite, la lumière jaune de la lampe à vapeur de sodium. L'animateur de la MJC lui avait enseigné le développement des films. À la lumière du jour, il lui avait fait reproduire une heure durant des gestes que jusqu'à son dernier jour il n'oublierait jamais, ouvrir la cartouche à l'aide d'un décapsuleur, découper l'amorce du film en un parfait demi-cercle dénué d'aspérités, vérifier la douceur de l'arrondi du bout du pouce. Enfiler le ruban cranté dans les spires de plastique blanc, plonger le tout dans la cuve pleine de révélateur. Lorsque les gestes de Seb étaient devenus automatiques, l'animateur avait éteint les lumières.

Le moment de développer ses premières photos était venu. Plongé dans une obscurité totale, cœur battant, à tâtons comme un aveugle, il avait cherché du bout des doigts la cartouche pleine, l'ouvre-bouteilles, la paire de ciseaux, les spires, c'était un moment fatidique, une fausse manœuvre pouvait détruire à jamais toutes ses images. Tant que la pellicule n'était pas développée, tant que le processus n'était pas achevé, son travail demeurait d'une totale vulnérabilité. Hésitant, il avait réussi la manœuvre, sans céder à la panique. L'attente avait été presque insupportable jusqu'au moment de suspendre les trois films noir et blanc exposés à 400 iso afin de les sécher. Et même à ce moment, il n'avait pas été question de les prendre en main. Pas encore, il avait fallu attendre qu'ils soient absolument secs. Une véritable torture.

Enfin, à la lumière d'une ampoule, il avait découvert ses premières images en négatif, une vision de fantômes aux pâles silhouettes.

Il avait repensé à Edward Sheriff Curtis. *« The shadow catcher. »* L'attrapeur d'ombres. C'était le surnom que les Indiens lui avaient donné. C'était bien trouvé. Finalement, un photographe, ça n'était peut-être même pas un voleur d'âmes. Juste un attrapeur d'ombres.

Le meilleur était à venir, lui avait assuré René, l'animateur. C'était un grand type baraqué, toujours habillé d'une chemise à carreaux aux manches relevées, ses longs cheveux frisés attachés en catogan. Il était resté longtemps bûcheron dans les Vosges avant d'opter pour un diplôme d'animation socioculturelle. Sa patience et le respect qu'inspirait son impressionnante carrure avaient vite conquis certains jeunes du quartier.

René avait eu raison. Il avait disposé le négatif dans le passe-vues du vieux Krokus et positionné une feuille de papier glacé de vingt-quatre centimètres par trente sous l'agrandisseur pour montrer à Seb comment opérer. L'image s'était alors imprimée en négatif sur le papier, tandis que les mains de René virevoltaient telles des phalènes échappées d'un théâtre d'ombres, masquant tour à tour les visages de Sacha et Libertad Meyer maladroitement immortalisés par Seb.

Puis la source de lumière s'était éteinte et René avait fait glisser le tirage dans le révélateur.

Ô miracle, quand, surgis de ce néant, les traits des parents de Sébastien étaient apparus peu à peu ! Imperceptiblement, d'abord, spectres grisés, silhouettes de passants atomisés, les visages aux traits de plus en plus affirmés avaient fini par se stabiliser lorsque René avait fait passer la feuille de papier du révélateur au fixateur. Cette alchimie avait fasciné Seb. Aujourd'hui encore, elle continuait d'exercer sur lui tout son pouvoir d'attraction, c'était comme un acte magique. Lorsqu'il s'était essayé à son tour à la technique du tirage photo, il avait assez vite obtenu des résultats convenables. Et réalisé qu'il pouvait passer des heures, des nuits entières dans le ventre tiède et silencieux du laboratoire, plongé dans un isolement de caisson sensoriel par la confortable pénombre des lieux, à chercher feuille après feuille à perfectionner un tirage à l'infini. Mais Seb avait manqué de cette patience monacale qui fait un bon tireur. Il avait préféré l'ébullition de la rue. Attraper la vie au filet à papillons avec son appareil, ça c'était intéressant. Le fracas du monde avait vite retenu toute son attention.

Depuis quelques années, il avait remisé son agrandisseur et faisait confiance à un artisan tireur. De toute façon, il avait été un piètre laborantin. Trop pressé, trop bordélique. Michel, le patron de Camera obscura, était devenu une sorte d'*alter ego* de Seb. Il savait ce qu'aimait le photographe, il le connaissait par cœur et pouvait exprimer mieux que lui encore toutes les nuances de ses images aux tonalités sombres.

C'était un métier à part entière.

Meyer avait choisi de consacrer tout son temps à la prise de vues.

Au terme d'une semaine d'errances quotidiennes dans les vingt arrondissements de Paris, Sébastien avait confié ses premières bobines laborieusement exposées à Michel.

Des scènes de rue, des paysages urbains d'automne, le marché de la rue Montorgueil, des portraits de son pote Kamel.

Les vingt-quatre heures qui le séparaient du résultat lui avaient paru interminables.

Le lendemain, il avait poussé la porte du petit passage de la rue Jean-Pierre-Timbaud, la trouille au ventre. La tête de Michel ne laissait aucune place au doute.

Ses photos étaient mauvaises.

Il ne voyait pas.

Il ne voyait plus.

Il avait accepté les commandes des *Nouvelles* en désespoir de cause.

Joubert lui avait tendu ses diapos.

– On dirait des photos de débutant, là. Cette fois je suis obligé de te refuser le boulot, je suis vraiment désolé, mais on ne peut pas à chaque fois te payer et en plus aller acheter des images à l'extérieur. Sans compter l'achat des films et les factures des développements. Ça fait de l'argent, à force, et moi je perds ma crédibilité auprès de la rédaction, tu comprends.

Au royaume de Seb le borgne, Sébastien Meyer le photographe était devenu aveugle.

*

*Douala, Cameroun, février 1989*

Mamy Pschitt releva son boubou sur son sexe épilé et d'un bond grimpa sur la table en se trémoussant sur une musique de Claude François. Dans la boîte, c'était le délire. Les hommes, blancs pour la plupart, visages rougeauds, luisants, dégoulinants d'une transpiration biéreuse, applaudirent en beuglant à faire trembler les cloisons en planches du bordel. Les guirlandes d'ampoules de couleur accrochaient des reflets de guinguette aux gouttes de sueur qui perlaient sur la peau noire de la danseuse. Un cylindre d'une vingtaine de centimètres de haut fait de capsules empilées de Pschitt orange ou citron, indifféremment, était posé sur la table de bois usée.

En ondulant du bassin au rythme de *Si j'avais un marteau*, wohohoho !, Mamy Pschitt s'accroupit lentement tandis que les spectateurs fascinés regardaient les capsules de bouteilles de soda disparaître entre les lèvres de son sexe distendu aux reflets de coquillage.

Les clients assis à la table, deux gros barbus en chemise à fleurs déboutonnée jusqu'au nombril, avaient carrément le menton qui leur tombait sur les genoux. Ils lampèrent une gorgée de bière et déglutirent avec difficulté. Leur pomme d'Adam jouait les montagnes russes tandis qu'ils voyaient disparaître un à un les disques de métal aux bords dentelés et abrasifs des bouchons de Pschitt entre les lèvres du vagin de la danseuse. Ceux qui n'avaient pas déjà une fille à demi dévêtue sur leurs genoux se levèrent pour applaudir. L'air surchauffé était saturé de fumée de cigarettes et de l'odeur de transpiration du public. Mamy se trémoussait à présent au beau milieu de la salle de terre battue. Lorsqu'elle grimpa sur une autre table, ce fut carrément l'hystérie.

Boubou à nouveau relevé sur les hanches, Mamy faisait aller et venir son bassin agité d'une houle régulière au-dessus des bières comme si elle voulait les avaler aussi, les prendre dans son ventre. Lorsque Claude François se tut, elle cessa sa danse et le silence se fit. Les trois clients attablés autour d'elle, des membres de SOS Enfance, c'est en tout cas ce qu'indiquaient leurs T-shirts blancs maculés d'auréoles, ne pouvaient détacher leurs regards du ventre de la fille agité de contractions régulières. Bientôt les premiers bouchons apparurent les uns après les autres entre ses petites lèvres, humides de ses fluides. Lorsqu'elle eut posé la tour de capsules de Pschitt sur la table, elle se releva d'un coup et, du talon, les dispersa aux quatre coins de la pièce. Les clients redoublèrent d'applaudissements ponctués de rugissements et certains aficionados se baissèrent même pour ramasser quelques capsules qu'ils glissèrent subrepticement dans leur poche.

Amélie Moukengué était assise sur les genoux d'un quasi-sexagénaire rougeaud coiffé d'un bob Renault.

Elle pouvait sentir contre sa cuisse l'érection de son micheton. Encore un peu et il soulèverait la table. Il était mûr. Histoire de l'achever, elle se pencha et lui chuchota à l'oreille :

– Tu comprends, à présent, pourquoi on l'appelle Mamy Pschitt ?

Robert Fruchard exerçait la profession de garagiste à Mourmelon. Chaque année, la marque automobile dont il était concessionnaire offrait un séjour d'une semaine pour une destination de rêve à ceux qui avaient réalisé les meilleures ventes. Avec Arlette, Mme Fruchard, ils s'étaient battus comme des lions pour décrocher le marché du renouvellement du parc automobile communal, allant même jusqu'à donner un coup de pouce en forme d'enveloppe au rond-de-cuir chargé de faire exécuter l'appel d'offres. C'est que l'honneur des Fruchard était en jeu ! L'an dernier, déjà, ils s'étaient fait coiffer au poteau par un confrère de Maubeuge. D'ici une dizaine d'années, le garagiste comptait bien mettre en vente son fonds de commerce et se retirer dans la maison qu'ils avaient fait construire au soleil, dans le Sud, à Mimizan-Plage. Et avant, il voulait absolument pouvoir accoler son nom et celui de son épouse au prix du meilleur vendeur régional. Il voyait déjà le trophée accroché au mur, derrière le bureau, à côté d'une photo rapportée de la semaine de rêve les montrant tous deux heureux, hâlés et souriants. Lorsqu'ils avaient appris la nouvelle, ils avaient bondi de joie.

La fête qu'ils avaient donnée la veille du départ !

Le lendemain, Arlette Fruchard, trahie par son foie, n'avait pu se lever pour prendre l'avion à destination du Cameroun aux eaux turquoise et aux plages paradisiaques. Malheureux comme les pierres, Robert s'apprêtait à téléphoner.

– Non, c'est trop bête, vas-y, toi, l'avait encouragé Arlette depuis son lit où, le teint couleur de yaourt au citron périmé, elle ne cessait de vomir des flots de bile dans une bassine en plastique verte.

Le garagiste s'était résigné à partir seul. Martine, l'aînée de leurs deux filles, veillerait au chevet de sa mère et s'occuperait du garage, elle s'installerait avec son mari pour une petite semaine.

Il avait pris le train jusqu'à Roissy, et retrouvé le groupe des vainqueurs de toutes les provinces. Les deux accompagnateurs leur avaient remis des bobs frappés du logo de la marque, et un petit dossier avec leur programme. À l'exception de Fruchard, tous voyageaient en couple. C'était une occasion qui ne se représenterait sans doute pas. Le dernier soir, fiévreux, impatient, il s'était échappé du groupe. L'ennui, le chagrin qu'il avait d'être séparé de son Arlette, et sans doute aussi la troublante beauté des Camerounaises, la moiteur des soirées tropicales, peut-être. Alors que tout le monde était allé se coucher après une courte promenade digestive, il était furtivement ressorti, avait grimpé dans un des taxis qui stationnaient devant l'hôtel et avait demandé au chauffeur qu'il l'emmenât dans un endroit où l'on pouvait passer du bon temps. Depuis l'armée et les bordels des villes de garnison où il s'était fait déniaiser à dix-neuf ans, il n'avait pas ressenti un tel mélange d'angoisse et d'excitation.

À peine avait-il pénétré dans le bar que Mamy Pschitt avait fait un rapide signe de tête en direction d'Amélie Moukengué, qui était venue s'asseoir sur les genoux de Fruchard.

Après que les soldats l'eurent trouvée errante dans les rues de son village, marchant nue au milieu des cadavres des siens sans pouvoir prononcer une seule parole, après qu'ils l'eurent emmenée vers la capitale, Amélie s'était absentée d'elle-même.

Elle n'était pas restée longtemps à l'hôpital de Pointe-Noire. L'état d'hébétude où elle se trouvait plongée l'avait rendue incapable de raconter quoi que ce fût. Les autorités avaient conclu à la naissance d'un nouveau foyer d'instabilité dans la région et, après avoir constaté qu'Amélie n'était affligée d'aucune blessure, on s'était totalement désintéressé de son cas et on lui avait signifié la fin de son hospitalisation.

Elle s'était retrouvée dans la rue. Elle avait dormi à même le sol comme les chiens qui cherchaient leur pitance au milieu des détritus, des immondices. Toujours enveloppée dans son boubou raide de sang séché, un matin elle avait marché jusqu'à la gare et s'était cachée sous le train pour Brazzaville. Elle avait passé 517 kilomètres allongée sur les boggies : Loubomo, Loudima, Madingou, Mindouli, jusqu'à Brazzaville les arrêts étaient interminables. Elle ne sentait pourtant pas la douleur dans son dos, ses bras, ses jambes.

Amélie Moukengué ne sentait d'ailleurs plus grand-chose.

Maurice l'avait ramassée errante dans les rues de la capitale.

Au début, il avait été plutôt gentil.

Il habitait près du fleuve, face à Kinshasa, la capitale du Zaïre.

L'homme, âgé d'une quarantaine d'années – un vieillard dans un pays où l'espérance de vie atteignait à peine quarante-sept ans –, vivait apparemment seul, sans femmes ni enfants, dans une maison de plain-pied relativement confortable. Il l'avait prise sous sa protection, lui avait donné des vêtements et elle commençait à se sentir un tout petit peu plus en confiance lorsqu'une nuit il s'était introduit dans la chambre où elle dormait, avait arraché la moustiquaire qui la protégeait et lui avait pris sa virginité, et tandis qu'il la violait son cri était monté dans la nuit de Brazzaville, elle avait lancé des hurlements de bête à l'agonie vers le ciel par-dessus l'épaule de Maurice qui essayait en vain de la réduire au silence en la bourrant de coups.

Et, avec ce cri, elle retrouva l'usage des mots.

Maurice l'avait vendue à un proxénète d'Ouesso, près de la frontière camerounaise, qui l'avait lui-même revendue à un contrebandier qui l'avait emmenée dans un bordel de Yaoundé. Et la tenancière du bordel l'avait emmenée jusqu'à Douala où elle en avait tiré un bon prix auprès de Mamy Pschitt, mère maquerelle et artiste du sexe.

En quelques mois, elle avait racolé toutes sortes de clients, des Blancs surtout, mais aussi beaucoup de Camerounais. Normalement, quand c'était des toubabs, elle restait avec eux durant tout le temps de leur séjour. Quand ils avaient loué un logement en ville elle y habitait pour s'occuper d'eux, laver leur linge, faire leur ménage, leur cuisine, comme une servante, et le reste en plus.

Souvent il s'agissait de coopérants.

De temps en temps, quand les clients devenaient rares, Mamy Pschitt l'envoyait ratisser les petits hôtels de routards du centre-ville, près de la gare routière. Elle arpentait alors les couloirs en frappant discrètement aux portes, bonjour, chéri, c'est madame l'amour qui passe.

Parfois ça marchait. D'autres fois non.

Amélie avait commencé à soustraire de petites sommes sur ses passes. En rêvant d'Europe, elle avait cousu une poche dans la natte qu'elle roulait chaque matin, les nuits où elle ne dormait pas en compagnie d'un client, dans l'arrière-salle du bordel où elle logeait à même le sol de terre battue avec les autres filles. Elle y enfouissait son argent dès qu'elle était à l'abri des regards.

Petit à petit, les francs CFA s'accumulaient. Mais il lui en manquait encore pas mal quand elle avait suivi

Fruchard jusqu'à son hôtel. Avec des mines subreptices, il avait graissé la patte du portier et l'avait entraînée dans sa chambre où il l'avait possédée furtivement, maladroitement, pendant qu'elle émettait quelques râles de convenance en détaillant chaque lézarde du plafond.

– Tu veux que je reste, patron ? elle avait demandé depuis la salle d'eau, en sortant de la douche, un luxe, un vrai luxe, en comparaison du pauvre robinet d'où sortait une eau jaunâtre, chez Mamy Pschitt.

Fruchard, assis au bord du lit, se tenait la tête entre les mains. Son sexe rabougri disparaissait sous les plis de sa bedaine coincée entre ses cuisses et sa poitrine proéminente. Jamais, en trente ans de mariage, il n'avait trompé Arlette. Qu'est-ce qu'il avait fait ? Mais qu'est-ce qu'il avait fait ? Il regarda la silhouette gracile d'Amélie qui frissonnait à cause du climatiseur réglé à fond.

Sa lèvre inférieure tremblait.

– Oh, patron ? tu veux que je reste ? Ça va pas mieux, maintenant, t'es pas soulagé ? C'était pas bien ?

– Quel âge as-tu ?

– Quinze ans, mentit Amélie.

Quinze ans, merde, mais qu'est-ce qui lui avait pris, nom d'un chien, c'était quasiment l'âge d'Amandine, l'aînée de ses petites-filles. Il eut une vision de l'adolescente blonde, en *baggies* et baskets, un anneau dans la narine, qui se penchait vers lui – elle le dépassait déjà d'une bonne tête –, bonjour Pépé, elle sentait bon le savon, elle revenait de son cours de danse.

– Alors, je reste, ou je m'en vais ?

Amélie se dandinait d'un pied sur l'autre.

– Tu n'as pas faim ? Soif, peut-être, poursuivit-il comme elle faisait non de la tête. Écoute, jeune fille, je ne suis pas comme ça, je…

Sa voix s'était brisée.

– Eh, mais tu pleures, ça va pas, patron ?

Robert Fruchard avait essuyé la larme qui avait perlé dans les rides au coin de ses yeux. Dehors, une guerre de chiens se disputant le contenu d'une poubelle avait éclaté.

– Tu… tu es la troisième… nom de Dieu…

Il releva la tête et la dévisagea avant de poursuivre sur un timbre monocorde :

– … tu n'es même pas encore une femme, rien qu'une gosse. La première fille que j'ai eue, j'étais soldat, les copains se moquaient de moi, ils m'ont presque emmené de force au bordel, c'était en Allemagne, après la guerre, tu comprends, je n'osais pas aborder les femmes, j'étais très timide. Bien sûr, j'avais menti, j'avais raconté que j'étais déjà allé avec des…

Il la regarda encore, hocha la tête.

– … enfin, ils m'ont pas cru. Il y avait aussi des bases américaines, et beaucoup de soldats étaient comme toi, enfin je veux dire, tu sais bien.

Amélie était restée debout, elle s'était enveloppée dans une serviette à cause de la clim', où est-ce qu'il voulait en venir, celui-là, avec ses histoires ? Enfin, au moins il faisait frais, et puis si elle restait là à l'écouter elle aurait peut-être droit à un petit pourboire en plus. Du menton, elle eut un geste pour l'encourager à poursuivre.

– Les Allemands, ils sortaient à peine du nazisme. C'était bien encore la misère, là-bas, n'empêche, beaucoup de filles à soldats refusaient d'aller avec les… euh…

Fruchard était devenu écarlate.

– Noir, c'est pas une insulte, patron, c'est une couleur.

Les épaules du garagiste s'affaissèrent encore un peu plus.

– Et alors, les Américains avaient fait venir des… euh, des Noires, quoi. Et la fille, enfin, la première, elle était comme… enfin, noire, quoi.

Voilà, c'était dit. Il avait laissé échapper comme un soupir.

– Quand je suis rentré d'Allemagne, j'ai rencontré Arlette. Arlette, c'est ma femme, tu sais, et je l'aime, et jamais je suis allé avec quelqu'un d'autre. Je… toute ma vie j'ai trimé comme un pauvre type, à réparer des bagnoles, à me foutre les mains dans le cambouis et à mettre de l'argent de côté, je voulais sortir de mon trou.

Il l'avait de nouveau regardée, qui l'écoutait sagement, attendant qu'il en ait terminé.

– Je sais pas où tu as grandi, fillette. La Lorraine, tu connais pas, ça te dit rien à toi, hein ? Moi je suis né là-bas, c'est la campagne, des bouseux, un coin paumé où on se lavait pas tous les jours. Les toilettes, c'était une cabane en planches au fond du jardin, et la salle de bains, une bassine dans l'évier de la cuisine. On était neuf à la maison. C'était pas beaucoup plus riche que ce que j'ai vu ici et mon père a jamais rien conduit d'autre qu'un vélo.

Amélie était habituée à écouter les divagations des toubabs.

Plus ils avaient bu, plus ils étaient bavards. Elle attendait que ça se passe.

Pour ce qu'elle en savait, les Blancs avaient des climatisations, des voitures, des autoroutes et des salles de bains sûrement depuis que le monde était monde.

– Avec Arlette et les filles, on ne partait jamais en vacances, on faisait rien que travailler, on habite à Mourmelon, tu vois pas où c'est, hein ? Arlette… elle aurait dû être ici, avec moi, ça devait être notre premier grand voyage, même le voyage de noces, on l'a pas fait, je voulais économiser. C'est pas juste, et elle a été malade, elle a pas pu venir, et depuis que je suis arrivé ici je vois toutes ces filles, il fait chaud, pas comme en Allemagne, mais ça me rappelle, enfin, tu comprends… la première, quoi. Je me suis dit que j'aurais plus jamais de ma vie une autre fois l'occasion de…

Amélie avait pris appui sur son autre pied.

– Non, bien sûr que tu comprends pas.

Une autre larme avait atteint le menton du garagiste.

Cette pauvre gosse, comme si c'était pas assez, il lui faisait supporter ses états d'âme, à présent.

Il avait demandé pardon à Amélie. Pardon, pardon, pardon. Puis il avait continué à raconter Mourmelon, le garage, Arlette, le voyage au Cameroun.

Et son fantasme, qui l'avait tourmenté jusqu'à la veille du retour.

Il s'excusait à présent en pleurant et Amélie contemplait en secouant la tête ce gros homme nu à la peau blafarde secoué de sanglots qui se souciait de son apparence comme de sa première chaussette.

Petit à petit, Fruchard s'était calmé.

Il se contentait de dodeliner, les yeux fixés sur les pieds nus d'Amélie qui se recroquevillaient.

– Patron, je peux y aller, maintenant ? elle avait fini par demander.

Sans répondre, il s'était levé péniblement pour aller jusqu'à son portefeuille rangé dans la banane en tissu dissimulée sous sa *guayabera*. Pourquoi diable Arlette était-elle allée lui acheter une chemise cubaine pour partir en Afrique ?

Il en avait extrait tout l'argent liquide qu'il contenait et l'avait posé sur le lit.

C'était bien plus qu'Amélie n'en avait jamais vu.

– Je ne sais pas comment tu en es arrivée là, ma petite. Je ne sais pas comment ça marche ici. Mais j'ai pas besoin qu'on me fasse un dessin pour deviner que si tu avais le choix, tu ne resterais pas chez Mamy

Pschitt, je me trompe ? avait-il demandé, un peu calmé à présent.

Elle avait juste répondu :

– Non, je partirais.

– Ce qu'il y a là – il avait désigné la liasse –, ça suffirait ? Ça fait six mille francs. Six mille francs français, bien sûr, pas CFA.

La jeune Congolaise ne répondit rien. Elle se contenta de hocher la tête.

Fruchard se leva et lui tendit l'argent.

– Sauve-toi, ma puce, et essaie de ne pas retomber là-dedans. Tu as des parents, de la famille ?

Elle secoua la tête.

– Mm, mm.

– Tu sais où aller au moins ?

Nouveau hochement de tête. Elle prit l'argent et sa main tremblait de convoitise.

Elle regarda Robert Fruchard droit dans les yeux. Les larmes avaient séché sur ses grosses joues striées de deux sillons qui finissaient par se perdre en un réseau de rides profondes.

– Merci.

Elle noua son boubou autour de sa poitrine. Sur le pas de la porte, elle se retourna encore une fois. Le Français, toujours nu, s'était rassis sur le bord du lit et son regard fuyant naviguait entre les poils de sa toison grise et les méandres de fêlures dans les joints du carrelage.

– Merci, dit-elle encore. Au revoir, monsieur.

Elle referma doucement la porte derrière elle.

Elle ne sentit même pas la chaleur étouffante de la nuit qui la submergeait. Pas plus qu'elle n'entendit les chants des grenouilles qui couvraient le murmure de la ville.

Libre, elle allait être libre.

Dans sa chambre, Robert Fruchard était en train d'essayer d'imaginer ce qu'il allait bien pouvoir raconter à Arlette en rentrant, pour lui expliquer qu'il était parvenu à dépenser six mille francs en une semaine alors que l'intégralité de son séjour était prise en charge, et que cet argent n'était là qu'au cas où, on ne savait jamais, là-bas, tu comprends, et puis il y avait les cadeaux. Un vol. On lui avait volé sa banane. Voilà, c'était ça. Le front perlé de sueur malgré la clim', le garagiste se félicitait de sa trouvaille. Oui mais le passeport ? Il l'avait toujours, le passeport. Il n'était vraiment pas doué pour le mensonge, mais qu'est-ce qu'il allait pouvoir raconter à Arlette ? Il ramassa son slip kangourou.

Dans la rue, Amélie courait comme une gazelle affolée, son cœur battant tambour au fond de sa poitrine. Elle allait rentrer au bordel, comme si de rien n'était, elle allait donner le montant de sa passe à la maquerelle. Elle irait se coucher avec les filles qui étaient encore là. Et demain, elle prétexterait d'aller retrouver le vieux pour descendre en ville. Il faudrait faire vite. À la gare routière, elle pouvait trouver un taxi-brousse. En chemin, elle rencontrerait bien des compagnons de route, ça n'était pas ça qui manquait. Et à eux tous, ils trouveraient des passeurs. L'Europe, la France. Oui. C'était un long voyage. Sûrement.

Le destin avait décidé. Comme il avait décidé depuis l'attaque du village.

Peut-être, avec l'aide du ciel…

Avec tout cet argent, en tout cas, pas question de traîner. Ce serait trop dangereux. Si une fille le trouvait, dans sa natte, si elle le lui volait, tout serait à recommencer. Si elle pouvait recommencer. Parce que si c'était Mamy Pschitt qui lui tombait dessus, alors, ce serait bien pire.

La raclée serait terrible.

Et après, elle la vendrait, Dieu savait à qui.

*

*Paris, mars 1996*

En juillet 1995, Radko Mladic avait enlevé Srebrenica aux yeux et à la barbe des casques bleus hollandais. En l'absence d'instructions appropriées, ils étaient restés d'une exemplaire passivité pendant que les troupes serbes de Bosnie séparaient les hommes des femmes avant de massacrer tranquillement 7 000 musulmans de Bosnie. Puis, le 28 août 1995, un obus de mortier était tombé sur le marché de Sarajevo, déchiquetant sur place 41 personnes.

Les Bosniaques avaient accusé les Serbes, qui accusèrent bien entendu les Bosniaques.

Certes, l'OTAN armait plus ou moins clandestinement les milices bosniaques pour les aider à résister aux hommes de Karadzic, mais là, trop, c'était décidément trop. Les bombardements de l'Organisation du traité de l'Atlantique Nord mirent fin en quelques jours au plus long siège des temps modernes. Les accords de Dayton concrétisèrent ce salutaire sursaut et le partage de l'ex-Yougoslavie fut entériné. Le 26 février 1996 fut le dernier des 1 395 jours du martyre de Sarajevo. Le 19 mars 1996, les derniers occupants serbes de Gorbavica quittèrent cet ultime quartier occupé et le gouvernement de Bosnie-Herzégovine en prit officiellement possession au milieu des flammes purificatrices, dans une avalanche de mobilier propulsé par les fenêtres.

10 615 Sarajéviens, dont 1 601 enfants, avaient été tués durant le siège de la ville.

Plus de 50 000 autres avaient été blessés.

Tous les hôpitaux psychiatriques affichaient complet.

Sébastien Meyer n'avait suivi que de très loin le dénouement du conflit qui avait fait de lui un infirme.

– Passe-moi l'agrafeuse murale, s'te plaît, Kamel, demanda-t-il.

L'appartement donnait sur le canal Saint-Martin. Il n'était pas encore meublé et les cinq pièces vides résonnaient au moindre coup de marteau. Mais le travail avançait. Les enduits étaient secs, les plafonds repeints de neuf. Ils avaient vitrifié les parquets la veille. Malgré les fenêtres ouvertes, l'odeur du vitrificateur imprégnait encore l'atmosphère. Ce qui n'arrangeait pas la migraine persistante de Seb.

Mais quoi, il fallait bien vivre et c'était un pur plan.

Cinq cents balles par jour. Au black. Chacun, bien sûr.

Au début, le photographe avait essayé de s'accrocher, en dépit de l'échec de sa collaboration avec *Les Nouvelles*.

La concurrence était rude. Et de qualité. La presse était un petit monde et le bouche à oreille avait vite fonctionné. Le pauvre Meyer, tu sais, il ne s'est jamais remis de sa blessure.

Incapable de faire une photo ! Non ! Si, si, je te jure, j'ai essayé de le faire bosser, rien à faire. Ah là là, c'est triste quand même.

Le téléphone était resté désespérément muet. Les responsables des services photo étaient toujours en réunion, en rendez-vous à l'extérieur, partis déjeuner, s'il voulait on pouvait le connecter sur le répondeur pour qu'il laisse un message, on ne manquerait pas de le rappeler. Quel était l'objet de son appel ? On transmettrait. Lui-même n'était pas dupe de ses propres limites. Il avait oblitéré les négatifs issus de ses récentes tentatives à grands coups de ciseaux, avait déchiré ses tirages.

La haine pour le sniper qui avait mis un terme à sa carrière avait commencé à germer en lui. L'enfoiré ! L'ordure ! Au lance-roquettes. Mais pourquoi, bon Dieu, pourquoi ? Et pourquoi ne l'avait-il pas achevé quand il gisait sur le trottoir, il n'en serait pas là, il n'avait même pas eu droit à une mort glorieuse, merde ! Juste à un destin d'éclopé érémiste. Il aurait donné beaucoup pour tenir ce salaud. Pour la première fois de sa vie, lui qui haïssait la mort pour l'avoir trop fréquentée avait nourri des envies de meurtre.

En juin 95, la banque avait rejeté un des chèques qu'il avait émis. Il s'était planté dans ses soustractions, le cœur n'y était pas. Va compter quand il n'y a plus rien à compter, toi !

Il avait vendu son boîtier et ses deux zooms. Il n'avait même pas osé les apporter à Photo-Ciné du Cirque pour les laisser en dépôt-vente, de peur d'y croiser un ex-confrère. La mort dans l'âme, la honte au cœur et le dégoût à la bouche, il avait passé une petite annonce dans *Paris Boum Boum* en priant pour que personne dans le milieu de la photo ne connaisse son numéro de téléphone par cœur. Sébastien Meyer, tu sais, eh ben, il vend même ses appareils. La photo, c'est terminé pour lui ! Qui ça ? Ben, tu sais bien, Seb Meyer, le gars qui avait été blessé à Sarajevo en 94. Ouh là ! C'est loin, ça !

Un jeune mec plein d'enthousiasme avait appelé. Il s'était pointé au Pré-Saint-Gervais, il voulait devenir photographe. Bon courage ! Encore un qui avait raté tous ses examens à la fac. Il avait décidé de se mettre à la photo. Comme si c'était facile. Ses parents l'avaient probablement collé dans une école privée pour gosses de riches où il continuerait à glander comme il l'avait fait jusqu'à présent. Il jouerait au baroudeur en frimant devant ses potes. Il suintait l'espoir et l'optimisme par tous les pores de la peau, ce con, on aurait dit un épagneul breton ! Quand il avait seulement fait mine de marchander, Seb s'était levé, l'air mauvais, en lui montrant la porte. Il avait l'air foutrement dangereux avec son visage émacié et son bandeau de cuir sur l'œil. L'autre avait posé le liquide sur la table basse, avait empoigné le matos et avait filé sans demander son reste.

Quelques jours plus tard, Kamel l'avait mis sur un plan d'appartements à retaper. Il en vivait pas trop mal, le voisin. En tout cas ça payait le loyer et le shit. Un soir de septembre, il avait frappé à la porte de Seb qui était venu ouvrir en traînant des pieds, pas rasé, puant la mauvaise transpiration et vêtu seulement d'un caleçon trop grand de deux tailles qui avait connu des jours meilleurs et d'un T-shirt des B 52's en lambeaux. Son deux pièces exhalait la crasse, la bière froide et le renfermé.

– Woah ! Zyva comment c'est crade, chez oite ! Putain, qu'est-ce qui t'arrive ? Ma rolepa, jamais je t'ai vu ça comme.

Seb n'avait plus adressé la parole à quiconque depuis la vente de son matériel photo.

La digue avait cédé. Il avait parlé, parlé toute la nuit.

De sa honte, de son désespoir, de son désir de vengeance.

Mille fois, il s'était projeté la scène : comme Bronson dans *Il était une fois dans l'Ouest,* il débarquerait à Sarajevo, il ouvrirait la porte d'un appartement d'un grand coup de latte, dans la cuisine une femme donnerait le sein à un nourrisson, soudain un grand mec au front ceint d'un bandeau, vêtu d'un treillis kaki, ferait irruption dans le couloir. Tu te souviens de moi, ducon ? L'ex-sniper froncerait les sourcils, d'un coup la mémoire lui reviendrait, la mâchoire lui tomberait sur les genoux – ça devient du Tex Avery, l'avait coupé Kamel – et Seb balancerait la sauce, il dégainerait le colt logé dans sa ceinture et il tirerait, l'autre tomberait à genoux…

Sébastien s'était interrompu brutalement.

– Tu parles, il se souvient même plus qu'il m'a flingué, à l'heure qu'il est. Moi non plus je me souviens de rien, putain, je voudrais tellement me rappeler, par moments j'ai l'impression que je suis tout près et puis non, rien, ça s'en va, ça s'échappe. Il y a que les cauchemars qui remplissent ma tête, toutes les nuits ils reviennent. Tu comprends, Kamel, si seulement je pouvais retourner là-bas, peut-être que je pourrais me rappeler, peut-être que la mémoire me reviendrait, et du coup peut-être que ma vue reviendrait avec. Et si je pouvais aussi retrouver ce salaud et le buter !

– C'est ça ! Pis quoi encore ? Tu veux pas que le Père Noël vienne te sucer la teub, aussi ! Et comment tu vas y aller, à Sarajevo, t'as pas une thune !

– Arrête, comme si je le savais pas. J'arrive à peine à payer mon loyer et le téléphone. Tu me diras, vu ce que je m'en sers en ce moment, je pourrais aussi bien résilier mon contrat avec France-Télécom. J'ai même vendu mon répondeur.

Kamel avait roulé un joint, il soignait le cône comme un gosse qui viendrait d'hériter d'une sarbacane neuve et façonnerait sa première flèche.

– Oh, ton pétard, il est fini là ! avait lancé impatiemment Seb.

– Monsieur me prend pour un naze ! Respect, bordel !

Seb avait esquissé un vague sourire.

– Putain, c'est bon de te voir goleri, ma parole ! Si ça te branche, j'ai peut-être un plan pour ton Sarajevo, là.

Et Sébastien s'était retrouvé à retaper des appartements au noir avec Kamel.

Sauf les jours où la migraine était la plus forte, sauf les jours où il était pris de vertiges.

Peu à peu, pourtant, les médicaments faisaient leur effet. Les crises s'espaçaient.

Il avait mis un peu d'argent de côté. Il attendait son heure.

Comme Bronson et son harmonica pourri. Ti la la, laaaaaa.

Seb avait fait un faux pli dans le tissu mural. Merde.

– Laisse, on verra ça demain, fit Kamel.

Ils s'accordèrent une pause syndicale, le temps d'écluser une canette de Kro et de se rouler un petit pétard avant de s'engouffrer dans le métro. République, c'était direct pour Porte-des-Lilas. Pratique.

Ce soir-là comme à chaque fois que Seb rentrait d'une de ces exténuantes journées de boulot, il sombra dans un sommeil lourd, affalé sur le lit tout habillé, à peine la télé allumée.

Richard Widmark était embringué dans un duel aux pistolets dont il ne vit même pas la fin. C'était sans importance, Widmark mourait toujours très bien.

La fatigue tenait à distance cauchemars et insomnies. C'était au moins ça.

Le téléphone ne s'était pas manifesté depuis si longtemps que Seb n'identifia pas tout de suite l'origine de la sonnerie.

Quoi ? C'était déjà l'heure ? Aïe, vacherie de courbatures de chantier de merde ! Il étendit le bras pour enfoncer le bouton de son gros réveil en métal à grelots au cadran orné d'un portrait de John Wayne, encore un souvenir kitsch ramené du Missouri, mais il ne se passa rien du tout. Cette saloperie de sonnerie persistait dans toute sa capacité de nuisance. Il ouvrit les yeux. Deux heures cinq. Du matin à en juger par l'obscurité au-dehors. Une averse de flocons blancs grésillait dans l'écran du téléviseur. Qu'est-ce qui… le téléphone, à une heure pareille ? Il décrocha à tâtons et émit un « allô » endormi, aussitôt suivi d'un bâillement sonore.

– Seb ?

– Mouais, enfin je crois, qui est à l'appareil ?

– Je souis bien chez Sébastien Meyer ?

La voix était teintée d'un accent d'outre-Manche inimitable.

– John ? John Leppard ?

– Loui-même, mon vieux, de retour de ce bon vieux Sarajevo où le merdier a pris fin. J'ai un surprise pour toi.

– Mais t'es où, là ? Comment tu vas ?

– À Roissy, mon vieux, je souis à Roissy. J'ai transité par London, et me voilà ! Qu'est-ce que tou deviens ?

– À cette heure-là, c'est trop tard pour te raconter, c'est une très très longue histoire. C'est quoi ta surprise ?

– Mon surprise ? Écoute, je souis complètement épouisé, maintenant, je dois aller à ma hôtel, à Paris. Demain, j'ai rendez-vous avec un agence française qui doit distribouer mes archives, on doit aller à *Paris Match* avec le vendeur dans l'après-midi, tu veux pas me trouver avant la rendez-vous ? C'est rue Oberkampf, tu sais, à l'agence Planche Contact, tu connais ?

C'était à deux pas de Camera obscura. Il n'avait pas remis les pieds dans le quartier depuis ses exploits photographiques particulièrement calamiteux. Moins il s'en approchait, mieux il se portait. La cicatrice était encore à vif. Comme il ne répondait pas, Leppard ajouta :

– Dis donc, tu n'aurais pas perdu quelque chose à Sarajevo ? Comme un sac photo, par exemple.

Le cœur de Sébastien se mit à battre la chamade. Son sac. SON SAC ?

– Dis, tu ne veux pas venir maintenant ?

– Vraiment, je souis mort, là. Alors, c'est oui ou c'est non pour demain ? Tou n'es pas très reconnaissante comme mec, tout de même. OK pour midi ? On se racontera tout ce qui s'est passé depouis qu'on s'est vus le dernière fois, maintenant je pense plous qu'à aller me coucher.

– Demain midi, alors, capitula Seb.

Son sac photo.

Est-ce que ses boîtiers s'y trouvaient encore ?

Et les films qu'ils contenaient, avec ses ultimes images ? Et dans quel état ?

La voix de Leppard avait fait remonter trop de vieux fantômes, d'images de guerre, d'avant l'accident. D'une vie antérieure.

Planche Contact. Il allait devoir affronter le regard d'anciens confrères. Une bête curieuse, un *loser*, celui qu'on redoute de devenir, voilà qui il était désormais.

Il espérait que l'épreuve serait de courte durée.

Il espérait pouvoir entraîner Leppard dans un bistrot. Vite, très vite.

Sébastien Meyer ne put trouver le sommeil avant l'aube. Lorsque impatience et angoisse capitulèrent devant la fatigue, le cauchemar revint avec une régularité de métronome. Sniper Alley, le minibus qui fonçait sur lui. Une détonation éclata. Il sursauta, ouvrit l'œil, en sueur. Quelqu'un tambourinait à la porte comme un malade. Il alla ouvrir en titubant et dut expliquer à un Kamel contrarié – vas-y, comment je suis véner ! – qu'il n'irait pas travailler ce matin-là.

*

*Paris, mars 1996*

C'était un de ces vieux passages aux pavés nervaliens dont le quartier était truffé, bordé d'ateliers d'artisans menuisiers, d'ébénistes, de tapissiers qui avaient peu à peu laissé la place à des lofts d'artistes en vogue. Le ciel étendait son velum sur un figuier aux branches déplumées en exil sur un terre-plein du passage. Seb frappa chez la concierge.

Un rideau en dentelle synthétique s'ouvrit sur une femme entre deux âges.

– Planche Contact ? Au fond à gauche.

Le nom de l'agence était inscrit en grosses lettres noires sur la vitre de la porte d'entrée.

– Euh, j'ai rendez-vous avec John Leppard, je suis…

– Sébastien Meyer, je sais, l'avait devancé la réceptionniste. Désirez-vous vous asseoir un instant ? Puis-je vous proposer un café, pendant que je vais le prévenir ?

Il fut plus que soulagé de voir apparaître la silhouette dégingandée de l'Anglais. Leppard se précipita vers Seb et le serra dans ses bras, manquant renverser ce qui restait de son expresso. Il desserra son étreinte et tint son confrère à bout de bras.

– Oh, je souis content de te voir. *My god*, ton œil ! Une vrai pirate, mon vieux.

Seb restait planté là comme un piquet, sans réagir. Le photographe avait jeté un coup d'œil panoramique autour de lui, et lancé d'un ton soudain beaucoup plus neutre à Meyer :

– OK. Si on allait boire un pot ?

Ils n'avaient pas fait plus de quelques pas dans le passage lorsque Leppard se ravisa.

– *Shit*, j'ai oublié… attends, je reviens tout de suite.

Il réapparut, le sac photo de Seb en bandoulière. Déchiré, maculé de taches brunes, c'était pourtant bien le sien, la lanière effilochée, la fermeture en cuir qui manquait, il n'y avait aucun doute possible, tous les sacs de photographes se ressemblaient mais chacun pouvait reconnaître le sien entre mille, aussi sûrement qu'une chienne repérait ses chiots à l'odeur. Tandis qu'ils marchaient vers le bistrot, Sébastien ne pouvait détacher son regard du fourre-tout éclaboussé de son propre sang, et chargé du souvenir de ses reportages. Chacune de ses cicatrices, chaque couture arrachée était une histoire.

Le quartier avait bigrement changé. De populaire, il était en train de devenir branché. Les troquets à la mode étaient à touche-touche de part et d'autre de la rue Oberkampf, au niveau du carrefour Saint-Maur. L'ancien bar-tabac avec ses billards alignés sous les néons avait laissé place au *Bois-Charbon*, haut lieu de la branchouille parisienne. Seb regrettait le couple de vieux bougons derrière leur comptoir, remplacé par un concept : les tables étaient *bistrot*. Le comptoir était *bistrot*, avec de vieux casiers de bois sombre plein les murs, la déco était *bistrot*. C'était *presque* un bistrot, plongé dans une quasi-obscurité qui permettait à peine de reconnaître un ou deux chanteurs et une comédienne en vogue. Comme il se doit, un nuage de fumée de cigarettes partait du très haut plafond et s'arrêtait à un mètre du sol.

Au moins l'endroit était-il plein à craquer, et même si l'entrée de ce garçon au bandeau de cuir accompagné d'un photographe fit se retourner quelques têtes – c'était peut-être un top-model, un acteur –, au bout d'une minute chacun était retourné à la raison principale de sa présence en cet endroit : voir et, plus que tout, être vu.

Ils avaient commandé des bières de mars.

Leppard avait posé le sac de toile imperméable sur la table de bois verni. Seb s'était précipité, avait ouvert le rabat. Pour autant qu'il s'en souvienne, tout était là. Son Leica, son Canon, ses optiques, son flash cabossé, tout, même les films non exposés qu'il avait emportés avec lui ce matin-là. Il avait pris son M-6 en main, une impression familière. Il avait regardé le compteur de vues, bloqué à vingt-sept poses. Mû par une soudaine intuition, il actionna le levier de rembobinage et sentit une résistance sous la pulpe de son pouce. Il était chargé. Si ça se trouvait…

Il réenroula fiévreusement le film et ouvrit le sabot du boîtier. Une Tri-X noir et blanc.

Son poing se referma sur le petit cylindre de métal qu'il fit disparaître dans sa poche.

Le Canon avait salement morflé. La lentille frontale du zoom était fendue en de multiples endroits comme un cul de bouteille éclaté. La bague de mise au point était bloquée. Le viseur du boîtier avait été pulvérisé. L'Eos avait sauvé son cerveau, pas son œil. L'arrière de l'appareil était constellé de gouttelettes de sang. Un film était engagé. Il lut par la petite fenêtre : Provia 100. Des diapositives couleur. Maladroitement, les doigts tremblants, Seb essaya de faire jouer la couronne des commandes. Elle tournait dans le vide et les diodes de l'écran à cristaux liquides restaient désespérément muettes. En désespoir de cause, il tenta d'actionner le bouton de rembobinage. Rien. Pas moyen de savoir à combien de vues en était le rouleau, ni de le sortir du Canon sans le voiler, hors d'une chambre noire.

Si, et rien n'était moins sûr, la gélatine n'avait pas été irrémédiablement endommagée depuis tout ce temps.

Si, et rien n'était moins sûr, le boîtier n'avait pas pris la lumière.

Meyer replaça son matériel bien à l'abri dans son fourre-tout, sans pouvoir s'empêcher de penser à ce jour où le temps s'était arrêté pour lui là-bas, à Sarajevo.

Leppard était resté muet. Seb se tourna vers lui :

– Alors, raconte. Qu'est-ce qui t'est arrivé depuis le Holiday Inn ? Comment tu as récupéré ce sac ? Et pourquoi tu m'as pas appelé, de Bosnie ?

Leppard lampa une gorgée de bière.

– Je souis resté là-bas pratiquement jusqu'au bout. Quand je souis parti avec cette convoi humanitaire, tu te souviens, pour Tuzla ? Eh bien, je n'ai pas sou tout de souite que tou avais été blessé. Quand je souis revenu, trois jours plus tard, on me dit à l'hôtel que tu t'étais fait alloumer par un sniper au lance-roquettes. Moi j'étais étonné, ils utilisent pas ça, les mecs. Alors je me dis, de toutes les façons, je vais aller voir ce *motherfucker* de Meyer et lui remonter le moral avec une bouteille de vin de Mostar.

– Berk !

– C'est ce que je me souis dit. Si ça le tue pas, ça va le guérir. Mais quand je souis arrivé à l'hôpital, tu étais déjà plous là, ils t'avaient emmené en France, mon vieux, t'as eu de la chance, c'est pas toujours si rapide les évacuations.

– Et ?

– Attends. Je sortais de l'hôpital, et qu'est-ce que je vois ? Un Français de la Forpronu qui grimpait les marches avec ton sac photo plein de sang sous le bras, c'était horrible, enfin j'étais pas si inquiet, j'avais parlé avec une infirmière…

– Lejla ?

– C'est ça, enfin je crois. Elle m'avait dit qu'on allait t'opérer, mais que tu resterais borgne, dur, dur. Enfin, l'officier, c'était un lieutenant, je crois, me dit que quand ils t'ont amené, ils ont oublié ton sac par terre dans le véhicule blindé. Figure-toi, le gars l'avait ramassé sur le trottoir, je crois, après que tu te fais alloumer sur Sniper Alley. Alors je sors mon accréditation et je dis au type : Seb, c'est un copain, donne-moi le sac, je loui donne aussi. Je croyais que je rentre vite, mais non, le journal me renvoie à Tuzla, et cette fois cette conne de voiture elle saute sur une mine, je souis blessé, enfin, pas grave à côté de toi, mais je vais à l'hôpital quand même, à Tuzla, un bout de ferraille dans la jambe.

Il releva la jambe droite de son pantalon de treillis noir. Une longue cicatrice bordée de marques de suture courait sur son mollet.

– Quand je rentre, je me dis merde, le sac de Seb, et pouis je pense à tes rouleaux dans la table de nuit, et quelqu'un les a piqués, bien sûr, et tes fringues, tout, moi j'avais confié ton sac à une interprète, évidemment elle se le fait voler aussi, j'ai proposé une prime à celoui qui le trouve, et ton fourre-tout a réapparu comme par miracle. En gros ils m'ont vendu à nouveau ton matos. Remarque, c'était pas cher, cinq cents dollars, et pouis c'était ma faute, cent fois je me dis John, donne ce sac à un Frenchie pour qu'il l'emmène à Paris et le rende à Seb, et chaque fois j'oublie parce que je souis à l'hôpital, ou ailleurs en Bosnie. Enfin, ça y est, maintenant. Donc c'est toi qui paye la bière. Et toi ? Raconte.

– Attends. Dis-moi. Est-ce que tu as su quelque chose à propos de mon accident ? Et le militaire français, là, il t'a parlé de la façon dont ça s'est passé ?

La serveuse finissait son service, elle apporta la note. Malgré la grisaille au-dehors, elle était vêtue d'un T-shirt qui découvrait largement son nombril et les deux photographes se perdirent dans la contemplation rêveuse de l'anneau d'argent qui en soulignait le creux ombré.

Elle s'éloigna en affichant une royale indifférence.

– Écoute, j'en sais pas plus que ce que je t'ai dit. Le gars, il me raconte que le sniper t'alloume au lance-roquettes, moi, j'ai du mal à croire, mais toi, tu sais, non ?

– John, je me souviens de rien. Ça fait des mois que j'essaie, des fois, j'ai l'impression que c'est là, tout près, mais non. Je me rappelle seulement que j'étais en train de faire des photos, et puis après plus rien, je me réveille à l'hôpital, un œil en moins et à moitié sourd avec un mal de tête à se flinguer. Ils disent que c'est l'état de choc, que ça ne reviendra peut-être jamais. Et j'arrête pas de faire des cauchemars, enfin c'est presque toujours le même, je me fais écraser par un minibus sur Sniper Alley. Dis-moi, le militaire, il ne t'a pas parlé d'un minibus, quand ils m'ont ramassé ?

Leppard regardait Meyer en fronçant les sourcils ; il se racla la gorge et gratta sa tempe compulsivement.

– Euh, Seb ? Non, ils ont rien dit. Mais toi, comment ça va ? Le boulot ? Et le reste ?

– Mon œil est fichu. Je veux dire, pas le gauche, non ça je sais. Je veux dire, c'est mon regard de photographe qui est mort. Après l'accident, j'ai été infoutu de faire quoi que ce soit de bon. Je n'ai plus eu une seule commande depuis des mois. Je touche une petite pension d'invalidité, et je retape des appartements, voilà, vieux. Sébastien Meyer, journaliste reporter photographe, c'est de l'histoire ancienne. John ? Je hais ce salaud. Je veux retrouver ce bâtard et le tuer. J'aurai sa peau même si je dois en crever, je mets sou à sou de côté pour retourner là-bas, il paiera pour ce qu'il m'a pris.

Atterré, Leppard observait l'œil de Seb au fond duquel une braise sauvage s'était allumée.

*Jesus Christ*, ce mec était devenu dingue ! Le Britannique consulta ostensiblement sa montre. Qu'est-ce que je peux lui dire, je peux rien faire pour lui, à présent.

– Faut que j'aille, ils m'attendent à l'agence.

Il se levait pour partir lorsque Sébastien l'arrêta.

– John, est-ce que tu te rappelles le nom du lieutenant français qui t'a donné mon sac ?

Nouveaux grattements sur la tempe.

– Oui, enfin, c'est un nom *very frenchy*, qu'on oublie difficilement, c'est… ah merde, vache… bœuf, vachebœuf ? C'est possible ? Enfin, un nom comme ça, pourquoi ?

– Ça m'aide beaucoup, vraiment, répondit le Français d'un ton maussade. Le sac, c'est dommage que je ne l'aie pas eu plus tôt. Mais merci quand même.

Ils n'échangèrent cette fois qu'une brève poignée de main.

Meyer, son fourre-tout posé devant lui, regarda le dos de Leppard qui s'éloignait, franchissait la porte, et retournait à un monde désormais hors de portée de Seb.

Pourquoi moi ? Pourquoi pas lui ? Pourquoi sa jambe et mon œil, et pas le contraire ?

Il se prépara à rejoindre Kamel qui devait pester en finissant d'agrafer son tissu mural.

## 5

*Ceuta, décembre 1992*

Depuis la promenade du front de mer qui menait au camp de rétention, Amélie Moukengué contemplait l'Europe avec avidité. Trois ans. Il lui avait fallu trois longues années pour atteindre ce confetti espagnol en terre africaine. Il y avait d'abord eu le Nigeria, où le petit groupe de migrants rencontrés à Douala avait embarqué sur le fleuve Niger à bord d'un vieux rafiot déglingué après avoir payé les passeurs qui pouvaient les mener jusqu'en Europe. À Niamey, il avait fallu travailler quelques mois pour faire durer l'argent du garagiste blanc, soudoyer les fonctionnaires des douanes, payer les intermédiaires qui les connaissaient. La jeune femme avait découvert les minarets, l'appel du muezzin. Après il y avait eu le Mali, annonciateur de déserts. C'était un pays jaune, à l'atmosphère brouillée de poussière. À Gao, ils avaient quitté le fleuve Niger pour monter à la rencontre du Sahara à bord d'un camion surpeuplé. La lumière du Tanezrouft brûlait les yeux, carbonisait les rétines. Jusque-là, ils avaient voyagé en taxi-brousse lorsque leurs pauvres moyens le leur permettaient, et à pied, surtout à pied, les crevasses sur la corne des talons d'Amélie c'était la terre rouge de l'Afrique agglutinée en semelles avec la soif, la faim, la dysenterie. Souvent, les voyageurs avaient été pris de fièvres, et l'un d'eux, le vieil Émile, était resté sur le bord de la route. Avec ses quarante-cinq ans. C'était un bon candidat à l'échec, le maillon faible de la chaîne. Animée d'une volonté farouche, Amélie avait tenu bon. Il avait fallu résister au viol qui tentait si visiblement les militaires algériens qui les avaient contrôlés – plus jamais, plus jamais, plutôt mourir – et elle avait porté la lame d'un couteau à sa propre gorge, ils s'étaient contentés de l'argent en haussant les épaules. Les passeurs des différents pays traversés se refilaient le petit groupe de main en main, de réseau en réseau, c'était une drôle d'agence de voyage. Une agence sans nom, sans raison sociale, mais des centaines de migrants faisaient appel à de semblables voyagistes.

Reggane, Adrar, Ksabi. Ils croisaient des caravanes de Touareg, des Hommes bleus couverts de tatouages, avec eux ils avaient bu le thé brûlant sous des tentes de laine, ils avaient marchandé longtemps et finalement ils s'étaient joints à un convoi qui avait quitté la route après Beni Abbès pour couper par les dunes de sable entre le Grand Erg occidental et le Hamada du Draa. C'était folie, il leur semblait qu'ils allaient se dissoudre dans l'étendue mouvante, Amélie n'avait jamais rien vu de tel, les nuits glaciales, les étoiles qui appelaient, qui happaient, elle était sortie du désert comme lavée, sans passé, enfin sans autre passé que des cauchemars qui n'appartenaient qu'à elle, et la petite troupe des migrants avait pénétré au Maroc pour rattraper la route qui reliait Meknès à Er Rachidia.

Six mois.

Six mois, ils étaient restés entassés à plus de 500 exposés en plein cagnard, enfermés dans l'enceinte des anciennes arènes de Tanger, vestige de la domination espagnole. De temps à autre et selon l'état des tensions diplomatiques avec la péninsule Ibérique, Hassan II ouvrait ou bien refermait les vannes de l'immigration clandestine à destination de la Vieille Europe. Il avait fallu attendre qu'une nouvelle fois les relations entre les deux pays se détériorent à cause de Ceuta et Melilla, les deux enclaves espagnoles en territoire marocain, pour que le flot des internés de Tanger soit libéré. Les Espagnols refusaient toujours de restituer au Maroc ces deux minuscules bouts de terre, ce qui ne les empêchait nullement de réclamer Gibraltar à cor et à cri à chaque fois que l'occasion s'en présentait.

Ils avaient quitté Tanger de nuit, avec pour destination Bab Sebta. Ils avaient contourné l'enclave par Tétouan. Le rendez-vous avait été fixé dans un petit hôtel de Fnideq, Al Andalus, ils avaient payé les passeurs et franchi de nuit les modestes grillages qui séparaient le tiers-monde du premier. Grâce à la connaissance qu'avaient du terrain les Marocains qui les guidaient, ils avaient échappé à la vigilance de la *Guardia civil.* En face, de l'autre côté du détroit de Gibraltar, Amélie voyait enfin briller les lumières d'Algésiras. Les pulsations de son cœur s'accélérèrent. L'Europe. Elle était en Europe !

Ils avaient pénétré dans l'enclave par le quartier musulman, dominé par la silhouette du minaret, désormais familière à Amélie. Les Marocains de Ceuta étaient des citoyens de seconde zone. Ils vivaient dans de sordides logements sociaux, au milieu des détritus et des carcasses de voitures éventrées. Une zone franche bordant la frontière permettait aux frontaliers d'acheter toutes sortes de denrées dans de vastes entrepôts. Ne restait plus qu'à exporter tous ces produits vers le Maroc en contrebande, ce que faisaient les colporteurs à bord de bateaux pneumatiques pour enfants pleins de cartons à ras bord, qu'ils poussaient à la nage en direction de Tétouan. Les courants étaient violents dans le détroit, et les noyés nombreux. Les douaniers espagnols fermaient les yeux. Ce qui était bon pour le commerce ceuti était bon pour l'Espagne, il fallait encourager la contrebande, même si ça devait ralentir le développement économique de toute la région de Tétouan.

Amélie et ses compagnons s'étaient vite rendu compte que les passeurs marocains les avaient trompés. La déception avait été à la hauteur de l'espoir, immense. Le monde des riches, à portée de main, demeurait hors d'atteinte. Ceuta, ce n'était pas tout à fait l'Espagne, plutôt le cul-de-sac de l'Afrique.

Impossible de monter à bord d'un ferry. Les contrôles étaient systématiques. Les agents de la *Guardia civil* utilisaient des chiens, des bergers allemands, ils fouillaient les voitures, les camions. Les chances de passer étaient faibles. La petite bande s'était résolue à se remettre au travail, le long de la jetée, et parmi eux Amélie attendait au bord de la route, une serpillière, une éponge et une bassine en plastique à ses pieds, et toute la journée elle lavait les voitures qui daignaient s'arrêter.

Assez vite, ce qui devait arriver était arrivé, sous la forme d'un 4x4 de la *Guardia civil*.

Elle avait été emmenée à la caserne, dans le vieux centre-ville, pour y subir un interrogatoire. Avait-elle des papiers ? Papiers ? Non, jamais, sans papiers, elle était. D'où venait-elle ?

Je ne sais pas. *No sé*.

Les seuls papiers qu'elle ait présentés depuis Brazza étaient des billets de banque froissés, crasseux, *ausweiss* universel pour un ailleurs plus lointain.

Les gardes l'avaient baptisée la Colonie de vacances. Ironiquement, Campo Calamocarro, le centre de rétention de Ceuta, était sans doute géographiquement le point le plus proche de la pointe occidentale de l'Europe. À peine une douzaine de kilomètres. Souvent, elle s'installait sur un rocher. Par temps clair, on apercevait distinctement la route entre Algésiras et Tarifa, on pouvait compter les maisons blanches accrochées aux collines, certains jours. Amélie se demandait ce qu'il pouvait bien y avoir de plus en face, pour qu'il soit si difficile de s'y rendre. Elle contemplait les supertankers et les porte-containers qui passaient le détroit, croisant la route des ferries pour l'Espagne. Elle aurait voulu être un de ces dauphins qu'elle voyait sauter au large. Les dauphins ne connaissaient pas de frontière, eux. Le camp était sordide, avec ses guirlandes de pauvre linge étendu sous quelques eucalyptus rabougris. Ils y étaient entassés jusqu'à 500. Des Algériens qui avaient fui la région de Mostaganem et les violences du GIA. Des Maliens en route pour Montreuil-sous-Bois, des Ivoiriens, des Sénégalais, tous sans-papiers.

Il n'y avait pas assez de toiles de tente pour tout le monde et seuls les privilégiés, ceux qui avaient de l'ancienneté, pouvaient s'y installer. Amélie trouva à partager un abri de cartons d'emballage disposés à même le sol avec quelques compagnes d'infortune, une Somalienne au visage émacié, une femme peuhle aux allures de princesse et une bonne grosse maman centrafricaine qui prenait presque toute la place et se prénommait Clarisse. Elles avaient décoré comme elles pouvaient leur intérieur. Un miroir, une carte postale de la tour Eiffel, une fleur en plastique, une photo de Mickey Rourke et Kim Basinger dans *9 semaines 1/2*. Les regards des hommes étaient enfiévrés de convoitise. Il fallait se laver avec une bouteille en plastique, sommairement protégée par des bouts de tôle qui ne cachaient rien du corps, et les voisines de cabanon chassaient les mâles en criant, ils étaient comme des nuées d'insectes voraces. Pareil pour les besoins, on faisait où et comme on pouvait. Oh, il y avait des sanitaires, bouchés, cassés, là encore les femmes allaient se soulager ensemble. Mieux valait être plusieurs pour se défendre contre les tentatives de viol et les assauts nocturnes des rats qui leur disputaient une nourriture insuffisante. C'était d'ailleurs une source de conflits fréquents. Pour une ration supplémentaire, les couteaux avaient vite fait de jaillir et de tailler dans la chair. Cent pains quotidiens pour cinq cents personnes, on était loin du compte. Une ONG, Ceuta Apoyo, venait dans le camp deux à trois fois par semaine. Les bénévoles en blouses bleues, propres et repassées de frais, soignaient les bobos, les petits maux, les mauvaises estafilades et les infections cutanées des plus souriants. Il n'était pas rare que les autres fussent ignorés. Des cours d'espagnol basique étaient dispensés par cette même ONG. Pire que les scorpions, nombreux dans le camp, était l'ennui. On pouvait sortir, mais on n'avait pas le droit de travailler. Officiellement, s'entend. On était quand même en Afrique. Amélie vaquait à ses occupations de laveuse de voitures. Elle attendait l'occasion.

Ces dernières années avaient été une école de patience.

Il fallait faire très attention. Les passeurs marocains étaient des voleurs. Elle avait entendu dire que certains vous déposaient en pleine nuit au Maroc après vous avoir fait tourner en rond sur la mer. Ça y est, vous êtes en Espagne, ils disaient après vous avoir escroqué de vos cent mille pesetas. Et tout était à recommencer. Et puis il y avait beaucoup d'accidents.

Un jour, Amélie avait simplement disparu du camp. Elle avait rejoint d'autres candidats en partance dans un appartement de la ville haute musulmane. Ils étaient là une quarantaine entassés… dans une pièce aux volets fermés, hommes et femmes mélangés, regards apeurés, valises de carton posées à leurs pieds, odeur de sueur, odeur de peur. Ils attendaient la nuit.

– *Crrr... Crrrr... Shhh... Crrr... Aguila uno de aguila tres, tenemos un tio raro.*

Bah ! Rien de spécial. Juste un Marocain frontalier qui rentrait chez lui un peu après l'heure légale. Manolo avait laissé passer. Pour une fois. Il avait encore une sacrée gueule de bois. Tout ça à cause de la fête donnée la veille par ses collègues des stups, qu'est-ce qu'il s'était mis dans les narines ! Il passait tellement de came par Ceuta qu'il n'était pas bien difficile de prélever sur les stocks saisis de quoi s'assurer une confortable consommation personnelle. Après, il était allé traîner dans les bars jusqu'à dix heures du mat', avait passé la nuit à danser des *sevillanas* avec des Andalouses incendiaires qui rentraient sagement chez elles juste au moment où votre braguette allait littéralement exploser. Salopes ! Il s'était fini au whisky.

Du coup, ce soir, il était sorti de la caserne planqué derrière une paire de lunettes noires destinées à masquer ses yeux gonflés. Il avait passé sa rage sur quelques pauvres bougres qui avaient trouvé refuge dans les cabanes de pêcheurs du port. Salauds de pêcheurs. Souvent ils étaient complices des passeurs, il y avait même des clandestins qui se planquaient dans les cales des chalutiers, tout ça c'était corruption et compagnie. Il avait sorti les gars à coups de pompe dans le train et avait appelé la voiture-balai. Défoulé, il avait laissé passer le frontalier qui rentrait chez lui un peu après onze heures, puis il avait jeté un œil dans ses jumelles de visée nocturne. *Puta madre*, quel mal de crâne !

Il ne vit pas la *patera* couleur de nuit qui quittait la plage en silence derrière lui, chargée d'ombres pliées en deux. De nombreux éclairs zébraient pourtant le ciel du détroit.

Les *pateras* étaient des embarcations à fond plat censées servir comme barques de pêche.

Sauf qu'une barque de pêche, ça n'est généralement pas peint en bleu nuit, ni doté d'un puissant moteur.

Sauf qu'une barque de pêche, ça ne passe généralement pas la journée ventre au soleil, comme un phoque sur la banquise à attendre les nuits sans lune.

Ces nuits-là, un curieux en maraude sur la plage de Cabo Negro ou d'Almina aurait cherché en vain la moindre embarcation de pêche au repos. Toutes étaient de sortie dans le détroit, en train de convoyer clandestins, cigarettes de contrebande ou haschich. Ou les trois.

Amélie avait préféré payer comptant. C'était un réseau onéreux, mais bien structuré. Des correspondants devaient les retrouver sur la route qui menait à Tarifa pour les emmener ensuite vers une destination où les attendait un travail. Pour certains qui s'étaient lourdement endettés, c'était la certitude de pouvoir rembourser les passeurs, puisque leurs futurs employeurs appartenaient aux mêmes réseaux et retiendraient le montant de la dette sur leur paye.

Un fourgon avait récupéré la quarantaine de migrants, en majorité des hommes venus d'Afrique subsaharienne. Furtivement, pressés par les invectives des passeurs, ils étaient entrés dans l'eau noire jusqu'aux genoux, leurs maigres ballots trempés par les petites vagues sèches. Le moteur tournait déjà au ralenti, le pilote inquiet lançait des « *Yalla, yalla !* » à la petite troupe terrifiée. Lorsque tous eurent pris place à bord de l'embarcation, la ligne de flottaison s'était enfoncée jusqu'à ce que le bordage flirte avec la crête mousseuse des vagues. Il convenait de rentabiliser le voyage.

Sans attendre, la *patera* fila vers le large, tandis que le capitaine et les deux passeurs intimaient aux passagers l'ordre de se courber en deux à l'intérieur de la coque afin d'être moins visibles des trois vedettes rapides espagnoles qui patrouillaient la nuit entre Algésiras et Ceuta. Les malheureux étaient si tassés qu'il leur était bien difficile d'obéir. La malchance avait voulu que Clarisse, la grosse Centrafricaine avec qui Amélie avait partagé la cabane du camp, fût sa voisine. Elle l'écrasait littéralement contre le plat-bord du bateau secoué par des vagues de plus en plus hautes à mesure qu'ils s'éloignaient de la côte. Bientôt, ils furent tous plongés dans l'obscurité totale. On ne voyait plus les lumières de Ceuta et il était impossible de distinguer celles d'Algésiras. L'orage redoublait, et les éclairs faisaient naître des images de vagues semblables à des montagnes. Il s'était mis à pleuvoir et en quelques instants tous les passagers furent trempés, autant par les embruns que par l'averse. Le mal de mer avait eu raison de la voisine d'Amélie, qui s'était mise à lui vomir dessus. Les marins s'interpellaient en criant pour couvrir le bruit du tonnerre et leurs cris avaient pris des intonations paniquées. La *patera* embarquait trop d'eau, à chaque vague la situation ne faisait qu'empirer. Même avec le moteur poussé à fond, l'embarcation de bois devenait de plus en plus incontrôlable et chaque nouvel assaut des vagues menaçait de la faire chavirer avec tous ses occupants bringuebalés d'un bord à l'autre. Soudain, à la faveur d'un éclair, ils entrevirent la haute silhouette d'une falaise qui paraissait encore assez éloignée. Sans plus attendre, les passeurs intimèrent aux passagers l'ordre de sauter à l'eau. Pas un ne bougeait, conscients qu'ils étaient de la mort certaine qui les guettait dans le ressac. Amélie claquait des dents, elle ne faisait plus attention à sa voisine, et d'ailleurs, l'eau avait lavé jusqu'à la plus petite trace des déjections de Clarisse. Comme eux tous, elle avait juste peur. Juste froid.

Mais elle avait déjà eu peur, déjà eu froid. Et de toute façon plus jamais elle n'aurait aussi peur que ce jour, là-bas, dans les marais près du fleuve Congo. Sa vie avait déjà été rayée une fois de la carte. Ce n'était pas son premier voyage au pays des morts. Les passeurs venaient d'attraper un jeune garçon et de le lancer par-dessus bord, son hurlement, bref, sec, fut interrompu par les eaux déchaînées, il disparut immédiatement, et c'est au moment où ils allaient se saisir de son voisin le plus proche qu'une vague plus grosse que les autres arracha les occupants au fond de la barque ventrue qu'elle retourna comme une vulgaire coquille. Nombre de passagers ne savaient même pas nager et coulèrent à pic. D'autres essayèrent de résister. Des bribes de hurlements, d'appels à l'aide couraient à la surface des eaux du détroit déchaînées. En wolof, en swahili, en bambara, en arabe, et bientôt ils se firent plus rares et plus faibles, et les derniers d'entre eux étaient des appels à la mère dans toutes les langues, des appels qui sombraient.

Et puis plus rien. Juste le fracas des vagues.

Aveuglée, submergée, Amélie pourtant nageait. Elle nageait comme le lui avait appris Denis, elle nageait dans le noir, sans voir où elle allait, et Denis nageait à ses côtés, et Denis la guidait, l'appelait, elle l'entendait et se mettait à nager plus fort dans sa direction.

Une fois déjà, elle s'était changée en poisson tilapia.

Elle s'éveilla dans un jour grisâtre. Quelques mouettes s'ébattaient dans un ciel de traîne. Elle frissonna. Où était-elle ? Le sol était dur et inconfortable. Elle essaya de redresser son corps douloureux, courbaturé. Ses doigts, ses mains, ses pieds étaient fripés par l'eau, sa peau rongée par le sel la démangeait. C'était une plage de gros galets ronds et noirs mordus par les vagues, sous une falaise. Elle parvint à s'asseoir. Deux ou trois corps échoués gisaient sur le rivage, les vêtements des noyés étaient collés à leur peau, ils n'avaient plus de chaussures, la mer léchait leurs jambes et leurs ventres déjà gonflés. Machinalement, elle chercha des yeux Clarisse et fut soulagée de ne pas la reconnaître parmi les cadavres.

Les mouettes s'étaient posées. Prudemment, elles se rapprochaient des morts.

Les épaves de plusieurs *pateras* dressaient leurs moignons de bois et leurs coques brisées vers le ciel, témoins de dizaines de drames semblables.

Elle crut d'abord que la mer l'avait rejetée à Ceuta. Une des deux colonnes d'Hercule émergeait de la brume, sur l'autre rive du détroit. Pourtant, en tournant la tête, elle aperçut la silhouette longiligne de la ville de La Linea, et le rocher de Gibraltar, qu'elle ne reconnut pas tout de suite vu sous ce nouvel angle. Elle mit un moment à comprendre qu'elle avait enfin pris pied en Europe. Vite. Il ne fallait pas rester là. Quelqu'un allait passer par là. Signaler les corps. Elle eut tout le mal du monde à se lever. Un sentier s'élevait au milieu de buissons impénétrables.

Un sentier vers la route. Elle avait étudié l'itinéraire tant de fois, d'en face. Elle s'engagea sur le chemin de chèvres et les branches des épineux enfonçaient leurs hameçons dans ses pieds, comme pour la retenir. Il en aurait fallu beaucoup plus.

Peut-être que la camionnette aurait attendu. Peut-être. Il fallait aller vite. Si elle était encore là, elle ne patienterait plus très longtemps. Amélie accéléra.

Il y avait du travail au printemps sur les plages de Valencia, avaient dit les passeurs.

Ils cherchaient des vendeurs à la sauvette d'objets africains, de bracelets, de colliers, de masques et de sagaies en bois fabriqués à la chaîne, et aussi de faux sacs Vuitton et de fausses Rolex.

*

*Paris, mars 1996*

– Ben dites donc, il a vécu, votre appareil, on a été obligés de sortir le film en chambre noire, quant au boîtier, à part comme serre-livres sur une étagère, je vois pas ce que vous pouvez encore en faire. Qu'est-ce qui lui est arrivé ?

Sébastien n'était pas retourné chez Michel, il ne voulait pas affronter la compassion du patron de Camera obscura. Il avait préféré se rendre du côté de Bastille, dans un grand laboratoire parisien où son anonymat serait préservé. Il y avait peu de chances qu'un des petits jeunes de l'accueil – ils changeaient tous les six mois – le reconnût. La tentation avait été grande d'étaler ses images sur la table lumineuse du labo, mais il avait tenu bon. Sans daigner répondre aux questions indiscrètes du préposé à l'accueil, il avait repris ce bon vieux 96 en sens inverse, direction Porte-des-Lilas, et c'était presque en courant qu'il était redescendu jusqu'au Pré-Saint-Gervais.

Les premières fleurs bourgeonnaient déjà sur les arbres qui bordaient l'avenue. En passant sur le pont qui enjambait le périphérique, il considéra l'embouteillage chronique d'où s'élevait un nuage de gaz toxique avec une sorte de fatalité. Au moins la pollution faisait-elle fleurir les cerisiers du Japon un peu plus tôt.

Il grimpa quatre à quatre les trois étages qui menaient à son deux pièces. L'épave de son boîtier ruiné pesait au fond du sac en plastique marqué du logo du laboratoire.

Il avait sorti de son placard la petite table lumineuse portative qu'il utilisait chez lui.

Il parcourait la planche de contact en noir et blanc, le compte-fils rivé à son œil unique, et tandis qu'il passait en revue les images, les impressions, les odeurs lui revinrent en mémoire, miraculeusement intactes. Il se revit ce matin-là sortant du Holiday Inn, et les quelques photos de l'orphelin qui posait sous le signe de la paix en attestaient. Une bouffée d'une douceur presque douloureuse de l'air printanier de cette matinée-là envahit son petit appartement l'espace de quelques instants.

Il mit de côté la planche, sortit de la boîte en plastique rouge le rouleau de film diapositives couleurs. Les premières vues étaient inintéressantes. Quelques photographies prises la veille de l'accident, des paysages urbains vus à travers des vitres brisées par des impacts de balles.

Trop esthétisantes. La séquence sur la ménagère abattue par un sniper débutait à la pose 10A. La femme, son porte-monnaie à la main, son cabas à carreaux posé à côté d'elle, les pièces qui avaient roulé hors du petit porte-monnaie de cuir bon marché, le sang vermeil qui s'écoulait de sa bouche. Quel petit-fils, quelle belle-fille, quel enfant lui avait offert ce cadeau pour y ranger ses pièces ? Pour qui était-elle morte en allant acheter ce pain ? Tout en elle évoquait la modestie : son foulard décoré de roses imprimées, ses pauvres bas couleur chair. Comme souvent, Seb avait pris la bonne photo au début de la séquence. Après, il avait continué à déclencher, comme pour conjurer le sort, pour assurer, tout en sachant qu'il possédait déjà l'image qu'il recherchait. La numéro 12 était la meilleure. C'était une sacrée nature morte. Elle attestait l'absurdité arbitraire du siège, de cette guerre dont les victimes étaient d'innocents civils. Une image d'exposition. De celles qui remportent des prix. De celles qu'il était désormais incapable de prendre, son œil stupide n'aurait même pas vu ce qu'il y avait à voir. La rage et le dépit montaient en lui, comme une coulée de bile, il avait envie de déchirer le film, d'y mettre le feu. Ce Seb Meyer-là était mort. Mort et enterré. Sébastien Meyer était un érémiste invalide qui retapait des appartements au noir, un estropié, comme son père. Point, barre. La série s'arrêtait avec ses souvenirs, au numéro 27.

Il y avait eu encore plusieurs images exposées, par séries de trois, ce matin-là. Les dernières d'entre elles, à partir de la vue n° 31, avaient été si endommagées qu'elles étaient illisibles. Mais les trois précédentes, numéros 28, 29 et 30, prises au téléobjectif, montraient distinctement un véhicule qui avançait en direction du photographe. Seb avait sursauté lorsque le compte-fils en était arrivé à ces photos-là. Le minibus ! Le même qui hantait ses nuits, fonçait sur lui, cherchant à l'écraser en vain.

Chaque fois il se réveillait en sueur, avant d'être transformé en crêpe à la viande. Bien sûr, il avait reconnu Sniper Alley.

Le problème était qu'il ne se rappelait pas avoir pris ces photos-là. Rien. *Nada*.

Seb se pencha de nouveau sur la table avec une attention redoublée. Sur les deux premières images, le minivan venait droit sur lui. Impossible d'identifier le numéro d'immatriculation, c'était flou. Sur la troisième, le véhicule amorçait un virage à la limite du décrochage pour franchir une chicane de plots en béton ! Le gymkhana de la mort ! Une des roues gauches se soulevait presque, la vitesse et la courbe conjuguées avaient déplacé le centre de gravité du minibus VW de telle façon qu'il se trouvait à la limite du décrochage. Est-ce qu'ensuite il était parti en tonneaux ? Meyer regarda une fois encore l'image. Le chauffeur qui entamait son virage avait probablement été aveuglé par le soleil, dont l'éclat reflété sur le pare-brise rendait toute identification des passagers impossible. Sur les flancs du Volkswagen, on pouvait lire une inscription en grandes lettres peintes : Partage et Solidarité.

Une ONG, sans doute.

Est-ce que le sniper l'avait allumé juste après le passage du bus ? Ou pendant ?

Voyons. Les six dernières photographies étaient irrémédiablement endommagées, déchirées, voilées.

Son moteur tournait à cinq images secondes, en *bracketing* automatique, un système d'expositions multiples par rafales de trois. Un peu moins de deux secondes. Son doigt était resté crispé sur le déclencheur un peu moins de deux secondes.

Une, deux.

Et le souffle de la roquette l'avait envoyé valser, lui, son œil et son matériel.

Personne ne lui avait parlé du minibus. Personne. Est-ce qu'il était passé au travers, le Fangio des ONG ? Ils auraient dû s'arrêter. Après tout, ils étaient là pour secourir les gens. À moins que. À moins qu'ils n'aient eu la trouille, tout simplement. Et qu'ils aient fichu le camp le plus vite possible pour se protéger du tireur embusqué. C'était humain, après tout. En tout cas, le ou les passagers du van étaient les seuls témoins de ce qui lui était arrivé.

Partage et Solidarité. Ça devait être une ONG française. Ou belge, ou suisse.

Québécoise, peut-être. À Sarajevo comme ailleurs, à chaque conflit, chaque famine, chaque catastrophe, elles fleurissaient aussi nombreuses que les boutons d'acné sur les joues d'un adolescent congestionné reluquant la double page centrale d'un magazine de cul. Parfois, ces organisations étaient même l'expression d'une seule personne, d'un petit groupe d'amis qui avaient décidé de sauver le monde. Ils n'avaient aucune conscience du danger, la plupart du temps ils débarquaient en se baladant dans leurs 4x4 exposés aux balles. Ils finissaient souvent par exploser sur une mine. Sans compter les putes et trafiquants de tout poil qui suivaient ces convois humanitaires comme une bande de poissons-pilotes affamés. En tout cas, ils ne devaient pas être bien difficiles à retrouver. Minitel ou Internet, avec un bon moteur de recherche, il les dénicherait. Ce serait bien le diable s'ils ne s'étaient pas fendus d'un communiqué de presse ronflant avant de se mettre en route pour la Bosnie-Herzégovine.

Quelqu'un frappait à la porte. Meyer se leva pour aller ouvrir.

– Attends, vas-y, elle était cool, ta journée ?

Kamel était entré pour aller directement s'affaler sur le canapé.

Il était toujours vêtu d'un survêtement impeccable, d'une blancheur immaculée. Il avait posé le sac qui contenait son bleu de travail à ses pieds. Il loucha sur la table lumineuse, le compte-fils, la planche de contact et le rouleau de pellicule.

– Ma rolepa, tu refais des tofs ?

– Non Kamel, c'est rien que des vieux trucs que je regardais.

– Ah, bon. En voyant ça, moi je me disais il est pas venu bosser aujourd'hui, c'est parce qu'il a recommencé la photo. Putain, comment je suis déçu ! Tu reviens demain, alors ?

Seb acquiesça. Puis laissa échapper un soupir. Est-ce qu'il avait le choix ?

Il allait préparer un thé. Peut-être ouvrir une bière, et Kamel roulerait un pétard. Et demain il se lèverait au petit jour pour prendre le métro avec son voisin de palier, le bleu en bandoulière dans un sac. C'était sa vie, à présent.

Au bout du compte, peut-être qu'il ne remettrait jamais les pieds en Bosnie. Peut-être bien qu'il n'irait jamais chercher sa vengeance. Peut-être bien que tout ça n'était qu'un alibi. Pour supporter cette nouvelle vie, pour continuer à mettre un pied devant l'autre, chaque matin.

Tuer. Tu parles d'un but.

*

*Paris, septembre 1996*

Jusqu'en octobre 95, Amélie Moukengué avait arpenté les plages de la région valencienne avec sa petite cargaison de babioles africaines qu'elle vendait aux touristes qui se faisaient griller recto-verso sur le sable à Puerto de Sagunto ou Canet de Berenguer et, lorsque la saison estivale prenait fin, elle écumait les petits restaurants à paella du port de Valencia, les rues commerçantes, et chaque soir elle retrouvait ses collègues pour la comptée. Les gardes-chiourme du réseau prélevaient leur dîme et Amélie rentrait dormir avec ses compagnons dans une cave obscure et malodorante du Barrio del Carmen après avoir passé la journée à marchander avec des touristes avares pour une poignée de pesetas.

Elle avait découvert l'Europe avec surprise, émerveillement ; et déception.

Amélie aimait ces villes, si différentes des villes africaines qu'elle avait vues.

La foule bigarrée, les gens bien habillés, la lumière, surtout, la nuit, les voitures, grosses, belles, luxueuses. Les vitrines des magasins pleines de choses tentantes, de vêtements, de produits de maquillage, de chaussures, oh, les chaussures, certaines étaient si belles, semblaient si confortables, et surtout Amélie avait tellement mal aux pieds à la fin de chaque journée que Dieu faisait dans ses imitations Nike en plastique qui lui donnaient des champignons.

Tout ça, ce n'était pas pour elle. Oh non. Elle avait beau être en Europe, elle était un morceau du tiers-monde à elle seule, une intruse. Souvent les regards le lui disaient, le lui hurlaient, même. La crainte, dans les yeux des Blancs, d'être volés, la peur de la racaille, et la couleur de sa peau qui pour eux signifiait si visiblement danger ! Le mépris, la suspicion, la haine parfois, perceptibles dans les interminables négociations pour un bracelet à dix sous.

La municipalité de Valencia avait annoncé à grands renforts de publicité la réfection du Barrio del Carmen. Chassés, les pauvres. Il avait fallu partir. Plus loin, plus au nord, toujours.

Barcelone, et les mêmes colifichets africains, et la police dont il fallait se cacher, et d'autres caves, d'autres marchands de sommeil, dans le Barrio Chino, dans le quartier des Ateliers.

Puis ça avait été la traversée des Pyrénées dans un gros semi-remorque, avec sa cargaison de parias entassés dans un réduit étouffant aménagé derrière des palettes de cageots de tomates olivettes, sans eau, sans nourriture et chacun faisait à tour de rôle ses besoins dans un minuscule seau devant tout le monde, enfin l'arrivée à Paris par un matin gris, à la porte d'Orléans.

Amélie s'était fait expliquer comment retrouver quelqu'un grâce à une machine magique appelée Minitel, dans les bureaux de poste. C'était gratuit. Elle avait tapé le nom de Fruchard, à « profession » elle avait écrit *garagiste*, la machine ne comprenait pas et lui demandait si elle voulait parler des garages où l'on gare les voitures, ou bien des garages où on les répare, qu'est-ce qu'elle en savait, elle ?

À « ville » elle avait tapé Mourmelon et, là, la machine avait tout compris d'un coup, elle avait craché : *Robert Fruchard, Garage Renault, 16 avenue Victor-Hugo, Mourmelon, 03 41 14 32 10.* Amélie avait composé le numéro et demandé d'une voix timide à parler à monsieur Robert Fruchard. C'est de la part ? avait demandé une voix féminine aux accents revêches.

Elle avait innocemment répondu : Amélie Moukengué.

Robert ! avait-elle entendu hurler dans des locaux qui résonnaient, et quelqu'un s'était approché à petits pas pressés en trottinant. C'est pour toi, une certaine Amélie je sais pas quoi, c'est une cliente ?

C'était un homme bon, alors peut-être que… qu'il ne l'aurait pas oubliée.

Ça avait été difficile de lui rappeler qui elle était, comme ça, au téléphone. Amélie, les allusions, ça n'était pas trop son truc. Quand il avait enfin compris, Fruchard avait paniqué.

– Tu es folle d'appeler ici ! Qu'est-ce qui te prend, ça va pas la tête ?

Et Arlette, qui était retournée vaquer à ses occupations tout en gardant un œil sur lui à travers la cloison vitrée du bureau où elle faisait la comptabilité – oh mon Dieu… – et le réglage d'un carburateur en cours.

Les coups d'accélérateur couvraient la conversation, la revoir, trop risqué, qu'est-ce qu'elle voulait, encore de l'argent ? Il n'aurait jamais dû lui donner tant. Et pour commencer il n'aurait jamais dû la faire monter à son hôtel, la douceur de sa peau foncée, de ses lèvres autour de son sexe. Le corps d'Amélie, le souvenir de ses petits seins haut perchés, de ses jambes fuselées comme des poissons sauce caramel.

– Allô ?

– Je suis en France. À Paris.

Panique. Le cœur qui cogne.

– Qu'est-ce que tu veux ? Ça fait longtemps, quand même, tu ne vas pas me pourchasser comme ça toute ma vie, tu veux encore de l'argent, c'est ça ? Tu veux me faire chanter, c'est ça ? Si je ne te paye pas, tu iras tout raconter à ma femme, hein ? Je te préviens, si tu rappelles ici ne serait-ce qu'une seule fois, je préviens la police, je te fais expulser, tu retourneras au bordel de Mamy Pschitt.

Déjà, Amélie avait doucement raccroché le combiné et marchait dans la rue sous la pluie.

Les Maliens avec qui elle avait voyagé dans le camion jusqu'à Paris l'avaient un peu aidée. Grâce à eux, elle avait fini par trouver un travail. Si on pouvait appeler ça un travail. Un atelier de couture clandestin situé dans un petit passage de la rue Jean-Pierre-Timbaud, à deux pas de la mosquée où ils allaient prier dans les premières semaines qui suivirent leur arrivée dans la capitale. Ils ne restèrent pas. Ils se sentaient par trop étrangers à ce fondamentalisme sous influence saoudienne. C'était en tout cas ce que disait Souleïmane, un professeur de mathématiques qui avait quitté Bamako pour tenter sa chance à Paris. La plupart des fidèles étaient algériens, marocains, tunisiens. Les Maliens préférèrent rapidement prier avec leurs compatriotes de Montreuil.

Amélie gagnait dix francs par jour à s'user les yeux et les doigts sous les néons, à vivre dans la crainte d'une descente de flics, et à coudre des robes pour les grossistes turcs et africains du Sentier. Le passage était étroit, tout au fond il y avait un autre atelier. Sur la pancarte au-dessus de l'entrée était écrit : Camera obscura, Laboratoire noir et blanc. Paris différait de l'Espagne. Ici, au moins, elle n'était pas seule. Des centaines, des milliers de ses semblables peuplaient les rues de la capitale et les couloirs du métro, et le quartier.

Des Arabes, des Chinois, des Afghans, des Yougoslaves, de la misère plein les valises.

Où, comment vivre ici avec dix francs par jour ? Les Maliens étaient des habitués de l'exil. Ils avaient rejoint une communauté qui était originaire du même village qu'eux et habitaient à présent dans un squat de la place de la Réunion, dans le 20e arrondissement, et c'est tout naturellement qu'elle y avait trouvé abri. Elle aimait le marché qui s'y déroulait chaque dimanche. C'était comme une petite Afrique, on pouvait acheter des okras, du manioc. Paris était triste, Paris était gris, et pourtant elle préférait Paris à l'Espagne, il lui semblait que la capitale de la France était moins éloignée de son continent, que l'exil y était plus doux. Elle reconnaissait aussi des produits français et même des jeux qui étaient proposés jusque dans les bourgs congolais. Le Loto, le PMU.

Mais un matin – elle s'était réveillée tôt pour partir travailler à l'atelier – le squat fut cerné par la police. Des hommes en uniformes bleus étaient entrés, qui avaient tout jeté par les fenêtres : les matelas souillés, les pauvres meubles en aggloméré récupérés auprès d'organisations caritatives, les vêtements, tout, absolument tout y compris et surtout les habitants du squat, hommes, femmes et enfants s'étaient retrouvés sur le trottoir, ils avaient été emmenés de force dans des grands fourgons blancs grillagés vers le centre de rétention de Vincennes.

Amélie avait pu s'échapper, elle était partie en courant, elle avait tourné au coin de la rue et avait disparu en direction du quartier Saint-Blaise.

La révolte avait germé. Sans papiers, ils l'étaient, mais ne voulaient pas le demeurer.

Ils voulaient rester. Avoir un travail digne. Un logement digne. Une éducation digne pour leurs enfants. Marre. Marre de fuir. Marre d'aller toujours plus loin.

Certains étaient en France depuis plus de dix ans. D'autres travaillaient même pour la Ville de Paris, à la voirie, ils avaient tout de même bien droit à un logement, non ? Et encore pas au fin fond d'une HLM de grande banlieue, avec ce que coûtait une carte orange cinq zones, en gagnant le SMIC, pas possible de s'en sortir. Depuis la guerre du Golfe, les banques avaient plongé. En plein krach de l'immobilier, il y avait des millions de mètres carrés de bureaux vides. Les ronds-de-cuir et les notables avaient fait main basse sur les logements bon marché de la Ville de Paris, alors…

Amélie Moukengué avait adhéré au mouvement des Sans-Papiers.

Il lui avait fallu trois longues années pour parvenir jusqu'aux portes de l'Europe, depuis ce jour de février 89 où elle avait fui Douala et ses bordels. Et puis encore deux autres pour atteindre Paris. Comment pouvait-on s'imaginer qu'elle puisse renoncer après tout ce temps passé en enfer ? Plutôt se laisser mourir de faim. Plutôt se battre. Des dizaines de nouveaux venus s'étaient entassés à deux pas de Barbès sur les marches de l'église Saint-Bernard, un papier à la main, tassés dans la file d'attente, pour adhérer à la coordination. Ils sortaient de la clandestinité, la plupart impeccablement vêtus, ouvriers du bâtiment, du nettoyage, au noir, au noir.

Des femmes, aussi, qui fuyaient la polygamie, les mariages forcés, les viols à répétition dans la promiscuité des squats.

Ils avaient occupé Saint-Bernard. Pendant des mois, ils avaient fait la grève de la faim, et la solidarité qu'avaient manifestée les Parisiens à cette occasion avait fait chaud au cœur d'Amélie et de ses compagnons. Des familles entières s'étiolaient sur des lits de camp, les traits émaciés par le jeûne sous les couvertures. Des journalistes, des comédiens, des citoyens qui s'étaient sentis concernés, tout simplement, se pressaient à leur chevet. Les mauvaises langues prétendaient que, tout comme Sarajevo et le Chiapas, Saint-Bernard était devenu le dernier endroit à la mode. Dans les soirées parisiennes, le dénigrement était un exercice incontournable. On aurait pu tuer pour un bon mot. Mais de cela Amélie ne savait rien. Comme eux tous, elle ne désirait qu'une chose au monde : être *RÉ-GU-LA-RI-SÉE.*

Poser son sac.

Monsieur le ministre de l'Intérieur, interrogé sur le sujet, avait déclaré dans une interview accordée à une chaîne de télévision à propos des sans-papiers qui occupaient Saint-Bernard qu'il convenait de traiter ce problème avec humanité et les grévistes de la faim, entendant le représentant de l'État français, avaient été un peu rassérénés. Le même, interrogé quelque temps plus tôt par des journalistes à propos d'un attentat perpétré par des Groupes islamistes armés à la station de RER Saint-Michel, avait répondu avec une confondante perspicacité :

« Il s'agirait d'un engin explosif qui a explosé. »

Il y avait là de quoi mettre le quidam en confiance.

C'est donc avec humanité que les CRS avaient défoncé, un dimanche d'août 1995, les portes de l'église à la hache et traîné dehors ses occupants.

Même au beau milieu des vacances des Français, ça faisait tache. Pour calmer le jeu, la Préfecture avait décidé de régulariser une poignée de ces sans-papiers, avant de décréter tous les autres expulsables sur-le-champ et de les renvoyer à la clandestinité.

Amélie Moukengué avait raconté toute son histoire, enfin presque toute, à un dénommé Jean-François Luchet, un brave Savoyard de Médecins du monde bouleversé par le récit de la destruction du village de la jeune femme. L'homme avait fait du cas d'Amélie une cause personnelle. Il était intervenu aux côtés de la coordination des Sans-Papiers auprès de la Préfecture de Paris afin que le dossier d'Amélie fît partie des traitements prioritaires, et qu'elle obtînt enfin l'asile politique. Même si personne ne pouvait en apporter la preuve, toute la famille de cette Congolaise avait visiblement été exterminée par des factions rebelles d'une guérilla naissante contre Sassou N'guesso.

Luchet avait miraculeusement dégoté une proposition d'embauche en CDD pour elle.

Encore fallait-il qu'on lui octroyât des papiers en bonne et due forme.

Le dossier était monté en haut lieu et, de manière étonnante – on était quand même en août –, il était redescendu aussi rapidement, porteur d'une mention favorable.

Et c'est ainsi qu'Amélie Moukengué, titulaire d'une carte de séjour en bonne et due forme, s'était retrouvée caissière intérimaire au supermarché Le Mutant de Marne-la-Vallée, pour un remplacement d'été. Médecins du monde lui avait également déniché un hébergement provisoire dans un foyer pour femmes seules et mères célibataires, à Créteil.

Pour la première fois depuis des années, Amélie Moukengué pressentait qu'elle allait pouvoir souffler un peu. Et qui savait ? Avec un peu de chance, elle pourrait peut-être garder son travail après la rentrée de septembre, si les patrons étaient contents d'elle.

Peut-être que la Blanche qui était partie en congés de maternité déciderait d'élever son enfant. Peut-être que le CDD se transformerait en CDI.

Et puis il y avait ce vigile, au supermarché. Un Blanc.

Bien sûr, quand on avait dit ça on n'avait rien dit du tout, non. On n'avait pas parlé de sa silhouette massive, de ses épaules imposantes, rassurantes.

Amélie, quand même, aurait dit Maman Moukengué, tss, tss…

Plusieurs fois, il s'était adressé à elle. Des bonjours réservés, d'abord.

Il s'exprimait d'une voix douce qui contrastait avec cet uniforme qu'elle n'aimait pas. Il lui rappelait par trop celui des CRS.

Ils avaient échangé des banalités – ça va comme un lundi – autour de la machine à café, à l'heure de la pause de dix heures trente. Avec lui elle ressentait l'étrange impression de se retrouver en territoire connu. Pourquoi lui rappelait-il Denis, avec qui pourtant il avait bien peu en commun ?

Elle avait beau se traiter d'idiote, elle avait beau se dire que depuis Mamy Pschitt l'amour était mort dans son ventre et dans son âme, elle avait beau savoir qu'elle n'avait eu depuis Douala aucune relation sexuelle, ni tarifée ni gratuite, et qu'elle n'en souhaitait pas.

Elle avait beau.

Elle ne connaissait même pas le nom du jeune homme roux doté d'yeux presque violets à force d'être bleus.

Il avait juste dit qu'il connaissait l'Afrique. Juste dit qu'on s'était beaucoup moqué de lui quand il était enfant, à cause de la couleur de ses cheveux, qu'on l'avait souvent traité de rouquin avec le plus grand mépris, qu'on lui disait qu'il sentait mauvais.

Elle avait pensé à sa propre couleur de peau. Sale nègre. Sale négresse. Sale rouquin.

*

*Paris, mars 1996*

Il avait trouvé une association, Enfance et Partage, et tout un tas d'autres organisations non gouvernementales aussi sérieuses et efficaces que cette dernière.

Mais de Partage et Solidarité, nenni.

Seb ne possédait pas d'ordinateur.

Il s'était rendu dans un de ces cafés Internet qui fleurissaient ces derniers temps, le Ouèbe Bar, une adresse qu'il avait dénichée sur le Minitel de la poste du Pré-Saint-Gervais.

À deux pas du Carreau du Temple, le café s'était installé dans un grand local sombre à deux étages. L'endroit était branchéissime. Quelques grands noms de la scène hip-hop se dandinaient entre les écrans ou bien squattaient au bar. Une exposition d'art conceptuel occupait les murs. Meyer aurait préféré un endroit plus intime, et plus anodin surtout. Il avait patienté une bonne heure en éclusant des demis hors de prix jusqu'à ce qu'enfin un ordinateur se libère et qu'il puisse *surfer*, comme ils disaient, et ce mot avait le don de l'agacer, comme l'agaçaient les téléphones portables qu'un peu plus nombreux chaque jour leurs propriétaires béats utilisaient à tout bout de champ, quitte à rendre tout espace public invivable juste pour avoir le plaisir d'appeler Bobonne le temps d'un furtif mais ô combien jouissif « devine où j'suis ? ». Ils en avaient plein la bouche, ils ne se lassaient pas de dire et redire ces mots, comme des incantations post-modernes, portable, *surfer*, le *ouèbe*, internaute, la Toile.

N'empêche. Sébastien avait dû se rendre à l'évidence. Le champ ouvert par le réseau planétaire était gigantesque. La liberté de ton y était totale. Et l'on pouvait y trouver de tout. Des armes de guerre, des petites filles de dix ans, des petits garçons, des modes d'emploi pour fabriquer des explosifs chez soi, c'était le supermarché le plus vaste du monde et le mieux achalandé. À l'image de l'humanité. Imaginez le pire : on trouvera mieux. C'était aussi une incroyable mine d'informations, difficiles, cependant, voire même impossibles à vérifier. Il ne faisait aucun doute qu'Internet était appelé à devenir le lieu de la rumeur pour les deux décennies à venir. Mais le réseau constituait également un remarquable foyer de résistance planétaire à la pensée dominante. Les zapatistes du sous-commandant Marcos, les mouvements antimondialisation, les peuples premiers opprimés y échangeaient points de vue et informations. Il passa une heure à chercher son chemin dans ce foisonnement, sans trouver la moindre trace de la mystérieuse ONG.

Par contre, il tomba sur une série de conseils pratiques extrêmement judicieux pour cultiver avec art ses propres plants de marijuana sur un balcon.

Le printemps était de retour. Il appuya sur la touche « Imprimer » et reprit le métro pour la porte des Lilas, sa fiche pratique pliée en quatre dans une poche de son jean.

C'est Kamel qui allait être content.

*

*Londres, 29 août 1996*

Les mauvaises langues prétendaient que les architectes avaient causé plus de dommages à la ville de Londres que tous les V1 et V2 réunis envoyés par Hitler sur la capitale britannique.

Ce qui était certain, c'était que la physionomie de Canary Wharf s'était littéralement métamorphosée au cours des dix dernières années. Cet ancien quartier de docks et d'entrepôts pouilleux situé au bord de la Tamise était devenu un centre d'affaires ultramoderne où d'élégants *malls* voisinaient avec des bureaux de cabinets d'architectes et des grandes agences de publicité.

C'était toujours la même chose. D'abord, quelques artistes fauchés s'installaient dans un quartier mal famé. Beaucoup de place pour peu d'argent, voilà ce qu'il leur fallait. Mais les artistes vivent – c'est connu – une vie de bohème. Ils aiment la fête, et ne tardent pas à inviter clients et amis, pardon, relations. Le quartier devient alors à la mode, les clients et amis, pardon, relations, les amis, les vrais, n'ont sans doute déjà plus les moyens, s'installent, puis viennent les promoteurs quand les relations elles-mêmes n'en sont pas.

Le béton avait poussé en même temps que les dividendes s'amoncelaient.

Inutile de dire que le prix du mètre carré à Canary Wharf avait atteint des sommets où l'oxygène s'était raréfié à l'extrême. Plus encore que la vase, le quartier empestait l'argent. Ce qui n'empêchait pas le fleuve de puer comme une charogne, surtout l'été, avec le reflux de la marée. L'imbécile qui avait dit qu'à Londres on avait plus grande utilité d'un parapluie que d'une crème solaire aurait mérité d'être exposé à poil en plein cagnard sur Trafalgar Square. Le thermomètre avait largement dépassé la barre des trente degrés, ce dont John Leppard se foutait éperdument, affalé qu'il était dans un des imposants bureaux climatisés de la tour de verre où le très puissant quotidien *The Independant* avait installé ses locaux.

Á la télévision fixée au mur par une potence, la BBC diffusait un étonnant reportage qu'une de ses équipes de journalistes avait réalisé entre Sarajevo et la France.

Au début du mois de mai 94, un détachement français de la Forpronu était occupé à poser des containers en acier sur Sniper Alley à l'aide de bulldozers lorsqu'un sniper avait tiré sur l'un des conducteurs d'engins, un jeune appelé volontaire du génie, originaire du Massif central. Toute la scène avait été filmée par une équipe de France 2 qui tournait un petit documentaire pour le journal télévisé sur la façon dont les Alliés s'efforçaient de protéger les populations civiles.

Le gros bull se rapprochait d'un container. La lame le soulevait comme un fétu de paille, les roues gigantesques approchaient l'abri de ferraille d'une série de ses semblables destinés à masquer les piétons à la vue des snipers. Des soldats casqués de bleu guidaient le conducteur de la machine, et tout se déroulait le plus calmement du monde. Soudain, une détonation sèche résonnait dans l'air limpide de Sarajevo. Immédiatement l'espace sonore s'emplissait de : « Merde ! merde ! oh non, merde, pas ça ! vite, vite ! », et tous se précipitaient vers l'habitacle du Caterpillar immobilisé, le cameraman zoomait sur la vitre étoilée, les compagnons d'armes du chauffeur déposaient son corps alangui sur le sol, c'était une descente de croix, son casque roulait sur l'asphalte constellé d'impacts, son front était maculé d'un sang carmin qui faisait ressortir encore la pâleur de son visage. Le gilet pare-balles avait été inutile, comme l'étaient les gestes professionnels des autres soldats du contingent, le gilet arraché, la vareuse ouverte, le massage cardiaque. L'opérateur avait encore zoomé sur le visage juvénile du mort. Les parents du garçon, ses frères et sœurs, et aussi sa fiancée, tous suivaient les informations télévisées ce midi-là, à l'heure du déjeuner à Clermont-Ferrand. Ils avaient assisté en direct à l'assassinat de leur fils, frère, fiancé, avant même d'avoir été prévenus du décès avec le plus grand ménagement par les autorités militaires françaises, madame, monsieur, nous avons la tristesse de vous annoncer… Mort pour la France.

L'équipe de la BBC avait effectué le déplacement jusqu'au cœur de l'Hexagone à Clermont, pour y interroger la famille. Les pauvres gens n'avaient pas assez de mots pour dire la violence du choc qui leur avait été infligé, le choc des images justement. Le deuil, le temps qui passe, deux ans depuis cette funeste journée. La petite fiancée n'avait toujours pas refait sa vie, elle était restée scotchée à ses futurs ex-beaux-parents, au souvenir de l'être aimé, à sa chambre, ses posters, son VTT. Les journalistes avaient également retrouvé certains des frères d'armes présents au moment de la mort du jeune soldat. Ils évoquaient leur compagnon avec émotion et pudeur, avec leurs mots à eux, maladroits et peuplés de rêve à bon marché.

– Il rêvait de s'acheter une Golf GTI neuve, se rappelait l'un d'eux.

La plupart avaient été démobilisés, celui qui parlait en ce moment était devenu… Mais, mais, mais oui, c'était bien lui, *shit*, mais oui bien sûr, le lieutenant qui avait confié le sac photo de Seb à Leppard. Comment avait-il fait pour oublier un nom à coucher dehors pareil ?

Le photographe avait bondi sur le téléphone et laissé sonné longtemps.

*Bloody Sebastian !* Il n'avait même plus de répondeur. Pourvu qu'il arrive à le joindre avant le lendemain. Ça n'était sûrement pas depuis la Tchétchénie pour laquelle il s'envolait dans un peu moins de vingt-quatre heures qu'il pourrait lui passer un coup de fil.

Seb était en train de se rouler un pétard de marocain bon marché, une came probablement coupée au kérosène ou au henné, ou les deux, mais bon, quoi, quand on n'a pas les moyens, hein ? Il sortait tout juste de la douche, encore épuisé par une journée passée à enduire les murs d'un studio du faubourg Saint-Antoine, lorsque la sonnerie avait retenti dans le deux-pièces du Pré-Saint-Gervais.

– Daniel Moucheboeuf, il s'appelle Daniel Moucheboeuf ! hurlait Leppard surexcité dans le combiné.

– Quoi ? Qui ça ? Allô, John ? C'est toi ?

– Excuse-moi, Seb, un nom comme ça, ça peut pas s'oublier. Ton lieutenant, celoui qui t'a ramassé, celoui qui me confie ton sac photo, je viens de la voir à la télévision sur le BBC. Il s'appelle Daniel Mouchebœuf.

Le peu d'effet procuré par le shit, à peu près aussi riche en tétrahydrocannabinol qu'un joint à la feuille de platane séché, s'était dissipé en l'espace de quelques secondes.

– Quoi, qu'est-ce que tu racontes ? Mais comment tu sais ça ?

– Écoute, voilà, la BBC vient de passer une documentaire sur un soldat français de la Forpronu qui se fait buter par un *fucking* sniper en bougeant des containers en 94, c'était je pense pas longtemps avant ton accident. On voit le type se faire descendre en direct, ma parole, et la BBC est allé interviewer son famille, et aussi les autres soldats qui étaient avec lui quand il s'est fait tirer, et alors tou sais quoi, il y avait ton mac, quoi ? non pas ton mac, excuse-moi, ton *mec*. Il a été démobilisé depouis. Ils ont filmé son témoignage, il était chez loui, il habite près de Paris. Marne-la-Vallée, tou connais ? Oui, c'est ça. Et donc, Mouchebœuf, il s'appelle, tou le crois, ça ? Lieutenant Daniel Mouchebœuf. Il travaille comme un vigile, pour la sécurité, tu sais, dans une supermarché, maintenant. Voilà. Démerde-toi avec ça, mec.

*

*Marne-la-Vallée, dimanche 2 septembre 1996*

Il ferait une belle journée. De celles où la chaleur de septembre s'attarde encore, où l'automne s'immisce en douce entre la fin des vacances et la rentrée des classes.

En plus, c'était dimanche.

Ces journées-là faisaient remonter en Daniel Mouchebœuf une nostalgie enfantine presque douloureuse, un peu comme l'apparition des premiers cahiers et cartables qui remplaçaient dans les rayons des magasins les maillots de bain et les serviettes de plage.

Depuis le retour d'Afrique avec ses parents, des années plus tôt, et l'irruption en septembre dans une classe de gamins gaulois montés en graine qui l'avaient regardé de travers, l'avaient accueilli comme un intrus, l'automne charriait toujours son fardeau de nostalgie, des souvenirs de nausée – vite, vite, Marcel, arrête-toi, le petit est malade – à l'arrière de la DS familiale qui s'en revenait du Berry par la nationale 20.

Il fallait s'arrêter invariablement en catastrophe un peu après Vierzon pour qu'il puisse vomir sur le bord de la route à deux voies. Ce n'était pas tant le roulis de la Citroën qui était en cause, que l'idée de la rentrée toute proche qui lui retournait à chaque fois l'estomac.

Mais aujourd'hui c'était différent. Pour une fois, il n'avait aucune raison d'être triste.

Il plissa les yeux en éteignant son ordinateur. Bon. Il avait encore gagné cette partie de *Donjons et Dragons*. Nom de Dieu, il était vraiment bon à ces jeux de stratégie, même s'ils étaient de plus en plus sophistiqués. Il enfila des tongs et alla s'installer au soleil sur le minuscule balcon de son studio, un verre de jus d'orange à la main. Vêtu seulement d'un pantalon de survêtement rouge et d'un T-shirt Harley-Davidson, il observait la vie de ce dimanche matin de septembre en train de s'organiser sous ses yeux. Les mamans poussaient leurs landaus dans les allées de la cité le long des plates-bandes, les gamins jouaient au ballon sur les pelouses interdites. L'odeur du charbon de bois, annonciateur de grillades dominicales, montait d'un jardin voisin. Pour la première fois depuis très très longtemps, ses réflexes militaires avaient cédé le pas à une contemplation rêveuse. Il y avait peu encore, il aurait automatiquement analysé la situation en termes de guérilla. Les mamans, les gamins, comment les protéger ? Et ce jardin ? Comment le prendre d'assaut ? Et comment défendre ce pavillon ? Au cas où.

Amélie n'avait pas voulu rester.

Hier, enfin, elle avait fini par accepter son invitation. Il était allé la chercher au pied de l'immeuble où se trouvait le foyer qu'elle habitait – on n'a pas le droit de faire entrer les hommes, avait expliqué la gardienne. Il avait attendu sur sa moto, une Intruder jaune. Il avait apporté pour elle un casque supplémentaire. Amélie était sortie du bâtiment, vêtue d'un jean délavé et d'un chemisier blanc à smocks qui découvrait ses épaules. Elle avait natté ses cheveux décorés de perles de couleur et les avait ramenés en chignon. Éblouissante.

Il avait proposé le cinéma, elle avait dit d'accord en montant derrière lui et ils s'étaient faufilés dans les embouteillages du samedi soir à travers la cohorte des banlieusards qui se ruaient vers Paris. Entre les casques et la circulation, ils n'avaient pu converser. Ça n'avait pas beaucoup d'importance, Amélie avait l'air du genre timide, et lui était plutôt taiseux. Il se sentait maladroit. La sensation du corps de la jeune femme plaquée sur son dos, le haut de ses cuisses touchant les siennes, c'était largement suffisant comme conversation.

Il se sentait bien ainsi, il aurait volontiers traversé la France entière. La moto était arrivée trop vite à son goût sur les Champs-Élysées surpeuplés.

Ils étaient allés voir *Le Patient anglais*. Une histoire d'amour. Et de guerre. Évidemment, c'était lui qui avait choisi le film. Après mûre réflexion. Heureusement qu'il durait trois heures et demie. Il avait bien fallu ça avant que, comme un collégien, il se décide à prendre la main d'Amélie dans le noir. Elle ne l'avait pas retirée. Il n'était pas allé plus loin.

Ils étaient sortis de la projection, toujours main dans la main, celle d'Amélie tremblait un peu, ils avaient dîné dans une pizzeria, et là il lui avait avoué un passé militaire. Il ne s'était guère étendu sur cette période de sa vie. Il avait essayé de la questionner, mais n'avait pas obtenu d'autre réponse que : « C'est une trop longue histoire. » Elle l'avait interrogé en retour sur ses goûts musicaux. Ils avaient comparé les mérites de Touré Kounda et de Salif Keïta. Puis de Bob Marley et du rap français. Et du ragamuffin. Et du raï.

Et la conversation s'était tarie. Pas les regards. Ils ne se lâchaient pas des yeux.

– On y va ? avait juste demandé Daniel.

Amélie s'était contentée d'acquiescer d'un petit signe timide de la tête. Lorsque, au lieu de bifurquer en direction de l'A86 et de Créteil, l'Intruder avait poursuivi sa route en direction de Marne-la-Vallée par l'A4, elle s'était seulement collée un peu plus fort contre le dos musclé du vigile. À travers son blouson de cuir, il avait senti les seins d'Amélie qui s'écrasaient contre lui et son membre avait durci contre le métal du réservoir. Ils avaient fait l'amour sans attendre, à peine entrés dans le studio, mais sans brutalité non plus, il était d'une grande douceur, d'une grande tendresse, il n'avait pas arrêté de la couvrir de petits baisers, et elle fermait les yeux pudiquement, c'est à peine si elle avait laissé échapper un soupir discret.

Pour lui, la proximité des femmes s'était limitée pendant les années d'armée aux filles à soldats, aux bordels d'escale.

Dan aurait aimé savoir si Amélie avait eu du plaisir. Il n'avait pas osé demander.

Mais ils avaient recommencé encore et encore, et il avait considéré que c'était là une réponse appropriée à sa question. Vers quatre heures du matin, elle lui avait demandé de sa drôle de petite voix s'il voulait bien la raccompagner.

– Au foyer, on a pas le droit de découcher, sinon, c'est la porte.

Il lui avait laissé le casque.

Au retour, il s'était écroulé dans la couette encore imprégnée de leurs odeurs et voilà, c'était un beau dimanche, et demain, youpi, ça irait comme un lundi matin. Un lundi avec Amélie.

Tiens, on frappait. Qui ça pouvait bien être. *Toc-toctoc*, Amélie n'avait pas pu attendre.

Rien qu'à cette évocation, son sexe s'était mis en tête d'ériger un chapiteau de cirque à base de tissu de survêtement rouge, le temps qu'il parvienne à la porte et se trouve nez à nez avec une sorte de zonard affublé d'un bandeau de cuir sur l'œil, à la dégaine loqueteuse et aux cheveux longs et gras qui dégoulinaient sur sa nuque. Le type baissa son œil valide en direction de l'entrejambe du vigile et demanda en se dandinant d'un pied sur l'autre :

– Je suis bien chez Daniel Mouchebœuf ?

L'érection subite de l'ancien lieutenant de la Forpronu disparut instantanément.

– Euh, oui, mais qui…

– Voilà, je m'appelle Sébastien Meyer. Je suis… enfin plutôt… j'étais journaliste reporter photographe à Sarajevo. À ce qu'on m'a dit, vous et quelques-uns de vos hommes m'auriez ramassé sur le trottoir, sur Sniper Alley, le 11 mai 1994 entre neuf heures et neuf heures trente, alors que je venais d'être blessé. Vous m'auriez chargé dans un VAB et emmené à l'hôpital, ça vous dit quelque chose ?

Mouchebœuf dévisagea longuement Meyer. Ça n'était pas possible. Cet échalas sorti tout droit de la zone, maigre, efflanqué comme un clébard de décharge. Sa peau de roux s'empourpra jusqu'à la racine de ses cheveux coupés en brosse.

– À ce qu'*on* m'a dit ? Et peut-on savoir qui est *on* ?

– Leppard, John Leppard, l'homme à qui vous avez eu la faiblesse de confier mon sac photo.

Seb exhiba le sac maculé de sang séché qu'il portait en bandoulière.

– La faiblesse ? Écoutez, je…

Il hésitait encore, et pourtant, pas de doute. Il avait appris à mémoriser un visage. Il était capable de se souvenir des traits d'un inconnu aperçu des années auparavant. Il avait été formé pour ça. Il s'agissait bien du même gars.

– Est-ce que je peux entrer ?

L'ex-lieutenant soupira en s'écartant pour laisser passer Meyer et lui emboîta le pas en remontant son pantalon rouge. Dans la minuscule entrée, un casque de moto trônait sur un guéridon, près du téléphone. Un blouson de cuir était accroché à la patère, à côté d'une veste bleu marine de vigile. Des rangers impeccablement cirées – au moins du 48 fillette – attendaient au garde-à-vous leur propriétaire.

C'était un intérieur de rurbain trentenaire type : parquet flottant de bois clair, cuisine américaine, mobilier Ikéa, un ordinateur, un canapé-lit défait, une couette en tire-bouchon, un tapis en lirette, une paire de bottes Harley-Davidson noires, une télé, un magnétoscope, une chaîne, des murs blancs et nus à l'exception d'un morceau de tissu africain visiblement ancien soigneusement encadré. Le soleil pénétrait dans le studio par une petite baie vitrée ouverte qui donnait sur un balconnet où une chaise en plastique ramollissait dans la chaleur. Un rideau de Nylon blanc se balançait doucement dans l'air surchauffé. Seule concession à l'originalité, sur une des étagères de la mini-bibliothèque trônait un masque imposant. Le front bombé était rehaussé de cuivre martelé, le bois du visage était incrusté de coquillages.

– Quel pays ? demanda Seb, mains dans les poches.

– Zaïre. Un masque chokwe. Vous vous intéressez aux arts premiers ?

Bon. Il ne daignait pas répondre. Il allait falloir meubler.

– Dites, vos blessures, ça va mieux à présent ?

Mouchebœuf regretta immédiatement sa question. Il enchaîna.

– Excusez-moi, asseyez-vous. Je n'ai pas grand-chose à vous offrir, je peux vous proposer un café ? Un jus d'orange, sinon ? C'est à peu près tout ce que j'ai dans mon frigo.

– Merci, c'est bon.

Seb se laissa choir sur le bord du canapé crème modèle *Göteborg réf. B33*.

– Donc… j'aimerais bien que vous puissiez me raconter cette journée. Vous savez, je ne me souviens plus de grand-chose. J'étais sur Sniper Alley, je faisais des photos, et boum, je me réveille à l'hôpital. J'aimerais bien boucher les trous, c'est humain.

– Comment m'avez-vous retrouvé, si ce n'est pas trop demander ? interrogea Mouchebœuf de dos en farfouillant dans son réfrigérateur, derrière le comptoir de la cuisine.

Il se servit un verre de jus d'orange.

– Qu'est-ce que je vous ai dit que je faisais avant, comme métier ? J'ai pas dit journaliste ?

– Décidément, je suis un peu lent, aujourd'hui. La télé, c'est ça, n'est-ce pas ? Vous avez vu le documentaire de la BBC ?

– Pas moi, Leppard. J'avais votre nom, le Minitel est pas fait pour les chiens.

– Vous êtes sûr que vous ne voulez pas un peu de jus d'orange ?

Seb concéda :

– Juste un verre d'eau, alors.

Merde. Mais qu'est-ce qu'il venait faire chier son monde, ce petit con. Il était encore en vie, et grâce à lui, en plus. Il n'aurait pas pu se faire oublier ? Regardez-moi ça, il avait une dégaine de chieur chronique. Rien qu'à le regarder, on pouvait voir les nuages d'emmerdements s'amonceler jusqu'à obscurcir le ciel. Pourquoi, mais pourquoi mon Dieu, ne l'ai-je pas laissé baignant dans son sang sur le trottoir.

– Alors ?

Mouchebœuf referma la porte du frigo d'un coup de talon et s'assit à califourchon sur une chaise pliante blanche du modèle *Nick*.

– Nous étions en train de patrouiller dans le secteur. Quelques jours auparavant, un de nos hommes s'était fait descendre, vous le savez, à présent que votre copain a vu le documentaire de la télévision anglaise. Tout à coup, il y a eu une explosion sur Sniper Alley, c'était si près qu'on a même cru un moment que c'était pour nous. Au bruit, on s'est dit : ça c'est pas un obus de mortier. Le temps qu'on arrive de la rue parallèle où nous roulions, à peine quelques dizaines de secondes plus tard, et vous étiez là en train de pisser le sang par votre œil crevé, par les oreilles, par le nez, allongé sur le trottoir. Visiblement il y avait eu un sniper assez cinglé pour essayer de vous allumer au lance-roquettes. Le type vous avait manqué de peu, le container derrière vous était en bouillie, mais vous aviez pas mal trinqué aussi, votre appareil vous a sans doute sauvé la vie. Les Bosniaques étaient déchaînés, ils défouraillaient à tout va en direction des lignes serbes, votre sniper n'a pas eu droit à un deuxième essai. Nous, on s'est dit que c'était une provocation supplémentaire, qu'ils essaieraient de coller votre mort sur le dos des Bosniaques. Normalement, on ne devait pas s'arrêter pour ramasser les blessés. On n'avait pas le droit. Mais je vous l'ai dit, la veille ou l'avant-veille, on avait eu un gars tué. J'ai stoppé le VAB. Quand j'ai vu sur votre badge qu'en plus vous étiez français, je n'ai plus hésité, j'ai dit aux gars, tant pis, on l'embarque. Les Serbes s'étaient mis à répliquer aux Bosniaques, ça devenait chaud, on s'est arrachés, j'avais juste eu le temps de ramasser votre sac photo, et arrivé à l'hôpital je l'ai oublié sur le plancher du VAB. Quelques jours plus tard, je suis allé le rapporter et je suis tombé sur votre collègue à qui je l'ai confié. Et voilà.

– Et voilà.

– Oui, et voilà.

– Je vous dois la vie, en quelque sorte. Sacrée dette.

Le visage de Mouchebœuf s'empourpra encore un peu plus.

– Vous serviez dans quelle arme, au moment de votre intégration dans la Forpronu ?

– Commandos. Lieutenant.

– Rien que ça ! Un dur de dur. Dites-moi, ça n'a pas dû être facile de rester à regarder Karadzic massacrer les Bosniaques en gardant les mains dans les poches.

Petit con ! Son handicap ne lui donnait pas le droit de juger.

– Peut-être qu'on n'avait pas l'air de faire grand-chose. Mais ce n'était qu'une apparence

– Dites ça aux musulmans de Srebrenica. Alors c'est tout ?

Et qu'est-ce qu'il voulait de plus, l'atrophié, hein ? Lui, il disait ce qu'on lui avait dit de dire.

Un commando s'obligeait à garder le silence sur la totalité de son activité durant son service, et jusque quarante ans après son départ de l'armée. Il s'était engagé. Il avait signé. Foutaises. Enfin…

– Ben oui, c'est tout.

– Merci, alors, pour m'avoir sauvé la vie.

Seb avait fait mine de se lever. Juste avant de prendre congé, il planta son regard de cyclope dans les yeux bleu horizon du lieutenant Mouchebœuf.

– Dites, ça vous dit quelque chose, un minibus d'une ONG francophone, Partage et Solidarité, qui se serait trouvé dans les parages au moment de l'impact ?

– Pas que je me souvienne, non.

L'ex-militaire fit mine de réfléchir encore.

– Non. Vraiment, non.

Lentement, Sébastien fit sauter le mousqueton du rabat du fourre-tout en toile et Mouchebœuf se raidit imperceptiblement. Meyer extirpa du sac un jeu de tirages couleur 13x18 réalisés à partir de diapositives. Il les jeta sur le canapé-lit et le paquet de photos brillantes s'éparpilla au gré des vagues de la couette, accrochant des reflets de lumière renvoyés par les murs blancs.

– Qu'est-ce que c'est que ça ?

Dan s'était levé à son tour, il contempla les images en haussant les épaules.

– Comment voulez-vous que je le sache ?

Il avait à peine vu le photographe épauler. Quand la roquette avait explosé, quand les balles au phosphore avaient percé la tôle, il avait pensé : merde, mais qu'est-ce qu'il fout là, ce con, il va se faire allumer. Jamais il n'aurait cru qu'il avait eu le temps de prendre ces photos. Et dire qu'il avait lui-même ramassé son matériel éparpillé, l'avait remis gentiment dans le sac et avait chargé le tout, matos et photographe, dans son véhicule blindé. Vu l'état des appareils, il ne risquait pas grand-chose, celui qu'il portait en bandoulière était réduit en bouillie. Il n'avait même pas pensé à vider les bobines. Et c'était encore lui qui était allé à l'hôpital ramener le sac, après l'avoir oublié au fond du VAB. Si ça n'était pas un acte manqué, il voulait bien être pendu ! Décidément, il était temps qu'il arrête. Vers la fin de son contrat avec l'armée, il n'était plus à ce qu'il faisait. Pour tout dire, il n'y croyait plus. À Sarajevo, on avait même pas le droit de ramasser les morts qui pourrissaient sur place pendant des jours, parfois.

On pouvait juste les regarder se faire tuer et s'assurer que les convois humanitaires circulaient. On pouvait juste assister impuissant à l'incroyable trafic que ça générait.

On pouvait juste regarder les seigneurs de guerre s'enrichir avec le marché noir. On pouvait juste assister au massacre des innocents. Non, il n'y croyait décidément plus. De toute façon, cette guerre était terminée. Désormais, pour lui, il n'y en aurait plus d'autres. Plus jamais d'autres. La peau tiède d'Amélie le lui avait soufflé, la nuit précédente. Il était redevenu un civil. Enfin presque un civil. Il y avait un certain nombre de choses dont il ne pourrait jamais parler à quiconque. Mais quelle importance, à présent. Si ça se trouvait, Goran Milkovic et Emir Ferhatbegovic étaient morts et enterrés depuis belle lurette. Ou en fuite. Et quand bien même, ce traîne-savates n'allait sûrement pas se lancer à leur recherche, il était au bout du rouleau, c'était visible comme le nez au milieu de la figure.

– Rasseyez-vous. Écoutez, je ne sais rien de cette histoire de minibus. Je vous ai dit tout ce que j'avais à vous dire.

– J'irai à Sarajevo, insista Seb toujours debout. Je retrouverai cette ordure et je le tuerai de mes propres mains.

Ben si. Cet abruti était prêt à se jeter dans la gueule du loup.

Qui avait dit que lorsqu'on sauvait la vie de quelqu'un, on s'en sentait ensuite responsable ?

– Supposons. Simplement, supposons, poursuivit Mouchebœuf, que votre minibus ait lui aussi été touché par l'explosion. Pourquoi personne n'en aurait-il jamais fait mention ?

– Même ces gros cons de Serbes ne dégommaient pas les civils au lance-roquettes. À l'obus de mortier, oui. À la kalachnikov ou à l'AK 47, sans problème. Au fusil à lunettes 7,62 mm, c'était l'aristocratie. Par contre, pour arrêter une voiture, surtout si elle était blindée, le lance-roquettes, voire les balles explosives au phosphore, étaient idéaux. Ça expliquerait beaucoup de choses.

– Avec ou sans le van, vous n'étiez peut-être même pas visé. Ça ne vous est jamais venu à l'idée ? Vous voulez retourner en Bosnie, vous allez chercher quelqu'un qui est peut-être déjà mort, et s'il est encore vivant vous allez essayer de tuer un type qui si ça se trouve ne vous visait même pas.

– S'il ne paie pas pour moi, il paiera pour les autres.

Il était vraiment trop con. Qu'ils le finissent, après tout.

Dan Mouchebœuf fixait la porte que Meyer venait de claquer avec un certain malaise.

Elle en vibrait encore.

# 2.

# Orbites

## 6

*Freetown, Sierra Leone, février 1989*

Assis sur le bord du lit aux draps crasseux, Thierry Lesueur décapsula une canette de bière qu'il tendit à Grooteclaes allongé sur le lit voisin, avant d'écluser lui-même une longue rasade du liquide ambré et d'émettre un rot sonore. Il flatta la croupe callipyge de la prostituée allongée sur le ventre à ses côtés. La nuit tropicale tombait sur la ville, provoquant un concert de pétarades de groupes électrogènes alentour, qui se mêlait aux chœurs des grenouilles. La chaleur reculait et des remugles de fruits pourris, d'eau de vaisselle usée, de brochettes de poisson et de poussière montaient de la Rokel River et des rues en terre battue. Ça sentait l'Afrique.

– Ah, ça fait du bien ! s'exclama Lesueur d'une voix pâteuse.

Grooteclaes se contenta d'acquiescer en essuyant une goutte de sueur mêlée de bière qui perlait à son menton. Puis il alluma une Marlboro extraite du paquet à demi vide perché en équilibre sur sa poitrine couverte de poils roux, où se baladait une chaîne en or avec au bout sa vieille plaque d'identité de la Légion étrangère. Ses bras massifs luisaient de transpiration sous la faible ampoule qui venait de s'allumer et la pin-up tatouée sur son épaule gauche semblait prendre vie à chacun de ses gestes. L'homme se gratta les couilles et chassa d'une claque la fille assise en tailleur à côté de lui. Nue comme un ver, elle se dirigea vers la porte de la chambre en dandinant du croupion. Dans les pièces attenantes, des gémissements et des grincements de sommier répondaient aux interpellations en anglais, aux chants et aux ultimes caquètements des poulets dans les rues alentour.

Le City Hotel n'avait pas toujours été un hôtel de passe. Dans les années 40, il avait même été un établissement relativement coté. Graham Greene y était souvent descendu lors de son exil en Sierra Leone, en 1941. Il y avait situé un de ses romans, *The Heart of the matter*.

Aujourd'hui, c'étaient plutôt les 4x4 des ONG qui, dès le crépuscule, faisaient la ronde autour de la vieille construction de bois sur pilotis autour de laquelle courait une galerie.

L'hôtel appartenait à Arnaud Grooteclaes. Le personnel également. Ex-légionnaire, ex-mercenaire, à trente et un ans le Belge avait déjà bourlingué du Tchad au Zaïre, où il avait été employé par Mobutu. Puis, avec quelques compagnons d'armes sud-africains et russes, il avait échoué à Freetown où la situation se détériorait de mois en mois, à mesure que le pouvoir de Momoh[1] s'affaiblissait. Là, il avait participé au « traitement » des prisonniers politiques trop peu diserts sur les activités de leurs complices. Il travaillait avec Nelson Outamba, le chef de la police, un type énorme originaire du Nord du pays, qui déambulait sanglé dans son uniforme bleu pétard d'une taille trop petit, le bide en avant.

1. Chef de l'État sierra-léonais. A succédé au dictateur Stevens avant de s'enfuir en 1992.

Un genre d'Idi Amin Dada en plus gros, plus massif et plus menaçant, qui se penchait toujours vers vous comme s'il voulait vous écraser. Le régime prosoviétique totalement corrompu ne tarderait pas à vaciller sous les coups de boutoir du RUF dirigé par Fode Sanko. Les généraux bardés de décorations multipliaient les discours sur l'utilité de la torture. L'ambassade de France située en face de la représentation libyenne était réduite au stade d'officine de la DGSE, et même les diplomates devaient graisser la patte des douaniers pour pouvoir quitter l'aéroport, de l'autre côté du bras de mer qui séparait la péninsule du reste de l'Afrique. Pour ce faire, il fallait embarquer à bord d'un ferry surchargé ou bien grimper dans un hélico rafistolé avec du chatterton. La peste ou le choléra. En attendant, il y avait beaucoup d'argent à gagner. Le pays n'était qu'un immense gisement de pierres précieuses. Vous pouviez dégoter un solitaire de la taille de la moitié d'un ongle pour 150 dollars. Grooteclaes en avait acheté beaucoup, grâce à une confortable solde de soldat de fortune, et les reventes à Anvers s'étaient montrées très juteuses. Il avait pu racheter le City Hotel avec tout son personnel féminin. Le pays était d'une pauvreté consternante, mais il avait commencé à s'ouvrir au tourisme et aux organisations non gouvernementales qui menaient des opérations destinées notamment à pallier les carences d'une médecine totalement abandonnée aux appétits matériels. Tout manquait, et le personnel médical formé en URSS était livré sans frein à l'esprit de lucre. Certes, si vous aviez besoin d'être opéré à l'hôpital de Freetown, on vous opérait. Mais l'anesthésie était subordonnée à vos moyens financiers. En clair, pas d'argent signifiait l'opération à vif.

Les logisticiens des ONG, ceux qui s'occupaient de la maintenance des camions, des tentes, de l'approvisionnement, qu'ils fussent locaux ou étrangers, étaient en grande majorité des hommes. Ils transpiraient la testostérone par tous les pores. Grooteclaes avait vite compris que posséder un bordel pouvait s'avérer très rentable dans de telles circonstances.

Il se faisait vieux pour un mercenaire. L'occasion avait fait le larron.

Il avait raccroché les gants.

Et c'est ainsi qu'il avait fait la connaissance de Thierry Lesueur. Le Français était arrivé quelques mois plus tôt avec La Main tendue, une association française qui s'était mis en tête de construire un bateau-hôpital pour remonter le fleuve jusqu'aux villages les plus reculés de la brousse. Ça avait plutôt mal démarré. La barge à fond plat, transportée depuis la France par cargo, avait coulé dans le port à la suite d'une tempête. Il avait fallu la renflouer, sous les ordres de Diane Secrétin, une maîtresse femme pilote de quarante-cinq ans aux longs cheveux blonds mêlés de fils gris, plus dure qu'un caillou. Ça n'avait pas collé avec Lesueur. Junkie repenti, ex-matelot de la marine marchande, le Normand à la complexion chétive et au crâne précocement dégarni avait intégré La Main tendue après sa cure de désintoxication. L'association s'était résolue à faire appel à lui en raison de ses compétences maritimes, malgré les réserves de Diane Secrétin. Assez vite, la tension entre eux était devenue insupportable. Lesueur, grand amateur de filles africaines et de bière, n'avait eu aucun mal à trouver le chemin du City Hotel et à y entraîner nombre de ses collègues.

Grooteclaes envoya une main ornée d'une énorme chevalière en or à ses initiales en exploration dans la poche revolver de son short négligemment posé sur une chaise branlante.

Il en extirpa un rouleau de marks, de dollars, de leones et de francs mélangés retenus par un élastique et le lança en direction de Lesueur. Il atterrit sur son ventre et rebondit sur le drap froissé.

– Tiens, ta commission pour la semaine, on a bien bossé.

Grooteclaes avait laissé son accent belge à la porte de la caserne le jour où il s'était pointé au fort de la Légion, à Nogent-sur-Marne, pour s'engager. Mais une dent de devant cassée en diagonale au cours d'une bagarre l'affublait d'un léger zézaiement qui seyait mal à la dangerosité du personnage.

La prostituée tourna la tête. Elle ne pouvait détacher le regard de la liasse.

Lesueur lui donna une bourrade du talon dans la cuisse.

– Fous le camp, nom de Dieu !

Docile, la fille s'éclipsa en se massant le muscle adducteur.

– Qu'est-ce qu'on peut s'emmerder au pieu avec ces gonzesses. Elles sont toutes excisées ! Dis donc, au fait, lança Grooteclaes, faut que je te parle. Je crois que ça commence à sentir le roussi. Ce pays est foutu, moi je te le dis, va falloir changer notre fusil d'épaule.

– Comment tu sais ça, toi ? avait demandé Lesueur en tétant une nouvelle canette, la voix de plus en plus pâteuse.

– Tu devrais pas boire autant, avec cette chaleur tu tiendras pas le coup.

Le Français avait haussé les épaules.

– Des mercenaires sud-africains, des copains à moi, avait poursuivi le Belge. Ils ont été embauchés pour protéger les champs diamantifères via une boîte de sécurité, Executive Action. C'est le merdier. Tu peux pas savoir, tout le monde fait ses valises. Au fond de chaque trou paumé, il y a un Libanais obèse en train de charger le coffre de sa Mercedes avec des diamants, sous la protection de porte-flingues de l'OLP venus de

Beyrouth, c'est complètement dingue. T'imagines ! Les Israéliens de LIAT Finance and Construction adorent ! À ce stade, mon vieux, c'est plus de la concurrence, c'est un jeu de massacre. On commence à entendre parler de membres coupés, de trucs dans le genre. Si ça pète, tout le monde va foutre le camp d'ici en courant. Pour l'instant, l'armée suit encore ce gros porc affable de général Momoh, mais pour combien de temps ?

– L'armée ? Ils sont deux mille pour plus de quatre millions d'habitants, tu plaisantes ?

– Rigole pas, ce sont de bons soldats, t'as qu'à demander aux Libériens d'ECOMOG.

– En tout cas les ONG feront pas long feu dans le coin non plus, ajouta Lesueur. Plus d'ONG, plus de touristes, ça veut dire plus de clients. Qu'est-ce qu'on va faire ?

– T'inquiète, j'ai pensé à un truc. Je pourrais liquider ce bouge infâme, le fourguer à un gogo. Si jamais t'as une idée sur le client…

– Avec les filles ?

– Naaan. Justement. Avec le pognon, j'envoie les filles à Bruxelles. Je les mets dans les vitrines, et je monte un truc bien juteux. Mes compatriotes aiment l'exotisme. Ils ont pas de soleil, là-haut, tu comprends ?

Thierry Lesueur se leva pour aller quérir en claudiquant son paquet de Gitanes sans filtre sur une table devant la fenêtre oblitérée par une moustiquaire et frotta sa hanche déformée par une maladie congénitale. Il cala son clope entre ses dents gâtées. Ses couilles fripées pendaient sur ses cuisses maigrelettes. Ses petits yeux noirs étaient aussi expressifs que des têtes de clou.

Sans succès, il cherchait à mettre la main sur son briquet.

Grooteclaes lui lança son Zippo, et le Français le rata.

Putain ! Il était déjà sacrément usé pour un mec de vingt-neuf balais.

Lesueur se baissa et récupéra le briquet avec des gestes lents. Il se rassit au bord du lit et, en ouvrant une autre canette, il demanda :

– Pourquoi pas Paris ?

– Mmm… Ce serait l'idéal. Mais j'ai pas de contacts, là-bas.

L'ex-légionnaire écrasa un moustique qui était parvenu à se faufiler entre les mailles et qui finit tartiné sur l'insigne de parachutiste tatoué sur son avant-bras gauche.

– Moi, si.

– Toi ? Allez, arrête de déconner ! Avec ce que tu picoles, tout ce que tu dois avoir comme contacts, c'est l'adresse d'un brasseur.

– Attends, j'ai quelques copains à l'ambassade de Sierra Leone, à Paris, quelques autres ici à l'ambassade de France, avec notre histoire de rafiot on a rencontré pas mal de monde. Et figure-toi que je sais même à qui vendre les filles, une fois là-bas. Quinze mille balles pièce, t'auras même pas à t'occuper de tes saloperies d'histoires de vitrines.

– Attends, t'es sérieux, là ? Si tu déconnes pas, je peux te promettre une sacrée com'sur le chiffre d'affaires.

Lesueur fouilla le regard bleu horizon du Belge et reposa sa canette vide.

– J'en veux pas de ta com'. Je te veux comme associé, cinquante/cinquante. Sinon tu te démerdes, tu te tires à Bruxelles.

Grooteclaes était sur le cul.

Il gratta son crâne passé à la tondeuse réglée sur « barbe : 5 jours ». Ses cheveux étaient précocement blancs. La peau de son crâne de rouquin avait viré au lie-de-vin congestionné sous les assauts du soleil.

– Ben mon salaud ! Tu manques pas d'air, toi ! Tu me proposes la botte, comme ça, à moi. Toi, un peigne-cul de logisticien de mes couilles !

– Tu prends ou tu laisses, à toi de voir.

– Je sais pas, faut que je réfléchisse. Et pis t'as intérêt à me donner des garanties. Je mettrai pas mes œufs dans le même panier comme ça. J'en enverrai la moitié à Bruxelles, la moitié à Paris. Eh ! le premier truc : t'arrêtes de picoler. T'as bien arrêté la fixette. Les gens bourrés ont tendance à trop parler.

Lesueur avait promis. C'était facile, les promesses d'ivrognes sont toujours au meilleur prix.

Le Belge et le Français avaient donc continué à téter des canettes de bière dans la nuit sierra-léonaise, puis fait revenir des filles, mais comme ils avaient décidément trop éclusé, ils n'arrivèrent à rien. C'est vers trois heures du matin, dans un délire éthylique émaillé de récits de guérillas et de baise que Thierry Lesueur avait eu l'idée.

*

*Paris, novembre 1991*

Une main secouait l'épaule de Norbert Bensimon. Il émergea avec difficulté.

Il ne se rappelait pourtant pas s'être endormi.

– Allez, laisse tomber, tu ne feras plus grand-chose cette nuit, va te coucher, mon pauvre vieux. Merde, il est pas vrai ce mec, s'il voulait me baiser qu'il bande, au moins, là j'me sens comme une cloche dont le goupillon serait trop court pour faire sonner l'Angélus !

La fille sur qui il était allongé nu comme un ver essayait de ramper pour se dégager du poids de Bensimon. Elle parvint enfin à se soustraire à son partenaire inefficace et s'éloigna.

Même ses fesses tombantes eurent une expression de mépris à l'égard du représentant qui s'était assis sur un des nombreux matelas de mousse et se frottait les yeux en bâillant. Un peu plus loin, dans la pénombre, une femme était accroupie, de dos, sur le visage d'un homme dont le membre était dressé vers le plafond. Les cheveux bruns coupés court de la femme bougeaient au rythme des ondulations de son bassin.

Fesses tombantes s'arrêta et observa un moment le couple.

Puis, les yeux rivés à ceux de Bensimon, elle s'empara d'une des nombreuses capotes posées dans une coupelle sur une table basse, et en recouvrit la virilité offerte. À califourchon, elle s'empala lentement sur l'homme au ventre blanc et gonflé qui était en train de lécher la brune. Quelques types entre deux âges qui se branlaient en cercle autour de la scénette lâchèrent leur queue un instant pour applaudir.

Bensimon baissa les yeux sur son membre flaccide encore coiffé d'une capote fripée, soupira et consulta sa Rolex. Cinq heures du mat', putain il était crevé. Il se frotta les yeux et regarda autour de lui, vaguement écœuré, comme s'il s'éveillait d'un cauchemar.

Partout, les corps emmêlés des habitués de Chez Franck et Jackie remuaient en cadence sur des matelas disposés sur le sol qui occupaient jusqu'au moindre recoin.

Il y avait de tout. Des bedonnants, des fesses fripées, des seins qui tombent, des poitrines siliconées, des cuisses tristes, des apollons body-buildés, des fausses blondes, des fausses rousses, et même une fausse brune. Des adeptes du bronzage intégral qui partouzaient tout l'été sur la plage au cap d'Agde, des pâlots qui avaient passé leurs vacances à Paris, ceux que les marques de maillot ne gênaient pas. Les verres à cocktail à demi vides, souillés de traces de rouge à lèvres, gisaient sur le carrelage maculé de traînées humides. Dans le bassin qui occupait le milieu de la pièce, sous une verrière, quelques couples s'ébattaient. Une odeur mêlée de chlore, de transpiration, de parfum tourné, de bougies parfumées et de foutre alourdissait l'air.

Bensimon passa sous la douche, récura la moindre parcelle de son corps jusqu'à en devenir écarlate, et récupéra son costume prince-de-galles et sa cravate en soie à motifs palmiers au vestiaire. Il se sentait à présent réveillé, mais il avait sacrément besoin d'un rail. Il alla se repoudrer le nez dans les toilettes. Un couple était en train de miauler derrière une des portes qui vibrait en cadence sous les assauts enfiévrés. Purée, fallait quand même être vicieux. Aller se planquer dans les chiottes pour baiser dans une boîte à partouze ! Et si ça se trouvait, c'était même son mec qui était en train de la faire jouir comme ça. Y avait de ces tordus.

Vaguement nauséeux, Norbert Bensimon frissonna en grimpant dans sa Jeep Cherokee. L'humidité qui montait de la Marne voisine transperçait son manteau en poil de chameau. Il introduisit une cassette de David et Jonathan dans le lecteur et régla le chauffage au maximum. Il passa au large de Chez Gégène, franchit le pont de Joinville et s'engagea dans le bois de Vincennes en direction de Saint-Mandé.

L'immeuble en pierre de taille où il vivait donnait dans une petite rue calme, à deux pas du Bois. Enfin, vivre était un grand mot. Le cinq pièces acheté grâce à son talent exceptionnel pour caser placements et assurances-vie aux clientes qu'il baisait régulièrement n'était guère meublé. Un lit, une machine à laver, une gigantesque télévision et un magnétoscope.

Des chaussettes sales et du linge entassé en bouchon jonchaient le parquet de chêne. Chaque matin, le commercial allait courir une heure ou deux, il fallait bien ça pour tenir le rythme. Et puis il n'allait pas exhiber un corps déformé par les graisses dans les partouzes ! Vu le rythme effréné auquel il vivait, et vu sa consommation de coke, il pouvait toujours engloutir de temps à autre des himalayas de spaghettis à la pizzeria du coin, à trente-six ans son corps mince et musclé ne s'était pas alourdi d'un gramme. Bensimon se rendit à la salle de bains et s'aspergea d'eau glacée. Bon Dieu, il avait une de ces têtes ! Toutes ces rides... après trente ans, décidément, vous étiez responsable de la gueule que vous aviez.

La mâchoire contractée sur ses dents qui grinçaient, il s'allongea sur le lit et enfourna une cassette porno dans le lecteur. Les images de *Guerre et Pets*, un film X anal avec Tromblon Grosrobert, la star du moment, commencèrent à défiler devant ses yeux passés au papier de verre par la coke. Au bout d'un moment, son membre réveillé consentit à une rigidité convenable. Le représentant se branla dans un Kleenex, hypnotisé par une scène de fellation qui finissait en éjaculation faciale. Il connaissait la cassette par cœur et parvint à jouir au moment où le sperme jaillissait sur le visage de l'actrice au regard mort.

Il fila sous la douche qu'il laissa longtemps couler. Norbert Bensimon était un maniaque de la propreté. Dans les boîtes, il aurait mis deux capotes l'une sur l'autre, s'il avait pu.

Il éteignit la lumière. Les diodes bleues du magnétoscope clignotaient 6:02 dans l'obscurité.

Tout avait commencé à la mort de sa mère, quelques années auparavant. Il était fils unique.

Certes, le commercial avait toujours été ce qu'il est convenu d'appeler un homme facile. Mais beaucoup de représentants de la gent masculine étaient dans ce cas. Ses parents avaient quitté Rabat en 56, un an après sa naissance. Les problèmes avaient surgi cinq ans plus tard. Sa mère s'était fait pincer chez un maroquinier de la place de la République pour vol à l'étalage. Elle avait piqué un portefeuille qu'elle destinait, disait-elle, à son mari. Le problème était qu'Isaac Bensimon avait largement de quoi se l'offrir, ce portefeuille, avec ce que lui rapportait son cabinet de dentiste à Richelieu-Drouot. Cette incartade aurait pu s'avérer sans suite, mais, quelques semaines plus tard, la mère de Norbert récidiva avec dix tubes de rouge à lèvres et un flacon de *N° 5*, au Printemps. Cette fois elle était revenue à la maison entre deux policiers. Il avait fallu se rendre à l'évidence, Perla Bensimon était kleptomane. Un jour, son état s'était brutalement aggravé. Elle avait fugué, avec un chéquier dont elle n'avait pas tardé à faire abondamment usage, laissant derrière elle un sillage de chèques en bois. Elle était rentrée, un soir, après trois mois d'absence, les vêtements froissés, les cheveux en bataille, son mari debout dans le couloir en pyjama l'avait prise dans ses bras en pleurant et le petit Norbert qui ne pardonnait pas à sa mère ce brutal abandon s'était réfugié derrière un mur d'apparente indifférence. Il y avait eu d'autres fois.

L'internement avait fini par être le seul recours.

À quinze ans, Norbert avait quitté le domicile familial et roulé sa bosse dans le commerce, il avait vendu de tout, des sérigraphies au porte-à-porte, des voitures puis des meubles. Son taux de réussite était incroyablement élevé, près de quatre-vingt-dix pour cent. Il avait fini par être embauché à un salaire mirobolant par une société de placements financiers et son don pour le négoce lui avait permis de se limiter à deux ou trois rendez-vous quotidiens pour atteindre un résultat supérieur à celui qu'obtenaient ses collègues en dix ou douze entretiens. Dans les couloirs de la Parisian Investment, on murmurait que Bensimon était un surdoué de la vente. Certes, il culbutait de temps à autre sur les Chesterfield des appartements du XVIe ou de Neuilly des rombières qui cherchaient à tromper leur ennui et, à chaque fois, l'apparition de leur culotte de dentelle, au-dessus de l'espace de peau laissé libre par des bas noirs retenus comme il se doit par des porte-jarretelles, le bouleversait. L'argent l'intéressait peu, malgré son talent très particulier pour en amasser. De temps à autre, il allait rendre visite à son père, à Vincennes. Le vieil homme vivait reclus dans un petit appartement, il avait revendu son cabinet et ne voyait plus personne en dehors de son fils. En 1985, tout avait basculé.

Norbert avait appris que sa mère était atteinte d'un cancer incurable. Parties du sein, les métastases avaient colonisé tout l'organisme. D'abord, il avait voulu nier la gravité du mal dont Perla Bensimon était atteinte, il s'était persuadé qu'elle allait guérir, et il n'avait pas voulu aller la voir à Maison-Blanche où elle était à présent internée dans une unité médicalisée. Elle mourut sans avoir revu son fils, qui sombra dans une dépression aiguë à l'annonce du décès. Jamais il ne put se rendre sur la tombe maternelle.

Incapable de soutenir son père, il était parti à la dérive en quelques mois.

D'abord, il y avait eu les virées nocturnes au bois de Boulogne, les exhibitions des couples dans les voitures, les branlettes sur les vitres. De temps en temps, une candidate plus audacieuse que les autres descendait de bagnole et se laissait baiser sur le capot devant son mec. Parfois, les soirées évoluaient de façon inattendue, comme ce soir de juillet où la petite bande des mateurs battait la semelle sur le pavé depuis un moment en attendant en vain un couple d'exhibos, et tous avaient fini par avoir la dalle. L'un d'eux était allé jusqu'à la porte Maillot. Il avait déniché du jambon, du saucisson et du vin. Toute l'équipe s'était mise à pique-niquer.

À un moment, une berline de luxe s'était immobilisée le long des grilles de l'ambassade d'URSS, le conducteur lançait des appels de phares au groupe de mateurs attablés sur un coffre de R5, tandis que la passagère dégrafait déjà son soutien-gorge. Impatient, le couple avait même klaxonné. Les pique-niqueurs s'étaient écriés en chœur : « Minute, on bouffe ! »

Un matin, n'ayant plus eu de nouvelles de son père depuis des semaines, et après de nombreux coups de fil infructueux, Bensimon se présenta au domicile paternel à Vincennes. Il frappa à plusieurs reprises, appela « Papa ? », sans succès. Il n'avait pas la clé de la porte blindée, à l'épreuve des cambrioleurs. Il dut se résoudre à appeler les pompiers qui défoncèrent la porte et trouvèrent son père recroquevillé dans le couloir, muré dans un mutisme absolu. Même après plusieurs mois passés dans un établissement psychiatrique, il refusait encore de manger seul, de marcher et de parler.

De ses virées nocturnes, Norbert était passé aux partouzes, par des couples rencontrés place Dauphine. Peu à peu le sexe était devenu une occupation à temps plein. Minitel rose, drague systématique des clientes, clubs échangistes, tout était bon. Mais cela ne suffisait pas à tenir la folie à distance. Il fallait encore meubler les nuits d'insomnie. Dans la journée, Bensimon s'acquittait d'un ou deux rendez-vous, des femmes généralement, à qui il vendait des placements et qu'il baisait furtivement – comme il l'avouait lui-même à son psy, il était plutôt un mauvais coup – mais dès que la nuit tombait l'angoisse le rattrapait. Il feuilletait alors fiévreusement son calepin à la recherche d'un *passeport*, d'une copine de bonne volonté qui lui permettrait d'entrer en couple dans une boîte échangiste, et les soirs où il ne trouvait personne il devait se résoudre à embaucher à prix d'or une call-girl pour tenir le rôle.

Abruti de sexe, il ne parvenait à s'endormir qu'aux aurores.

Norbert Bensimon ne buvait pas et fumait encore moins. Mais la cocaïne lui était vite devenue indispensable pour tenir des nuits entières et trouver la force d'aller dans la journée convaincre les clients de placer leur argent dans des SICAV monétaires.

En sueur, il se tournait et se retournait dans son lit, entortillant draps et couette.

Incapable de trouver le sommeil, totalement épuisé, Bensimon se redressa dans son lit, la bouche sèche. Les diodes marquaient 6:45.

Il connaissait le numéro par cœur, à présent.

Elle décrocha à la première sonnerie.

*

*Topanga Canyon, Californie, décembre 91*

Duane Mortensen cessa quelques instants ses séries de tractions, posa les haltères sur les suspensoirs et se redressa, le temps de souffler un peu. La transpiration dégoulinait sur son front ceint d'un bandeau en tissu éponge qui retenait ses longs cheveux blonds. Sur son torse hâlé nu et glabre, rasé de près, les gouttes de sueur traçaient comme de petits ruisseaux canalisés par ses veines saillantes accrochées à des muscles gonflés à bloc.

Il s'essuya le visage à l'aide d'une serviette qu'il passa autour de son cou et resta un moment assis sur son banc d'haltérophile, ses avant-bras monstrueux posés sur ses genoux, à regarder passer les badauds sur la promenade de Venice Beach. Certains d'entre eux, lassés de la distraction offerte par les stands de tatouage au henné et de massages shia-tsu, s'étaient arrêtés au niveau du gymnase en plein air.

*Muscle Beach,* haut lieu californien du culte du corps, s'il en était.

Les mains accrochées aux grillages tels des chimpanzés, les yeux emplis d'un mélange de fascination, d'envie et de dégoût, les curieux contemplaient les athlètes bombardés d'UV en plein exercice. C'était à qui ferait saillir ses pectoraux ou ses biceps gonflés aux hormones devant la foule curieuse, sans toutefois se départir d'une royale indifférence de bon aloi.

– Chip, comment ça va, aujourd'hui ? avait questionné Mortensen d'une voix pleine de sollicitude en levant la tête au moment où un géant de deux mètres cinq était venu se mettre entre lui et le soleil de Californie en traînant la patte.

– Pas trop mal, ma cheville s'arrange, à ce que tu peux voir. Mince, quand même, voilà ce que c'est de regarder les filles au lieu de faire attention où on va !

Chip Foster s'était rétamé sur Santa Monica Beach. Il était en train d'essayer ses nouveaux rollers quand il avait croisé une de ces déesses platinées au physique de surfeuse et aux seins comme des pare-chocs de Cadillac des années 50. La fille n'était vêtue que d'un bikini dont la surface totale de tissu n'aurait pas suffi à couvrir une balle de golf. Chip en était resté bouche bée, d'autant plus que la nana, croisant cette espèce de géant monté sur rollers qui arrachait du regard ses trois minuscules triangles de Lycra à motifs étoilés, lui avait balancé un sourire qui constituait à lui seul un vibrant hommage à l'orthodontie de luxe. Du coup, il en avait totalement oublié la courbe qui s'amorçait devant lui, tout obnubilé qu'il était par celles de la patineuse, et il avait embrassé un palmier. Dans sa chute il s'était foulé une cheville. Chip eut un regard admiratif pour les abdominaux de Mortensen.

– Wahh ! Dis donc, tu progresses sacrément. Moi, ce serait plutôt le contraire, avec mon accident, ces derniers temps, j'ai pas pu trop m'entraîner. Mais là, je peux recommencer, en y allant doucement.

– Merci, Chip, c'est super ! Écoute, il y a un nouveau restaurant bio sur Santa Monica Boulevard, ça te dirait de l'essayer un de ces quatre ? Paraît qu'ils ont des linguinis au tofu absolument géniaux.

– Ben oui, pourquoi pas. À moins que tu ne préfères la bouffe japonaise. Je connais un sushi bar absolument fabuleux, à deux pas de la Quatrième et Santa Monica Boulevard.

– Ma foi, pourquoi pas, on tirera au sort et on verra bien. En tout cas, plus chez Jake and Annie, c'était vraiment trop copieux la dernière fois. Même si l'orchestre de jazz est fabuleux, c'est quand même très dur pour la ligne. Avec un peu de chance, on croisera peut-être ta Vénus en rollers !

Mortensen s'était levé. Il tapota une ou deux fois l'épaule musculeuse de Chip Foster qui se dirigea vers les vestiaires en boitillant. Puis se rallongea sur le banc et reprit son exercice de tractions tandis que les ombres des palmiers s'allongeaient sur Venice et que la foule des badauds s'éclaircissait. Les odeurs de hot dogs et les relents d'huile solaire refluaient à présent et des bouffées d'iode montaient jusqu'à *Muscle Beach*. Plus loin sur la plage, les battements sourds et réguliers des tambours africains résonnaient en rythme serré. Les joueurs de *djembé* des environs avaient coutume de se retrouver chaque jour sur la grève pour saluer le crépuscule. C'était l'heure de rentrer.

Duane Mortensen était content de lui. Il avait pulvérisé son record : cent cinquante tractions avec cinquante kilos au bout des bras. Il pouvait encore sentir la tension et l'acide lactique accumulés dans ses biceps gonflés par l'effort et les anabolisants.

Pas si mal pour ses trente-trois ans. L'âge du Christ.

Mortensen éclata de rire en montant dans son *sportster* BMW jaune, décapoté sur le ciel de Californie embrumé de pollution. La radio annonçait vingt et un degrés. Mmm… Parfait. Vraiment, ça avait été une foutue bonne idée de quitter les frimas new-yorkais en 87 et d'investir l'argent durement gagné à Wall Street dans la Silicon Valley. Tous ces connards de *golden boys* ne juraient que par la Bourse, ils se croyaient les maîtres du monde, mais le sommet de la chaîne alimentaire, c'était lui.

Saddam Hussein avait réduit leur portefeuille d'actions à une peau de chagrin, endettés comme ils étaient, ils s'en pissaient dessus de trouille et fourguaient au rabais leurs somptueux lofts et leurs collections d'art contemporain, à présent.

S'ils avaient fait comme lui, ils n'en seraient pas là. Mortensen avait pris le pognon, et l'avait placé dans un créneau d'avenir : Internet, les téléphones mobiles, les ordinateurs, les autoroutes de l'information, la nouvelle économie, il n'y avait que ça de vrai, nom de Dieu, ces cons-là n'avaient rien vu venir.

Duane Mortensen dépassa le Santa Monica Pier, là où la Grande Roue marquait la fin de la route 66, et quitta Santa Monica pour s'engouffrer sur la Pacific Coast Highway en direction de Malibu.

Les rouleaux du Pacifique grignotaient les falaises et les palmiers s'inclinaient doucement sous le vent.

Arrivé au niveau de Pacific Palisades, il tourna à droite et la petite voiture de sport jaune entreprit d'escalader les lacets de Topanga Canyon.

Dans les années 70, le canyon avait été un haut lieu de la marge. D'abord colonisé par les hippies, il était bientôt devenu un site stratégique pour l'industrie du porno. Les plateaux de tournage fleurissaient dans les résidences isolées. Aujourd'hui, on se battait pour acheter à prix d'or une maison dans les méandres de ces collines sauvages où subsistaient encore pumas et serpents à sonnette, à moins d'une heure du centre de Los Angeles et à dix minutes à peine de la plage. La villa d'architecte qu'avait acquise Mortensen lui avait coûté la peau des roustons, en clair la bagatelle de cinq millions de dollars, mais il n'en était pas peu fier. Il rêvait d'une maison dessinée par Ghery, l'architecte-culte de Californie, celui-là même qui avait réalisé le *mall* de Santa Monica, mais, même avec ses moyens, le Maître restait hors de prix. Il s'était rabattu sur un des anciens bras droits de Ghery qui avait su couper le cordon ombilical et se lancer.

Il ne l'avait pas regretté. La vaste construction de séquoia couverte de bardeaux comprenait neuf pièces de la taille d'un terrain de basket étagées dans la pente du canyon, sur Pacific Drive. Le grand garage abritait, outre le *sportster* BMW, un pick-up Toyota haut de gamme dernier modèle. Le jardin en terrasses descendait jusqu'à la rivière et les larges baies vitrées offraient une vue panoramique sur les montagnes de Topanga. L'obscurité descendait, et le halo des lumières de la vallée de San Fernando venait buter contre les nuages. Le hurlement d'un coyote monta vers le ciel.

Mortensen frissonna. Les nuits étaient fraîches en altitude, on était tout de même à 800 mètres. Il jeta une bûche dans l'âtre qu'il avait allumé, se prépara un rail sur la table basse du salon, devant la cheminée. Aah, c'était bon !

Il appuya sur la touche *Play* de la télécommande de son magnétoscope.

Une fille nue comme un ver entrait dans une pièce froide et impersonnelle, sans meubles, aux murs blancs, où trônait un matelas d'eau. C'était une brune aux cheveux longs et raides, à la peau cuivrée et aux seins lourds, aux hanches larges de Mexicaine et aux cuisses précocement cellulliteuses. Elle ne devait pas avoir plus d'une vingtaine d'années, mais à la moue de ses lèvres charnues, à la froideur de son regard, il était facile de deviner qu'elle avait déjà pas mal d'heures de vol.

Elle demanda où était le client. La pièce vide résonnait et la réverbération était encore accentuée par la mauvaise qualité de la vidéo. La caméra continuait à tourner, filmant froidement l'absence de réponse, la colère de la fille – *cabrones, hijos de putas*, il est où le micheton plein d'oseille dont vous m'avez parlé –, elle regardait autour d'elle, qu'est-ce que c'est que ce *pinche* taudis ? Elle avait posé ses mains sur ses hanches enrobées, dans une position de vierge outragée que démentait sa nudité. Elle grattait sa toison pubienne taillée en forme de cœur. Au bout d'un moment encore elle commençait à appeler : hé, y'a quelqu'un, répondez, bordel ! Et sa peau se hérissait sous la caresse climatisée des bouches d'aération. Elle couvrait sa poitrine de ses avant-bras croisés, mains posées sur ses épaules grassouillettes. Et puis merde ! se décourageait-elle. Après s'être hissée sur la pointe de ses petits pieds, elle se résignait à faire demi-tour. Mais la porte par laquelle elle était entrée restait close malgré ses tentatives pour l'ouvrir. La fille recommençait alors à appeler, mais sur un ton différent. Allez, quoi, déconnez pas, ouvrez-moi. Après plusieurs tentatives, elle commençait à cogner contre le battant de la porte et ses gestes déclenchaient des ondes de choc sous sa peau graisseuse. L'incompréhension d'abord, puis la panique envahissaient ses yeux lorsqu'une armoire à glace masquée par un bonnet de pénitent ouvrait enfin la porte, accédant à ses supplications, et pénétrait dans la salle, s'avançant vers elle. C'était le moment qui excitait le plus Mortensen. Quand tout basculait. Quand le regard professionnel de la pute se chargeait d'une panique absolue, que la peur la rendait de nouveau humaine.

Oui, il aimait ça, presque autant que quand le bourreau la tuait.

Le problème était que même quand il prenait son temps, ça allait toujours beaucoup trop vite à son goût. La fille protestait, bien sûr, tournait en rond dans la pièce jusqu'à ce qu'il la rattrape, le lit d'eau ne constituant entre eux qu'un obstacle mineur, et dès qu'il l'avait chopée par une aile, elle se mettait à supplier, pleurait, priait, mais il l'avait déjà clouée contre le mur aussi sûrement qu'un entomologiste, il la tenait plaquée à la cloison par le cou, elle ne pouvait même plus crier, et puis il enfonçait son couteau dans son ventre, elle se débattait, ses jambes qui voulaient vivre battaient comme des carpes échouées sur le rivage, ses tripes s'échappaient de son corps, elle cherchait à les retenir, elle bougeait de plus en plus lentement à mesure que l'hémorragie accomplissait son office. Le regard fixé sur les mains de la fille luisantes de son propre sang, de sa propre merde, Mortensen, les doigts serrés sur sa bite congestionnée, déchargea sur ses cuisses, le jogging sur les chevilles.

Ça donnait soif. Après s'être essuyé avec une serviette en papier qu'il balança négligemment sur le sol parqueté, il alla jusqu'au frigo-armoire et se servit une rasade de vodka glacée.

Le businessman récupéra le *snuff movie* dans le magnétoscope et le rangea soigneusement dans le coffre-fort dissimulé derrière un petit Kandinsky qui lui avait coûté une fortune.

Il avait extrait du même coffre son objet préféré, une lettre de Charles Manson, le tueur en série qui s'était rendu célèbre en assassinant, avec les disciples de sa secte, Sharon Tate, enceinte de plusieurs mois, et quelques-uns des plus fidèles amis de la famille Polanski.

La notoriété des victimes avait rendu Manson plus célèbre encore. Son regard allumé, son allure à la Raspoutine avaient fait le tour du monde.

Duane Mortensen avait acheté la lettre un an auparavant chez Cult Killers, un magasin de Hollywood Boulevard consacré aux tueurs en série, à deux pas du Death Museum. L'homme d'affaires était vite devenu un client assidu de l'échoppe dédiée aux super-prédateurs. Les règles de leur monde étaient les mêmes que celles qui régissaient les sphères où évoluait Mortensen : éliminer les maillons faibles. Choisir les proies les plus vulnérables. Pas de prisonniers. Chez Cult Killers, on pouvait trouver des lettres de meurtriers, les plus chères étant bien entendu celles où ils se vantaient de leurs crimes. Celles-là étaient exposées dans une vitrine blindée, et leur prix pouvait atteindre plusieurs dizaines de milliers de dollars, surtout si le *serial killer* avait été exécuté depuis.

Du meurtre comme un des beaux-arts. Les tueurs étaient cotés en fonction de la violence de leurs crimes, et aussi de leur nombre, et leur cote grimpait encore quand ils étaient exécutés. Duane avait les moyens. Il avait démarré cette collection par curiosité, au début, puis il s'était pris au jeu. Bon sang, ces types étaient fascinants d'intelligence et de pragmatisme.

Les clients moins fortunés du magasin pouvaient malgré tout assouvir leur passion pour le macabre à moindres frais.

La librairie regorgeait de biographies pleines de détails croustillants et de révélations inédites. La clientèle pouvait aussi faire l'acquisition de fac-similés tirés de photographies originales de la police. Des portraits d'assassins aux visages anodins, des scènes de crimes aplaties par l'éclair des flashs. Le rayon vidéo n'était pas moins approvisionné en documentaires de toutes sortes et en fictions inspirées des vies de Ted Bundy ou Ed Gein, le célèbre psychopathe des années 50 qui tuait pour se fabriquer des vêtements en peau humaine. Mais hormis quelques séquences d'exécutions à la chaise électrique ou au gaz tournées en douce, on ne pouvait cependant y trouver aucun de ces films montrant un assassinat en direct et qu'on appelait *snuff movies*.

Les amateurs les achetaient sous le manteau à prix d'or. C'était en tout cas ce qu'on racontait dans les réceptions, à voix basse en fin de soirée, quand tout le monde était déjà bourré et que les conversations dérapaient sur des sujets un peu scabreux.

Bien sûr, Mortensen en avait souvent entendu parler.

Au bout de quelques mois d'une fréquentation assidue de Cult Killers, il n'y tenait plus.

Les cassettes qu'il s'était payées jusque-là montraient des types en train de griller sur la chaise.

On voyait le sang bouillir et jaillir de leurs narines et de leurs orbites masquées par une cagoule d'où montaient des volutes de fumée. L'assiette de métal posée sur le sommet de l'occiput des condamnés grésillait et les pauvres types gigotaient comme du pop-corn dans une poêle à frire.

La caméra s'attardait un moment sur leur pantalon mouillé d'urine.

C'était excitant, au début surtout. Les premières fois, Mortensen s'était repassé ce genre de séquence jusqu'à dix fois de suite.

Puis il avait fait une troublante découverte. Même les images s'usaient. C'était bien le problème. Il connaissait chaque seconde de ses cassettes par cœur. Bientôt, il lui en avait fallu d'autres. Puis d'autres encore.

Un jour enfin, il avait osé un sous-entendu à l'intention de l'un des vendeurs, un Hell's d'une cinquantaine d'années à la bedaine de buveur de bière. Il serait preneur, avait-il lâché avec un regard torve, de quelque chose de plus, disons… de plus épicé, dans le genre.

Quand enfin il avait pris livraison de son premier *snuff movie*, il était rentré directement chez lui en fonçant comme un adolescent qui ramène en douce à la maison son premier *Playboy*.

Il n'avait pas été déçu.

Tout, le visage de la fille, la façon dont elle se débattait, ses derniers soubresauts, absolument tout était chargé d'un érotisme torride. Il n'avait pas pu résister. Il avait baissé son froc et s'était masturbé comme un fou, sa jouissance avait été énorme, jamais il n'avait éprouvé autant de plaisir.

Il avait recommencé, encore et encore, toute la nuit, se passant et se repassant la cassette.

À l'aube, il savait déjà qu'il en était des *snuff movies* comme des documentaires d'exécutions capitales. Bientôt, il lui en faudrait d'autres.

Même si dans les derniers temps les réseaux latino-américains avaient été sérieusement concurrencés par les mafias d'Europe de l'Est, la filière qui fournissait Mortensen était mexicaine. Ils avaient derrière eux, aux dires du vendeur, une solide et ancienne expérience en la matière. Aussi vieille, sans doute, que l'invention du cinéma.

Duane Mortensen était en train de relire la lettre de Manson pour la énième fois. C'était son objet favori, le bijou de la collection qu'il consacrait aux tueurs en série : un courrier envoyé depuis sa cellule à son avocat. Il y justifiait l'horreur des crimes commis par la nécessaire purification de l'idéal des années 60 vicié par l'argent.

Oui, décidément, Manson était le plus cultivé, le plus intelligent de tous, un super-superprédateur ! Depuis l'achat de la lettre, Mortensen lui avait écrit à plusieurs reprises, sans jamais obtenir de réponse.

En poussant un énorme soupir de regret, il rangea soigneusement la lettre aux côtés d'une petite pile de cassettes vidéo et referma la porte du coffre.

Il sortit un moment sur le balcon. Ses biceps étaient encore contractés par l'effort.

L'air sentait l'ozone et la sauge.

Ici, même la rumeur lointaine de la Cité des Anges ne parvenait pas jusqu'à lui.

En survêtement sur son balcon, le capital-risqueur tournait en rond comme un canard décapité. L'humidité était tombée sur les montagnes et le nuage chargé de vapeur d'eau de son haleine jaillissait de sa poitrine comme d'une locomotive à vapeur poussée à fond de train. Au bout de quelques minutes il frissonna, et rentra mettre ses pieds nus bien au chaud sur le parquet de *redwood* que cirait quotidiennement Incarnacion, la Salvadorienne qu'il avait embauchée comme femme de ménage et qu'il payait grassement trois dollars vingt-cinq de l'heure au black. Du moment qu'elle ne fourrait pas son nez dans ce qui ne la regardait pas.

N'y tenant plus, rongé par le doute, Mortensen marcha jusqu'au Kandinsky et rouvrit le petit coffre.

Il alla remettre le *snuff* dans le scope, le rembobina et se le repassa en accéléré.

Dès qu'il avait le moindre soupçon, il enfonçait le bouton « Pause » de la télécommande. Puis il relançait la bande au ralenti, image par image, à la recherche du plus petit indice de trucage.

Et pourtant, rien. Les yeux rougis par l'écran et la coke, il se leva, fit le tour de l'énorme télé, se rassit dans son fauteuil Bauhaus en cuir noir, se releva et retourna au coffre, sa cassette à la main en se grattant machinalement la saignée du coude. Il farfouilla un moment dans une liasse de papiers avant d'en extraire un courrier daté du 29 novembre 91.

« Les *snuffs* existent pas, connard ! C'est du bidon, tout est truqué ! » Il avait reçu la lettre depuis une semaine, déjà.

Melchior Turman était loin d'avoir la notoriété de Manson. Duane avait déniché un petit opuscule qui lui était consacré chez Cult Killers. À vrai dire, cet obscur tueur en série ne comptait à son actif que quatre victimes, ce qui n'était guère glorieux. Mais deux choses avaient particulièrement intéressé Mortensen. Turman n'avait plus très longtemps à vivre.

Il patientait depuis 1982 dans le couloir de la mort du pénitencier d'Huntsville, Texas et, ses derniers recours ayant échoué, il y subirait bientôt une injection mortelle devant un parterre de témoins choisis, dont les familles de ses victimes. De plus, Turman avait dévoré ces dernières, ce qui méritait bien quelque considération, après tout. OK. Ce n'était pas Hannibal Lecter, mais Mortensen avait trouvé que l'idée d'entretenir une correspondance avec un authentique cannibale était intéressante. Et l'intérêt s'était avéré réciproque, si l'on en jugeait par l'abondant courrier que recevait le *golden boy* en réponse à ses missives.

Turman devait s'emmerder sacrément en attendant la Camarde dans sa cellule.

Mortensen avait beau lire et relire la dernière missive du tueur jusqu'à en user la trame du papier, il n'arrivait pas à se décider. Est-ce que Turman faisait de la provoc, juste pour le plaisir de le faire bisquer ? Ou bien est-ce que c'était vrai ? Vrai que les *snuffs* étaient faux ?

Mortensen était furieux. Il avait filé plus de 10 000 dollars à un intermédiaire pour sa dernière cassette qui avait transité par un fourgue de Juarez, de l'autre côté de la frontière du Texas, juste en face d'El Paso.

Dans un précédent échange de courrier avec Turman, il lui avait demandé ce qu'il pensait des *snuffs*. Juste comme ça, pour voir. La réponse n'avait pas tardé !

Ce trou du cul avait semé le doute dans l'esprit de Mortensen.

Il froissa la lettre et l'envoya bouler au fond du coffre puis s'empara de l'annuaire du Grand Los Angeles et commença à chercher le numéro de téléphone d'une de ces salles de culturisme ouvertes vingt-quatre heures sur vingt-quatre.

Il fallait qu'il soulève de la fonte.

*

*Paris, novembre 1991*

Ingrid pouvait toujours s'escrimer sur la bite de Norbert Bensimon avec la langue, pas moyen de le faire bander. À peine devenait-il un tant soit peu raide, il suffisait qu'elle s'arrêtât pour contempler son œuvre et la queue du représentant retombait comme un soufflé.

– Laisse, de toute façon, j'en ai ras le bol du cul.

La call-girl leva vers lui un regard étonné joliment souligné au khôl, puis ses yeux bleus s'emplirent d'une expression indifférente, et elle laissa le membre flasque rouler hors de sa bouche. Elle se tamponna les lèvres à l'aide d'un mouchoir en papier et se redressa pour allumer une cigarette.

– Toi, tu en as marre du cul ? Je te crois pas, fit-elle en recoiffant des doigts ses courts cheveux blonds vers l'arrière.

Un jour triste et pâle de fin d'automne se levait péniblement derrière les rideaux de la chambre nue de Bensimon.

– Écoute, j'en peux plus. Je ne vis que pour ça. Il y a des fois, je crois que je vais pouvoir y couper. Dans la journée, ça va encore, je peux faire des rendez-vous, il suffit que j'aie rencard avec des clients, surtout pas des clientes. On parle business, finances, ça passe sans trop y penser. Le problème, c'est quand la nuit tombe, c'est le soir. Je sors, j'essaie d'aller manger un morceau à la pizzeria du coin, après je me couche, et c'est là que ça me prend. Pas moyen de dormir, je pense qu'à ça, tu comprends. Alors je me regarde une vidéo de cul, je me branle en me disant ça va passer, et puis non, je pense plus qu'aux boîtes à partouzes, je vois les corps enlacés, je me rappelle des trucs, je me fais des films dans la tête, et là, il faut que je me relève, et que je téléphone jusqu'à trouver un *passeport* pour aller en partouze. Et puis après, des fois, ça suffit pas, il faut encore que je t'appelle, tu vois, le problème c'est que ça m'excite pas. Ça m'excite même plus.

Cheveux hérissés, il avait l'impression qu'une couche de craie s'était insinuée entre ses mâchoires et chaque mouvement de ses dents contribuait à en broyer les grumeaux en crissant. La coke.

La fille se redressa et souleva ses seins aux larges aréoles couleur de caramel au lait dans ses mains en coupe en passant sur ses lèvres pâles une langue gourmande. L'aube bleutée cernait délicatement ses yeux.

– C'est vrai alors ? Je t'excite plus ?

Elle baissa les yeux et se rendit à l'évidence.

– Je suis fatigué. Et pourtant, si je me couche, là maintenant, j'arriverai pas à m'endormir. Tu sais, quand je baise, j'ai même pas de plaisir. C'est juste… je sais même pas. Et maintenant je m'emmerde, en plus, je n'y trouve plus de goût, sauf que je peux pas m'en passer.

– T'es comme moi, finalement. Moi aussi, je m'emmerde en baisant, mais au moins, moi, ça me rapporte, alors que toi, ça te coûte un max.

– Oh, pas de problème de ce côté-là, je gagne plutôt bien.

Ingrid regarda autour d'elle, la pièce à la cheminée de marbre, les hauts plafonds décorés d'angelots de stuc, le parquet de chêne aux motifs à chevrons, à la française.

– Y a longtemps que t'es là ?

– Je sais plus. Plusieurs années en tout cas.

– Ben on dirait pas, t'as pas de meubles, on dirait que tu viens d'emménager la semaine dernière.

– Ingrid ?

– Ouais ?

– Je voudrais bien te poser une question. Ça fait au moins un an que je t'appelle à n'importe quelle heure de la nuit, toi, tu rappliques et pour 300 balles – à ce prix-là, c'est carrément cadeau – tu me fais une pipe. J'ai besoin de ça pour m'endormir. Et après tu t'en vas. Quand je me réveille, à chaque fois, t'es plus là.

– Ben vas-y, c'est quoi ta question ?

– Tu vas pas te fâcher ?

– Vas-y, je te dis.

– Bon. T'es plutôt mignonne, t'es jeune, et t'es plutôt intelligente. T'aurais sûrement pu te trouver un superboulot. Comment t'en es arrivée là ?

La fille frissonna et se drapa dans la couette. Un méchant grésil fouettait les vitres.

Elle parlait en regardant le plafond et en fumant. Elle envoyait des ronds de fumée en direction d'une douille qui pendait d'un rond en stuc à motifs en feuilles d'acanthe.

– D'abord, je m'appelle pas Ingrid, je m'appelle Élodie. Je suis née à La Garenne-Colombes. Mon beau-père m'a pas violée, ni rien, je devais avoir l'âme pute, parce qu'à chaque fois qu'on me proposait un boulot, il fallait que je me fasse culbuter sur un coin du bureau par un minable tout congestionné avant d'être embauchée. Et les boulots, crois-moi, je les gardais pas longtemps. À chaque fois, ça recommençait, fallait passer à la casserole. Et puis c'était toujours la même chose. Un enculé de contremaître, ou de directeur des ressources humaines me faisait comprendre que si je voulais rester, il allait falloir que je me laisse fourrer toutes les semaines. Tu prends ton manteau ou t'enlèves ta robe, il disait, ce con. Et puis un beau jour, je me suis dit qu'après tout, comme moi j'avais jamais de plaisir à baiser, eh ben plutôt que de me faire embaucher et de baiser gratuitement, autant que je les fasse payer. Et le plus cher possible. Je peux te dire qu'aujourd'hui, y a pas un travail qui me rapporterait autant que ce que je gagne comme call-girl à écumer les grands hôtels. Tu vois, au fond, on est pas très différents. On baise par obligation tous les deux. C'est peut-être pour ça que je te fais un prix.

– Ouais, t'as peut-être raison. En tout cas faut que j'arrête le cul, ça va finir par me tuer. Et que j'arrête la coke aussi. La coke, c'est pour pouvoir tenir le coup, pour pas dormir, pour baiser plus. Faudrait que je décroche, tu vois, c'est comme une drogue. Peut-être que si je pouvais trouver un truc assez puissant pour distraire mon attention, si je trouvais une échappatoire, quelque chose qui me détourne de ça, qui m'intéresse plus… Mais faut pas rêver. Je suis trop accro. Je sais pas quoi faire.

Elle l'écoutait avec attention, ses sourcils blonds bien épilés élégamment froncés. À présent elle s'était redressée et elle l'observait. Elle embrassa à nouveau du regard le grand appartement vide. Bensimon consulta sa Rolex.

– Dis. Tu veux pas rester dormir un peu ? Pour une fois, tu essaieras pas encore de me sucer. J'ai juste besoin de roupiller une heure ou deux avant d'aller à mon premier rendez-vous.

– Une cliente ?

– Quand même pas si tôt, faut que je récupère un peu ! Alors, c'est oui ?

– Norbert, je passe jamais une nuit avec un client.

– Et moi, je suis un client comme les autres, alors ?

– Comme les autres, non, je dirais pas vraiment ça, mais tu es un client quand même. Disons, un client spécial, répondit-elle en se levant pour passer les jambes dans son slip de dentelle noire.

Elle s'était rhabillée, elle venait d'enfiler un élégant manteau de laine beige et frissonnait en regardant par la fenêtre. Norbert Bensimon, à poil sur son lit, à l'exception d'une chaîne en or d'où pendait une étoile de David, se tripotait machinalement la bite comme un gosse ensommeillé se tourne une mèche de cheveux. Il n'allait pas tarder à sombrer, le corps vaincu, enfin.

Au moment de partir, elle se retourna et lâcha :

– J'ai peut-être quelque chose à te proposer. Quelque chose de nouveau, une distraction qui te ferait oublier le sexe.

Le bruit de ses talons qui martelaient le plancher, tic, tac, tic, tic, s'éloigna. Elle disparut, happée par la pénombre du couloir. La porte de l'appartement se referma sur elle et le claquement de la clenche résonna dans l'enfilade des pièces vides.

Bensimon dormait déjà à poings fermés.

*

*Los Angeles, janvier 1992*

Mortensen avait beau se sortir les méninges du crâne, il n'arrivait toujours pas à décider s'il devait croire ou non à ce que lui avait écrit Turman à propos des *snuff movies*.

Fait chier ! À cause de ses doutes, ses cassettes perdaient encore plus vite leur pouvoir d'excitation.

Turman. Qu'il aille donc se faire carboniser en enfer, celui-là ! Du reste ça ne tarderait plus.

Chargé à mort, Duane Mortensen se passait le film image par image.

On ne pouvait jamais savoir. S'il y avait un message subliminal ?

Il renifla bruyamment, quelque chose déconnait dans les cloisons nasales en argent que cet escroc de chirurgien lui avait posées dans les narines. Bon Dieu, la coke rongeait les cartilages à une vitesse phénoménale.

Il y avait moins de problèmes avec les anabolisants. Ce truc était magique !

Il avait mesuré son tour de biceps, il avait encore pris un bon centimètre en une semaine.

Il passa à l'image suivante. *Stop*. Gros plan sur les yeux exorbités de la fille. Aucun intérêt.

Il accéléra. *Wind. Stop. Rewind.* Voilà. La lame du poignard qui entre dans l'abdomen, qui coupe les chairs. *Stop*. Mais oui, c'était vrai, l'autre déconnait à plein tube, il n'y avait aucun trucage. Image suivante. La lame pénétrait plus profondément la viande. Le sang coulait. Image suivante. Image par image, le *snuff* défilait. Les mains de la pute mexicaine enserraient les poignets du bourreau, dans une vaine tentative pour arracher le couteau à ses entrailles. Travelling arrière. Toujours aucun trucage. Qu'est-ce que ce minable de Turman n'aurait pas inventé pour se rendre intéressant. Rasséréné, Mortensen appuya sur la touche *Off* de sa télécommande et se détendit.

Bon, un petit rail n'avait jamais fait de mal à personne. Tête renversée, il avait perché ses deux bras sur le dossier de son canapé en cuir Connolly. Il essaya un moment de se raisonner. Turman était cinglé, il avait voulu le faire enrager.

D'accord.

Mortensen se pencha sur la table basse à côté de lui et aspira sa ligne de coke.

Pure colombienne. Une vraie merveille.

Au fait, dans *Cannibal Holocaust* ? Là non plus on ne voyait pas le moindre trucage. Les images bougées, l'utilisation du 16 mm rendaient malaisée toute tentative de discernement du moindre artifice à un œil professionnel. Et avec un budget de pacotille encore. Pareil pour *Tourist Trap*, quand ce couillon de touriste se faisait clouer à une porte par un tuyau de plomberie et que le sang se mettait à pisser du tuyau planté dans ses reins comme d'une fontaine.

Ça voulait dire que n'importe quel metteur en scène de merde flanqué d'une vidéo Betacam pouvait tourner une bonne vieille séquence *gore* des familles, pour peu qu'il remue assez sa caméra à l'épaule, et avec suffisamment de sang de bœuf il vous fabriquait un *snuff movie* irréprochable qu'on pouvait fourguer 10 000 dollars au premier gogo venu. Lui, en l'occurrence.

Il ramassa la télécommande et appuya sur la touche *Rewind*. Après quoi il entreprit de visionner à nouveau l'intégralité du film, image par image, globes oculaires injectés, en reniflant devant son écran géant et en se grattant spasmodiquement les avant-bras.

Non. Un rail. Si. Un rail. *Wind. Stop. Rewind. Play. Stop. Rewind. Wind. Stop.* Un rail.

Merde, les anabos et la coke le rendaient parano, ou quoi ?

*Eject.*

La cassette valsa à travers la pièce et alla exploser contre le mur du fond, à dix centimètres d'un Roy Lichtenstein qui n'avait rien demandé à personne, et les morceaux de plastique et la bande retombèrent en pluie noire sur le sol de *redwood* orné de kilims anatoliens.

Mortensen grimpa dans son pick-up Toyota et claqua la portière. Il démarra en notant que les huit cylindres de son moteur cliquetaient légèrement et dévala la route en lacets jusqu'au Pacific Coast Highway.

Il hésita un instant. S'il voulait, il lui suffisait de tourner à droite et il pouvait suivre la route 1 le long de l'océan jusqu'à la frontière canadienne, puis traverser le continent, Colombie britannique, Alberta, Saskatchewan, Manitoba, Ontario, Québec, et redescendre le long de la côte Atlantique jusqu'aux Keys, à l'extrême pointe de la Floride. C'était la plus longue route du monde et Mortensen se sentait assez réveillé et assez en colère pour en venir à bout.

Il opta plutôt pour la gauche et s'engagea juste après la 4e rue sur le Santa Monica Freeway.

Il sortit à hauteur de Melrose, et roula au hasard jusque Hollywood Boulevard.

Cult Killers était fermé. Ce n'était pas cette nuit qu'il en aurait le cœur net.

Un peu plus haut, à la hauteur de Fredericks of Hollywood, il s'arrêta devant une vitrine où trônait exactement la même cagoule de pénitent que portait le bourreau dans le *snuff* qu'il s'était fait fourguer.

Ça ne voulait rien dire.

Sauf que. Les gants, là, en cuir noir avec des clous chromés au niveau des articulations, est-ce que ça n'était pas aussi ceux de l'exécuteur ?

Il entra en reniflant et commença à tourner autour des articles de cuir, de latex, des fouets, des ceintures-godemichés, des arçons de torture.

Duane Mortensen sortit du magasin Bizarre Sex Toys muni de la panoplie complète du tortionnaire qui zigouillait la fille dans son *snuff movie*, short en cuir inclus, bandant comme un âne et hanté par une sourde colère.

Il ne lui manquait que le long couteau du tueur. Ou supposé tel.

Turman avait gagné. Ces films étaient tous bidons.

Il avait passé le short qui moulait ses cuisses musclées, enfilé les gants et chaussé les rangers.

Il conduisait tranquillement en descendant Santa Monica Boulevard vers le Pacifique, la cagoule posée à côté de lui sur le siège. Après tout, pour ce qu'il en savait, rien n'interdisait de se balader torse nu sanglé dans un short en cuir au volant de son pick-up.

L'Amérique était le pays de la liberté.

Lorsqu'il atterrit au niveau de la Quatrième, il bifurqua toujours à gauche, en direction de Venice.

Il pouvait rouler jusqu'à Tijuana, jusqu'au Mexique, jusqu'à Cabo San Lucas, comme ça.

Il était un prédateur, un superprédateur, le stade ultime de la chaîne alimentaire. En chasse, dans les rues désertes de Venice. Il s'enquilla dans les petites allées qui bordaient les canaux qui avaient valu son nom à la ville, au ralenti, en maraude.

Il commençait à songer sérieusement à aller se coucher lorsqu'un claquement de talons pressés en provenance d'une rue perpendiculaire le fit s'arrêter le long du trottoir.

Il éteignit les lumières du pick-up.

Une jeune fille au pas rapide traversa la rue devant lui. Elle était petite, très brune, avec de longs cheveux noirs attachés en queue-de-cheval. Sans doute une serveuse qui rentrait du boulot, d'un de ces bars de Venice Beach qui ne fermaient pas avant deux heures du matin.

Elle n'avait même pas de bagnole. Qui est-ce qui marchait, à Los Angeles, en dehors des riches qui faisaient leur jogging et des SDF ? Ce devait être une

Mexicaine fraîchement débarquée. Une Mexicaine. Comme dans le *snuff movie*.

Il enfila la cagoule et descendit sans bruit du pick-up. Il referma la porte sans la claquer, en douceur. Puis il commença à suivre la fille à distance dans la rue déserte, se rapprochant pas à pas en silence, espérant qu'elle n'arrivait pas déjà à destination. Peu de chances, c'était un quartier résidentiel. Pourvu qu'elle ne se retourne pas, pourvu qu'elle ne perçoive pas les battements de son cœur dans sa poitrine, oh mon Dieu, ça devait s'entendre jusqu'à la plage, il fallait faire vite. En trois enjambées, il rattrapa la fille juste au moment où elle allait se retourner, intriguée par le chuintement de ses rangers sur le bitume, et il resserra ses mains gantées sur sa gorge. Il glissait sur la masse des cheveux noirs de la Mexicaine qui faisaient tampon avec la nuque, mais il arrivait quand même à serrer assez fort pour l'empêcher de crier. Après tout, il fallait bien que ça serve à quelque chose, tous ces anabolisants, toutes ces heures passées à soulever de la fonte. À travers le cuir, il pouvait sentir ses doigts puissants qui s'enfonçaient dans la chair, le sang qui s'arrêtait de couler, les artères, les veines de la fille qui se gonflaient sous la pression de l'hémoglobine accumulée, les aspérités des vertèbres cervicales.

Il essaya de la soulever de terre en s'arc-boutant en arrière, afin d'accélérer le phénomène de strangulation. Quand sa queue entra en contact avec le sillon fessier de la fille, il fut traversé d'un bref éclair de jouissance, mais la salope ne faiblissait pas, ses pieds avaient quitté le sol, elle battait l'air de ses jambes pour le déstabiliser. Comme dans le film, pensa-t-il, ses jambes battaient l'air exactement comme dans le *snuff movie*. Mortensen essayait de se retenir, de ne pas éjaculer tout de suite, il voulait attendre le dernier spasme de la fille, voilà, elle lâchait prise à présent, bordel, ce que ça pouvait être long à mourir, un être humain, il n'aurait jamais cru, il ferma les yeux pour essayer de contenir un instant encore les petits traits de sperme qui lui brûlaient déjà l'urètre. Dans un ultime sursaut la Mexicaine prit appui de la plante des pieds sur un mur. Elle poussa en arrière de toutes ses forces, les projetant tous deux dans les poubelles qui attendaient sagement l'aube et le passage des éboueurs.

Aussitôt, un concert d'aboiements éclata, des lumières s'allumèrent derrière les stores des maisons barricadées. Il avait été tellement surpris par le geste de la fille qu'elle avait réussi à se libérer et à se relever avant lui. Elle essayait de crier, mais visiblement sa trachée écrasée l'en empêchait encore. Elle avait déjà bien du mal à reprendre son souffle et s'éloignait, titubante, en toussant et crachant.

Il n'aurait aucune difficulté à la rattraper et à la finir.

Il se releva en tâtonnant, aveuglé. Sa cagoule de cuir avait glissé vers le haut sur son crâne et lui conférait une allure presque comique. Il la redressa et replaça les fentes en face de ses yeux.

Son excitation était retombée d'un coup.

C'était de la folie. De la pure folie. Ce n'était qu'une question de secondes avant que le bon vieux réflexe délateur de l'Américain moyen opère. Les flics ne tarderaient pas à rappliquer. Planqués derrière leurs volets, tous ces citoyens modèles attendraient leur arrivée pour sortir de chez eux, en espérant quand même un peu qu'il aurait tué la fille et qu'ils auraient la chance de voir le cadavre. Et avec un peu de pot, en plus, elle serait à poil. Pour l'instant, il pouvait y avoir du danger. Alors ils restaient cloîtrés chez eux, mais on pouvait être sûr qu'ils avaient déjà composé le 911.

Mortensen fit demi-tour en courant, grimpa dans le pick-up et démarra sur les chapeaux de roues sans avoir rallumé ses phares, le souffle court, en espérant qu'un voisin nyctalope n'aurait pas eu le temps de noter le numéro d'immatriculation de sa voiture.

Son cœur saturé de coke pompait le sang comme un malade.

Arrivé sur le boulevard principal qui longeait la mer, il revint à une vitesse plus raisonnable.

Ce ne fut que lorsqu'il s'affala sur son canapé, tremblant et en sueur, qu'il se sentit enfin en sécurité. Cette nuit-là, lorsque enfin il se mit au lit, il se repassa le film de sa tentative de meurtre en boucle. À chaque fois qu'il ravivait la sensation dans sa mémoire encore fraîche du moment où il sentait la fille mollir entre ses mains, il jouissait à longs traits et sa prostate mise à la torture par les anabolisants se contractait spasmodiquement. Il se masturba toute la nuit sur les images de la serveuse mexicaine en train de mourir.

Au matin, épuisé, il savait déjà qu'il recommencerait.

# 7

*Paris, avril 1992*

Grooteclaes écrasa le mégot de sa Marlboro sur le trottoir, devant le tribunal de grande instance de Bobigny – une triste bâtisse en brique du début des années 80 – et fit un signe de tête à Lesueur : on y va, c'est bon, on les embarque.

L'ex-logisticien de La Main tendue avait accompagné un groupe de trois filles depuis Freetown en avion, sur un vol partenaire d'Air Afrique. Juste avant la descente sur Roissy-Charles-de-Gaulle, il avait récupéré les passeports et les billets des filles, les avait consciencieusement déchiquetés dans les toilettes du Boeing 767. Il avait regardé les confettis de papier disparaître dans la cuvette, aspirés, et il avait vérifié qu'aucune trace n'en subsistait, après quoi il était retourné s'asseoir. Il lui tardait d'arriver. Ces voyages lui tapaient sur les nerfs. Avec les Africains, il fallait toujours des heures avant d'embarquer, les passagers étaient systématiquement en surcharge, et du coup palabres et marchandages devenaient interminables. Surtout, Lesueur avait peur de l'avion. Il était retourné s'asseoir au fond de l'appareil. D'où il était, il pouvait surveiller les filles. Vingt, vingt-deux, et vingt-trois ans. C'était de la bonne camelote.

Il y avait eu un trou d'air.

Cul serré, mains crispées sur les accoudoirs, Lesueur avait demandé à l'hôtesse qui passait de lui apporter un whisky. Désolée, monsieur, nous avons commencé notre descente, votre ceinture est attachée au moins, tu parles, plutôt deux fois qu'une, veuillez éteindre votre cigarette, s'il vous plaît, eh merde. Il avait regardé la fille au teint café au lait, moulée dans son uniforme.

Elle aussi, elle aurait plu aux clients.

Il s'était placé à quelques mètres derrière les trois jeunes femmes qu'il convoyait, dans la queue, au contrôle des passeports, à la sortie de la zone internationale. Tout s'était passé comme prévu.

Elles n'avaient pas de papiers, elles avaient expliqué en anglais qu'elles demandaient le statut de réfugiées politiques, dans un premier temps, elles avaient refusé de dire d'où elles venaient.

Et comme d'habitude elles avaient été mises à l'écart et emmenées par la police de l'air et des frontières. Elles n'avaient sur elles qu'un numéro de téléphone.

Il ne restait plus à l'avocat africain payé par Lesueur et Grooteclaes qu'à attendre le coup de fil des filles.

Kate Mougabé était la plus jeune des trois. Elles n'avaient pas eu le choix. Aucune d'entre elles. Le pays était en train de sombrer peu à peu dans la guerre civile. Comme les deux autres, elle était originaire de Kambia, une ville située près de la frontière guinéenne. Toute sa famille était restée là-bas. Et les mercenaires avaient l'œil sur eux. Si tu fais l'idiote, on les tuera tous, ils avaient promis. Le Belge lui avait fait miroiter un travail en France, hôtesse d'accueil, tu es très jolie, mais il faudra apprendre le français. Jusque-là, il fallait qu'elle lui obéisse. Il avait dit ta famille est notre garantie, si tu ne nous rembourses pas ton voyage, on les supprimera un par un. Tu devras nous donner toute ta paye jusqu'à ce que tu aies remboursé ton billet d'avion, tes vêtements, tu verras, ce n'est pas si long, et après tu pourras envoyer de l'argent à ta famille et nous cesserons de les surveiller. Tu auras payé ta dette. Avec le français, ils lui avaient expliqué comment les choses allaient se passer, ils lui avaient donné un numéro de téléphone. Quand tu arriveras à l'aéroport, tu donnes ce numéro de téléphone à la police, mais seulement quand ils auront rempli des papiers et t'auront demandé de signer, ils seront obligés d'appeler, c'est le numéro de notre avocat, il te fera libérer, c'était ce qu'ils avaient dit : on s'occupera du reste.

Elles avaient dormi sur les banquettes des salles d'attente en compagnie de nombreux candidats à l'immigration venus du Zaïre, du Cameroun, en majorité des femmes en boubou, dont beaucoup n'avaient pas dix-huit ans. Il y avait aussi des Russes, des Ukrainiens, dans cette tour de Babel de la misère, et plus de deux cents passagers sans papiers avaient débarqué ce matin-là en même temps que Kate et ses deux compagnes. Comme elle ne comprenait pas pourquoi on ne les emmenait pas, une Nigérienne dont c'était la deuxième tentative lui avait expliqué que la zone internationale, ça n'était pas encore la France, qu'il fallait patienter, qu'on viendrait les chercher. L'attente avait duré quarante-huit heures et chaque matin le flot des migrants grossissait. La PAF, débordée, absorbait au compte-gouttes ces résidus de guerres, de révolutions, de famines et de catastrophes les plus diverses. Comme elle n'avait ni les moyens ni le devoir de les nourrir, Kate et ses compagnes en avaient été réduites à mendier de la nourriture – des gâteaux secs, un rogaton tout ramolli de sandwich au poulet – à des passagers en transit. Elles étaient allées faire la queue avec les autres femmes dans les toilettes pour y faire leurs ablutions.

Après deux jours et deux nuits, un couple en uniforme bleu foncé était venu les chercher.

Ils parlaient anglais. Ils leur avaient expliqué que puisqu'ils n'avaient pas de papiers, on allait prendre leurs empreintes et les enregistrer.

C'était gagné, ça y était, s'était réjouie Kate. De fait, elle s'était assise à un bureau devant un fonctionnaire à l'air ennuyé à qui elle avait expliqué qu'elle venait d'un pays d'Afrique où il y avait la guerre, le Sierra Leone, qu'elle était persécutée et qu'elle voulait demander l'asile politique, et elle lui avait tendu le morceau de papier où le numéro de téléphone de l'avocat était inscrit au feutre rouge indélébile. Le Blanc avait soupiré en levant les yeux au ciel, il lui avait fait mettre les doigts sur un tampon plein d'encre, les lui avait fait poser sur un papier, et maintenant elle avait les doigts sales, il lui avait lu un papier auquel elle ne comprenait rien, c'était tout comme avaient dit le Belge et le Français, malgré tout elle commençait à avoir peur, et surtout elle avait soif, et faim. Elle n'avait pas osé demander.

Le douanier avait gueulé : « Suivant ! », elle n'avait plus revu ses compagnes.

D'autres policiers l'avaient encadrée et conduite par d'innombrables couloirs jusqu'au sous-sol du satellite sept de l'aérogare un. Cet endroit était immense, elle le trouvait triste aussi, tout était si différent de Kambia. Elle avait été submergée par une vague de nostalgie pour son quartier, la maison de ses parents. Mais là-bas aussi, il faisait faim. Grâce à elle, la vie serait moins dure, elle allait pouvoir envoyer bientôt beaucoup d'argent.

Elle avait eu un mouvement de recul lorsque, après que les auxiliaires de police eurent frappé à une porte épaisse, un flic avait ouvert sur une bouffée d'air surchauffé moite et rance, un mélange de crasse et de promiscuité qui lui avait fait froncer les narines. Elle avait traversé une première salle d'une quinzaine de mètres carrés, enjambant des corps endormis à même le sol de ciment. Une quarantaine de personnes étaient entassées là au milieu des détritus, des plateaux-repas encombrés de restes. Malgré sa faim, Kate avait senti la nausée monter en elle. La peinture, d'une couleur indéterminée oscillant entre jaune pisse et vert diarrhée, s'écaillait sur les murs et le plafond. Les coffrages de plastique des néons avaient été ôtés, un tube sur deux manquait. La pièce voisine était encore plus exiguë, et une odeur âcre, nauséabonde, s'en dégageait. Quelques brancards recouverts de couvertures avaient pourtant été installés, mais ils étaient tous pris. Une forte femme à l'haleine acide lui avait assigné du doigt une place par terre, en lui expliquant quelque chose dans une langue qu'elle ne comprenait pas, avant de remonter le pantalon de son uniforme de policière et de s'en aller vers d'autres missions. Tenaillée par la faim, par la soif, le cœur au bord des lèvres, la trouille au ventre, Kate s'était accroupie au milieu de ses compagnons d'infortune endormis, hommes, femmes et enfants mélangés. De cet échantillon d'une humanité vaincue montaient des pets, des quintes de toux et des concerts de ronflements. Bien qu'uniquement vêtue de son boubou, Kate mourait de chaleur. Et elle commençait à avoir envie de faire pipi.

D'abord, elle s'était dandinée d'un pied sur l'autre en espérant que ça passerait. Les heures s'étaient écoulées sans que son envie s'estompe, bien au contraire, elle s'était transformée en une douleur lancinante dans son bas-ventre prêt à éclater comme un ballon trop gonflé. Elle avait saisi son entrejambe à deux mains à travers le tissu de son boubou. Elle ne tiendrait plus très longtemps. Enfin, elle s'était résignée à appeler, doucement, d'abord, puis de plus en plus fort, *« Help, please, help, PLEASE ! »* et elle avait réveillé une Kosovare entre deux âges et son bébé.

– Qu'est-ce que t'as ? avait demandé la femme en anglais, en se redressant sur le coude et en se frottant les yeux.

Elle avait relevé son chemisier d'un blanc douteux sur un sein gonflé et elle avait plongé l'aréole crevassée dans la bouche du nourrisson avec une grimace de douleur.

– J'ai envie d'aller aux toilettes, ça presse !

– Tu peux pas y aller toute seule, tu dois être accompagnée par un policier. Frappe à la porte et demande.

La même grosse femme à l'haleine acide avait ouvert avec brutalité et toisé Kate.

– Alors, c'est toi qui nous emmerdes comme ça ? Qu'est-ce que tu veux ?

– *Please, I want to go bathroom !*

– Kestudis ? Je comprends rien à ton charabia.

– *Bathroom, bathroom !*

– Ben écoute, ma belle, si tu parles pas français, kest'es venue faire ici ?

– *Please, help me !*

Terrorisée, Kate s'était tournée vers la femme kosovare, qui ne parlait pas français non plus. Les migrants étaient réveillés à présent. Les gestes de Kate étaient on ne peut plus éloquents, et devant la mauvaise foi de la fliquette, un murmure de désapprobation commençait à enfler dans la petite salle surpeuplée. La colère montait, tempérée pourtant par la peur d'être refoulé.

– Elle a envie de pisser, madame, dit un jeune Malien, et un soupçon d'impertinence perçait dans sa voix, quand il avait ajouté, ça se voit quand même.

– Eh ben, elle a qu'à pisser dans ses vêtements, si elle parle pas français ! avait lâché la flique avant de refluer prudemment en cadenassant la porte du local à double tour derrière elle.

Un peu plus tard, tous avaient pudiquement regardé ailleurs lorsque l'urine avait coulé le long des jambes de Kate en même temps que les larmes sur ses joues, lentement, timidement d'abord puis, tel un fot jailli d'une digue qui cède, le liquide avait fini par éclabousser le sol de béton crasseux, il semblait que Kate ne parviendrait jamais à se vider. Tous avaient détourné les yeux de la mare sombre qui s'étalait sur le sol maculé tandis qu'une âcre odeur d'acide urique envahissait la pièce exiguë.

Elle avait été transférée le lendemain avec quelques autres à l'hôtel Ibis, dans un étage de trente chambres condamné que la PAF avait réquisitionné. Depuis des années déjà, l'endroit servait de centre de rétention, le temps que l'administration française statue sur les demandes d'asile et les associations dénonçaient régulièrement ce qu'elles considéraient comme un scandale humanitaire. Les avocats n'arrivaient que difficilement à pénétrer dans les lieux pour visiter leurs clients, quant aux journalistes et aux organismes non gouvernementaux qui auraient eu la malencontreuse idée de s'assurer que les lieux avaient effectivement été aménagés pour recevoir de tels pensionnaires, ils étaient implacablement refoulés. Cette histoire d'Ibis, ça n'était rien d'autre qu'une privatisation de la mécanique de rétention, dans des conditions humiliantes.

C'était mieux, cependant, que l'immonde local de l'aéroport, mais les chambres minuscules, dépouillées, restaient surpeuplées. Adultes et enfants de toutes nationalités erraient dans les couloirs, désœuvrés, livrés à l'ennui.

Kate partageait la chambre 221 avec une famille afghane. Ils avaient mis des mois à parvenir jusqu'en France. Des heures durant, elle avait observé le ballet des avions sur les pistes et dans le ciel à travers les vitres scellées, dans la chaleur étouffante et chargée d'effluves corporels de l'Ibis. Elle n'avait pas de trousse de toilette, ne disposait d'aucun moyen pour se laver et se contentait d'ablutions sommaires. Ses voisins de chambrée avaient pourtant réclamé. Au moins du savon, au moins pour les enfants. Ils disaient que sinon ils allaient attraper des poux. Sur la porte de la chambre voisine condamnée, un panneau indiquait :

« Chambre 222 à désinfecter ; teignes (…) mineure arrivée le 3 mars, départ prévu le 8 à 17 heures 30. »

Un téléphone pendouillait dans le couloir. Sur le combiné, un bout de carton fixé avec du scotch disait dans une langue qu'elle ne comprenait pas : « En panne. »

Lorsque les policiers vinrent la chercher pour l'emmener au tribunal, Kate aperçut ses deux compagnes de voyage, assises au fond du bus, encadrées par des agents en uniforme.

Elles avaient été hébergées dans un autre centre de rétention.

Elle prit place sur un siège que lui indiquèrent les deux femmes flics qui l'escortaient. Celle de gauche était une brune sèche comme un coup de trique, qui affichait un air distant. L'autre était du genre rondouillarde avec des cheveux châtains ondulés sous sa casquette bleu marine. Elles entamèrent une conversation incompréhensible pour l'Africaine.

– J'en ai ras le bol de ce boulot, avait lancé la petite boulotte. Des comme elle, y'en a des milliers tous les ans. On doit être deux pour chacun d'entre eux, et pendant ce temps-là dans la rue il y a des vols, des attaques à main armée ! J'te jure, j'en ai ma claque. Tu sais, Aurélie, vivement ma mutation à Tours, j'ai une de ces envies de rentrer chez moi. Plein les bottes du *35 quater*, moi ! Si ça continue, je vais tout laisser tomber, me trouver un mec du genre stable et partir lui faire une tripotée de mômes à la campagne.

En guise d'acquiescement, sa collègue poussa un soupir exaspéré.

*« L'étranger qui arrive en France et qui soit n'est pas autorisé à entrer sur le territoire français, soit demande son admission au titre de l'asile peut être maintenu dans une zone d'attente pendant le temps strictement nécessaire à son départ, et s'il est demandeur d'asile, à un examen tendant à déterminer si sa demande n'est pas manifestement infondée. »*

L'article 35 quater de l'ordonnance du 2 novembre 1945, elles en bouffaient à longueur d'année, c'était pas une sinécure. La brune avait fini par lâcher, avec un regard méprisant pour Kate :

– Regarde-la, celle-là ! Encore une demande d'asile, à tous les coups !

Le syndicat auquel appartenait Aurélie avait alerté la presse à plusieurs reprises. Le TGI de Bobigny était en passe de devenir une antichambre de la prostitution.

Durant tout le trajet, Kate avait contemplé avec étonnement l'embouteillage, les immeubles, le ciel gris. Jamais elle n'avait vu autant de voitures, de bâtiments, d'autoroutes et toute cette agitation lui donnait le vertige.

Dans la salle d'audience numéro 6 du tribunal de grande instance à l'aspect précocement délabré par une trop grande fréquentation, les prévenus étaient si nombreux qu'on n'avait pu les caser tous dans le box des accusés. Ils s'entassaient, s'asseyaient comme ils pouvaient avec leurs valises, leurs bagages disparates, sur les sièges de plastique jaune réservés au public, flanqués de leurs deux sempiternels flics. La chaleur était étouffante et pour un peu, la moiteur des lieux, les haleines mêlées des policiers, des magistrats et des prévenus auraient pu faire ruisseler des rigoles de condensation le long des murs en briques apparentes.

Sept jours sur sept à partir de dix heures et demie, les migrants défilaient à la chaîne avec leurs avocats commis d'office ou non, devant le juge perché sur son estrade.

Les premières heures, Kate et ses compagnes se jetaient des regards en coin, mais bientôt la fatigue avait eu raison d'elles.

Elles somnolaient et de temps à autre se réveillaient en sursaut.

Leur cas fut examiné à la sauvette vers vingt-trois heures.

L'avocat des trois femmes, un jeune binoclard centrafricain tout juste expectoré par sa fac de droit, exposa brièvement leur cas, elles venaient de Sierra Leone, il n'y avait aucun accord d'extradition entre la France et ce pays.

Le jugement fut prononcé en trente secondes.

Vingt jours pour faire valoir leur droit d'asile. Interdiction de travailler. L'avocat traduisit. Elles étaient libres.

Kate avait songé un instant à s'évanouir dans la grande ville. Mais où aller ? À qui parler ? Et dans quelle langue ? L'avocat les avait rejointes et les avait guidées vers la sortie.

Dehors, il faisait un froid de canard. Kate avait grelotté dans son boubou. Dans le grand hall d'entrée du TGI, des Africains se dévissaient le cou, dévisageant les très jeunes femmes qui descendaient les marches, à la recherche de nouvelles recrues.

Dans un coin du hall, Aurélie et sa collègue poursuivaient une conversation devenue houleuse en buvant un café acide dans des gobelets en plastique.

– T'as pas besoin de raconter ta vie aux prévenus, non mais je rêve ! aboyait la brune sur un ton revêche.

– Enfin, quand même ! On peut les mettre en garde, non ? T'as pas entendu l'engueulade entre le représentant des commis d'office et le Parquet, l'autre jour ? Ces avocats, en général ils sont africains, tu sais bien qu'en réalité ce sont des intermédiaires entre les filles et les réseaux, tu t'en rends compte, quand même, non ?

– Ah bon ? Et depuis quand t'es magistrate, toi ? Tu vas voir si vous ne vous ferez pas taper sur les doigts un de ces quatre matins. Et puis, comme si elles ne savaient pas ce qu'elles font, qu'est-ce que tu crois ? Je te le dis, moi, si tu continues à faire l'imbécile, t'es pas prête d'y retourner, à Tours.

Un grand jeune homme brun s'arrêta à leur niveau. Une robe noire au tissu soyeux retombait par-dessus son avant-bras gauche. Un épais cartable de cuir fatigué pendait au bout de son poignet. Ses yeux étaient soulignés de cernes mauves.

– Salut les filles. Je suis crevé, moi, je suis là depuis ce matin. Tu vas bien, Aurélie ?

– Ben nous aussi on est là depuis ce matin, Éric. Plein les bottes. T'as fini pour aujourd'hui ?

– Tu parles, on en a encore pour une heure.

La collègue d'Aurélie n'avait pas desserré les dents. Elle froissa ostensiblement son gobelet qu'elle jeta dans la corbeille.

– Tu vois la petite, là, qui sort au bras du bellâtre ? Mais si, là ! La gourmette en or et le costume trois-pièces gris, avec la robe sur l'épaule ? C'est un Sénégalais. La famille de la gosse a pas pu le payer. Ils attendent à Montreuil, mais ils n'ont pas d'argent et les parents qui ont expédié la gamine en France n'ont pas envoyé de mandat non plus. Ce salopard va se payer en nature. Regarde-moi ça, elle n'a même pas seize ans ! Ras le bol. Si le Parquet ne bouge pas, moi, je préviens la Croix-Rouge !

Aurélie fixait sa collègue droit dans les yeux, sans ciller.

Un énorme tag « Neuf-Trois, Mother Skunk ! » ornait le mur d'enceinte du pavillon de banlieue délabré de Villepinte gardé par cinq nervis blancs taillés comme des Caterpillars, épaules larges et crânes rasés, vêtus de bombers, de pantalons de treillis camouflés et chaussés de rangers. Des pit-bulls étaient assis à leurs pieds, entre leurs jambes écartées, et les fils noirs reliés à leurs oreillettes disparaissaient dans les tréfonds de la doublure en Nylon orange de leur blouson.

Ils avaient adressé à Grooteclaes un salut militaire et toisé Lesueur d'un regard méprisant.

Le Belge et le Français avaient invité les filles terrorisées par les chiens à pénétrer dans la maison.

L'une après l'autre, elles avaient été poussées à grands coups de talons dans les reins dans des chambres vides et obscures aux persiennes de métal soudées, et ni leurs plaintes ni les coups martelés contre le battant n'empêchèrent aucune des portes de se refermer à double tour sur leurs supplications.

Affaiblies par la faim et la soif, battues, elles furent méthodiquement violées à tour de rôle plusieurs fois par jour par les dresseurs durant les semaines suivantes. Ils entraient dans les chambres, à la suite. La peur et l'attente étaient les meilleures des auxiliaires. Au début, chacune d'entre elles pouvait entendre les hurlements de douleur et les implorations de la voisine. Couverte de bleus, tremblante, Kate se bouchait les oreilles avec ses paumes dès qu'elle les entendait pénétrer dans la chambre d'à côté. Mais elle avait beau faire, jamais la terre ne s'écartait pour qu'elle y soit ensevelie. Toujours, sa porte finissait par s'ouvrir, elle baissait la tête, elle ne voulait plus voir leurs silhouettes à contre-jour dans la lumière.

Le premier viol les brisait. Le reste n'était que répétition. Comme les chiens, les filles finissaient par obéir, selon le bon vieux réflexe pavlovien. Lorsque la porte avait claqué sur Kate, elle avait instantanément senti sa bouche s'assécher, les battements de son cœur s'accélérer. Elle s'était redressée sur ses genoux couronnés par la chute, avait renoué son boubou et supplié qu'on lui ouvre, sans guère d'espoir. Au moment même où elle était entrée dans la cour de cette maison, elle avait été envahie par un mauvais pressentiment. Trop tard, bien trop tard, c'est chez elle, là-bas, en Sierra Leone, qu'elle aurait dû se méfier. Il s'en racontait suffisamment pourtant, au pays, des histoires comme ça, de Blancs qui enlevaient des filles, comment avait-elle pu être aussi naïve ? Elle avait senti les larmes monter à l'évocation du pays, il ne fallait pas, non, il fallait résister, rester consciente, surtout, prête à saisir la moindre occasion pour s'échapper.

Elle n'eut pas à s'interroger longtemps sur son sort.

Ils commencèrent par sa voisine et les plaintes, les hurlements qui montaient de la chambre d'à côté ne laissaient guère de place au doute. Kate avait fouillé du regard le moindre recoin de la pièce nue au plancher gondolé, elle avait secoué les fenêtres. Rien à faire. Lorsqu'elle les avait entendus approcher en échangeant des propos graveleux, elle avait pensé s'évanouir, elle avait senti ses jambes se dérober sous elle. Tout en elle n'était que refus quand ils pénétrèrent dans la chambre. Tremblante, elle leur fit face. La précédente avait supplié, à quoi est-ce que ça lui avait servi ? Elle les dévisagea, trois brutes, trois Blancs, ils se ressemblaient tous, ceux-là, comme les gardiens dans la cour avec leurs chiens. Peut-être qu'il y avait une usine quelque part où on les fabriquait en série. La baffe lui ouvrit la lèvre supérieure et l'envoya dinguer contre le mur du fond.

À coups de rangers, à coups de poings, ils l'avaient rossée jusqu'à n'avoir plus qu'un tas de chair sanguinolente à leurs pieds, alors, ils avaient fini de lui arracher ce qui lui restait de son boubou, et tandis que l'un d'eux lui tenait les bras, et l'autre les jambes, le troisième s'était insinué en elle et avait éjaculé en quelques secousses avant d'être relayé par les autres jusqu'à ce qu'elle perde conscience. Il faisait nuit noire lorsqu'elle était revenue à elle, toute de douleur, d'humiliation, de haine, de honte. Ils l'avaient laissée nue. Elle avait rampé à tâtons jusqu'à buter sur un bol contenant de l'eau. Son vêtement avait disparu. Elle s'était soulagée à même le sol, dans un recoin de la pièce, le corps en miettes, morcelée. Comme elle s'en voulait, de n'avoir pas su leur résister, de n'avoir pas su se tuer, ne n'avoir pas pu les tuer. Comme elle haïssait ce sperme qui s'était mêlé à son sang comme un poison. Ils la réveillèrent au milieu de la nuit pour recommencer, encore et encore, et comment pouvaient-ils désirer ce corps au visage tuméfié, aux yeux fermés par les hématomes, au sexe enflé et couvert de croûtes de sang séché, aux seins, aux bras et aux jambes bleus à force d'avoir été battus, ce corps malodorant et abandonné de l'âme de sa propriétaire expulsée. Les viols étaient une torture. Le manque de sommeil en était une autre. À peine les femmes s'étaient-elles endormies que les nervis entraient dans la pièce pour les dérouiller, et leur veille forcée agissait sur elles comme un lavage de cerveau. Bientôt, Kate et ses consœurs ne pensèrent plus, ne dormirent plus. Passivement, elles acceptèrent les écuelles dans lesquelles elles dévoraient d'inidentifiables brouets. Réduites à l'état de simples objets, inertes, elles écartaient les jambes sitôt les gardes entrés, ils n'avaient même plus besoin de les tenir, un cadavre aurait été plus réactif. Elles étaient devenues de la viande, simplement de la viande.

Peu à peu, les geignements se firent plus étouffés et bientôt les viols se déroulèrent dans un silence résigné. Alors, ils cessèrent de les battre, les vêtirent de nouveau, elles se laissèrent habiller comme des automates, et ils se mirent à les nourrir convenablement pour qu'elles reprennent du poids.

Dès les premiers jours de mai, une camionnette blanche se rangea chaque soir le long du trottoir sur les boulevards extérieurs à la hauteur de la porte de la Chapelle, pour y lâcher un petit groupe de jeunes Africaines vêtues de cuissardes rouges, noires ou blanches et de minijupes aux couleurs criardes. En silence, elles se positionnaient sous les ponts du chemin de fer non loin des entrepôts de la Sernam et les semi-remorques ne tardaient pas à rappliquer comme des loups étiques rameutés par une odeur de venaison.

Neuf mois plus tard, Grooteclaes vendit Kate Mougabé pour la somme de trente mille francs à Roger Olomidé, un maquereau zaïrois qui opérait sur le secteur du bois de Vincennes.

– Kate, ça me plaît pas trop, avait estimé le proxénète. À partir de maintenant, tu t'appelleras Juicy, c'est plus sexy. Si ça te plaît pas, c'est ma main sur ta gueule, compris ?

# 8

*Paris, avril 1992*

Lorsqu'il pénétra à l'intérieur du Bunny's Bar, rue Vivienne, Norbert Bensimon eut bien du mal à repérer Ingrid dans la pénombre, au milieu des serveuses topless montées sur des escarpins à talons aiguilles et des clients en costume-cravate. Elle l'attendait, vêtue d'un strict tailleur ocre qui contrastait avec les bonnets à oreilles de lapin et les culottes à pompons de fourrure des filles. Comme prévu, elle était venue accompagnée. Un paquet de Gitanes était posé sur la table basse devant eux. Un homme de complexion chétive venait de porter à ses lèvres une cigarette qu'il avait extraite du paquet, puis il avait envoyé un rond de fumée vers le plafond avant de sécher sur place son whisky *on the rocks*. Le temps que Bensimon arrive à leur niveau, l'homme avait déjà remplacé sa boisson par une sœur jumelle. Un rapide et furtif signe de la main à une Bunny qui avait opiné de ses grandes oreilles avait suffi.

Du Richard Claydermann dégoulinait des enceintes dans l'indifférence générale. Ingrid se leva et son voisin parvint à s'extraire du profond fauteuil de cuir pour l'imiter. Il contourna la table, avança d'un pas claudicant vers le représentant et lui tendit la main en plantant ses petits yeux noirs droit dans ceux de Bensimon.

– Jean Lambert, je vous présente M. Richard Sorel, notre nouveau client.

– Enchanté, avait répondu le petit homme vêtu d'un costume neuf à motifs prince-de-galles, qui lui allait à peu près comme un tablier à une vache, et il avait souri, découvrant des dents cariées.

Les spots multicolores de la scène où une strip-teaseuse évoluait le long d'une barre verticale chromée se reflétaient en rythme sur sa tonsure.

Ingrid carburait au champagne.

Sorel-Bensimon commanda un whisky *on the rocks*, comme Prince-de-Galles.

– Alors, monsieur Sorel, il paraît que vous êtes dans la finance ?

– En quelque sorte, oui. Et vous, vous êtes paraît-il dans le tourisme.

– En quelque sorte également.

Les deux hommes passèrent la soirée à échanger informations et garanties.

Ingrid, lointaine, écoutait d'une oreille distraite.

Un peu avant l'aube, Bensimon céda, enfin convaincu. Un autre rendez-vous fut pris entre les deux hommes, pour régler les problèmes d'argent. À la sortie du bar pour quadras, Prince-de-Galles remit discrètement une enveloppe rebondie à Ingrid qui prit un taxi avec son client, direction Saint-Mandé.

Certes, elle allait lui faire une gâterie, il ne fallait quand même pas exagérer, mais pour la première fois depuis très longtemps l'attention de Norbert Bensimon était fixée sur d'autres horizons que l'habituelle boîte à partouzes de deux heures du matin. Il n'avait pas été aussi excité depuis bien longtemps.

*

*Roissy-Charles-de-Gaulle, avril 1992*

– Arrête de picoler. Tu parles trop quand tu as picolé. Un de ces jours, ça va nous coûter cher.

Arnaud Grooteclaes, les traits brouillés par le *jetlag*, touillait son café en maugréant.

Les annonces d'arrivées imminentes, de vols retardés résonnaient dans le hall de l'aérogare 2 de l'aéroport Roissy-Charles-de-Gaulle.

– Quoi, je me lève à cinq heures du mat'pour venir te chercher et c'est comme ça que tu me remercies, protesta Lesueur en reposant son demi vide sur la table de Formica.

– Ah. Merci. Et là, quelle heure il est ?

– Ben quoi, sept heures et demie. Ça fait plus de deux plombes que j'ai démarré, quand même, faut pas exagérer, c'est le premier !

– De toute façon, va bientôt falloir que tu te mettes au régime sec. Ça y est, on a un client. Il a signé. J'en ai déniché un, se rengorgea Grooteclaes.

– Moi aussi, j'en ai un. Ça fait donc deux.

– Toi ? T'es sérieux ?

– J'ai jamais été aussi sérieux.

– Et ton gars, il est comment ?

– Sérieux aussi. Il a les moyens, le profil, il est parfait. C'est Ingrid qui me l'a présenté.

Il pouvait la ramener, l'ex-mercenaire de mes deux, avec ses leçons de morale à la con sur la bibine. N'empêche, il traitait d'égal à égal avec lui, désormais, c'était comme ça et pas autrement.

– Il en manque encore six, objecta Grooteclaes.

– On les trouvera.

Les deux hommes se levèrent et se dirigèrent vers le parking.

*

*Los Angeles, mai 1992*

À plusieurs reprises, Duane Mortensen avait réitéré ses escapades nocturnes. Chaque fois il s'était dégonflé au dernier moment. Il suivait des femmes dans la rue jusqu'au seuil de leur porte, la plupart du temps de nuit. Il choisissait ses proies, jouait avec l'idée de leur mort. Il les imaginait en train d'agoniser sous ses mains, il convoquait un luxe de détails raffinés. Et toujours, au moment de passer à l'acte, revenaient les images de son ratage avec la Mexicaine à Venice.

Il faisait demi-tour au volant de son pick-up, sa panoplie de cuir dans le coffre, et rentrait chez lui accablé par la frustration.

Il ne se voyait pas finir dans le couloir de la mort. Le problème, c'était que les soi-disant *snuff movies* ne lui procuraient plus aucune excitation depuis qu'il avait tenté d'étrangler cette serveuse. La vie était d'une monotonie totale. Ses dividendes augmentaient en proportion de l'évolution du marché des technologies nouvelles et ses muscles suivaient la même courbe ascendante grâce aux anabolisants. Même ses couilles avaient encore grossi. Il s'en était aperçu en se faisant poser des anneaux à travers la peau du prépuce dans une officine de Sunset Boulevard appelée Scar Academy, près du cow-boy Marlboro qui dressait sa silhouette à l'ombre du Château-Marmont. Le quartier était un pur mélange de la zone et du chic clinquant chers à la Cité des Anges. Il avait choisi le modèle d'anneau et l'endroit où le poser sur un album de photographies que lui avait présenté un type moustachu en pantalon de cuir rouge et casquette noire, dont le badge disait qu'il s'appelait Vince. Il y avait de tout dans les photos, des mecs qui s'étaient fait poser des petits cailloux sous la peau des avant-bras, des nanas – c'était plus classique – qui s'étaient fait percer la langue, qui arboraient des labrets. Un néopunk s'était fait fendre la peau du crâne afin qu'on y posât des pas de vis. Après cicatrisation, il n'avait plus eu qu'à visser ses crêtes en acier chromé directement sur les filetages. Un autre s'était fait découper la peau de la bite en lanières et se l'était fait reposer en torsades, façon tortellinis. Inspiration italienne, sans doute. Qu'est-ce que ça pouvait bien donner quand il bandait, s'était demandé Mortensen.

Dans un coin, une jeune femme qui ne devait pas avoir plus de seize ans attendait son tour en feuilletant l'un des nombreux albums photo de Scar Academy. Le type en cuir rouge et noir avait installé Mortensen sur une petite table d'opération en émail crème recouverte de skaï noir, dans un espace délimité par des rideaux de plastique blanc. Une lampe chirurgicale des années 60 éclairait l'espace. Vince lui avait posé son anneau, et c'est en regardant entre ses jambes pour juger du résultat que le golden boy s'était aperçu que ses couilles avaient pris une ampleur inhabituelle. La douleur irradia sa verge transpercée par l'acier.

C'était bon. Aux gouttes de sueur qui perlaient à ses tempes, au vertige qui le saisissait s'ajoutaient les fragrances des capiteux arômes du cuir, du skaï et du latex, de la transpiration et des sécrétions intimes. Son envie de meurtre reculait devant sa propre souffrance.

Il n'en était pas à son coup d'essai. Il s'était déjà fait percer les pointes des seins quelques semaines plus tôt dans ce même magasin. Depuis quelque temps, le rentier s'était mis au SM. Il fréquentait un donjon de Melrose répondant au nom évocateur de Domina's. C'était un endroit en vue et beaucoup d'acteurs hollywoodiens de seconde zone s'y montraient. Pendant que son corps était à la peine sous les coups de fouet, enfermé dans une cage au milieu de la piste de danse ou soumis aux caprices de son maître qui pratiquait le fist-fucking en exhibant Mortensen écartelé à la vue des clients du Domina's, ce dernier, au moins, ne pensait pas à ses virées nocturnes au volant de son pick-up à la recherche d'une proie facile.

Chaque nouvelle aiguille enfoncée dans sa chair par Craig, pardon, Maître Craig, chaque objet englouti par son fondement, chaque bite enfournée jusqu'à la garde dans sa bouche par des armées de sadiques jouissant de leurs esclaves tenait les démons de Mortensen en laisse. Momentanément.

C'était bien le problème.

Pourtant, il essayait de toutes ses forces de repousser le moment fatidique. La sécurité, le confort matériel étaient des biens précieux, trop précieux pour risquer de les perdre un jour. D'accord, il était un prédateur. Qui d'autre que lui le savait ?

À part Turman.

Mais Turman avait été exécuté.

Quelle jouissance de poser à la victime en attendant de devenir le bourreau ! Surtout, ne pas endosser l'habit du Maître. Jamais de la vie.

Sinon, les pulsions deviendraient plus fortes, incontrôlables.

Quand Sado et Maso vont en bateau, c'est l'Esclave qui dirige le Maître, qui impose ses fantasmes, qui oriente le cérémonial.

Si le Maître était mauvais, s'il n'infligeait pas assez de douleurs et d'humiliations, alors on changeait de maître, on le jetait comme un malpropre.

Au bout du compte, Mortensen n'avait aucune envie de finir comme Turman.

Même si les types comme Turman, et plus encore Manson, le fascinaient.

Il savait qu'il ne pourrait plus tenir très longtemps. Même le corps chargé de chaînes, même la chair labourée à coups de fouet et si percée d'aiguilles qu'il en aurait déréglé une boussole, il savait qu'il finirait par tuer. Rien ne parviendrait jamais à lui faire oublier l'intensité du regard de la Mexicaine, la panique dans ses yeux, et la jouissance qu'il en avait retirée. Ses incursions au Domina's n'étaient que des manœuvres dilatoires. Il avait absolument besoin de trouver au plus vite une nouvelle échappatoire pour se soustraire à ses obsessions.

– Esclave ! Où as-tu donc la tête ? C'est une nouvelle punition que tu cherches ? Tu n'entends pas quand je te parle ? Tends les fesses, t'ai-je dit !

Mortensen était bâillonné par une balle de mousse retenue par un lacet de cuir qui pénétrait profondément dans la chair de ses joues. Il ne pouvait guère répondre.

Plié en deux sur le cheval d'arçon auquel il était attaché, il fit de son mieux pour présenter sans conviction son cul dénudé au châtiment. Il avait la tête ailleurs, le Maître avait raison.

C'est à peine s'il sentit les morsures des lanières du martinet sur sa peau.

Essoufflé à force de l'avoir battu, le Maître entreprit de le détacher. Les liens retombèrent sur le sol carrelé blanc de la petite pièce circulaire aux murs tendus de toile cirée noire mate.

Quatre spots disposés au plafond renvoyaient des ombres contradictoires sur le sol.

Les courroies, les mors, les fouets qui pendaient aux murs conféraient à l'endroit des allures d'écuries infernales.

Mortensen se mit debout sur ses talons aiguilles en chancelant. Son bustier était sur le point d'exploser sous la pression de ses pectoraux. En retombant, le tablier de soubrette qu'il portait masqua son sexe orné de l'anneau. Un de ses bas était filé.

Le Maître lui souleva le menton avec le bout de sa cravache.

– Alors, on s'ennuie avec moi, n'est-ce pas ?

Peut-être était-ce parce qu'il avait deviné le penchant de Mortensen pour le meurtre que Maître Craig lui proposa une virée dans le Nebraska.

# 9

*Sarajevo, octobre 1996*

Sébastien Meyer avait eu tout le mal du monde à s'envoler pour Zagreb.

– Vas-y, tu me laisses béton, en plus tu me tapes des thunes, t'es ouf, comme mec, ma parole ! Qu'est-ce tu vas t'emmerder la vie à Sarajevo, ma rolepa, un œil, ça t'a pas suffi.

Kamel ne s'était finalement laissé convaincre de lui accorder un prêt qu'à contrecœur. D'abord, il n'était pas riche, et Seb lui demandait quand même de quoi se payer un billet Paris-Zagreb, et puis c'était encore lui qui allait se taper la corvée d'arrosage des plants de cannabis qui poussaient avec lenteur sur le balcon de Sébastien. En plus, il les avait semés trop tard, jamais ils n'arriveraient jusqu'à la fleur, c'était nul !

La veille de son départ, Seb s'était longuement regardé dans la glace, il avait ôté son bandeau, contemplé son œil mort, ce trou béant entre les paupières, ce trou béant dans sa tête et dans sa vie.

Il avait finalement décidé d'emporter son Leica tout cabossé avec lui, il pourrait toujours prétendre au photo-reporter qui réalisait un reportage sur le Sarajevo d'après guerre. Il avait glissé les vieux films et le boîtier dans son fourre-tout usé qui avait fini par passer dans la machine à laver, puis extirpé du fond d'un tiroir sa carte de presse périmée, avant d'entasser quelques vêtements au fond d'un sac et de fermer derrière lui la porte du deux pièces dont il avait laissé une clé à Kamel.

Au passage de la douane, le préposé avait tiqué en regardant la photographie sur son passeport.

– Vous devriez en changer, vous n'avez plus la même tête, vous risquez d'avoir des problèmes si vous voyagez beaucoup, avait-il conseillé.

C'était sûrement plus facile à faire que de devoir s'habituer à un œil de verre.

À Zagreb, il avait dormi à la Studenthotel Cvjetno Naselje, l'auberge de jeunesse, non loin de la gare routière, lové en chien de fusil autour de son sac photo, puis il avait pris un autocar pour Split et rêvassé en contemplant les criques et les myriades d'archipels baignés par la Méditerranée. À Mostar, il s'était arrêté devant le pont réduit en miettes, la vieille ville pilonnée jusqu'aux os. Suleïman-le-Magnifique avait ordonné la construction de l'ouvrage d'art au grand Sinan, l'édificateur de la mosquée d'Istanbul. Son œuvre à peine achevée, l'immense architecte était allé se cacher au fond d'un trou. Le sultan de l'Empire ottoman avait menacé de le décapiter si les arches élégantes s'effondraient au passage du premier convoi.

Il avait tenu le coup cinq siècles, jusqu'à ce que la guerre précipite ses pierres polies par les ans dans le courant malgré les sacs censés le protéger des obus. L'arche élégante du pont avait été remplacée par une passerelle en bois suspendue au-dessus de la rivière, sur laquelle les piétons s'aventuraient avec circonspection. À l'abri des murs de l'église catholique, les tombes bogomiles étaient criblées de balles. Avant la guerre, lors de son premier voyage en Bosnie-Herzégovine, Seb se souvenait d'avoir acheté un *saz* avec en tête la vague idée de se mettre à la musique turque. L'instrument comptait quatre cordes. C'était trois de trop. Il avait fini par l'offrir à plus doué.

À partir de Mostar, maisons et villages portaient les stigmates du conflit. Façades mitraillées, couturées de cicatrices, d'impacts, toitures noircies, bitume truffé de nids-de-poule, check-points de la SFOR, panneaux signalant des mines. Au milieu de ce chaos, vaches et moutons broutaient tranquillement un regain qui ne résisterait plus très longtemps aux premières gelées. Des chevaux aux yeux protégés par des œillères de cuir racorni, parfois même des mules, tiraient des carrioles aux pneus de voiture usés, tout au long de la route, et sur la remorque de bois se tenait généralement de vieux couples fatigués qui se ressemblaient tous. Des femmes rondes coiffées d'un foulard aux couleurs vives, engoncées dans des pulls et des manteaux qui avaient subi les assauts des mites, aux doigts protégés par des gants grossièrement tricotés, encourageaient leur équipage avec une badine de noisetier, cependant qu'un homme se tenait à demi allongé à leurs côtés, drapé dans une vareuse usée ou une canadienne tachée, le béret vissé sur la tête et le mégot aux lèvres. Ils ne transportaient rien d'autre qu'eux-mêmes et parfois un maigre sac à patates en fibre de verre.

Seb alternait le bus et le stop au gré de ses haltes, comme s'il voulait retarder le moment de son retour en ville. Plus il approchait de Sarajevo, plus il sentait son estomac se serrer. Un bourdonnement incessant avait repris possession de son oreille, et il s'était maudit de n'avoir pas emporté de médicaments pour lutter contre les effets des acouphènes.

L'altitude, peut-être. L'altitude, mon cul.

Il avait trouvé place dans un vieux Ford Transit à bout de souffle où s'étaient entassés quelques voyageurs, des Bosniaques venus visiter leur famille, chargés de ballots. Ils descendirent sur Sarajevo par la mauvaise piste qui franchissait le mont Igman, et le véhicule erra dans l'épais brouillard d'un nuage coincé contre le sommet. Quelques flocons timides, les premiers de l'automne, voletaient avec une légèreté fantomatique sur le pare-brise où ils fondaient. Lorsqu'ils entrèrent dans Sarajevo ce matin-là, le vent se leva et chassa les brumes qui montaient des vallées. Le soleil inonda d'un coup les rues dévastées. Nombre de containers étaient toujours en place. La plupart des vitres étaient toujours remplacées par des panneaux de contreplaqué. Mais, dès le premier coup d'œil, il était évident que la ville en avait terminé avec la guerre. Les gens marchaient tranquillement dans les rues, vaquant à leurs occupations, et, surtout, les tramways déglingués avaient repris du service. Les épaves de voitures avaient été momentanément repoussées sur les bords de la voirie dans l'attente de ferrailleurs entreprenants. Les terrasses des cafés étaient très fréquentées en cette matinée d'automne. Beaucoup de jeunes couples savouraient le bonheur d'avoir survécu. Des marchands ambulants proposaient leurs articles sur des trottoirs défoncés. Les premières neiges déposées par l'aube sur les sommets fondaient sur la terre encore tiède de l'été récent. Un véhicule blindé de la SFOR passait devant une grande affiche publicitaire pour une marque de crème solaire, et le soldat posté derrière la mitrailleuse de tourelle se laissa distraire par les quatre postérieurs avenants des mannequins en bikini qui avaient posé sur une plage lointaine pour la réclame.

Par où commencer ? Seb se sentait un peu groggy. Le voyage l'avait sonné.

Il décida de retourner à l'hôpital. Peut-être l'infirmière miséricordieuse qui lui avait injecté de la morphine en cachette saurait-elle quelque chose. Comment s'appelait-elle, déjà ? Ah oui, Lejla. Une jolie brune aux cheveux bouclés, Seb revoyait ses mèches collées à ses tempes par la sueur. Peut-être qu'elle travaillait encore à l'hôpital, ou que quelqu'un la connaîtrait, saurait où elle habitait. Arrivé au pied des marches, Meyer eut une ultime hésitation. Et si elle était morte. Il se rendit compte qu'il ne se souvenait même plus du prénom de la jeune femme rencontrée à une terrasse de café, avec qui il avait eu une aventure d'une nuit avant qu'un sniper serbe ne prenne sa jeune vie. Son cerveau partait en lambeaux, décidément. L'espace d'un instant, il fut pris d'un début d'érection en se rappelant la douceur de sa peau.

Il n'avait plus fait l'amour depuis cette nuit-là, au Holiday Inn.

Le calme qui régnait à l'accueil contrastait avec l'ambiance survoltée, les cris des familles, le sang qui tachait le carrelage du temps du siège de la ville.

Il se dirigea vers le comptoir derrière lequel une imposante matrone entre deux âges, vêtue d'une blouse informe et coiffée d'un bonnet de toile, le toisa.

– *Dobar dan*. Euh, *do you speak english ?*

Oui, elle parlait anglais.

– Je cherche une infirmière qui s'appelle Lejla, elle travaillait ici au moment du siège.

– Lejla comment ? demanda la préposée à l'accueil d'un ton renfrogné.

– Écoutez, je ne sais pas. Je suis journaliste. J'ai été blessé lorsque je travaillais ici, en mai 1994 – il montrait son bandeau du doigt –, elle s'est occupée de moi et je suis revenu pour faire un reportage sur l'après-guerre – il désigna cette fois son sac photo –, je voudrais la remercier, et aussi faire un portrait d'elle, pour mon journal.

– C'est quel journal ? Vous avez une carte de presse ? s'enquit-elle d'une voix où perçait la méfiance.

– Euh, *Les Nouvelles*, c'est un magazine français, mentit-il, et voici ma carte.

Elle se pencha pour examiner le document, et le regarda par en dessous.

– Mmm... Elle n'est pas à jour, cette carte.

Au départ de Paris, il n'avait déjà pas tellement l'allure d'un fringant photo-journaliste.

Les vicissitudes du voyage n'avaient rien arrangé.

– Eh bien, je dois vous dire que j'ai été dans l'impossibilité de travailler pendant plus d'un an après ma blessure, un œil, vous savez, c'est très important pour un photographe, et là je recommence à peine, c'est mon premier travail depuis longtemps, alors si je n'arrive pas à ramener les photos qu'on m'a demandées, je ne retrouverai plus d'emploi.

Le cerbère parut réfléchir un moment. Elle tapotait nerveusement le bout de son stylo sur le comptoir. Manifestement, elle n'était pas dupe. Elle détailla encore une fois ses vêtements poussiéreux, ses cheveux sales, s'attarda sur sa silhouette décharnée.

– Bon, décida-t-elle enfin. Lejla n'est pas ici en ce moment. Ces jours-ci, elle travaille comme infirmière interprète pour un psychiatre militaire allemand du Haut-Commissariat aux réfugiés de l'ONU. (Elle consulta sa montre.) Si vous vous dépêchez, vous la trouverez à l'ancienne école d'ingénieurs de Lukavica, au service des consultations. C'est là que les réfugiés serbes sont regroupés. Demandez Lejla Duran.

– Mais elle est musulmane !

– Et alors ? Vous pensez qu'il reste assez d'interprètes en vie pour s'occuper des cas de tous ces civils, qu'ils soient serbes, croates ou musulmans ? Vous pensez qu'on a le choix, peut-être ? Elle remplace une homologue serbe qui est tombée malade.

Honteux, Seb battit en retraite.

Lukavica était situé dans la banlieue de Sarajevo. Un quartier serbe à presque cent pour cent. Ethniquement pur.

La Yougoslavie avait vécu. Les trois communautés avaient fini par opter pour un repli identitaire après la période de nettoyage ethnique, au prix de quasiment un million de déplacés, d'un village à l'autre, d'un quartier à l'autre et tout le monde se regardait à présent en chien de faïence. Il faudrait des siècles pour apaiser la haine, pour que les mémoires cicatrisent.

Quelque huit cents personnes avaient trouvé place dans les locaux vétustes du centre de réfugiés placé sous la houlette de l'UNHCR.

À l'entrée, Meyer demanda dans son allemand maladroit où se tenaient les consultations psychiatriques. Il fut dirigé vers les étages et dut recommencer sa plaidoirie auprès d'une infirmière visiblement débordée, qui se montra moins tatillonne que sa collègue de l'hôpital.

Il fut conduit jusqu'à une sorte de salle d'attente, en fait quelques chaises où patientaient deux hommes aux cheveux blancs en costumes fripés ainsi qu'une mère et sa petite fille qui devait avoir dans les dix ans, devant un paravent en bois.

Derrière, une consultation était en cours.

– Attendez ici, lui avait intimé l'infirmière, quand Lejla aura terminé son travail elle sortira par là, vous ne pouvez pas la rater.

Sébastien vit passer devant lui, en trombe, un médecin allemand de l'OTAN, un grand gaillard dégingandé qui pénétra dans l'espace de consultation. Meyer se leva et risqua un regard par-dessus le paravent, sous le regard indifférent des patients qui attendaient leur tour. Dans le réduit, plusieurs personnes essayaient de s'entasser comme elles pouvaient, il y avait deux autres médecins en blouse blanche, stéthoscopes autour du cou, deux infirmiers qui parlaient allemand entre eux, un homme assis derrière un bureau, visiblement le psychiatre, et un autre sans fonction apparente, sans doute un auxiliaire de santé. Face à eux, il devina plus qu'il ne vit Lejla, de dos. Ses cheveux lourds étaient remontés dans sa nuque en chignon. Une dame replète d'un certain âge était assise à côté d'elle. Visiblement, la consultante.

Elle se présenta et déclina son identité. Lejla traduisit. La dame souffrait de douleurs gastriques qui l'empêchaient de dormir.

Ça n'était pas grand-chose, commenta la jeune interprète musulmane : la plupart des patients souffraient de troubles bien plus graves, des symptômes psychotiques, des syndromes d'anxiété chronique, de dépression, des maladies psychosomatiques, des infections cutanées liées à des troubles psychiatriques profonds.

– Nous autres, à Sarajevo, nous appelons ça le *bosniac syndrom,* précisa-t-elle à l'intention du médecin allemand.

Le psychiatre demanda à la dame si elle faisait des cauchemars, la nuit. Lejla traduisit et elle acquiesça. Un médecin prenait des notes.

– Êtes-vous mariée ? s'enquit encore le docteur.

La femme opina sans répondre.

– Votre mari a-t-il également des difficultés à dormir ?

Nouveau signe d'acquiescement de la tête.

– Où est-il ? Pourquoi ne vous a-t-il pas accompagnée ?

Il y eut un silence.

– Il est saoul, répondit-elle enfin, puis elle ajouta : c'est un vétéran du siège de Sarajevo.

La plupart d'entre eux avaient beaucoup de mal à se réinsérer dans la vie civile, commenta encore Lejla, ils sombraient dans l'alcoolisme.

La consultation tirait à sa fin et la femme se levait pour céder la place à la personne suivante lorsque des éclats de voix parvinrent jusqu'au cabinet, depuis le couloir. Un homme titubant se frayait un chemin parmi la foule des réfugiés qui hantaient l'étage. Il fit irruption dans la salle d'attente, visiblement ivre, et contempla les patients de ses yeux délavés. Il tamisa de la main ses cheveux blancs. Ses vêtements étaient chiffonnés, il était pieds nus dans ses chaussures et le bas de son pantalon effrangé dévoilait ses chevilles maigres.

Il passa derrière le paravent.

D'une voix tonnante qui contrastait avec sa silhouette efflanquée, il s'écria :

– Qui c'est qu'a laissé entrer des saloperies de gradés étrangers ici ?

Du coup, mordus par la curiosité, les patients qui attendaient leur tour le suivirent, et Seb avec eux, et tous s'entassèrent dans le petit réduit. Meyer n'avait pas compris un mot de ce qui se disait.

Lejla le regarda sans le voir. Loqueteux parmi les gueux, il était transparent.

Elle traduisit en allemand les motifs de la colère de l'intrus, et ajouta, pour l'officier :

– Je connais cet homme. Il s'appelle Dragan Stepanovic. Il a passé quatre ans sur la ligne de front. Une fois, il est resté cent soixante-dix jours dans une tranchée avec des morts.

L'ivrogne s'était un peu calmé. Le psychiatre lui demanda de s'asseoir, et Lejla traduisit. Devant tout le monde, il commença à lui poser des questions et c'était comme si les deux hommes se fussent trouvés seuls dans la petite pièce éclairée par une fenêtre aux vitres sales.

– Mes cheveux étaient blonds comme les blés, dit le milicien, et d'un seul coup ils sont devenus gris. C'est de votre faute. C'est l'OTAN qui m'a rendu comme ça. Vous nous avez bombardés avec des saloperies chimiques qui nous ont fait perdre nos cheveux ! Et depuis, aussi, les vaches accouchent de veaux à deux têtes, des monstres !

Il s'énervait de nouveau.

Imperturbable, le psychiatre continua à le questionner. L'homme ivre commença alors à parler de ses cauchemars, il se trouvait dans la tranchée avec ses sept camarades morts, chaque nuit c'était pareil, puis il errait dans Sarajevo, il voulait revoir son logement, il vivait dans un quartier mélangé, et des musulmans le reconnaissaient, ils commençaient à crier, à ameuter la population et il devait s'enfuir tandis qu'ils le poursuivaient, et il se réveillait en sueur.

Pendant que Lejla traduisait, Meyer réfléchissait à ses propres cauchemars.

Une femme de service passa la tête dans la pièce et posa une question à Lejla qui répondit simplement :

– *Kava.*

Soudain, Dragan Stepanovic se raidit imperceptiblement. Son doigt accusateur et tremblant désignait la jeune femme.

– *Kava* ! Elle a dit *Kava* ! Elle est musulmane ! Bande de salauds ! Enculés ! Faux culs de l'OTAN, vous sucez les disciples d'Allah, elle va me dénoncer, cette pute, ils me tueront ! Pute, pute, pute !

Il avait renversé sa chaise en se levant. Il bouscula la petite foule des curieux et des médecins militaires et quitta la pièce en montrant une dernière fois le poing en direction de Lejla.

– Je n'en peux plus, dit-elle en allemand, je n'en peux plus. Trouvez-vous une interprète serbe.

Elle s'était assise, la tête entre les mains. Des boucles têtues et indisciplinées de ses cheveux s'étaient encore échappées de son chignon.

– C'est tout pour aujourd'hui, lança le psychiatre à la cantonade. Revenez demain.

Et comme personne ne bougeait, il se fit plus explicite en montrant la jeune femme dont les épaules se soulevaient au rythme de ses sanglots :

– *Lejla kaputt !*

Les patients se dispersèrent et Seb décida de retourner attendre derrière le paravent.

À peine quelques minutes plus tard, elle passa devant lui en trombe.

Il l'appela doucement.

– Lejla ? Lejla Duran ?

Elle s'arrêta, se retourna, ses yeux étaient encore rouges quand elle demanda en serbo-croate :

– Qu'est-ce que vous me voulez encore ?

Il haussa les épaules en signe d'incompréhension. Elle l'avait manifestement oublié. Quoi de plus logique, des comme lui elle avait dû en voir passer pas mal, oui, il avait dû être plutôt long, le défilé des éclopés. Seb répondit en allemand :

– *Ich verstehe Yugoslavien nicht.*

Elle le regarda bizarrement.

– Qui êtes-vous ?

*

*Sarajevo, Gorbavica, septembre 1996*

Emir Ferhatbegovic était assis dans la cuisine, sous la lumière verticale qui tombait du plafond, devant la bouteille de *slivovica* aux trois quarts vide, son pistolet SZ 99 posé devant lui sur la table de Formica. Les Serbes s'étaient retirés, pourtant beaucoup de musulmans partaient vivre de l'autre côté de la ligne de front, sous la protection du gouvernement d'Izetbegovic. Et lui, Emir, qui était-il au juste ? Ses voisins étaient musulmans, ses cousins par alliance étaient serbes. Certaines nuits, la *slivovica* aidant, il ne savait plus.

Avait-il fait la guerre chez les uns, chez les autres, avait-il été un boucher serbe, un partisan bosniaque ? La personnalité d'Emir Ferhatbegovic était en morceaux, des morceaux oubliés, éparpillés dans les escaliers des tours, dans des tranchées.

C'est ce qu'avait dit le médecin de l'hôpital.

Trop de sang, tout ce sang, combien de fois ? Le goût de l'acier du canon de l'arme dans sa bouche en guise d'enrôlement.

Je ne veux pas être un soldat.

Combien de fois avait-il versé ces larmes-là ? Il alluma une cigarette. En une bouffée, il aspira dans ses poumons le goudron et la fumée d'une bonne moitié du mégot grésillant qui rougeoyait entre ses doigts maculés de nicotine.

Dehors, les lueurs d'incendie de l'aube embrasaient les sommets les plus hauts. Avant toute cette merde, Emir était mécanicien. Qu'est-ce qu'on pouvait encore réparer, quand l'irréparable avait été des centaines de fois commis ? Les yeux rougis par l'alcool et les nuits blanches, le sniper bosniaque saisit la bouteille de *slivovica* à même le goulot et, d'une rasade, en sécha le contenu.

D'un geste de la main, il balaya la table et le flacon se fracassa sur le carrelage en dizaines d'éclats. Les deux mains cramponnées aux angles du meuble, Emir leva son visage fatigué vers le plafond et se mit à hurler comme un loup, et en même temps il secouait le meuble comme s'il eût voulu le désarticuler.

Dans l'appartement où vivait toute sa famille, Suada, sa mère et Vanja, sa sœur, s'étaient levées, réveillées en sursaut par les hurlements, et par la chute de la bouteille vide. Elles se tenaient dans le couloir en chemise de nuit à grosses fleurs, les cheveux ébouriffés et les yeux gonflés de sommeil, elles n'osaient pas pénétrer dans la pièce. Quand Emir avait bu, il pouvait devenir fou, et dans ces moments-là, quand il avait une arme à portée de main, mieux valait ne pas l'approcher. Son oncle Ozren bouscula les femmes en bougonnant, l'haleine lourde de sommeil, et pénétra sans hésiter dans la cuisine, vêtu seulement d'un pyjama à rayures.

– Pose-moi ça, Emir !

Le sniper titubait debout près de l'évier de porcelaine sale et fêlé par la chute d'un obus pendant un bombardement. Il avait fourré le canon de son SZ 99 entre ses lèvres crevassées et regardait son oncle. Des larmes ruisselaient le long de ses joues, Ozren pouvait voir les muscles des mâchoires de son neveu qui se crispaient, il entendait les dents du jeune homme crisser sur l'acier, sa main qui tremblait, l'index qui blanchissait sur la détente.

Il l'avait froidement pressée tant de fois, et là, il n'était même pas foutu d'appuyer une fois, une seule fois et tout serait terminé. Il pourrait enfin dormir, dormir, c'était tout ce qu'il voulait à présent. Son oncle fit encore un pas et lui prit doucement la main, sortit le canon humide de salive de la bouche d'Emir, et même l'acier bleuté empestait l'alcool. Emir se laissa tomber dans les bras d'Ozren qui, passant devant les deux femmes toujours plaquées contre le mur, le ramena jusqu'au canapé déplié dans la salle à manger et le coucha comme un enfant, puis s'assit au bord du matelas et se mit à lui chanter doucement une vieille comptine musulmane. Et le vieil homme décharné chantait encore lorsque Emir s'endormit enfin et que le soleil baigna de ses rayons le visage émacié d'Ozren, qui flottait dans sa veste de pyjama. Lui aussi, il y avait bien longtemps, il avait fait la guerre, contre les Tchetniks. Tito n'avait qu'un train et un avion. Et la détermination de ses troupes. Avec ça, il avait bloqué dans le pays un million de soldats allemands. Dans les montagnes, en plein hiver, les hommes passant les cols dans la neige mouraient d'épuisement, de faim, de froid.

Pour en arriver là.

Ozren avait sommeil.

*

*Bruxelles, octobre 1996*

Dans un des salons de l'hôtel Intercontinental de Bruxelles, Goran Milkovic attendait une apparition. Le hall était plongé dans l'obscurité. Il percevait les murmures du public, les bruissements d'étoffe froissée des femmes, l'odeur lourde et entêtante des parfums mélangés. Soudain, une poursuite emprisonna dans son faisceau lumineux le plus cher de ses trésors moulé dans un bikini aux couleurs du drapeau serbe et montée sur des chaussures à semelle compensée de dix-huit centimètres d'épaisseur. Elle commença à se trémousser sous les applaudissements polis des femmes et les sifflets enthousiastes des hommes, pour la plupart d'anciens vétérans serbes de Bosnie. Birgit s'appelait en réalité Vesna. La blonde fille de ferme aux courts cheveux raides du village d'Illidza avait été métamorphosée en top model pour satisfaire les caprices de Goran. Le couple vivait depuis plusieurs mois dans une suite de l'hôtel, avec gardes du corps et chauffeur.

À grand renfort d'interventions chirurgicales qui avaient coûté les yeux de la tête à Milko, les seins de Birgit avaient été siliconés jusqu'à obtenir un respectable 95 D, on lui avait enlevé deux côtes flottantes pour affiner sa taille, arraché les dents de sagesse, prélevé de la graisse sur les fesses pour la lui injecter dans les lèvres, la plus coûteuse et la plus douloureuse des opérations ayant consisté à la faire grandir de cinq centimètres, ce qui, à l'âge de vingt-six ans, ne devait rien à la nature. Par contre, les cliniques de Caracas étaient spécialisées dans ce genre d'acrobaties chirurgicales, elles fabriquaient des Miss pour toute l'Amérique latine, en série, faites au moule. Par un système de greffes osseuses successives, on avait ajouté les centimètres manquants aux longues jambes slaves de Vesna. Il avait fallu sectionner ses tibias, implanter les greffons, puis recommencer jusqu'à obtention de la taille souhaitée. Que la douleur infligée à la jeune femme ait été si insupportable qu'elle en était arrivée à une totale dépendance à la morphine n'avait pas choqué Milkovic outre mesure.

Il était bien accro à la coke, lui, alors…

Seules les hautes pommettes et les yeux bleus de Birgit étaient restés les mêmes.

Elle avait ouvert le défilé. Les mannequins suivirent, présentant la nouvelle collection de vêtements de la marque qu'avait lancée l'ex-sniper, essentiellement à base de cuir fauve et de fourrure de loup.

Lorsque les lumières se rallumèrent, des serveurs stylés passèrent parmi les convives avec des plateaux couverts de coupes de champagne rosé.

*

*Sarajevo, octobre 1996*

Il avait fallu que Seb Meyer rappelle à Lejla Duran les circonstances exactes de leur rencontre pour que la mémoire lui revînt enfin. Le déclic s'était fait au moment où il avait évoqué la dose de morphine administrée en cachette pour le soulager.

– Vous étiez sourd, vos tympans avaient été déchirés, si je me souviens bien. Ça va mieux, à présent ? s'enquit-elle en touillant distraitement ses glaçons dans son Coca.

Ils étaient assis à l'une des tables du SOS Bar.

En sortant de l'ancienne école d'ingénieurs de Lukavica, ils avaient regagné le centre-ville dans une voiture de l'UNHCR et s'étaient fait déposer sur l'avenue Marsala Tita. Ils avaient escaladé à pied Kralja-Tomislava en direction du stade olympique devenu ce gigantesque cimetière dont le monde entier avait découvert les images, puis, coupant à travers la rue Matije-Gupca, ils avaient débouché sur la petite place où se trouvait le SOS. Durant la guerre, l'endroit était devenu un véritable coupe-gorge, et Seb s'était raidi lorsqu'il s'était aperçu que Lejla l'entraînait vers cette gargote, certes pittoresque mais à la clientèle inquiétante. Le lieu, cependant, avait beaucoup changé. Fallait-il en déduire que les caïds qui hantaient ses murs s'étaient entre-tués pour les plus stupides d'entre eux, tandis que les plus malins investissaient dans l'économie formelle ? Sans doute.

L'endroit évoquait plus aujourd'hui un charmant café de la Butte-aux-Cailles que les bas-fonds de Sarajevo.

Lejla bloqua une de ses boucles indisciplinées derrière son oreille et regarda Seb, longuement.

– Alors comme ça, vous êtes photographe. Vous volez les âmes des gens, alors. Ce n'est pas ce qu'on dit, chez certains peuples ?

– Peut-être, je ne sais pas. En tout cas, ce n'est pas un vol. C'est plutôt du troc. Ce qu'on ne dit jamais, c'est que quand on prend des photos on laisse de la souffrance en échange.

Il ne parvenait pas à finir l'infecte boisson à base de jus de cerise qu'il avait commandée.

Il venait de terminer le récit de sa descente aux enfers, elle avait dû lui faire répéter plusieurs fois certaines phrases, tant son allemand de pacotille était mauvais. Il avait bricolé tant bien que mal une histoire de reportage en forme de retour sur les lieux où il avait été blessé, il voulait essayer de retrouver le sniper qui lui avait tiré dessus, faire un portrait de lui, le sujet était original et avait séduit un magazine.

– Vraiment, vous ne pouvez rien m'apprendre de plus sur ce qui m'est arrivé ?

– Écoutez, non vraiment. Ce qui m'a surprise, comme je vous l'ai expliqué, c'est surtout la sollicitude inhabituelle des militaires de la Forpronu à votre égard. Ils sont venus attendre le verdict des médecins, ils vous ont rapatrié immédiatement, ils posaient beaucoup de questions sur les séquelles de vos blessures, en fait ils avaient l'air inquiets. Enfin, je veux dire, plus que d'habitude. Je dois vous avouer que cette idée de rechercher le sniper qui vous a visé me paraît complètement loufoque. Beaucoup de ces gens des milices ont aujourd'hui disparu de la ville. La présidence bosniaque a préféré se débarrasser de ces auxiliaires gênants. Une fois la paix revenue, ils étaient imprésentables. Quant aux miliciens serbes, ceux qui ont fait l'objet d'un mandat de recherche pour crimes de guerre de la part du Tribunal pénal international de La Haye se cachent. La plupart des autres sont déjà au Kosovo, prêts à récidiver. Les plus riches dirigent les mafias. Et les parias, ceux qui n'ont pas pu retourner à la vie civile, vous les avez vus cet après-midi. Des épaves qui hantent les couloirs des centres de réfugiés. Dites, il doit être bizarre, votre journal, pour vous demander de prendre en photo celui qui vous a blessé. Autant chercher une aiguille dans une botte de foin. Je vous l'ai dit, il est peut-être mort, à l'heure qu'il est. Ou loin d'ici.

Il sortit de sa besace le jeu de tirages 13x18 en couleurs et l'étala sur la table.

– Ça vous dit quelque chose ?

Lejla se pencha sur les photos. Elle sentait bon, un parfum à base de narcisse, ou quelque chose de fleuri dans ce genre-là.

– Qu'est-ce que c'est ? (Elle avait froncé les sourcils.) On dirait la voiture d'une ONG, je ne comprends pas ce qui est écrit dessus, c'est en français ?

– Oui, vous avez déjà vu ce sigle ?

Elle réfléchissait.

– C'est difficile à dire, il y en a tellement. Mais je ne crois pas, non.

Elle regarda à nouveau les clichés.

– On dirait que le chauffeur est train de perdre le contrôle de la voiture. Ils ont eu un accident ? Ça a un rapport avec votre blessure ?

– Je ne sais pas, je ne suis pas sûr, c'est la dernière chose que j'ai photographiée, et je pense que j'ai dû prendre ces images quelques secondes avant d'être touché.

– Si c'est le cas, nous n'avons rien su. Et on ne nous a amené ni morts ni blessés, je pense. Non, il n'y avait que vous. Enfin, pour autant que je me souvienne. Il se peut que je me trompe. Des journées comme celle-là, nous en avons connu beaucoup. Et aussi des pires. De bien pires. Mais je pourrais peut-être vous aider, demander autour de moi, si vous me prêtez les photos.

– Merci. Merci beaucoup. Et… Je n'ai jamais eu l'occasion de vous remercier aussi, vous savez, pour la morphine, à l'hôpital. Je suppose qu'il n'y en avait pas beaucoup.

Elle le coupa.

– Ça fait beaucoup de mercis.

Seb se massait les tempes. Il remit subrepticement en place son bandeau de cuir qui avait bougé.

– Dites-moi, qu'est-ce qui s'est passé tout à l'heure, pendant la consultation ? Pourquoi est-ce que ce patient s'est fâché ?

– Il était serbe. Ça, vous l'aviez déjà compris. Lorsque cette femme de service est passée, elle nous a gentiment proposé du café, pour tout le monde. Avant de traduire, je lui ai brièvement répondu, et à mon accent – je dis *kava*, à la musulmane, et non *kafa*, à la manière serbe, cet homme s'est aperçu de ma nationalité. Il m'a immédiatement récusée comme interprète. Nous ne sommes pas assez nombreux, c'est épuisant, il y a des traducteurs de toutes les nationalités. L'UNHCR essaie en général de trouver des Serbes pour traduire aux Serbes. Pareil pour les Croates et les musulmans. Mais il faut traduire de l'anglais, de l'allemand, du français, alors au bout d'un moment on prend qui on trouve, et voilà le résultat. Bien sûr, on parle tous la même langue, le serbo-croate. Mais c'est facile de savoir à quelle communauté on appartient. Rien qu'aux formules de politesse, aux salutations. Et puis il y a les accents. Je me demande quand ce pays pourra réellement faire la paix avec lui-même. Et d'ailleurs ce n'est pas terminé, vous verrez, ça va recommencer ailleurs. Tant que Milosevic sera là. Ce pays est en train de se suicider.

La nuit était tombée. Le café se remplissait d'étudiants qui paraissaient aussi insouciants que si la guerre n'avait jamais existé. La fumée des cigarettes, comme une buée, collait aux verres remplis de bière. Le liquide ambré fit envie à Seb qui commanda un demi.

– Ça ne vous dit rien ?

Lejla secoua la tête.

– Je ne bois pas d'alcool. Je ne suis pas pratiquante. En fait même pas croyante, mais je vois passer trop d'alcooliques à longueur de journée pour ne pas me tenir à l'écart de cette tentation. À propos, ça me rappelle…

Elle s'arrêta au milieu de sa phrase, sourcils froncés. Elle réfléchit un moment et finit par dire :

– Non, je ne sais plus, ça m'a échappé. J'ai pensé me rappeler quelque chose, mais rien. C'est parti. Ça me reviendra peut-être.

Elle s'interrompit à nouveau et le regarda encore.

– *Ent'schuldigung*, il va falloir que je rentre. *Wo schlafen sie* ?

Seb n'avait aucun point de chute. Le Holiday Inn était en plein travaux de reconstruction. D'ailleurs, désormais, il aurait été bien trop cher pour lui.

Lejla habitait un petit appartement du vieux centre autrichien de Sarajevo, non loin de la rue Émile-Zola. Elle lui avait spontanément proposé de l'héberger.

La façade de l'immeuble gris et terne était criblée d'impacts. Certains carreaux étaient encore remplacés par des bouts de contreplaqué, et des traînées noires d'incendie avaient léché les murs au-dessus des fenêtres de l'appartement du troisième. Ils croisèrent quatre hommes qui cheminaient en cortège. Ils transportaient précautionneusement une grande vitre neuve. Celui qui marchait en tête, un petit gros dégarni, était habillé d'un élégant costume anthracite à fines rayures blanches et d'une cravate, et donnait à la petite troupe une allure cérémonieuse. Deux sexagénaires étaient vêtus de simples chemises à carreaux tandis que le quatrième, un jeune homme brun en jean et shetland, avec de faux airs de Hugh Grant, fermait la marche. Tous avaient protégé leurs mains avec des pages du quotidien *Oslobodenje*.

La cage d'escalier était sombre. La faible ampoule peinait à tenir l'obscurité en respect. Les marches de bois sentaient l'urine.

Ils grimpèrent jusqu'au cinquième étage et Lejla extirpa une clé de son petit sac de skaï.

– Je vis seule, lâcha-t-elle sans plus d'explication sur sa famille ni sur l'état de ses relations amoureuses.

Seb s'estima dispensé pour le moment de questions indiscrètes. La guerre avait fait preuve d'une imagination débordante pour saccager la vie des gens de ce pays.

Et parfois même celle d'étrangers de passage.

L'appartement avait sans doute été beaucoup plus grand autrefois. Mais il avait été morcelé depuis la construction de l'immeuble, sans doute par les autorités communistes. Lejla vivait dans deux petites pièces. L'une était la cuisine aux murs écaillés, minuscule, avec un réduit douche-W.-C. en piteux état, un évier de porcelaine terne et fendu, une cuisinière à gaz vétuste, une table de Formica et quatre chaises dépareillées, l'autre un salon-chambre à coucher. Une lézarde de plusieurs centimètres de large, conséquence probable d'un bombardement, courait du plafond au plancher recouvert de linoléum. Sur le mur d'en face, un tapis de facture industrielle et bon marché, dans les tons rouges, dominait le canapé-lit en skaï noir, aux coussins recouverts de fourrure synthétique rouge. Deux fauteuils assortis lui faisaient face. Une table basse aux pieds dorés trônait au centre d'un autre tapis, à dominante ocre. Sur le mur opposé au canapé, les étagères d'un meuble-bibliothèque en aggloméré plaqué croulaient sous les livres.

Seb passa quelques-uns d'entre eux en revue. Goethe. En allemand. Zola. En serbo-croate. Des auteurs yougoslaves, que Meyer ne connaissait pas. Des polars américains, aussi. En allemand, toujours. Une collection de menus objets de porcelaine blanche : un Pierrot debout, un autre allongé, trois petits canards et un cygne, un lapin et un Père Noël avec sa hotte, un vase qui contenait trois fleurs en Nylon. Lejla, visiblement, aimait le blanc. Aucune photo de famille. Si l'on exceptait un billet de deux cents deutsche marks d'un mètre de long orné du portrait de Lejla, punaisé sur le mur.

– Un cadeau d'un ami, il me l'a rapporté d'Allemagne, de Berlin.

– Un ami ?

– C'est prêt, avait-elle répondu.

Elle avait préparé du mouton accompagné de fromage frais et de rondelles de tomates.

Tandis que Seb explorait sa bibliothèque, elle avait extrait d'un placard sous l'évier une bouteille de vin de Mostar.

Elle n'avait pas eu d'invité depuis si longtemps.

– Pas de famille, pas d'homme dans ta vie ?

– J'avais tout ça. Avant la guerre. Un obus de mortier a réglé la question en avril 93.

Elle ne lui donna pas d'autre précision. Il s'abstint d'en demander.

– Quel âge tu as ?

– Vingt-huit, répondit-il. Et toi ?

– Trente.

La conversation s'épuisait. Un silence gêné s'était installé. Il n'avait pas la moindre idée de ce qu'il allait pouvoir faire de sa journée du lendemain. Il n'avait pas la moindre piste, rien. Il envisageait cependant de retourner vers Army Barracks, près de l'avenue Tito. C'était autrefois le rendez-vous des trafiquants et peut-être pourrait-il apprendre quelque chose. Il aurait besoin d'un interprète.

– Qu'est-ce que tu fais, demain ?

– Pas question de retourner travailler à Lukavica. Pas après ce qui s'est passé cet après-midi. Il va falloir que je me repointe à l'hôpital de Sarajevo, ils ont toujours besoin d'infirmières, là-bas. À moins que l'UNHCR me réquisitionne à nouveau, mais pour traduire des consultations auprès de réfugiés musulmans, cette fois. Les premiers d'entre eux sont en train de revenir dans les villages à majorité musulmane nettoyés par les hommes de Mladic. Ils n'ont nulle part où aller. Enfin, je n'en sais rien. Et donc demain est un autre jour, pourquoi ?

Il lui avait demandé de l'accompagner, d'accepter d'être son guide. Sa traductrice, surtout. Prendre des photos d'un conflit, entouré de confrères, avec des interprètes et un minimum d'argent à dépenser était une chose. Déambuler dans le Sarajevo d'après guerre à la recherche d'un inconnu sans un sou et sans parler le serbo-croate en était une autre.

À Lukavica, il avait réalisé que seul il n'arriverait à rien.

– Venir avec, toi, hein ? Et il faudra traduire aussi. Combien tu me payes ? avait demandé Lejla pour la forme.

Elle s'était étirée sur sa chaise branlante. Seb s'était contenté de se lever et avait retourné les poches de son pantalon avec un haussement d'épaules comique, paumes en l'air. Il avait regardé Lejla en souriant, la tête légèrement inclinée sur le côté, et elle lui avait rendu son sourire.

Elle avait ajouté en désignant les poches qui pendaient hors du pantalon du jeune homme :

– On dirait des oreilles d'éléphant.

Elle s'était encore étirée, bras tendus loin en arrière et poings fermés, et elle avait laissé échapper un bâillement.

– Je suis fatiguée, la journée a été longue. Je crois que je vais aller me coucher. Je prends une douche d'abord, toi ensuite.

Elle s'était éclipsée avant même que Seb ait eu le temps de lui demander où il allait dormir.

Au bout d'une dizaine de minutes, Lejla était sortie du réduit, enveloppée dans une serviette de bain, ses longs cheveux noirs tombaient en boucles humides sur ses épaules mates constellées de gouttelettes.

– C'est à toi, avait-elle lâché en filant dans la chambre.

Il l'avait entendue déplier le canapé.

L'eau était brûlante. Il resta longtemps sous le jet. Sa dernière douche remontait à Paris.

Il n'y avait pas de seconde serviette. Il se glissa dans son pantalon fripé et promena sa silhouette maigrelette jusqu'à la chambre, sa chemise sale et ses chaussettes à la main.

Sa ceinture, tel le pagne d'un Christ en croix, flottait accrochée aux os saillants de ses hanches.

Il frappa à la porte.

– Oui ? Entre ! cria Lejla.

Elle était déjà couchée, couvertures remontées jusqu'au menton.

Seb jeta un regard circulaire sur la pièce. On pouvait à peine y pénétrer une fois le canapé-lit ouvert. La jeune femme avait poussé table et fauteuil contre les murs.

– Euh, je dors où ?

– À ton avis ?

*

*Bruxelles, octobre 1996*

Milkovic était passablement éméché. La soirée avait été une réussite. Birgit était lovée contre lui, le couple déambulait parmi les invités qui s'attardaient sous les lustres du salon, une coupe de champagne à la main.

Il était allé se repoudrer le nez plusieurs fois aux toilettes, suivi de ses deux gardes du corps, repérables, tout comme ceux d'un certain nombre de convives, aux oreillettes et à leurs costumes taille XXXL, modèle pilier de rugby.

Il y avait là Boris Orlov, un des grands pontes de la mafia d'Odessa qui veillait à la bonne marche des réseaux de prostitution polonais de la région de Cracovie où les filles étaient gardées par des vétérans d'Afghanistan, de véritables bouchers psychopathes, et aussi Sacha et Youri Kalinine, les deux jumeaux qui tenaient Irkoutsk, et dont la sauvagerie était connue à travers toute la Sibérie. Ces deux-là n'avaient peur de rien. Ni des flics, sur qui ils lançaient des contrats comme on se mouche, ni des magistrats.

Milko avait dépensé beaucoup d'argent pour cette soirée qui marquait son entrée dans le monde des affaires. Il était loin, le temps des jeux Olympiques d'hiver de Sarajevo. Tout comme lui semblait loin l'époque où il était un chef de guerre parmi d'autres, le roi de son quartier, certes, mais guère plus, un petit truand, un caïd qui avait prospéré grâce aux primes d'abattage, au trafic des denrées fournies par les ONG, puis à l'argent intelligemment investi dans des *start-up* qui rendait en bourse un maximum de fric en un minimum de temps.

Il avait, toutefois, sa conscience pour lui. Les snipers. Peu d'entre eux avaient accompli leur acte de rédemption. Mais lui, il ne s'était pas dérobé lorsque l'occasion s'était présentée, lorsqu'il avait fallu régler leur compte à ces petits salauds.

Bien sûr, un innocent avait morflé, mais ça arrivait tout le temps.

Il se demanda où était passé son cousin Emir. Ils n'étaient pas dans le même camp, mais il aimait bien Emir. Il était trop gentil. Il n'était pas fait pour être sniper. Pas même pour être un soldat. Et encore moins un bon businessman. Qu'était-il devenu ?

Il fut distrait de ses pensées par un de ses gardes du corps qui vint lui annoncer que le chauffeur amenait à l'instant la Mercedes 500, ainsi qu'il l'avait demandé. Milko consulta sa montre. Trois heures douze. C'était l'heure d'y aller.

Il avait promis à Birgit qu'après cette soirée ils finiraient la nuit Chez Dani, une discothèque à la mode qu'elle adorait. Il lança à la cantonade une invitation pour une ultime tournée de champagne autour d'une piste de danse, et les Russes, toujours prêts bien que déjà titubants, se ruèrent vers leurs cerbères pour réclamer chauffeurs et limousines.

Devant l'entrée du palace, à l'abri du grand porche, un cortège de Mercedes et de BMW se formait déjà.

*

*Sarajevo, octobre 1996*

Lejla avait une cicatrice sur l'omoplate gauche qu'il avait longuement embrassée, et sa minceur était celle d'une fausse maigre. Elle avait absolument voulu regarder sous son bandeau, ce à quoi il s'était obstinément refusé. Elle avait fini par poser un baiser sur le morceau de cuir retenu par une fine lanière autour de son crâne. Après l'amour, elle avait joué à frapper sur ses côtes comme s'il se fût agi d'un xylophone.

– Tu es si maigre, avait-elle commenté d'une voix ensommeillée, avant de retomber sur l'oreiller, et sa respiration était devenue lente et régulière.

Seb avait eu beaucoup de mal à s'endormir. En fait, il n'avait sombré qu'aux premières lueurs de l'aube. Son corps fondait, plomb liquide qui s'infiltre dans les draps et s'enfonce dans le matelas, quand une lumière grise avait commencé à filtrer dans la pièce. Avant de s'abandonner, il avait encore pensé aux agonisants qui souvent jetaient l'éponge au petit matin.

Lejla s'était réveillée de bonne heure, elle avait fait du café en chantonnant (« Ne dis jamais café turc ici, ils nous ont envahis assez longtemps ! » avait-elle lancé joyeusement en lui portant sa tasse au lit) et elle l'avait embrassé tandis qu'il grognait en émergeant d'une trop courte nuit.

Ils s'étaient habillés et avaient marché jusqu'à l'avenue du Maréchal-Tito.

Le marché noir était toujours là, plus achalandé en temps de paix.

Russes et Ukrainiens fournissaient tout ce dont on pouvait rêver ici.

Toute la matinée, ils avaient inlassablement montré les trois photographies prises par Seb.

En vain. Ils avaient à chaque fois demandé si quelqu'un savait qui étaient les snipers serbes ou bosniaques qui opéraient sur Sniper Alley en avril 1994. Qu'il s'agisse d'anciens miliciens reconvertis dans le commerce ou de civils ordinaires en quête de victuailles, tous avaient répondu la même chose :

– Oh là ! Il y en avait beaucoup à l'époque, mais le plus célèbre d'entre eux était sans doute ce salaud de Goran Milkovic, l'ancien champion olympique de biathlon. Ça n'est un secret pour personne. Ce mec était une légende à lui tout seul, il visait toujours les genoux des enfants, et après il tuait les adultes.

Dans le regard de certains de ceux avec qui ils avaient parlé, une lueur d'admiration à peine dissimulée s'était même allumée.

Il y avait un endroit où ils pourraient peut-être en apprendre un peu plus, avait soudain pensé Lejla.

Le marché Arizona était situé dans un no man's land entre zones contrôlées par les Serbes et les musulmans. Les membres des deux communautés avaient coutume de s'y approvisionner en denrées de toutes sortes issues du marché noir.

Ils avaient levé le pouce et hélé une Opel marronnasse qui avait accepté de les conduire jusque-là. Une banderole ornée de l'inscription *Trznica Arizona* marquait l'entrée de la zone marchande. Le chauffeur les abandonna devant la barrière qui en défendait l'accès, et aussitôt un gamin coiffé d'un bonnet de laine se précipita sur le capot de la voiture et commença sans autre forme de procès à étaler la crasse de son chiffon sur tout le pare-brise dans l'espoir de récolter quelques pièces. L'air sentait le gazole, le charbon de bois, et la fumée des braseros montait dans l'air vif et sec. Des marchands proposaient toutes sortes d'articles sur les étals de leurs chalets de bois, pots de peinture, boîtes aux lettres en métal, huile de vidange, bouteilles de soda, conserves. Ils avaient marché dans les allées de terre battue, on se serait cru aux Puces de Saint-Ouen, avait pensé Seb, ou alors dans l'un de ces gigantesques marchés noirs de la frontière germano-polonaise, sur les rives de l'Oder.

Ils se ressemblaient tous un peu.

Serbes et musulmans se côtoyaient, sacs en fibre de verre à rayures bleu-blanc-rouge remplis de victuailles en main, des familles avec des enfants, des hommes en survêtement, et seuls les foulards islamiques trahissaient l'appartenance ethnique des femmes. Il avait semblé à Seb qu'ils n'étaient pas si nombreux autrefois.

Lejla avait demandé à un marchand de cigarettes retranché derrière une muraille de cartouches de Marlboro et de Camel superlight s'il savait où l'on pouvait trouver un homme du nom de Goran Milkovic, et le type assis sur une chaise de jardin en plastique blanc s'était contenté de tendre ses mains, paumes ouvertes devant son visage en un geste de défense que Meyer avait souvent observé chez ceux qui refusaient de se laisser photographier.

Un peu plus loin, ils s'étaient arrêtés devant l'étal d'un vendeur de cassettes vidéo, et avaient fait mine de s'intéresser aux films à dix marks qui encombraient les présentoirs. Les dessins animés pour enfants, *Brzi Gonzales*, *Popeye*, *Merlin*, voisinaient avec les VHS de cul, les *Sexy Audicijia, Avanture Sendvicara, Fitness Party*, et Lejla avait pris un air gêné, préférant se plonger dans la contemplation de cassettes audio des chanteurs de variétés à la dernière mode, comme Zoran Kalezic, le groupe Devi's ou Asim. Une tête de fouine au museau effilé s'était alors encadrée dans un guichet de contreplaqué ménagé au milieu des vidéos. L'homme au nez pointu, aux lèvres fines, aux yeux mi-clos, avait demandé ce qu'elle voulait. Milkovic. Elle voulait parler à Milkovic.

– Vous devriez aller voir Damir, le marchand d'alcools, à côté du Cafe Restaurant, c'est juste à droite au bout de l'allée, il saura peut-être, il le connaissait un peu, avait-il lâché avant de disparaître entre *Peter Pan* et *Mix Lezbo*.

Le détaillant serbe, qui vendait du whisky frelaté, avait installé son officine dans un container de récupération troué comme une passoire.

– Cette ordure de Milko habitait Gorbavica, il avait aussi de la famille à Dobrinja. Ça fait longtemps qu'il a foutu le camp. Il fait du business en Europe, à présent, je sais pas où, mais tout ce que je sais, c'est qu'il est riche à millions, avait lâché d'une haleine chargée le négociant vêtu d'un pantalon de treillis et d'une chemise grisâtre aux boutons prêts à péter sous la pression de son ventre de buveur de bière, et de fait son rire enroué qui avait découvert des chicots rongés par le tabac avait projeté un des boutons de plastique contre la paroi métallique avec un petit claquement sec.

Lorsque Seb avait exhibé ses photos, l'homme ne leur avait accordé qu'un œil distrait.

– Jamais vu, avait-il conclu avant d'émettre un rot sonore.

Ils ne prêtèrent pas la moindre attention au client qui attendait derrière eux, lui aussi vêtu de treillis camouflé et d'un T-shirt noir. Un long poignard était glissé dans sa ranger droite, et ses lunettes de soleil étaient relevées sur son crâne rasé. Il fit demi-tour et quitta l'officine en les rajustant sur son nez.

Ils étaient rentrés à pied, en se tenant par la main. Tout en marchant nez au vent, Seb avait tâté sa rotule d'un geste dubitatif. Sur les collines dorées, la multitude des tombes s'inclinait vers la ville.

Les premiers travaux de reconstruction de la Bibliothèque nationale avaient débuté.

– Si ce Milko était mon homme, mon genou ne serait plus là. Le marchand a dit qu'il visait toujours les jambes.

– Celles des enfants. Tu n'es plus un enfant, que je sache. Il t'aurait tué, pas blessé. Mais tu es là.

Elle lui bourra l'épaule d'un tendre coup de poing.

– Aïe !

Il fit mine de se frotter le biceps avec une petite grimace avant de s'arrêter pour la regarder.

– Tu as raison. S'il m'avait visé, il ne m'aurait pas raté.

Il posa un chaste baiser sur son front. Ils repartirent en silence, de nouveau main dans la main.

« Peut-être n'étiez-vous pas visé », avait dit Mouchebœuf lors de leur entrevue houleuse.

Sébastien était songeur.

L'homme au crâne rasé en pantalon de treillis et T-shirt noir avait quitté le marché Arizona.

Il était rentré chez lui, avait décroché son téléphone et composé un indicatif étranger.

– Allô ? C'est Danilo. Il y a des gens qui cherchent Milkovic partout. Un homme, un jeune, il est borgne, et avec une musulmane. Non. Lui, c'est un étranger. Il parle allemand avec elle. Oui, européen, je pense. Non, je sais bien, Milko ne sait pas où vous êtes, on ne peut pas vous trouver à travers lui. Par contre, je suis sûr qu'il voudrait bien vous retrouver, lui. Ah ? Il s'en fiche ? Si c'est ce que vous pensez, alors, hein. Mais qu'est-ce qu'on fait, ici ? Attendez, ce n'est pas tout, ils ont des photos du minibus de… OK. Pas de noms. Vous vous en occupez. Bon. D'accord. C'est vous qui voyez. Au revoir, monsieur.

Il avait raccroché.

*

*Bruxelles, octobre 1996*

Et à présent Birgit se traînait sur le trottoir devant l'hôtel en poussant des hurlements de bête à l'agonie, dans sa robe fourreau déchirée. Elle secouait les épaules de Milko en criant tandis que les gorilles essayaient de l'arracher au cadavre encore chaud et souple de son mari, et les mouvements saccadés qu'elle imprimait au corps tiède firent couler un petit filet de sang qui ruisselait avec lenteur à la commissure des lèvres déjà violettes. Elle gémit en s'arrachant une poignée de cheveux et, avant que les gorilles parviennent enfin à la remettre debout, elle eut encore le temps d'embrasser Milko à pleine bouche et elle se releva barbouillée d'hémoglobine, le visage tourné vers la lumière verticale d'un réverbère, comme un vampire hypnotisé par la pleine lune. Les hommes l'emmenèrent en direction du hall, elle avait perdu sa chaussure à talon compensé gauche, elle titubait et se tordit la cheville droite, celle qui était encore montée sur dix-huit centimètres de caoutchouc. Encore une fois, elle cria.

Tout était allé si vite.

La Mercedes 500 était arrivée à leur hauteur, portière arrière ouverte. Ils allaient s'avancer entre les gardes du corps et monter dans la voiture lorsque avait surgi, elle n'avait pas eu le temps de voir d'où, cette moto tout-terrain qui venait vers eux à fond avec un bruit de tronçonneuse, elle roulait sur le trottoir mouillé, et le passager arrière avait extrait de son blouson un pistolet. Elle ne se souvenait même pas d'avoir entendu les détonations, juste d'avoir remarqué les boules noires des casques, est-ce qu'ils avaient un silencieux, elle avait seulement entendu crier « Attention ! », elle avait seulement vu les gardes porter la main à leurs armes accrochées sous leurs vestes, à leurs reins puissants, et Milko avait été projeté sur le flanc luisant de la berline teutonne, il avait glissé à terre, un des gorilles s'était couché sur elle, et elle s'était écorché les genoux comme une petite fille en tombant. Celui qui était resté debout avait tiré sur la moto, il l'avait ratée, elle avait disparu à l'angle de la rue, mais de tout cela Birgit n'avait rien vu, elle essayait de repousser le poids lourd qui la recouvrait en l'insultant en serbo-croate et quand enfin elle y était parvenue, elle n'avait vu que les taches rouges qui s'élargissaient sur la veste du smoking blanc de Milko, l'angle bizarre de son pied, son autre jambe passée sous le mollet, ses yeux grands ouverts, immobiles, elle s'était jetée sur lui.

Une sirène de police retentissait au loin, les pontes de la mafia russe s'étaient évaporés comme par miracle et les deux bouledogues incapables de Milko n'osaient même pas la regarder. Un serveur lui apporta un verre de cognac rempli à ras bord qu'elle siffla cul sec, laissant une trace de sang mêlé de rouge à lèvres sur le bord du verre.

L'ex-sniper, lui, avait juste pensé en voyant la moto « Tiens », et il s'était retourné en direction d'un de ses gorilles. Comme tant de ceux qu'il avait assassinés, Goran Milkovic n'avait même pas eu le temps d'entendre la détonation.

L'entendre, ça voulait dire que vous étiez encore vivant. Ce qui n'était plus son cas.

*

*Sarajevo, octobre 1996*

Lejla se réveilla en sursaut. Oui. Elle se souvenait à présent.

Elle resta un moment allongée dans le noir, elle voulait être tout à fait sûre.

Elle se redressa, regarda sa montre posée sur une petite table et secoua Meyer, endormi à côté d'elle. Il était trois heures du matin.

– Réveille-toi, Seb ! Seb ! Réveille-toi.

Sébastien sursauta, il avait rêvé qu'on lui tirait dessus, il venait juste, dans son cauchemar, d'entendre la déflagration. Depuis sa blessure, il n'avait plus supporté le moindre pétard de 14 juillet. La plus petite détonation provoquait chez lui un réflexe immédiat et stupide qui consistait à plonger sous la table en tremblant comme un chien effrayé.

– Ah, ah, aaaah…

Il suffoquait en essayant de reprendre son souffle.

Puis il réalisa où il était.

Lejla avait allumé une petite veilleuse. Ses lourdes boucles étaient tout emmêlées et son haleine lourde. Le bandeau de Meyer avait glissé dans son sommeil, il le remit sommairement en place.

– Seb, je sais.

– Quoi ? T'es folle, quelle heure il est ?

Il se tenait sur ses coudes maigrichons.

– Écoute-moi. Le premier soir, quand on est allés au bistrot, tu sais, le SOS Bar, tu m'as proposé une bière, je t'ai dit, non merci, je vois déjà trop d'alcooliques toute la journée, et puis ça m'a rappelé quelque chose, tu vois, mais c'est parti tout de suite, je pouvais pas me rappeler, et cette nuit c'est revenu.

– Mais quoi, à la fin !

– Attends, attends. C'était il y a quelques semaines de ça, il faisait encore très chaud, je venais à peine de commencer les consultations à l'école d'ingénieurs. Un mec est arrivé, complètement saoul, comme l'autre jour, tu te rappelles, et il tenait des propos incohérents. C'était un jeune type, son oncle l'avait amené, il a même vomi dans le bureau du médecin psychiatre. Enfin, bref, figure-toi qu'il ne savait plus s'il était serbe ou musulman. Il disait qu'il avait tué des Serbes, et puis des musulmans, qu'il était sniper pendant la guerre, et il a bredouillé une drôle d'histoire, qu'il avait tué des étrangers, un jour. Pas des Gitans, il a dit, pas des Yougoslaves, des étrangers. Et qu'il était fier de ça, même s'il ne savait plus de quelle nationalité il était. Il était fier de ça, il s'est mis à le répéter sans arrêt, et puis il a fini par s'endormir dans les bras de son oncle, comme un enfant, et le vieux nous a confié que son neveu avait voulu se suicider avec un pistolet, et qu'il l'avait empêché juste à temps, et qu'il buvait beaucoup de *slivovica*.

– Et alors ?

– Ben, c'est ce qu'il a dit avant de s'endormir. Je suis fier de ça, il a dit, je suis vraiment fier de ça. Et il a juste bredouillé avant de perdre conscience : sauf pour le photographe. Je voulais pas tuer le photographe. Sur le moment, je n'ai pas fait attention, il était tellement saoul.

Meyer était à présent tout à fait réveillé.

– Qu'est-ce que tu racontes ? Quoi ? Et c'est maintenant que tu me dis ça ? Comment il s'appelle ? Son nom ? *Seine name, ach, scheisse* !

– Mais attends, merde aussi, toi ! Il ne savait même pas s'il était musulman et il disait qu'il s'appelait Emir ! Tu penses, qu'il l'était ! C'est bien pour ça que je me suis rappelé son prénom. Mais Emir comment ? Ça, impossible de me souvenir. Mais là-bas, à Lukavica, ils ont dû conserver son dossier. J'en suis pratiquement sûre.

Seb n'avait pas pu se rendormir. Malgré les appels pressants de Lejla, il avait refusé de venir se recoucher. Elle l'entendait tourner en rond dans la petite cuisine. Elle s'était résignée à se lever, elle avait enfilé un T-shirt informe trop grand pour elle et avait fait du café et ensemble, ils avaient attendu le matin presque en silence assis autour de la table en Formica.

Meyer avait extrait de son fourre-tout son Leica cabossé et l'avait posé sous le néon.

Il le contemplait sans rien dire.

La jeune femme était partie aux premières heures du jour pour l'école d'ingénieurs de Lukavica dans l'espoir d'en rapporter le nom et l'adresse du sniper musulman.

Seb avait remis l'appareil photo dans son sac et il était sorti un peu après elle pour se rendre au marché noir.

Lorsque Lejla poussa la porte du petit appartement en début d'après-midi, Seb était déjà de retour.

Elle était essoufflée par la montée des escaliers et le rouge de ses pommettes était encore rehaussé par un adorable béret noir dont elle s'était coiffée. Elle jeta un coup d'œil dans le salon-chambre à coucher.

– Ah, tu as replié le canapé, c'est bien.

Elle extirpa fièrement un papier de la poche de son manteau.

– Ça y est, je sais qui c'est. Il s'appelle Emir Ferhatbegovic. Il vit à Gorbavica avec sa mère et sa sœur. Ils sont hébergés chez un de ses oncles, Ozren Ramic, il s'appelle.

Elle s'était prise au jeu.

– On y va maintenant ? Couvre-toi, il ne fait pas chaud dehors et il commence à pleuvoir, ajouta-t-elle en farfouillant dans un tiroir et en lui lançant un pull défraîchi trop grand pour elle.

– À qui était-ce ?

– T'occupe. Mets-le, c'est tout.

Seb fit passer le vêtement par-dessus ses épaules et l'enfila, puis il prit son sac photo en bandoulière et passa devant Lejla tandis qu'elle fermait la porte derrière lui. Il courait presque en dévalant quatre à quatre les volées de marches du vieil immeuble.

Le ciel était bas et couvert lorsqu'ils arrivèrent au pied de l'immeuble en béton des années 70 où habitait Ramic. Comme les autres, il avait subi les ravages du siège. Impacts de balles, éclats d'obus. Une inscription à la craie disait tout l'amour que Mrka portait à Nune. Dans la carcasse d'une voiture de marque indéterminée, deux garçonnets coiffés de bonnets de laine et vêtus d'anoraks s'étaient installés sur les ossatures des sièges avant, leur AK 47 en bois mal dégrossi à la main. Celui qui occupait la place du chauffeur imitait le crissement des pneus sur l'asphalte et le bruit du moteur qui s'emballe, tout en faisant mine de tourner le volant de Bakélite. Deux fillettes étaient assises à l'arrière et l'une d'elles tenait un gros poupon de plastique habillé dans ses bras.

Ce fut Suada, la mère d'Emir, qui vint ouvrir. Elle contempla le couple mal assorti avec inquiétude, et ne se résolut visiblement à les inviter à entrer que parce que Lejla était musulmane. Debout dans l'entrée, l'infirmière avait rappelé à l'oncle Ozren les circonstances de leur entrevue quelques semaines plus tôt, à l'école d'ingénieurs de Lukavica. Le vieil homme s'était mépris sur les motifs de la visite de Lejla et Seb.

– C'est gentil de venir nous voir, mais il ne fallait pas, dit-il. Emir ne va pas beaucoup mieux, il boit toujours autant.

– Est-ce qu'il est ici ? avait demandé l'infirmière en profitant du quiproquo.

– Il est dans la salle à manger, il regarde la télévision, répondit sa mère, une femme enveloppée aux cheveux poivre et sel visiblement frisés avec des bigoudis, vêtue d'une jupe noire et d'un pull ras du cou à rayures bordeaux.

Puis elle fixa son regard bleu sur le bandeau de Meyer.

– Vous êtes aussi infirmier ?

Lejla traduisit.

– Euh, non. Je suis photographe – il désigna la sacoche accrochée à son épaule – j'ai été blessé ici pendant la guerre. Je fais des portraits de combattants pour mon journal.

Il lui était impossible de savoir ce que Lejla transposait de son propos, mais il pouvait lire à présent l'admiration de la vieille femme à la façon qu'elle avait de l'observer, et il détesta ce qu'il ressentit alors.

– Vous savez, poursuivit-elle autant pour Lejla que pour lui, mon Emir a été si gentil avec les gens d'ici. Qu'ils soient musulmans ou pas, d'ailleurs. Tenez, avec les voisins. Ils étaient serbes. Eh bien, quand les Bosno-Serbes se sont retirés, il les a protégés des milices bosniaques qui les persécutaient. Il leur ramenait même parfois des courses, des cigarettes. À des Serbes ! Mais bon, c'étaient les voisins, on se connaissait depuis longtemps. Quand leurs troupes se sont retirées de Gorbavica en mars dernier, ils voulaient mettre le feu à notre appartement, vous vous rendez compte ! Emir est si bon. Il nous a toujours soutenus. (Elle baissa la voix en regardant autour d'elle.) Sauf quand il a bu, poursuivit-elle avec des gestes nerveux. Alors là, plus personne ne peut le contrôler, il devient fou, il est capable du pire.

Elle s'éclaircit la voix et lança en direction du couloir :

– Emir ?

Il n'y eut pas d'autre réponse que celle de la télé dont le son était poussé à fond.

– Venez, dit-elle.

Elle les conduisit jusqu'à la salle à manger par le couloir. L'oncle Ozren était retourné dans sa chambre à petits pas.

– Emir ? Ces gens veulent te voir.

Le sol de la pièce à vivre était habillé d'une moquette à grosses fleurs couverte en partie d'un tapis circulaire à motifs géométriques. Des rideaux à pois pendaient de part et d'autre de la baie vitrée aveuglée. Un bar-bibliothèque de salon en mauvais placage supportait le même genre de bibelots que chez Lejla, lapins, poupées, ours en peluche.

Affalé dans un fauteuil néorustique en velours frappé fatigué, Emir Ferhatbegovic, pieds nus, vêtu d'un pantalon de survêtement bleu marine et d'un simple maillot rayé, était plongé dans la contemplation d'un dessin animé de Tex Avery qu'il ne semblait même pas voir. Une bouteille de *slivovica* était calée entre ses jambes. Il ne leva pas ses yeux bleus vitreux sur eux. Sa poitrine s'était creusée, pensait Lejla, à moins que ce ne fût à cause de sa position dans le fauteuil.

– Vous vous souvenez de moi ?

Et, comme elle lui posait la question, elle réalisa tout ce qu'elle avait d'incongru.

Dans l'état où il était il y avait en effet fort peu de chances qu'il se rappelle quoi que ce soit.

Elle lui remémora les circonstances de leur première entrevue sans obtenir plus de réaction.

Ce ne fut que lorsqu'elle désigna Seb en expliquant qu'il était un photographe français blessé par un sniper pendant le siège qu'il se détourna lentement de l'écran. Il dévisagea longuement Meyer et son bandeau de pirate, sa silhouette efflanquée.

Suada se pencha vers Lejla et chuchota :

– Je vous laisse.

Emir porta la bouteille de *slivovica* à ses lèvres et téta l'équivalent d'un verre à moutarde sans quitter Seb du regard. Les yeux injectés de sang, il se pencha sur une table basse en faux marbre, extirpa d'une seule main une cigarette de son paquet et l'alluma dans une quinte de toux apoplectique.

Sébastien avait plongé la main dans son sac photo et tout dans son corps disait la tension, l'attente, ses mâchoires contractées, sa nuque raidie.

Emir toussa une ultime fois et reposa la bouteille qui émit un glouglou d'évier qui se débouche.

Lentement, le Français extirpa du sac les photographies qu'il avait prises du minibus de Partage et Solidarité, et il les posa sur la table.

Ferhatbegovic n'y avait jeté qu'un coup d'œil distrait.

– Qu'est-ce que tu crois, lança-t-il d'une voix éraillée sans rompre le contact visuel qu'il avait établi avec Seb. Il y avait pire que nous.

Lejla traduisait au fur et à mesure. Meyer avait replongé la main dans son sac prêt à en extraire son Leica.

– Nous, au moins, on se battait pour une cause. Milko, mon cousin, était une ordure, à cette époque, et il l'est toujours sans doute. Et… et moi, je ne vaux guère mieux. On a du sang plein les mains, lui et moi, et si on s'était trouvés face à face, on se serait tiré dessus sans hésiter. Oui, je l'aurais descendu sans la moindre hésitation. Quand je repense à ce qu'il a fait aux enfants. C'est sûr, famille ou pas, j'aurais voulu l'abattre comme un chien. Mais eux (il désignait les photos d'un doigt tremblant), eux !

Il s'interrompit le temps de lamper une gorgée d'alcool, et de tirer sur son mégot qui grésilla dans le silence. Il toussa, une toux grasse, rauque et caverneuse, puis reprit :

– Ouais, même cette ordure de Milko valait mieux qu'eux. Ils amenaient des touristes pour nous regarder nous entre-tuer. Au départ, quand vous êtes arrivés, vous aut' les journalistes du monde entier, on s'est dit ça y est, on est sauvés. Tu parles. (Son rire mourut dans une nouvelle quinte de toux.) À la fin, vous… vous débarquiez par charters entiers. On a commencé à vous détester pour votre impuissance. Mais au moins certains d'entre vous ont donné leur ville pour cette vie. J'veux dire, leur vie… pour cette ville. Eux, c'était aut' chose. Des voyeurs professionnels, des vacanciers de la mort, des…

La bouteille descendait à vue d'œil, et la voix d'Emir se faisait de plus en plus hésitante.

– À nous deux, avec Milko, on les a eus. Tous les huit. T'imagines ? Un sniper serbe et un sniper musulman qui s'entendent pour, enfin, bref, moi, euh, c'est moi qui avais le lance-roquettes, j'ai tiré en même temps que Milko, lui il avait un super fusil de snipe, il l'avait chargé avec des balles au phosphore, putain, le bus a volé en éclats, tous les huit on les a eus, tous les huit.

Il se resservit. Il commençait à ressasser.

– Enfin, pas tous, y'en a un qui s'est tiré, un Belge. Gdddglass, il s'appelait.

Lejla fronça les sourcils et secoua la tête.

– Comment ? Goodglass ?

Elle regardait la bouteille de *slivovica*. Ferhatbegovic articula avec difficulté :

– Naaan ! GROO-GROOOO-TE-CL-CL-CLAES !

Elle eut tout le mal du monde à lui faire épeler le nom. Il poursuivit péniblement :

– Paraît qu'il est en France maintenant. Il était pas dans le VW, çui-là. Il avait rendez-vous avec les autres, on l'a pas eu. Je regrette, mec, je te visais pas. T'étais au mauvais endroit au mauvais moment, c'est tout. C'est grave ?

Sans répondre, Seb sortit la main de son fourre-tout. Il avait renoncé à se servir de son appareil photo, avait pensé Lejla.

– Dites-moi, mais qui étaient ces gens ? demanda-t-il une fois que Lejla eut fini de traduire.

– Grooteclaes, j't'ai dit qu'y s'appelait, poursuivit Emir d'une voix de plus en plus pâteuse comme s'il n'avait pas entendu la question, l'était pas dans le minibus, j't… j'te dd… dis, l'était en affaires avec les Serbes, une histoire de putes, des Africaines qu'il envoyait à Pppparis, et des fffilles de l'Est… aussi, c'est comme ça que Milko l'a rencontré.

Il y eut un nouveau silence. Puis :

– Mmm… ilko, l'était mouillé dans un tas de trafics, oh l'est devenu riche, Milko, à présent. Putain d'ordure, va ! (Et il cracha par terre.) C'est comme ça qu'il a su pour leur Ooo… NG bidon. Y'en avait un, un Fffrançais, l'ai pas raté çui-là, picolait… parlait trop, l'a ra… raccconté à Milko. Des *real… real… reality ttttours*, ils appelaient ça (et Lejla dut lui faire répéter avant de comprendre).

Sa tête dodelinait à présent.

– Ces enfoirés, des vacances de mimi…millllll…iardaires, paraît. Mais y avait pire.

Son regard s'était encore voilé un peu plus lorsqu'il reposa la bouteille vide. La cendre de sa cigarette s'était allongée jusqu'à tomber sur le tapis, avant d'être bientôt rejointe par le mégot. Discrètement, Lejla se baissa et le ramassa pour l'écraser dans le cendrier avant qu'il ne mette le feu à la maison. Les paupières d'Emir restaient fermées de plus en plus longtemps à chaque clignement. Il les rouvrit une ultime fois et dévisagea Seb comme s'il venait juste d'entrer dans la pièce.

– T… ttt…'étais là, toi ? Ah, ssss… trop saoul… f'moi la paix, vais m'coucher. R'viens d'main.

La tête affaissée, menton sur la poitrine, il se mit à ronfler au bout d'à peine une minute.

Seb ramassa les photos et les rangea dans la poche arrière de son jean.

Sur l'écran, le loup de Tex Avery se donnait de grands coups de massue sur le crâne en regardant la pin-up en robe décolletée rouge qui fredonnait un air de jazz.

# 10

*Bruxelles, octobre 1992*

Ils n'avaient finalement recruté que six candidats, mais vu le prix que ces clients-là avaient payé, pas question de remettre à plus tard. Ils avaient décidé de foncer malgré tout.

Bensimon et Mortensen avaient été leurs deux premiers clients fermes. Puis il y avait eu Roman Skowron, un Polonais de trente ans taillé comme une armoire à glace recruté par Grooteclaes. Il dirigeait un centre de fabrication d'ecstasy vers Sgordjelec en Silésie, pas très loin de Wrocwaw, et il exportait sa production dans toute l'Europe de l'Ouest. Et Silvio Bardi, l'Italien, un play-boy qui faisait office d'agent de liaison entre la Camora et les milieux de l'audiovisuel à Rome, une recrue de Lesueur, une fois n'était pas coutume. Et aussi Maroun Hariri, directeur général de la très fameuse marque de prêt-à-porter TEXT'XL, une holding libano-colombienne qui avait installé son siège dans un building flambant neuf, à Beyrouth. Pour qui savait que la capitale colombienne de la mode n'était autre que Medellin, point n'était besoin de s'interroger longtemps sur la provenance des fonds investis dans la fripe. Entre les cartels et la Bekaa, tout allait au mieux pour Hariri qui ne s'occupait que de business et passait son temps à frimer dans les discothèques d'Achrafieh où il se tapait des putes de l'Est ramassées sur Ukrainia Boulevard. C'était comme ça que Grooteclaes l'avait harponné. Enfin, *last but not least*, de l'avis du Belge, un client typiquement français : Florent Dominici, ex-chef de cabinet d'un ancien secrétaire d'État au Logement autrefois surnommé : *QBVTV*, pour *Quand le bâtiment va, tout va*, recyclé à trente-cinq ans à peine en consultant pour une boîte de bâtiments et travaux publics. C'était également une découverte de Lesueur.

Tous avaient en commun de jouir de revenus plus que confortables, tous s'ennuyaient, tous étaient à la recherche d'émotions fortes, ils s'étaient adonnés en vain à toutes sortes d'exutoires.

Grooteclaes et Lesueur allaient leur donner ce qu'ils désiraient. C'était Lesueur qui avait eu l'idée du nom. Partage et Solidarité. L'ex-mercenaire, qui pourtant n'avait pas la réputation de rigoler pour un rien, avait failli s'en pisser dessus. Qui pourrait avaler ça, bon Dieu ! Ils avaient fini de mettre la formule au point dans le pavillon de banlieue délabré de Villepinte, en Seine-Saint-Denis, qui servait de maison de dressage. Les pitbulls arpentaient jour et nuit le jardin, compissant la friche des buddleias et des rosiers grimpants retournés à l'état d'aubépine sauvage. Le commerce des filles marchait de mieux en mieux. Certains prédisaient même que bientôt elles rapporteraient presque autant que la drogue. Ça avait largement couvert les premiers frais pour monter cette agence de voyages, en tout cas, s'était félicité le Belge. Lesueur avait vu juste. Les ONG débarquaient en Bosnie comme s'il en pleuvait. Pour la plupart, elles n'étaient l'émanation que d'un groupe d'amis décidés à sauver le monde, parfois même d'une personne seule agissant sous l'effet d'une inspiration messianique et qui s'était mis en tête de convoyer jusque-là des vivres ou des médicaments à l'aide d'un 4x4 acheté grâce à la générosité de voisins ou de collègues. Ces gens n'avaient aucune expérience, ils partaient sans préparation, au mépris de toute sécurité. Il était pratiquement impossible de s'assurer du sérieux des ONG qui parvenaient jusqu'en Bosnie. On débarquait facilement en ex-Yougoslavie par l'Italie. Il ne leur serait pas difficile de se glisser dans le cortège des camions et engins de toutes sortes qui embarquaient sur le ferry d'Ancona à destination de Split. Le minibus VW avait été volé en Allemagne, du côté de Stuttgart, et maquillé dans un garage clandestin de Champigny-sur-Marne. Muni d'une carte grise en bonne et due forme, il avait été repeint aux couleurs de Partage et Solidarité.

Le plus comique, estimait Grooteclaes, était sans doute qu'ils effectueraient réellement une distribution de médicaments. Tout le mérite en revenait à Lesueur et à ses relations dans les milieux de la santé. À l'époque où le Français était junkie, il avait l'habitude de s'approvisionner en période de manque chez un pharmacien peu scrupuleux de Caen, prodigue en Néocodion et peu regardant. Une manne pour les toxicos victimes de disette. D'une manière générale, Pierre Langevin fournissait à peu près tout ce qu'on lui demandait sans ordonnance, pourvu que le client payât en liquide. L'homme avait ses secrets.

L'implantation d'abord, et Lesueur, en sortant de la gare, ne put qu'admirer une fois encore la perfection stratégique de la situation de la Pharmacie de la gare. Comme aimait à le répéter Langevin, les trois commandements majeurs du commerce étaient : « Un bon emplacement, un bon emplacement et un bon emplacement. » Et les gares étaient par excellence des refuges de dealers, de camés et de zonards de tout poil. Lesueur en savait quelque chose, pour y avoir passé plus d'une nuit plié en deux sur le sol crasseux, rongé par le manque.

L'approvisionnement, ensuite. Doté d'un physique de jeune premier au-dessus de tout soupçon, le pharmacien blondinet aux yeux couleur d'huître savait avec son sourire et son brushing impeccable de présentateur du treize heures comment drainer les dons en médicaments. À chaque fois qu'un vieux mourait dans le quartier, les héritiers débarquaient avec de pleins sacs de pilules, de suppositoires, de cachets.

– Tenez, monsieur Langevin. Pour Médicaments sans frontières.

– C'est tellement gentil à vous, madame. Vous savez, c'est dans les derniers mois de sa vie qu'un être humain consomme le plus de médicaments. Alors si les gens comme vous ne pensaient pas à nous les ramener, il y en aurait, du gâchis. Vous avez bien pensé à les remettre dans les emballages, au moins ?

Voyons, qu'est-ce qu'on avait là, des anti-inflammatoires. Très bon, ça. Et ça ! Merde. Périmé. Ils pourraient faire attention, quand même.

Langevin se livrait à un tri minutieux. Il y avait deux sortes de médicaments. Ceux qu'il pouvait fourguer aux gamins des cités et aux paumés de la gare. Et ceux qu'il appelait la caisse Médicaments sans frontières. C'était un principe assez simple. En pharmacie, il était difficile de faire du black. Mais si vous disposiez d'un stock de médicaments non inventoriés, il suffisait de puiser dedans quand un client payait en liquide et que par bonheur la générosité des donateurs avait fait coïncider l'offre et la demande. Le reste, les invendus, allait effectivement à Médicaments sans frontières. N'empêche, Langevin arrivait à se payer des voyages incroyables aux quatre coins du monde, avec sa combine.

Lesueur était monté jusqu'à Caen avec le combi Volkswagen. Rien n'aurait pu faire un plus grand plaisir au pharmacien que de voir le véhicule d'une ONG garé devant son magasin.

– Tu en as fait du chemin, dis donc, depuis ta cure.

L'ex-logisticien regardait autour de lui, admirait les rayonnages d'une blancheur virginale, le plafond en réglettes inox, avec ses spots encastrés, l'ordinateur posé à côté de la caisse, les deux jolies préparatrices en blouse blanche qui s'affairaient.

– Ça ne va pas mal non plus pour toi, on dirait.

– Je ne me plains pas. Bon, ta livraison est prête. Passe dans l'arrière-boutique, si tu veux bien.

Les deux hommes s'étaient retrouvés au milieu d'un fatras de médicaments à classer. Langevin avait désigné une pile de cartons qu'il avait soigneusement fermés avec du Scotch large.

– Il y a un peu de tout, là-dedans. Du Renutril, un tas de boîtes, en fait. À peine le toubib en avait-il prescrit pour un mois à une vieille cliente qu'elle a été hospitalisée. Elle est morte quelques jours plus tard et ses enfants m'ont ramené le tout tel que je leur avais vendu une semaine plus tôt, c'est du frais, tu peux y aller. Il y a aussi des bandes Velpeau, du désinfectant, de l'aspirine, des pansements gastriques, rien que des trucs faciles à passer, avec ça, tu n'auras pas de problèmes.

Lesueur avait chargé les cartons dans le combi tandis que Langevin se lamentait sur la monotonie des voyages de rêve qu'il se payait grâce à ses combines.

– J'ai une Porsche neuve, une grande baraque, j'ai visité tous les pays que je voulais voir, j'ai baisé des nanas de toutes les races, de toutes les couleurs, j'ai dormi dans les plus grands palaces. Je suis blasé, mon vieux, blasé, à trente-cinq balais, tu te rends compte, je m'encroûte !

Lesueur l'avait regardé, s'était caressé le menton un moment, et lui avait proposé une balade en VW. C'était ainsi que le pharmacien était devenu le septième et dernier client du duo.

– Et puis tu comprends, avait ajouté l'ex-logisticien après avoir convaincu son fournisseur, avec tes compétences, tu vas nous être drôlement utile. C'est pour ça que je te fais un prix.

– Quand même, fallait y penser ! avait lancé Langevin d'un ton plein d'envie pour l'imagination de ce type à la complexion chétive qu'il avait toujours pris pour un minable.

Il ne faudrait jamais sous-estimer son prochain.

Assis dans la cuisine à trois heures du matin sous la lumière d'un néon, Lesueur et Grooteclaes étaient en train de finir une bouteille de vieille prune du Quercy. Il ne fallait plus tarder, à présent qu'ils avaient rassemblé leur clientèle. Quand on a une guerre à moins de trois heures d'avion, en plein cœur de l'Europe, où affluent dans n'importe quel ordre journalistes et associations humanitaires, c'est une chance qu'on ne peut pas laisser passer. Le siège de Sarajevo durait déjà depuis avril dernier. Obus et snipers faisaient des victimes quotidiennes. Les clients avaient suivi la formation *ad hoc*. Ils étaient prêts pour leur premier *reality tour*. Grooteclaes avait abandonné Lesueur effondré sur ses avants-bras dans la cuisine aux murs peints en vert pisseux. Quand même, qu'est-ce qu'il pouvait picoler. Quand il avait bu, il parlait vraiment trop. Enfin ! Il soupira d'aise. Ses réseaux d'information, d'une qualité rare, étaient constitués d'anciens mercenaires infiltrés dans les réseaux de la nuit un peu partout dans le monde. Boîtes de strip-tease, bars à putes, à partouzes, clubs sado-masos, discothèques chics, moins chics. Il avait des antennes dans toutes les capitales. Ses relais étaient belges, sud-africains, américains ou israéliens. Tous avaient été des soldats de fortune, et certains l'étaient encore. Il quitta la pièce, ses épaules massives encore secouées par un rire silencieux.

*Partage et Solidarité.* Ben voyons !

*

*Sarajevo, octobre 1996*

Seb et Lejla s'étaient retrouvés dans la rue encore sonnés par l'issue de leur étrange conversation. Il faisait déjà nuit et le froid de ce début d'automne descendait des montagnes, mêlé à l'odeur des feux et des gaz d'échappement des moteurs diesels mal réglés. Même la fraîcheur de la Miljacka parvenait jusqu'à eux avec la brume qui montait de la vallée.

– Un *reality tour ?* Qu'est-ce qu'il voulait dire ?

L'infirmière parlait en marchant d'un pas vif pour se réchauffer et la vapeur de son haleine dessinait un petit nuage dans la chiche lumière d'un réverbère miraculeusement rescapé du siège.

C'était si facile. N'importe qui aurait pu acheminer des curieux jusqu'à Sarajevo. L'ex-sniper avait très probablement dit la vérité.

D'ailleurs, au vu de ses propres photographies, du silence pudique qui avait entouré les circonstances de son accident, comment Seb n'y avait-il pas pensé plus tôt ?

C'était l'enfance de l'art.

À Sarajevo, des ONG fantaisistes, il y en avait à la pelle. Bien sûr, on rencontrait aussi des gens sérieux, qui sauvaient vraiment des vies. Mais il se souvenait d'avoir vu débarquer un Français de la Sarthe avec sa Land Rover et deux gamins qu'il avait pris en stop sur la route, ç'aurait été risible si ça n'avait pas été dramatique.

C'était vrai, oh oui, il y avait des touristes, des gens qui cherchaient surtout à se sauver eux-mêmes. Il y avait des gens dangereux. Dangereux parce que inexpérimentés. Ou fêlés. Un journaliste avait même basculé dans le camp des combattants. Edouard Limonov, un écrivain russe, pigeait également pour des journaux français comme *L'Idiot international*, *L'Autre Journal* ou *Révolution*, un magazine du Parti communiste français. Ce cinglé avait été filmé par la BBC en train de se balader sur les lignes serbes autour de Sarajevo en compagnie de Radovan Karadzic à l'automne 92. Un combattant lui avait proposé d'essayer sa kalachnikov. Sous l'œil des caméras, Limonov avait fait un carton sur Sarajevo assiégée, tirant sur tout ce qui bougeait.

Un parfait exemple d'objectivité journalistique.

Oui, tout était possible, et Seb le savait pertinemment. C'est ce qu'il essayait d'expliquer à Lejla tandis qu'ils gravissaient les escaliers du vieil immeuble.

Il y avait de par le monde toutes sortes d'agences de voyages, légales et illégales.

Des charters organisés par les forces alliées pendant la guerre du Golfe qui trimballaient des hordes de journalistes à peu près aussi libres de leurs faits et gestes que des groupes de touristes japonais cloîtrés dans un autocar. Des circuits de l'immigration, des trafics en tout genre.

Et ça ne datait pas d'hier.

Les déportations dans des wagons plombés, les bateaux pleins d'esclaves noirs en partance pour les Amériques. D'une certaine façon, l'humanité n'avait pas attendu Sarajevo pour mettre au point des *reality tours* bien plus cruels que le tourisme de guerre.

– C'est quand même dégueulasse, objecta Lejla. Et pourtant j'en ai vu ! Mais là ! Se payer des vacances pour venir nous voir crever. Je crois que si j'avais eu un fusil, moi aussi…

La rage l'étouffait, l'empêchant d'achever sa phrase.

Oui, elle avait raison.

C'était particulièrement cynique.

Et Seb avait pratiquement tout perdu à cause de ces salauds. En grimpant les marches, il sentit monter en lui l'écume d'une haine telle qu'il n'en avait jamais ressentie à l'égard de quiconque.

Qu'avait dit Emir Ferhatbegovic ?

Il s'appelait Grooteclaes.

Seb avait noté sur un bout de papier le nom que Ferhatbegovic avait épelé si péniblement à Lejla.

À Paris.

Ça ne pouvait pas mieux tomber.

Il le trouverait. Il le tuerait.

Il n'avait même plus besoin de rechercher Milko. Il n'éprouvait plus le désir de tuer les deux snipers. Pour eux, au fond, il n'avait été qu'un dommage collatéral.

Meyer aurait la peau de Grooteclaes. Il allait finir le travail. Oh, oui.

Mais avant cela, il devait retourner chez Emir. Dans son délire éthylique, l'ex-tireur d'élite avait bredouillé quelque chose d'important : *Il y a pire*. Pire ?

Qu'est-ce qui pouvait être pire que de partir en vacances avec pour unique but de jouir du spectacle de la guerre ? Au moins ces voyeurs de merde avaient payé le prix fort. Mais Grooteclaes, celui qui avait tout manigancé… il était encore vivant, il en avait réchappé. Et il avait encaissé des sommes sans doute colossales pour traîner ces minables sur le front.

Et ça, c'était pire. Ce type dont Emir avait mentionné le nom était bien plus qu'un voyeur.

Un proxénète de la mort. Voilà ce qu'il était.

Ils entrèrent dans le petit appartement bras dessus, bras dessous. Lejla se tourna vers Meyer et le regarda sans rien dire, longtemps. Puis elle ferma les yeux et approcha son visage. Ils échangèrent un long baiser et

Seb referma le battant du pied. Toute la journée, elle lui avait paru étrangement lointaine, efficace. À présent, elle était en train de lui rappeler qu'il n'avait pas rêvé, qu'il l'avait bien tenue dans ses bras la nuit précédente. Ils firent l'amour agrippés l'un à l'autre comme des naufragés, debout contre la porte d'entrée.

*

Lejla tenait entre ses mains le petit Colt à gueule noire qui était tombé du sac photo de Seb avec un bruit mat quand elle avait voulu déplacer le fourre-tout pour déplier le canapé-lit.

– Attends, ce n'est pas… ce n'est pas ce que tu crois, bredouilla-t-il.

Elle s'était laissé surprendre par le poids de la besace, et l'avait lâchée. Le rabat s'était ouvert et l'arme avait roulé sur le sol comme un jouet alors que Meyer se précipitait un peu trop tard.

Il y avait eu quelques secondes d'un silence gêné, le temps qu'elle intègre ce qu'elle venait de voir, puis elle s'était jetée sur le sac, en avait répandu le contenu par terre avec brutalité cependant que Seb continuait de répéter :

– Attends, mais attends, puisque je te dis…

– Ton Leica ! Il est où, ton Leica, hein ? Tu l'as échangé au marché noir contre cette saloperie, n'est-ce pas ?

– Non, enfin, oui, mais…

Lejla mit sa main devant sa bouche grande ouverte, la referma et se mordit les lèvres, poing serré. Elle venait à peine de comprendre ce qu'impliquait sa découverte.

– Salaud ! Tu voulais le tuer, n'est-ce pas ? Tu voulais flinguer Emir. Tu voulais te venger, c'est tout. Ton histoire de reportage, c'était du bidon. Et tu m'as utilisée. Cette guerre ne t'a pas suffi ! Vous, les hommes, vous n'avez rien compris. Rien ! Rien !

Et comme il restait là les bras ballants sans répondre, elle accrocha ses mains dans le pull trop grand et se mit à secouer Seb comme un prunier.

– Dehors, dehors, dehors !

Elle ouvrit la porte et le propulsa sur le palier en pull et jean crasseux et claqua le battant sur lui. Il entendit ses pas, un petit trottinement irrité qui s'éloignait, puis plus rien. Plus rien que les rares bruits de la rue.

Il resta un long moment à contempler la porte, mais rien, pas le moindre pleur, le moindre mot ne filtrait à travers le lourd panneau de bois. La lumière s'était éteinte.

Il n'osa pas frapper pour réclamer son sac, ses quelques vêtements, et moins encore son pistolet. Lentement, il fit demi-tour et commença à descendre les escaliers dans le noir.

Dehors, la pluie avait repris, une pluie fine et têtue qui se transformait en neige dès les premiers sommets qui encerclaient la ville. Quelques rares lumières se reflétaient sur l'asphalte défoncé, l'air sentait l'humidité, le monoxyde de carbone. Il descendit vers la rivière Miljacka. Des patrouilles de la SFOR sillonnaient les rues à intervalles réguliers. Il pénétra dans un terrain vague en priant pour qu'il ait été déminé. Il finit par trouver un abri précaire sous un gros bloc de béton où il se recroquevilla en chien de fusil, la tête dans les coudes. Il le tuerait. Il le trouverait et il le tuerait. Peu importait comment. Un chien. Il était comme un chien. Un chien battu, galeux, sauvage qui avait planté ses crocs dans les mollets de Grooteclaes.

Et qui ne le lâcherait plus.

*

Emir ne parvenait plus à arrêter le tremblement de sa main, et le canon du pistolet cognait contre ses dents. Machinalement, il regarda la pendule en plastique doré accrochée au mur du salon. Les aiguilles tournaient sur un fond photographique représentant la foule des pèlerins en orbite autour de la Kaaba, la pierre sacrée de La Mecque. Il serait bientôt cinq heures du matin. À ses pieds gisaient les cadavres de deux bouteilles de *slivovica*. Il mordit si fort le canon pour s'arrêter de trembler que ses dents se fendirent contre l'acier. Il ferma les yeux comme son index se crispait enfin sur la détente.

Suada, à qui il avait demandé d'aller lui faire un café pour dessaouler, entendit la détonation et resta pétrifiée dans la cuisine, le pot de cuivre à la main. Puis elle hurla.

Rien ne put la convaincre de pénétrer dans la pièce tant que le corps de son fils n'avait pas été emporté. C'est Ozren Ramic, l'oncle d'Emir, réveillé par le coup de feu et les hurlements de sa sœur, qui entra dans la pièce éclaboussée de sang où gisait le jeune homme, tête renversée dans son fauteuil, tandis que Vanja soutenait sa mère dans ce couloir où maintes fois elles avaient attendu que les colères d'Emir s'apaisent.

Emir Ferhatbegovic fut porté en terre par ses camarades de combat, son cercueil recouvert de feutrine verte. Nombre d'entre eux étaient vêtus de treillis. Les autres portaient des pantalons en Tergal gris, marron, des vestes fripées, des chemises en Nylon sans cravates et pour certains des bérets fatigués. Les rides avaient creusé de profonds sillons dans leurs visages où se perdaient d'invisibles larmes.

Seb avait débarqué au domicile d'Ozren Ramic quelques heures à peine après le suicide d'Emir. Il avait frappé à la porte, sale, ébouriffé, mouillé, et on ne l'avait laissé entrer que par égard envers les traditions de l'hospitalité musulmane. Mais il avait compris aux visages fermés qu'il n'était pas le bienvenu. Il avait été le dernier à visiter l'ex-sniper, et personne ne savait ce que ces deux-là s'étaient dit au juste. Une ambiance plombée de suspicion s'était installée durant le peu de temps où il s'était attardé. La nouvelle de la mort d'Emir avait pourtant semblé l'atteindre de plein fouet, et il avait fallu lui amener une chaise. On prit le temps de lui offrir un peu de café, fort et sucré, dans une petite tasse marquée d'un croissant doré.

Mais lorsqu'il demanda s'il pouvait voir le corps, on lui expliqua que le moment était peut-être venu pour lui de prendre congé.

Il revint le lendemain, pourtant, et suivit de loin le petit cortège depuis la morgue où l'on avait transporté le corps jusqu'à l'immense cimetière.

Ça n'était pas possible. Pas comme ça. Pas maintenant. Pas juste comme il le retrouvait. C'était trop facile de s'échapper comme ça.

Est-ce qu'il s'était suicidé, lui, hein ? Il y aurait eu de quoi, pourtant.

L'espoir fait vivre, qu'ils disaient, en France. Tu parles ! La haine, c'était la haine qui maintenait Sébastien en vie.

Il repartait à pied, le ventre creux, par les allées de la nécropole où dormaient les victimes du siège lorsqu'une tombe attira son attention. C'était une tombe d'enfant. De tout petit enfant, s'il fallait en croire les deux dates inscrites sur la planche plantée en terre : 1992-1992.

Oui, décidément, la haine se façonnait chaque jour un nid plus vaste.

Les jours suivants, Meyer erra dans le quartier. Il dormait sur les bancs, comme les SDF parisiens, ou bien sous des amas de ruines, ou dans un quelconque recoin d'une maison à demi détruite. Il arrêtait des passants et leur montrait inlassablement ses trois photos froissées qui commençaient à se déchirer, et les gens lui répondaient des choses qu'il ne comprenait pas en secouant la tête. Certains, après l'avoir quitté, se frappaient la tempe de l'index.

Au bout d'une semaine, il vit venir au-devant de lui un groupe de trois hommes vêtus de treillis, tous trois barbus et armés. L'un d'entre eux portait un casque, le second avait noué une pièce de tissu autour de sa tête, et le troisième, qui paraissait être l'aîné avec ses grosses moustaches de paysan et sa casquette de chasseur, se détacha et s'arrêta à une cinquantaine de centimètres de Seb. Il lui montrait la fenêtre de la famille Ramic, en lui tenant tout un discours avec l'air de quelqu'un qui ferait la morale, et il finit par lui faire comprendre qu'il devait partir, quitter le quartier. Ils l'escortèrent jusqu'au vieux pont de fer construit par Eiffel.

En chemin, ils croisèrent une manifestation de femmes, de mères et de sœurs des disparus de Srebrenica. Elles demandaient réparation pour les 7 000 hommes qui s'étaient évaporés lorsque les Bosno-Serbes avaient pris la ville sous protection de la communauté internationale.

Nombre d'entre elles pleuraient, criaient, tenaient des pancartes qui proclamaient :

*Istina nama, kazna zlocincima.*

La vérité pour nous, le châtiment pour les criminels de guerre.

Il fallut à Sébastien Meyer plus de six semaines pour parvenir jusqu'au seuil de l'appartement du Pré-Saint-Gervais, en faisant du stop, en mendiant, en dormant dans les gares, en resquillant dans les trains. Le téléphone était définitivement coupé et de lourdes menaces planaient sur l'électricité, s'il fallait en croire le peu de courrier qu'il avait reçu en son absence.

Kamel avait oublié d'arroser les plants de cannabis. Ils attendaient, morts, desséchés dans leurs pots.

# 3.

# Un œil
# pour un œil

## 11

*Paris, novembre 1996*

Ben voilà. Il serait bientôt fini, cet appart'. Ma rolepa, comment ça allait donner ! Seb avait beau s'être natchave en Bosnie, il avait bien travaillé, Kamel. Zyva, comment ils étaient classe, les tissus, et la peinture, et tema le parquet ! Putain, il brillait encore plus qu'un scooter tout neuf. Il remonta l'élastique de son survêtement et rajusta sa casquette.

C'était de la balle. Ah ouais, quand le Seb il allait voir ça, il aurait les boules d'être parti, ces putains de from', fallait toujours qu'y z'aient un pet'au casque.

Tiens, au fait, en parlant de pet', il s'en roulerait bien un, de oinj. Sur la vie de sa mère, on y voyait queud', là-dedans, tu parles, y faisait nuit à cinq heures, déjà.

Attends ! Mais c'est bon, là, c'est quoi ce fil de merde qui traîne par terre, ça prend la tetê.

Kamel s'était baissé et avait saisi la rallonge par la prise et tiré à pleine main sans remarquer qu'elle était raccordée au courant et, comme le boîtier de la prise mal vissé lâchait entre ses doigts serrés, les deux extrémités de cuivre torsadé dénudées se fichèrent dans sa paume droite telles des flèches empoisonnées. Il se sentit immédiatement soulevé par les 220 volts qui traversaient son corps en même temps qu'il remarquait trop tard la prise mâle fichée dans le connecteur femelle d'une plinthe.

Il tremblait comme un parkinsonien en phase terminale, mais son cœur tenait bon, les semelles en caoutchouc des baskets n'avaient pas que du mauvais. Outre les champignons qu'elles provoquaient, elles étaient dotées d'une forte capacité d'isolation.

Il banda sa volonté, et tout son être tendit vers un unique but. Dès qu'il avait réalisé ce qui se passait, il avait essayé de forcer sa main gauche à avancer en direction du fil planté dans sa main droite pour l'en arracher. Mais impossible de l'atteindre.

Le flux électrique avait tétanisé ses muscles. Bientôt il n'avança plus que centimètre par centimètre, puis millimètre par millimètre, et enfin plus du tout, agité seulement d'un frisson régulier de frondaison de platanes sous le vent. Ses yeux révulsés par le sang qui se pressait derrière ses globes oculaires fixaient encore désespérément le fil sans le voir, ses doigts impuissants arrêtés à quelques centimètres du but. Il pensa encore la putain de sa mère, le disjoncteur, pourquoi il marche pas, et le fusible, pourquoi il lâche pas ?

Il lâcha, pourtant, mais le cœur généreux de Kamel lâcha le premier et à sa mort succéda l'obscurité dans tout l'immeuble.

La tentation fut grande pour Franck, le propriétaire, lorsqu'il découvrit un peu plus tard le corps de Kamel, de traîner son cadavre jusque sur le trottoir.

Mais on était au cinquième étage. Sans ascenseur. Quand même.

Ce petit con allait pourrir la vie de Franck pour des années : il allait perdre son logement, il risquait de se retrouver en taule et rien que cette idée lui donnait la nausée.

Il s'était jeté sur son téléphone, son avocat connaîtrait peut-être une ruse pour échapper à ce cauchemar, ça allait lui coûter bonbon. Sur les injonctions de son conseil, Franck se résigna finalement à composer le numéro de la police en se maudissant pour avoir embauché ce type au black. Il pouvait dire adieu à son nouveau poste de cadre dans cette entreprise de cartonnages. Merde, il n'avait que trente ans.

C'était son premier appart', il pouvait pas savoir.

Mmm… ça allait être faible, comme ligne de défense.

La nouvelle de la mort de Kamel s'était répandue dans la cité comme une traînée de poudre.

Sébastien avait dormi presque deux jours d'affilée avant d'aller frapper à la porte de Kamel.

Sans résultat. Personne. Il trouva le courage de descendre dans la cour de la cité et tomba nez à nez avec une bande de gamins en survêtement qui jouaient au basket sur le terrain du stade Léo-Lagrange, dont ils avaient escaladé les grilles cadenassées. Il faisait un froid humide. Seb, la goutte au nez, renifla.

– Ho ! Les mecs !

Sa voix résonna sur les murs des immeubles construits en fer-à-cheval autour du terrain.

Le joueur qui se trouvait le plus éloigné du ballon était aussi le plus proche de lui. Il se détourna à contrecœur de ses voisins et marcha vers Seb en traînant des pieds dont la pointure avoisinait le 45 fillette. Le chuintement des pneus sur le périphérique tout proche couvrait le crissement de ses pas sur le sable noirci par la pollution. Parvenu près de lui, le basketteur agrippa les grilles à deux mains en se balançant et demanda :

– Ouais, *keskya* ?

– T'as pas vu Kamel ?

C'est ainsi que Meyer apprit la raison pour laquelle les plants de cannabis étaient morts de soif.

Kamel devait être enterré dans le carré musulman du cimetière parisien de Pantin. Le cortège était suivi par quelques gamins du quartier, ses nombreux frères et sœurs, par sa mère qui se lamentait en tournant vers le ciel son visage encadré par un *hidjab* à grosses fleurs, bras écartés, offerte au destin. Son père, joues pendantes, peau tannée, moustache blanche, marchait derrière en silence, presque renfrogné, en colère. Seb fermait le cortège, traînant des pieds le fardeau de son chagrin. Ils parvinrent au bord de la fosse et s'immobilisèrent tandis que le cercueil était déposé par les employés des Pompes funèbres sur une paire de tréteaux.

Bientôt, Kamel dormirait sous la terre glacée.

S'il était resté, peut-être que…

Qui pouvait savoir. Peut-être bien qu'il serait quand même tombé d'un échafaudage un de ces quatre matins. Peut-être que ça aurait pu être Seb lui-même. Et sans doute à présent finirait-il comme ça, sur un chantier au black sans droits, sans personne, sans…

Les proches de Kamel venaient de s'écarter pour laisser passer un homme à la silhouette voûtée qui s'approcha de la fosse en boitant et Seb se recula instinctivement, espérant disparaître dans la petite foule assemblée autour de la dépouille de Kamel.

Mon Dieu, ce pantalon en Tergal vert wagon, ce pardessus gris élimé, cette casquette en velours, ce nez congestionné auquel le froid avait accroché une goutte qui pendait comme une boule de Noël à sa branche de sapin, et dont celui de Sébastien aurait été une parfaite réplique s'il n'avait été brisé des années plus tôt par les fascistes au cours d'une manifestation.

Et cette prothèse. Sacha. Sacha vieilli, sombre, farouche, mais Sacha.

Le boiteux. Son père.

Du regard, il chercha sa mère sans la trouver.

Lentement, pour ne pas attirer l'attention, il recula jusqu'à n'avoir pas d'autre horizon que les dos endeuillés de quelques cousins de Kamel. Il ne put éviter, cependant, de croiser furtivement le regard paternel qu'il reçut en pleine face comme une réplique de la gifle qui l'avait frappé bien des années plus tôt.

Il attendit à distance, assis sur la tombe d'un tirailleur sénégalais qui le dissimulait à moitié, que la cérémonie funèbre prît fin. Bientôt, tous se dispersèrent. Les parents de Kamel, qui avaient déménagé cinq ans auparavant à Chenôve, une banlieue de Dijon où une partie de la famille avait élu domicile, regagnèrent le métro pour attraper le TGV à la gare de Lyon.

La pauvre silhouette de Sacha s'éloignait en cahotant par l'allée centrale qui rejoignait la grande avenue menant aux Coutillières lorsqu'il entendit son nom.

Il se retourna vers Seb qui le rejoignait. Le vieil homme s'arrêta et leva les yeux sur le bandeau de cuir de son unique enfant.

– Papa ?

Sébastien n'avait plus prononcé ce mot depuis des années à présent. Il fusa de ses lèvres dans un jet d'haleine rance et tiède.

– Maman n'est pas avec toi ?

Sacha Meyer toisa son fils.

– Nous n'avons pas d'enfant, monsieur.

Il fit demi-tour et se remit en marche, péniblement.

Avant de disparaître au coin de l'avenue, il lâcha, de dos :

– L'a pas voulu venir.

Kamel était mort. Seb était rentré chez lui. Qu'y avait-il encore de vivant en lui ?

Pas grand-chose.

Juste un boulot à terminer. Celui qu'avaient commencé Ferhatbegovic et Milkovic à Sarajevo.

Et après ? Après ? Dormir, dormir. Longtemps. Toujours, peut-être.

Les westerns étaient loin désormais. C'était la vraie vie. Hélas.

*

*Paris, décembre 1996*

Autant chercher une aiguille dans une botte de foin.

Seb tenait un nom : Grooteclaes, et une vague phrase arrachée à un Bosniaque alcoolique à la veille de son suicide à propos d'une histoire de trafic de putes des pays de l'Est et d'Afrique, en France, peut-être à Paris.

Il était bien avancé.

Quoique. Depuis quelque temps déjà les boulevards extérieurs se peuplaient à la nuit tombée de silhouettes exotiques exhibées aux regards des automobilistes concupiscents, chaque mois un peu plus nombreuses, et certaines d'entre elles avaient déjà commencé à travailler en plein jour. Les magazines toujours friands de ce genre d'actualité multipliaient les reportages sur les prostituées russes et ukrainiennes qui faisaient chandelle sur la promenade des Anglais à Nice, près de l'aéroport international, chaque samedi soir.

Un peu après vingt heures, Meyer entamait sa déambulation nocturne quotidienne.

Il traînait sa maigre silhouette jusqu'à la porte des Lilas où il prenait le PC, le bus de la Petite Ceinture, en direction du nord, et descendait à la porte de la Villette. De là il coupait à pied par l'avenue Corentin-Cariou, laissant à sa gauche la silhouette massive de la Grande Halle pour s'engager le long du quai de Charente aux pavés déchaussés rendus gras et luisants par les fuites d'huile des voitures qui pourrissaient près des eaux noires du canal Saint-Denis. Les abattoirs avaient fermé leurs portes depuis longtemps déjà, mais une odeur de viande fraîchement tuée montait encore de derrière les rideaux de fer des boucheries *halal* qui peuplaient le quartier et même les chiens faisaient un écart en passant devant les commerces fermés, comme s'ils pouvaient sentir l'odeur de la mort. De lourds autocars aux allures d'insectes géants au repos, avec leurs rétroviseurs qui pendaient au bout de potences galbées, stationnaient près du boulevard Mac-Donald et leurs carrosseries s'enflammaient des reflets orangés des lampes à vapeur de mercure qui éclairaient l'asphalte. À intervalles réguliers, un train parti de la gare de l'Est ferraillait sur les voies en direction de la gare de triage de Pantin.

Sur le trottoir d'en face, depuis l'amas de béton des ruines de l'hôpital Claude-Bernard, masquées par une palissade, montaient les miaulements sauvages d'une bagarre de chats en chaleur.

C'était à cet endroit précis que les premières filles prenaient leurs quartiers pour la nuit et leur cortège s'étirait jusqu'aux portes d'Aubervilliers, de la Chapelle, de Saint-Ouen, de Clichy, en fait jusqu'au bois de Boulogne. Des dizaines et des dizaines de filles.

Au début, Sébastien s'était contenté d'observer l'étrange ballet des voitures et des putes.

La vapeur de leur haleine révélée par l'éclairage public. Les automobilistes qui s'arrêtaient à leur niveau. La vitre électrique qui s'abaissait. La fille qui se penchait vers le chauffeur.

Qui parlementait parfois, qui montait souvent. Et parfois non. Qui regardait la voiture s'éloigner en lui lançant un juron en albanais ou en russe assorti d'un majeur vengeur pointé vers le ciel de soufre. Il y avait toutes sortes de véhicules, neufs, usagés, des berlines, des fourgonnettes, des breaks, des camions. Toutes sortes de clients aussi, que Seb parvenait parfois à distinguer dans l'obscurité des habitacles. Ils étaient de tous âges et de toutes catégories sociales.

Certaines fois, une Mercedes ou une BM s'arrêtait et un groupe de filles s'agglutinait autour.

Il y avait souvent deux ou trois hommes à l'intérieur.

La comptée.

Beaucoup d'entre elles passaient des heures scotchées à leur téléphone portable.

Elles partaient comme elles venaient. Une voiture stoppait à leur niveau, une portière s'ouvrait et plus personne. Certaines se rendaient sur leur lieu de travail en taxi.

D'autres arrivaient à pied.

Chaque nuit Seb arpentait les boulevards extérieurs sans interruption, depuis deux semaines à présent, et chaque matin il attendait la première tournée du PC pour s'endormir sitôt monté à la porte Maillot, les pieds couverts d'ampoules, transi de froid dans le vieux pull donné par Lejla et qu'il ne quittait plus. Il ne se réveillait qu'à la porte de Pantin, au changement de bus.

Une nuit, vers trois heures du matin, il vit une fille aux longs cheveux noirs se faire tabasser par trois types baraqués qui essayaient de la forcer à monter dans une Audi blanche. Elle hurlait, se débattait, ils l'avaient finalement chopée par les cheveux et expédiée à coups de pied sur le siège arrière avant de démarrer en trombe. Sur le trottoir d'en face, Seb n'avait pas bougé. Submergé par la honte, il s'était traité de lâche. Et n'était pas intervenu pour autant, paralysé par la peur. Qu'est-ce qu'il aurait bien pu faire nom d'un chien, lui, un éclopé sans arme, sans bagnole, sans rien ?

Le lendemain, il commença à poser des questions aux prostituées.

La première à qui il s'adressa se tenait debout devant les entrepôts Calberson, une jambe sur le bord du trottoir, un pied chaussé d'une bottine à semelle compensée posé dans le caniveau du couloir de bus.

Elle était blonde, petite – dans les un mètre soixante – et boulotte, et sa copine assise sur un plot de ciment fumait rêveusement une cigarette, les jambes croisées, ses cuisses découvertes gainées dans un collant à résille troué. Elle ne devait pas avoir plus de vingt ans – en étant large – et semblait perdue dans un blouson de cuir et une jupe fendue noire trop grands pour elle.

Elle se méprit sur ses intentions quand il l'aborda et lui lança avec un sourire professionnel à peu près aussi chaleureux que celui d'un banquier :

– Cent francs la pipe, deux cents l'amour.

Puis elle demanda en fixant les pieds de Seb :

– Où t'as mis voiturrre ?

Les *r* roulaient sous sa langue et son accent trahissait une origine balkanique.

Seb essaya un *« Zdravo ! »* qui eut pour seul effet de faire immédiatement disparaître le sourire du visage de la fille.

– Je rrroumaine, pas yougoslave, pas albanaise. Rrrroumaine. Qu'est-ce que toi veux ?

– Tu connais un certain Grooteclaes ?

La fille lui fit répéter la question avant de hausser les épaules. Soit elle comprenait très mal le français, soit le nom ne lui disait rien, et plus probablement les deux à la fois. Elle n'avait pas l'air d'avoir peur de lui. Elle peigna sa frange blonde de ses doigts rougis par le froid et eut un geste de la main comme pour chasser un insecte inopportun. Elle se rongeait les ongles.

– Toi empêches moi trrravailler. Parrrtirr.

Seb se retourna et aperçut une Seat mauve qui embarquait sa copine. Visiblement, elle avait terminé sa cigarette.

L'autre lui répéta :

– Parrrtirr.

Il s'exécuta et s'arrêta un peu plus loin à hauteur de la suivante.

Ainsi se passa la nuit, celle-là et toutes les suivantes, sans plus de succès.

L'immense majorité des filles des boulevards venaient de l'Est, Albanaises, Yougoslaves, Roumaines, Russes, Ukrainiennes et Biélorusses. Elles étaient chaque semaine un peu plus nombreuses et le tour des extérieurs ne tarderait plus à être bouclé. Déjà certaines avaient commencé à coloniser les trottoirs jusqu'à la porte de Bercy. Comment aurait-il pu en être autrement ? Quelques années plus tôt, Seb était allé réaliser un reportage sur la frontière germano-polonaise et à l'époque les dizaines de bordels des environs de Slubice, sur la rive polonaise de l'Oder, en face de Frankfort, affichaient complet.

De part et d'autre du fleuve, un intense trafic de bibelots néonazis, de nains de jardin de contrefaçon et de putes alimentait le commerce local.

Il fallait bien s'attendre à ce qu'elles arrivent un jour jusqu'ici.

En tout cas, si Grooteclaes était à la tête d'un réseau de prostitution, soit il avait cessé d'exploiter des filles de l'Est, soit celles-ci travaillaient ailleurs.

Et cet ailleurs pouvait aussi bien s'appeler Bordeaux, Nice ou Marseille.

Sébastien traînait sa carcasse inutile et son regard borgne sur les trottoirs de la capitale sous les illuminations de Noël et les guirlandes, et la seule perspective des fêtes lui collait le bourdon.

C'était une chose d'être seul un jour ordinaire. C'en était une autre de supporter la solitude quand tout le monde autour de vous était réuni autour d'une bourriche d'huîtres, d'un foie gras ou d'une dinde au cul farci de marrons. Il aurait bien aimé avoir des parents à appeler.

Nous n'avons plus de fils, notre fils est mort avait été la réponse dont il avait fait les frais quelques mois plus tôt. Il ne se sentait aucune envie de renouveler l'expérience.

Comment pouvait-on être aussi seul ?

Grooteclaes, Grooteclaes, le nom courait sur les extérieurs, ne provoquant que haussements d'épaules, mimiques d'incompréhension jusqu'à la nuit même de Noël où, vers quatre heures du matin, Seb s'arrêta au niveau de deux prostituées noires qui tapinaient à la porte de la Chapelle près de la bretelle de sortie de l'autoroute A1. C'était un coin dangereux, il y avait souvent vu des bagarres. Les filles se battaient pour les emplacements. Il y avait celles qui vivaient dans des terrains vagues ou bien le long de l'ancienne voie ferrée de la petite ceinture. Celles-là étaient accros au caillou, au crack, elles tapinaient pour leurs fournisseurs, elles étaient ultra-violentes, désespérées. À peine des fantômes, des spectres, qui s'aventuraient sur le boulevard à la nuit tombée en titubant, effrayantes de maigreur, leurs yeux immenses assiégés par de grands cernes mauves, les jambes comme des allumettes. Elles plaisaient aux amateurs d'étreintes malsaines.

*Je sens sur tes lèvres une odeur de fièvre, de gosse mal nourrie*. La complainte de la pute.

Depuis que Jean Renoir avait rédigé les paroles de la chanson, les épaves humaines avaient eu le temps de dévaler la colline de Montmartre jusqu'aux boulevards. Elles se battaient à présent avec âpreté contre les filles des réseaux mafieux. Déjà, cette guerre avait ses victimes tombées au champ d'honneur : petits macs, dealers de crack surinés par les mafias, tox' abandonnées comme des pantins désarticulés sur le bitume.

Les deux Africaines aux formes pleines portaient des pantalons moulants – un bleu et un vert – à pattes d'éph' et de petits hauts cintrés à paillettes qui découvraient leur nombril souligné d'un anneau, en dépit du froid. L'une des deux arborait des dreadlocks et l'autre était coiffée d'une perruque de cheveux roux et raides qui tombaient jusqu'à ses fesses callipyges.

– Salut, chéri, c'est cent francs la pipe, mon cœur, lança pantalon bleu et dreadlocks.

Lorsque le nom de Grooteclaes fut prononcé, pantalon vert et perruque rousse démarra au quart de tour :

– Eh, t'en poses beaucoup, des questions, qu'est-ce que tu cherches, des ennuis ? Allez, casse-toi !

Elle repoussa Seb de la main tandis qu'une Renault Laguna s'arrêtait.

Royale, elle monta dans la voiture en lui jetant un regard ulcéré comme il commençait à s'éloigner et que la berline conduite par un quadra en tenue de soirée, mèche de travers, visiblement éméché par son réveillon trop arrosé, amorçait un demi-tour en faisant crisser ses pneus.

– Hep ! Attends ! Hé !

Seb se retourna. Pantalon bleu et dreadlocks l'avait appelé. Il s'arrêta au milieu du boulevard Ney qu'il avait entrepris de traverser. Lentement, il effectua une rotation sur lui-même.

La fille lui fit un signe de l'index.

– Viens voir.

Sa peau était très foncée. La saillie de ses pommettes et le petit boudin de son ventre luisaient sous la pâle lumière des lampes à arc.

– J'ai déjà entendu ce nom-là quelque part. Pourquoi tu le cherches ?

Meyer se dandinait d'un pied sur l'autre sans rien répondre.

La prostituée eut un geste presque tendre de la main vers son bandeau et il recula brusquement d'un pas comme un animal effrayé.

– Qu'est-ce qui est arrivé à ton œil ? C'est lui qui t'a fait ça ?

Seb hocha la tête.

– C'est horrible, mon chéri. Dis, je le connais pas, mais il y avait trois filles ici, il y a déjà quelques années, qui travaillaient pour lui. Moi, je suis ici depuis cinq ans, maintenant. À La Chapelle, il y a toujours eu des filles.

– Tu viens de quel pays ?

– Centrafrique, mon joli. Écoute, ces filles, elles venaient pas de l'Est, c'était des Africaines, comme moi. Des Sierra-Léonaises, je crois bien, parce qu'au début elles parlaient même pas français. Juste anglais. La seule chose qu'ils leur avaient appris à dire c'était : « Cent francs la pipe, deux cents l'amour. » Mais je me souviens pas ce qui est arrivé après. Tu sais, tu devrais aller voir vers le bois de Vincennes, il y a beaucoup plus d'Africaines qu'ici. Elles travaillent en camping-cars. Peut-être que tu trouveras ce que tu cherches là-bas. Dis donc, chéri, t'as pas un peu d'argent sur toi ?

Et comme Seb secouait la tête de droite à gauche, elle ajouta un peu dépitée :

– J'aurais dû te demander avant.

– Ça n'aurait rien changé, tu sais, je suis complètement raide. Fauché. Comment tu t'appelles ?

– Corinne, chéri. Et toi ?

– Sébastien.

– Joyeux Noël, Sébastien.

– Merci. Joyeux Noël à toi aussi.

*

*Paris, janvier 1997*

Le pire était passé. Les fêtes étaient derrière lui.

Le bus qui desservait la ligne Porte-des-Lilas-Château-de-Vincennes portait le numéro 115. C'était celui qu'il prenait pour s'en aller arpenter les allées du Bois.

Corinne avait eu raison. Pratiquement toutes les filles qui tapinaient là venaient d'Afrique. L'aire à explorer était au moins aussi vaste que les boulevards extérieurs et chaque nuit il découvrait de nouveaux recoins où patientaient les camionnettes déglinguées couvertes de tags rachetées par lots aux Domaines et où les filles officiaient.

Plateau de Gravelle, avenue du Tremblay, pourtour de l'hippodrome de Vincennes, il semblait qu'il y en eût partout et Seb parcourait dans le froid chaque allée cavalière, chaque route forestière.

Comme il l'avait fait sur les boulevards, Sébastien avait commencé par observer prudemment le manège des gagneuses. C'était assez différent de ce qui se pratiquait sur les extérieurs.

Tout d'abord, il y avait le ballet des camionnettes : elles étaient apportées en fin de journée par des chauffeurs qui les garaient le long des avenues. Certaines étaient immatriculées à Marseille mais la plupart étaient domiciliées en banlieue parisienne, neuf-trois ou neuf-quatre. Les types grimpaient ensuite dans une voiture-balai et abandonnaient les véhicules sur place.

Dès la fin du jour, les filles commençaient à arriver, certaines déposées par les souteneurs eux-mêmes, reconnaissables à leurs bagnoles de frime, mais beaucoup venaient à pied depuis le métro, seules ou par groupes de deux ou trois, vêtues d'anoraks et coiffées de bonnets de laine. Elles grimpaient dans les fourgons et se changeaient pour réapparaître déguisées en créatures dans la cabine où elles allumaient une bougie ou bien une lampe-tempête à pétrole pour signaler leur présence. Celles qui se partageaient une camionnette passaient le temps en papotant. Quand un client montait, celle qui n'était pas en main restait assise à l'avant à tourner les pages d'un numéro de *Voici* ou de *Gala* écorné à force d'avoir été tripoté.

Seb parcourait le Bois, guidé dans la nuit par les lumignons des putes comme dans un conte de Grimm revisité par la mafia. Les silhouettes torturées des branches dénudées par l'hiver se tordaient sous le vent tempétueux contre le ciel encombré de nuages sur lequel se reflétaient les éclairages urbains. L'air sentait la boue.

Vers quatre ou cinq heures du matin, les filles se métamorphosaient en ménagères consciencieuses, passaient un coup de balai sur le sol à l'arrière des fourgons, vidaient les sacs-poubelles remplis de lingettes, de préservatifs et de Kleenex gorgés du foutre d'une armée d'hommes frustrés livrés à la solitude et à la misère sexuelle, renversaient sur la terre gorgée d'eau les bocaux de conserves emplis d'urine dans lesquels elles s'étaient soulagées accroupies dans les camions toute la nuit durant, et enfin, épuisées, elles regagnaient le château de Vincennes en titubant pour y attraper le premier métro ou un taxi en maraude.

Sébastien patientait parfois devant un café, face au château, en compagnie des bidasses qui rentraient de leurs virées nocturnes en braillant. Le premier 115 pour la porte des Lilas démarrait aux aurores.

Arrivé au Pré-Saint-Gervais, il s'écroulait dans les draps gris pour ne s'éveiller qu'au crépuscule, poussait le long des murs les déchets qui encombraient le deux pièces sans plus de téléphone ni d'électricité et se préparait un café au lait accompagné de tartines beurrées.

Les maigres subsides que lui versait l'État permettaient à peine de payer son petit loyer, sa carte orange et d'acheter quelques menues provisions de bouche.

Après une période d'observation, il avait commencé à questionner à nouveau les filles.

C'était un cérémonial monotone et déprimant. Il s'avançait vers un fourgon, se penchait à la vitre – l'habitacle exhalait un air tiède et humide surchargé de vapeurs de pétrole –, la putain lui souriait. Sanglée dans des sous-vêtements le plus souvent blancs immaculés tranchant sur sa peau noire, elle attendait le traditionnel « C'est combien ? ». Au lieu de quoi venait une autre question, toujours la même :

– Est-ce que vous connaissez un certain Grooteclaes ?

Le sourire s'évanouissait. Au mieux, on lui répondait par la négative. Au pire, la fille se détournait avec dédain, remontait sa vitre. Parfois elle ajoutait pour faire bonne mesure :

– Dis donc chéri, je suis pas les RG !

Parfois elle se contentait de l'insulter dans une langue africaine inidentifiable.

C'est par une de ces nuits glaciales de fin janvier qu'il trouva la renarde. Un lundi.

Il cheminait vers quatre heures trente du matin sur l'avenue qui permettait d'accéder à la Cartoucherie. C'était l'heure creuse. Les nuiteux étaient au lit, les lève-tôt pas encore debout et seul le grondement d'un moteur qui se rapprochait trahissait un soupçon de vie. La rumeur de la ville elle-même s'était tue, dominée par le froissement des feuilles mortes sous les rangers crevassées de Seb.

Du bois de Vincennes montait une odeur d'humus, de cimetière en hiver.

La Citroën Saxo déboucha comme il venait de dépasser la vieille guérite de béton percée d'une meurtrière, qui montait une garde inutile devant la Cartoucherie. Il cheminait sur le trottoir boueux entre les flaques couvertes d'une croûte de glace en formation.

Ce fut le moment que choisit la renarde pour traverser et Meyer n'eut que le temps d'entr'apercevoir un éclair de feu avant d'entendre le choc, et le jappement de douleur de l'animal projeté sur le bas-côté.

La voiture disparut sans même avoir ralenti en laissant derrière elle un sillage d'échos étouffés de techno.

La renarde essayait désespérément de se relever et de s'enfuir comme il approchait d'elle, mais ses pattes arrière visiblement brisées refusaient de lui obéir et chaque tentative lui arrachait un gémissement. Elle commença à ramper en se propulsant péniblement avec ses antérieurs et comme Seb ne se trouvait plus qu'à un mètre d'elle, elle montra ses crocs en retroussant les babines. Sa fourrure rousse était tachée de sang et ses longues et fines moustaches frémissaient de terreur. Comme il avançait la main vers elle, elle essaya de le mordre et ses yeux jetaient des éclairs sauvages, farouches et résolus dans l'obscurité.

Il resta là peut-être une heure entière, sans bouger, transi de froid, à la regarder en se demandant ce qu'il allait faire. Il s'était accroupi pour garder en lui un peu de chaleur et se rappela une anecdote qu'il avait lue alors qu'il était collégien, ça l'avait impressionné au point qu'il s'en souvenait encore. L'histoire se déroulait à Sparte, dans l'Antiquité. Un jeune Spartiate avait voulu apprivoiser un chat sauvage ; il l'avait dissimulé sous son uniforme, mais l'animal s'était débattu, luttant de toutes ses forces pour recouvrer sa liberté. La discipline devait être rude en ces temps-là à Sparte. Bien que le félin eût éventré le jeune soldat avec ses griffes, celui-ci n'émit pas la moindre plainte de peur de trahir la présence du félin.

Évidemment il en mourut.

Meyer s'était rapproché centimètre après centimètre de la renarde. Il avait ôté son gros tricot. D'un bond, il plaqua au sol l'animal qui se débattit en hurlant de douleur jusqu'à épuisement et réduisit le pull de Lejla à un informe chiffon de laine. Il transporta la renarde enveloppée dans les restes du chandail jusqu'au Pré-Saint-Gervais où il ne parvint que vers dix heures du matin, les pieds en capilotade.

Le vétérinaire avait plâtré tout le bassin et les pattes arrière de la renarde après l'avoir anesthésiée. Il avait demandé en tirant sur sa grosse barbe poivre et sel :

– Où est-ce que vous l'avez trouvée ?

– Dans le bois de Vincennes.

– Ça ne me surprend pas, ils sont de retour aux abords des villes depuis déjà quelques années. Comme pas mal d'animaux sauvages, d'ailleurs. Vous comprenez, ils ne sont pas chassés, par ici. Figurez-vous qu'on en a même aperçu en pleine nuit en train de faire les poubelles rue de Rivoli à Paris. Bon, c'est une femelle, comme vous l'avez constaté vous-même. Il ne me semble pas qu'elle allaite des petits en ce moment. Elle est encore assez jeune, je dirais trois ou quatre ans. Qu'est-ce que vous allez en faire ?

– Je ne sais pas, vous croyez que je pourrais la garder ?

Le vétérinaire s'était frotté les mains sur sa blouse blanche maculée d'humeurs et avait hésité longtemps avant de répondre.

– C'est un animal sauvage. On n'apprivoise pas un renard. On n'est pas dans *Le Petit Prince*, vous savez. Il est possible que ça ne se passe pas très bien, qu'elle vous morde. Pour la rage vous ne risquez rien, je viens de la vacciner. Mais elle pourrait aussi bien s'échapper, blesser un enfant. C'est une grosse responsabilité que vous prenez là.

– Qu'est-ce que je suis censé faire, dans l'immédiat ?

– Maintenez-la au chaud et au calme. Laissez-lui de l'eau à portée. Voici quelques médicaments contre la douleur. En espérant qu'elle voudra bien les avaler. Et qu'elle acceptera de manger. Essayez de lui donner de la viande crue. Je ne peux rien vous garantir. Peut-être qu'elle se laissera mourir.

Dans la pièce voisine, on entendait japper un chien.

Le cabinet sentait le fauve et le désinfectant.

– Combien je vous dois ?

Le vétérinaire détailla Seb des pieds à la tête, son T-shirt crasseux, le pull en lambeaux qu'il lui avait rendu, les rangers au cuir fendu, il renifla l'odeur de sueur rance qui émanait de lui et s'attarda longtemps sur le bandeau de cuir avait de décréter :

– Laissez tomber. Je ne sais même pas si elle survivra.

Meyer avait traversé la salle d'attente où une poignée de toutous patientaient sur les genoux de leurs maîtres en tremblant de trouille, l'un d'eux avait même pissé sous lui, et il se retrouva sur le trottoir de l'avenue Jean-Jaurès. Il n'en avait pas pour plus de cinq minutes à pied, le Pré-Saint-Gervais était la plus petite commune d'Europe par sa superficie.

Il traversa l'avenue au niveau de la poste, la renarde endormie dans les bras, et remonta jusqu'à la place Séverine le long des bâtiments de brique rouge des années 30. L'avenue Édouard-Vaillant commençait à l'autre bout de la place. Il monta jusque chez lui et déposa l'animal sur les ruines du tricot, à même le sol, puis alla chercher un bol rempli d'eau qu'il posa à côté d'elle. Il s'endormit en regardant la fourrure rousse se soulever au rythme de la respiration lente et régulière de la bête. Plus tard, lorsqu'il s'éveilla, des gestes réflexes agitaient les pattes avant de la bête. Quelle proie poursuivait-elle ? Que fuyait-elle ?

# 12

*Bois de Vincennes, Paris 13e arrondissement,*
*février 1997*

Le Trafic Renault jaune défraîchi à bout de souffle que Roger Olomidé avait racheté à la Poste dans une vente aux enchères était garé le long de l'école d'horticulture du Breuil, sur les espaces de stationnement de l'avenue de la Pyramide.

À l'intérieur, Juicy pestait contre son mac, portable collé à l'oreille depuis une bonne demi-heure.

– Roger, merde ! Elle parle pas un mot de français, comment tu veux que les filles lui expliquent ? Pourquoi tu l'as pas mise avec moi ? Elle est complètement effrayée.

Une nouvelle était arrivée la semaine précédente de Kingston, Jamaïque, via le pavillon de Villepinte.

Procédure habituelle, demande d'asile, elle voulait passer en Angleterre, rêvait d'aller jusqu'en Australie, Grooteclaes l'avait bloquée à la sortie du TGI de Bobigny, envoyée comme toutes les autres en maison de dressage et revendue à Roger.

Comme Kate Mougabé, devenue Juicy.

À présent, elle n'irait pas beaucoup plus loin que l'avenue de la Pyramide où son camion était stationné. C'était une jolie métisse à la peau caramel et aux yeux bleus, sanglée dans un body noir. Ce con d'Olomidé l'avait installée à l'autre bout du Bois avec une Centrafricaine chargée de la former sur le terrain. Et bien entendu la Centrafricaine ne parlait pas un traître mot d'anglais. Du coup, à chaque fois qu'elle avait un truc à expliquer à l'autre, elle était obligée d'appeler Juicy sur son portable, de lui dire ce qu'elle cherchait à lui faire entrer dans le crâne avant de passer le téléphone à la Jamaïcaine pour que Juicy lui traduise en anglais.

Tout ça était d'un compliqué ! C'était rien de le dire.

Certaines filles devenaient les auxiliaires des proxénètes, elles adoucissaient ainsi leur sort, arrivaient à se faire un peu plus d'argent. Elles retrouvaient prise sur la vie en exerçant un pouvoir sur autrui.

Juicy était sans cesse interrompue par des clients qui collaient leur nez contre la vitre cassée, remplacée par des bandes de Scotch large translucide. Une trace du dernier épisode des guerres de territoire qui se livraient ici.

Elle venait à peine de raccrocher que le téléphone sonna à nouveau l'intro de la chevauchée des Walkyries.

– Ouais ? Quoi ? demanda-t-elle sur un ton cassant. OK, passe-la-moi. *She says that when a client asks for two girls for a blow job, you call her, and she'll come from her « camion » into yours to handle the client, OK ?* Allô ? Ouais. Je lui ai traduit, c'est bon. Comment ? Je lui ai dit que si le client voulait deux filles pour une pipe, elle t'appelait et tu descendrais de ton fourgon pour la rejoindre dans le sien. Le prix ? Tu fais chier ! C'est la seule chose qu'elle sait dire, avec chatte, bite, couille et nichons ! Quoi ? Elle sait pas ? Bon. Tu prends un bout de papier et tu lui écris dessus, OK ? Ras l'bol de traduire, moi. Appelle Roger et dis-lui de venir, c'est pas vivable, ou alors il la met avec moi !

Juicy coupa son portable et se rejeta sur l'oreiller posé contre la vitre du côté conducteur.

Au bout de quelques minutes, elle entreprit le ravalement complet de ses peintures de guerre.

Soirée de merde ! Et à présent, il n'y avait plus un client à la ronde alors qu'ils n'arrêtaient pas de tourner autour de son fourgon pendant qu'elle téléphonait.

Vraiment, cette nuit-là, elle ne la sentait pas.

Juicy décida de mettre à profit ce moment de répit pour faire un brin de ménage dans le Trafic. Elle écarta le rideau et pénétra à l'arrière. Tous les camions étaient formatés. Les vitres étaient aveuglées, une plaque d'aggloméré occupait tout le fond du véhicule et faisait office de sommier à un mètre du sol. Des pages de magazines pornos étaient scotchées aux cloisons de métal, afin de doper les ardeurs défaillantes des mâles en quête de frissons tarifés. Sur l'agglo, les gars chargés d'aménager les fourgons ajoutaient un matelas en mousse, une couverture bon marché. Juicy déroula une grande serviette de papier et la disposa sur le grabat pour le prochain client, comme chez le docteur. Un godemiché trônait, dressé sur une tablette à côté d'une chandelle, sous un portemanteau en bois. Juste à côté des lingettes et des préservatifs. Le matos, quoi.

Juicy vida la poubelle dans un sac plastique et baissa le niveau du radiateur à pétrole qui faisait régner dans l'habitacle une chaleur humide, poisseuse et insalubre.

Elle repassa à l'avant et laissa retomber le rideau rouge sombre derrière elle.

Tiens, un client. Bon, les affaires reprenaient.

Elle dévisagea avec un sourire de circonstance le jeune gars malingre qui collait son nez contre les bandes de Scotch. Puis s'attarda avec méfiance sur son bandeau de cuir, ses cheveux gras emmêlés, sa dégaine souffreteuse.

Eh ben, c'était sûrement pas avec lui qu'elle allait faire fortune.

– Bonsoir chéri, c'est cent francs la pipe, deux cents l'amour.

*

La renarde avait survécu. La veille, le vétérinaire lui avait ôté son plâtre. Il avait fallu du temps avant qu'elle accepte de manger les rognures de boucherie que Seb déposait près d'elle. Elle faisait sous elle, le deux pièces avait été vite envahi de lourds relents de vènerie.

Il avait remédié au problème avec des morceaux de papier journal disposés sur la térasolite et qu'il changeait chaque jour. Il ne pouvait toujours pas s'approcher d'elle. Elle était prête à mordre la main qui la nourrissait sans le moindre problème. Meyer avait passé des jours entiers à l'observer. Certains soirs la mélancolie envahissait ses yeux dorés, des lueurs étranges chassaient l'abattement de son regard, le feu prenait, les images de forêts immémoriales, de mousses inondées du sang de ses proies remplaçaient la tristesse. Elle voyait, et nul n'aurait pu décrire le sauvage spectacle que contemplaient ces yeux et qui remontait à la nuit des temps. Comme un trait ses paupières se fermaient, le rideau retombait sur la scène sacrificielle, et sa respiration régulière berçait à nouveau Seb qui certains soirs ne trouvait même plus le courage de poursuivre sa traque.

La nuit où il rencontra Kate Mougabé, il avait dû mobiliser toute son énergie pour s'arracher à la contemplation tranquille de la renarde.

Il y avait dans l'air nocturne une tension, comme quand l'électricité amassée au-dessus des champs se ramasse au cœur des nuées juste avant de s'abattre en orage.

– Bonsoir chéri, c'est cent francs la pipe, deux cents l'amour, avait-elle lâché.

Cette femme avait un regard dur, sauvage, avide, qui lui rappelait celui de la renarde.

Débordant de son ensemble slip et soutien-gorge rouge, des bourrelets de graisse avaient fait éclater sa peau distendue en vergetures comme un fruit trop mûr.

– Comment tu t'appelles ?

– Moi, c'est Juicy, fit-elle avec une pointe d'accent anglo-africain. Et toi ?

– Seb.

– Alors, tu montes ?

– Grooteclaes, ça te dit quelque chose ?

Il y avait eu un silence. Elle avait commencé à faire non de la tête, avant de se raviser et de le fixer d'un air matois :

– Connais pas. Qui veut le savoir ?

– Moi.

– Qui est moi ?

Seb n'avait pas répondu.

Bingo !

Elle connaissait Grooteclaes. Il en aurait mis sa main à couper. Il la dévorait à présent du regard, cherchant sur sa peau, sur ses lèvres, sur son corps le moindre indice de son mensonge et le grain germa sur l'ébène, une chair de poule à peine perceptible, un frisson, tandis que la ruse remplaçait la méfiance dans ses yeux sans éclat.

– Qu'est-ce que tu lui veux ?

– Faut que je lui parle.

– C'est un peu court, chéri.

Peut-être que Grooteclaes serait content si elle lui ramenait ce gringalet. Oui. Peut-être qu'il aimerait savoir qu'on le cherchait. Et peut-être qu'il lui serait reconnaissant de l'information. Peut-être même que le Belge et Roger lui accorderaient une gratification supplémentaire. Ou plus de responsabilités dans l'organisation.

– Écoute, mon joli, je le connais pas. Mais laisse-moi un téléphone, une adresse, quelque chose. Je peux me renseigner autour de moi, il y a peut-être une fille qui le connaît.

– J'ai pas le téléphone.

Les diodes de l'horloge du tableau de bord du Trafic marquaient 04:17.

– T'as qu'à revenir la nuit prochaine à la même heure. Je serai là, au même endroit. Je bouge pas. Je te dirai si j'ai du nouveau.

C'était trop beau. Trop facile.

Elle avait dit demain vers quatre heures du matin, au même endroit. Le Bois était désert à cette heure, il pouvait arriver absolument n'importe quoi. Et si Grooteclaes en personne était là ? Et comment le reconnaîtrait-il ?

Seb n'avait pas le début du commencement d'une idée de l'apparence physique du bonhomme. Il lui faudrait absolument se procurer une arme d'ici le lendemain.

Dans la cité ça devait pouvoir se trouver.

Il s'éloigna à reculons du Renault sans quitter du regard la prostituée. Elle avait déjà détourné la tête et parlait dans son portable.

Roger Olomidé avait décidé de veiller toute la nuit. Les guerres pour les emplacements de camions se faisaient à chaque nouvel épisode un peu plus féroces.

Mais il avait finalement capitulé devant le sommeil. Assis le menton affaissé sur la poitrine dans sa vieille Porsche 924 à la peinture noir laqué défraîchie, il sursauta lorsque la sonnerie de son téléphone retentit dans l'obscurité et l'appareil tomba sur le plancher où il le récupéra maladroitement.

À deux cents mètres devant lui environ, il pouvait voir le Trafic de Juicy. Un client s'en éloignait sans qu'il pût dire s'il avait consommé ou non. Il se frotta les yeux.

– Allô ?

– Roger ? Tu vois le gringalet qui remonte vers toi ? Il cherche Grooteclaes. Je sais ni son nom, ni où il habite, ni rien. Je lui ai dit de se repointer demain à la même heure.

Et Juicy raccrocha.

À présent, Olomidé était tout à fait réveillé. Lorsque Seb parvint à sa hauteur, il se tassa sur le siège-baquet usé dont les craquelures laissaient échapper de la mousse.

Il observa la silhouette maigrichonne qui décroissait nonchalamment dans son rétroviseur.

Est-ce que ça valait le coup de déranger Grooteclaes à bientôt quatre heures et demie du mat'pour un zonard pareil ? On savait jamais comment on tombait, avec lui.

Il composa le numéro de l'ex-mercenaire.

– Il est seul, demanda tout de suite le Belge, ou avec une fille ?

– Apparemment, il est seul. Il a l'air bizarre. Je sais pas s'il est dangereux.

Grooteclaes avait paru réfléchir, puis il avait encore demandé :

– Est-ce qu'il est borgne ?

– Ouais, comment tu… ?

– Suis-le. Je veux savoir qui il est, où il habite, combien de fois il va pisser cette nuit. Et après tu m'appelles, d'accord ?

– OK, c'est cool. Oh, dis donc, tu sais, Juicy, elle lui a donné rendez-vous ici demain à la même heure.

– C'est une bonne, Roger. Tu as fait une affaire avec elle.

Olomidé attendit que le type se trouve à une distance raisonnable et démarra. Il effectua un demi-tour et commença à rouler au ralenti en direction du château de Vincennes.

Apparemment, ce petit con n'avait pas de bagnole. À moins qu'il l'ait laissée plus loin, il allait sûrement essayer de prendre un taxi à la station de métro.

Seb remontait l'avenue de la Pyramide vers la Cartoucherie. Les fourgonnettes étaient stationnées à touche-touche. Les filles épuisées dormaient, bouches ouvertes, têtes renversées en arrière, visages écrasés contre les vitres où s'épanouissaient les corolles de buée nées de leur haleine. Certaines reposaient en chien de fusil, recroquevillées sur les matelas de mousse à l'arrière des véhicules aux rideaux ouverts. Les camionnettes ne changeaient pas toutes d'emplacement. Certaines étaient là à demeure et les prostituées s'y succédaient nuit et jour. Celles-là avaient les pneus à plat, le temps avait eu raison de la tôle et les carrosseries ployaient sous les ans et la rouille.

Meyer parvint à la station des bus où l'horloge marquait cinq heures douze.

Il frissonna. Roulé en boule sur un banc, il attendit en claquant des dents que le premier 115 s'ébranle en direction de la porte des Lilas.

Bordel de merde ! Qu'est-ce qu'il lui faisait, là, Grooteclaes ? Il lui faisait suivre un clodo, ou quoi ? Olomidé dut patienter jusqu'aux petites heures. Les premiers passagers se pressaient sous les auvents. Ouvriers, employés des petits matins glauques. Certains fumaient leur première clope en battant la semelle. À intervalles réguliers, le proxénète rallumait son moteur et lançait le chauffage à fond. Putain, il devait se cailler, l'autre, là-bas, sur son banc.

Enfin il se redressa, s'ébroua et, comme l'autobus se rangeait le long de sa rampe de départ, il alla se réfugier sur la banquette du fond où il se rendormit aussitôt.

Le 115 avait atteint la mairie de Montreuil quand la sonnerie aigrelette du portable d'Olomidé retentit dans les tréfonds de sa veste en cuir noire.

– Roger ! Roger ! Les Camerounaises ! Elles brûlent les camions ! Vite, vite ! Reviens !

Juicy hurlait dans le haut-parleur, puis la communication fut coupée.

Contrarié, Olomidé essaya de rappeler. Il n'obtint qu'une messagerie vocale.

Merde ! Manquait plus que ça !

Il rappela Grooteclaes.

– Continue de le suivre. J'appelle les flics, lâcha le Belge, laconique.

Bon, qu'elle aille se faire foutre, après tout. Grooteclaes gérait, et il avait de l'abattage.

Les flammes montaient au-dessus du bois de Vincennes, et avec elles une lourde fumée noire épaisse et malodorante, chargée de gaz toxiques, de plastique brûlé, de pneus fondus.

De sombres et indistinctes silhouettes s'affairaient, courant d'un fourgon à l'autre, massacrant à coups de masse les pare-brise, les constellant d'étoiles de verre, puis jetant les filles suppliantes sur la terre battue à bas des véhicules. Les cocktails Molotov embrasaient les habitacles, les macs des Camerounaises, aidés par ces dernières, tabassaient les filles qui résistaient.

La guerre de territoire durait depuis plusieurs mois déjà. Les filières camerounaises étaient installées depuis de nombreuses années dans le Bois. Elles voyaient d'un très mauvais œil l'irruption des nouvelles venues, chaque mois plus nombreuses. En France, les Camerounais étaient comme chez eux. Ils entendaient bien le faire savoir à ces réseaux de Sierra-Léonaises et de Libériennes infoutues d'aligner trois mots de français.

Même Juicy, dont le statut d'ancienne était jusqu'ici indiscuté, fut traînée à terre par les tresses.

Le grand gaillard mince et musclé qui s'en était pris à elle était vêtu d'un haut de jogging noir à capuche rabattue sur une casquette de base-ball blanche immaculée et son visage disparaissait dans l'ombre comme celui d'un moine dément et seuls ses yeux furieux brillaient de cruauté. D'un coup du talon de sa Reebok, il brisa le téléphone qui s'était échappé des mains de Juicy, et les pièces de plastique s'éparpillèrent en gerbes multicolores. Secondé par deux filles qui l'encourageaient, il la tira par les bras jusqu'au milieu de l'avenue en la bourrant de coups de pied.

– Police passe ! Police passe ! hurla l'une des Camerounaises comme des sirènes annonçaient l'arrivée imminente des forces de l'ordre.

Le type, sans la lâcher, avait levé la tête.

La Sierra-Léonaise avait profité de ce court instant d'inattention pour lui échapper d'une ruade et se précipiter dans l'habitacle d'où elle ressortit comme quelque divinité courroucée en sous-vêtements rouges, pieds nus, une bombe de gaz d'attaque à la main et l'homme la cueillit d'un coup de couteau dans le ventre qui la plia en deux, et il frappa, frappa encore jusqu'à ce que Juicy s'affaisse et que son slip et son soutien-gorge rouges se fondent avec le fleuve de sang qui sourdait de ses multiples plaies.

Une des Camerounaises vêtue d'un jean et d'un long manteau à pans flottants était montée à l'arrière du Trafic et s'était saisie d'un bidon de pétrole désaromatisé dont elle aspergea l'habitacle et le liquide gras ruisselait sur les scènes pornographiques scotchées aux parois. Elle se saisit d'une boîte d'allumettes et de la bougie, l'alluma, descendit du fourgon et la jeta sur le matelas qui s'embrasa aussitôt.

Quand la police arriva quelques minutes plus tard, la mafia camerounaise avait réussi à incendier sept véhicules. Les hommes de la Brigade anticriminalité arrêtèrent une des prostituées qui n'avait pu s'échapper à temps.

Les efforts pour sauver Kate « Juicy » Mougabé, transportée d'urgence à l'hôpital Bégin, restèrent vains.

*

*Paris, février 1997*

Roger Olomidé et Arnaud Grooteclaes étaient assis face à face dans la cuisine du pavillon de Villepinte, tous deux de très mauvaise humeur.

Olomidé parce qu'il avait perdu beaucoup d'argent. Le temps qu'il avait fallu pour former Juicy ! Les salauds ! Cette guerre prenait une très mauvaise tournure. Les Camerounais paieraient ça au prix fort. Il n'aurait pas dû écouter le Belge. Il aurait dû faire demi-tour.

De toute manière, il serait arrivé trop tard. Ou juste à temps pour se faire suriner.

Tout ça avait l'air d'être le cadet des soucis de Grooteclaes.

– Tu dis qu'il s'appelle Sébastien Meyer. Tu es sûr ?

– Son nom était marqué sur la porte, et aussi sur la boîte aux lettres. Ce peigne-cul habite au Pré-Saint-Gervais, dis donc. Qu'est-ce que ce loqueteux a à voir avec toi ?

L'ex-mercenaire se contenta de fixer Olomidé dans les yeux sans répondre.

Mieux valait ne pas insister.

Dehors, les chiens s'étaient mis à aboyer.

Ces salauds de snipers avaient tout foutu en l'air, à Sarajevo. Ils avaient buté ses clients, tué ce couillon de Lesueur, bien fait pour cette grande gueule, il l'avait bien cherché, après tout. Ils avaient détruit son business. Tout était à reconstruire. Heureusement qu'il avait conservé son affaire d'import-export de filles. Ça l'avait sauvé.

Il se souvenait comme si c'était hier.

Ce matin-là, il avait pris rendez-vous avec le groupe, pas très loin du Holiday Inn. Ils devaient partir sur Gorazde. Il avait vu arriver ce trou du cul de Lesueur pied au plancher, comme si le diable lui mordait le cul, il s'était dit : ce con va se planter et me tuer tous les clients, si ça se trouve il est encore bourré. Le VW allait trop vite, il avait tourné la tête et avait juste eu le temps d'apercevoir un photographe qui épaulait son appareil et tout avait explosé dans une gerbe de ferraille, de sang, de feu et de débris humains. Une fraction de seconde, il avait pensé à l'accident, mais non, il était un professionnel, il avait reconnu l'impact du lance-roquettes.

C'était râpé. Avant de décrocher, il avait remarqué un VAB de la Forpronu qui s'approchait. D'instinct, il avait mémorisé toute la scène : les bouts de corps noircis et sanguinolents qui avaient jailli du van éventré, le photographe allongé sur le trottoir, probablement nettoyé lui aussi.

Qui est-ce qui avait bien pu lui faire un coup pareil ?

Il avait mis longtemps à recoller les morceaux.

Il avait d'abord fallu qu'il quitte l'ex-Yougoslavie, et vite, encore.

Les jours suivants, il avait lu dans les journaux qu'un reporter français, Sébastien Meyer, avait été blessé sur Sniper Alley par un tireur isolé.

Aucune mention du van.

Il n'y comprenait rien.

Ce silence. Ce n'étaient pas les snipers. Ils n'avaient pas ce pouvoir. La Forpronu l'avait.

Ils savaient. Ça avait été un coup monté. Peu à peu, l'hypothèse s'était imposée comme une évidence. Son service de renseignement auprès d'anciens mercenaires russes était efficace.

Il avait très vite appris le nom d'un des snipers, un tireur d'élite serbe célèbre dans tout Sarajevo, le meilleur à ce qu'on disait.

Mais, de Paris où il était retourné se cacher, le Belge avait été réduit à l'impuissance.

Enfin, jusqu'à ce que Milkovic refît surface métamorphosé en mafieux embourgeoisé, à Bruxelles.

À Bruxelles ! Ça avait été d'une facilité !

Du coup, sa vengeance lui avait laissé un goût fade dans la bouche.

Grooteclaes n'arrivait toujours pas à décider si ce jeune trou du cul de photographe était réellement protégé par les pontes de la Forpronu ou bien si l'éliminer purement et simplement ne comportait absolument aucun danger.

Allez savoir ce qu'il avait pu raconter autour de lui. Ce mec était dans la presse, en plus.

Le plus étonnant, dans tout ça, c'était qu'Olomidé lui avait décrit un demi-clochard. Et l'informateur de Grooteclaes à Sarajevo avait fait le même genre de description du gars quand il l'avait croisé par hasard, en train de demander partout après Milkovic, sur le marché Arizona.

Non. Décidément, il ne savait pas trop quoi faire avec ce type.

On allait déjà lui faire peur. Après, on verrait bien.

Grooteclaes écrasa sa Marlboro dans le cendrier posé sur la table de la cuisine.

– Je te dois une fille, Roger. Je m'en souviendrai. Viens la chercher dans un mois. J'attends un nouvel arrivage.

– Tu me dois aussi deux camions. Ils ont foutu le feu à celui de la Jamaïcaine, aussi. Mais elle, elle a rien qu'un œil au beurre noir.

Le Belge avait sorti de la poche jambière de son treillis noir une énorme liasse de billets de cinq cents francs retenus par un gros élastique. Il en compta trente et les tendit à Olomidé.

– Quand tu auras la fille, on sera quittes.

Il se leva pour accompagner le proxénète zaïrois jusqu'à sa Porsche de pacotille garée dans le jardin.

Quand il eut disparu, Grooteclaes se dirigea vers les quatre nervis qui fumaient dans la cour. Ils jetèrent leurs mégots sur l'herbe grillée par l'hiver, les deux pitbulls assis à leurs pieds ne bougeaient pas.

Il donna l'adresse de Seb et ajouta :

– Faites-lui peur. Et faites-lui mal.

*

*Le Pré-Saint-Gervais, février 1997*

Seb était tombé comme une masse en contemplant la renarde qui tournait anxieusement en rond au bout de sa laisse, sur les morceaux de papier journal déchiqueté. Il s'était endormi en se demandant ce qu'il allait bien pouvoir faire de cette sacrée bestiole.

Un jour ou l'autre, il faudrait bien qu'il la relâche.

Face aux pitbulls, elle n'eut pas l'ombre d'une chance. Elle se battit bien, pourtant, mais ils se jetèrent sur elle comme à la curée pendant qu'elle hurlait et que les aigus qui naissaient dans sa gorge rebondissaient contre le plafond. Seb n'eut pas plus d'occasion de se défendre. Les hommes en bombers kaki avaient fait voler en éclats la porte d'entrée de l'appartement, et avant même qu'il fût totalement réveillé, ils l'immobilisèrent sur le lit, l'un assis sur son bassin, main plaquée sur sa bouche et Seb pouvait sentir l'odeur aigre de son haleine tandis qu'il cherchait le regard de la brute à travers les fentes de la cagoule de laine, et l'autre installé à cheval sur ses jambes. Le troisième avait lâché les chiens sur la renarde et considérait l'hallali.

Pendant que les pitbulls plongeaient leurs crocs dans la peau tendre du ventre de l'animal dans un jaillissement d'intestins, le troisième larron brandit très haut une masse d'un kilo et l'abattit successivement sur chacun des tibias de Seb qui se brisèrent net, et les esquilles d'os transpercèrent la peau telles des proues de sous-marins crevant la banquise.

Le quatrième larron vidait le contenu des tiroirs de l'appartement, renversait les babioles, les souvenirs et les cassettes de westerns. Il eut tôt fait de mettre la main sur les photos du fourgon de Partage et Solidarité, qu'il empocha aussitôt.

Seb essayait en vain de mordre la main qui le bâillonnait. La fulgurante douleur de ses os qui se brisaient l'avait traversé de part en part, il s'était tendu comme un arc, révulsé, et avait vomi entre les doigts qui couvraient sa bouche.

– Ah, c'est dégueulasse ! Salaud ! fit l'autre en se relevant et en regardant sa main maculée de vomi.

Il envoya un coup de botte dans les côtes de Seb.

Et soudain tout fut terminé. Ils se relevèrent en chœur, l'un dit :

– On s'arrache.

Et ils s'enfuirent par le couloir en courant, le dernier lui jetant comme il sortait :

– Arrête de chercher Grooteclaes. Tu vois, il t'a trouvé, lui.

Seb cherchait son souffle, son œil unique envahi de larmes, il essaya encore de hurler, tenta de se redresser et perdit connaissance sous l'effet de la douleur.

## 13

*Paris, mars 1997, hôpital Tenon*

Décidément, Seb était abonné au vieil hôpital décrépit coincé entre les stations Gambetta et Saint-Fargeau. Les douleurs s'étaient estompées peu à peu sans toutefois véritablement disparaître depuis ce jour de février dernier où le Samu l'avait amené hurlant sur la civière, les deux tibias fracassés, au service des urgences. Au début, sous la gangue des plâtres qui emprisonnaient ses jambes, il pouvait sentir l'acier chirurgical des vis pénétrer ses os et maintenir les plaques bien en place le long des fractures. Les anti-inflammatoires avaient dévasté son estomac mais ils avaient dompté la douleur qui ravageait ses jambes suspendues à des potences.

Quant à la renarde, il évitait soigneusement d'y penser.

Bien sûr, les flics s'étaient pointés.

Par deux. Ils allaient toujours par deux. Comme les paires de couilles. Ou les yeux.

En principe.

Ils étaient deux, donc, l'inspecteur Lecoq et l'inspecteur adjoint Poulet. Ça ne s'inventait pas et, n'eût été la douleur – insupportable –, Seb aurait été incapable de garder son sérieux. Si Lecoq affichait une quarantaine révolue, décharnée et déplumée, drapée dans un costume de velours noir à la Bruant, Poulet, pourtant beaucoup plus jeune, avait opté pour un total look vieux style, santiags, Perfecto et 501 compris.

Bref, les deux hommes l'avaient cuisiné un moment sur la présence d'un animal sauvage dans son appartement, sur la nature de ses agresseurs, sur ses ennemis réels et supposés avant de repartir bredouilles, après une vague promesse de Seb de passer au commissariat, juste derrière la mairie du 20e, à cent mètres à peine de l'hôpital de l'autre côté du square.

Meyer n'avait même pas voulu porter plainte.

– Qu'est-ce que vous voulez, je dormais, je n'ai rien vu, des cinglés, c'étaient des dingues, c'est tout. Ou alors un règlement de comptes et les mecs se sont trompés d'immeuble, je sais pas moi.

– Si vous ne portez pas plainte, vous ne serez pas remboursé pour les dégâts, vous le savez, ça, avait objecté Poulet.

De toute façon, Seb n'avait pas réglé le montant de sa prime d'assurance. Trop fauché.

Le regard sévère d'une infirmière chassa le duo, non cependant sans que Lecoq se retourne une dernière fois.

– Je ne vous crois pas, monsieur Meyer. Si vous avez quelque chose à me dire, vous savez où me trouver, n'est-ce pas, avait-il lâché sur le pas de la porte sans attendre de réponse, avant de s'éloigner.

Seb n'avait reçu aucune autre visite, jusqu'à ce que l'assistante sociale – une jeune brunette au nez pointu et aux petits yeux perspicaces cachés derrière une paire de lunettes à montures épaisses – vienne s'inquiéter de son sort.

– Bon, avait-elle commencé sur un ton faussement joyeux. Vous serez bientôt dehors.

Tout en lui parlant elle consultait son dossier, debout au pied du lit sur lequel il gisait immobilisé.

– La cicatrisation est satisfaisante. Il faudra revenir vous faire enlever les fils, et le plâtre aussi. D'ici deux ans, nous devrons vous réopérer pour vous ôter les plaques. Seulement voilà, vous allez sortir bientôt, et vous ne pouvez pas retourner directement chez vous. Vous n'êtes pas en état de marcher, il s'en faut de très loin, et vous allez avoir besoin de rééducation. De beaucoup de rééducation. Vous n'avez pas de chance, décidément. Vous étiez déjà dans l'ordinateur de l'hôpital, vous savez, pour votre œil. Qu'est-ce qui vous est arrivé, cette fois-ci ? demanda-t-elle d'une voix enjouée.

Seb ne prit même pas la peine de répondre.

– Écoutez, je suggère une maison de repos, avec de la rééducation. Vous pourriez aller, je ne sais pas moi, à Granville, par exemple.

– Ça sera long ?

– Tout dépendra de la rapidité de vos progrès.

– C'est cher ?

– C'est en très grande partie remboursé par la Sécurité sociale. Vous avez la Sécu, non ?

Sébastien restait muet.

– Ho ! Je vous parle !

Puis elle comprit.

– Bon sang, mais pourquoi est-ce que ce n'est pas dans votre dossier médical ? Qu'est-ce qu'ils foutent à l'administration ? Attendez, je reviens.

Elle avait fait demi-tour et quitté la chambre à petits pas secs et décidés.

Meyer connaissait la réponse. En tant que pensionné, il était pris en charge par la Sécu, mais au regard de ses revenus la mutuelle restait hors d'atteinte. Il doutait d'avoir les moyens de s'offrir une rééducation au bord de la mer.

Le silence de sa chambre lui faisait du bien. Il était épuisé. Au bout du rouleau.

L'assistante revint en secouant la tête.

– Vous ne pouvez tout de même pas rentrer comme ça chez vous. Vous n'avez pas de famille ?

Meyer secoua négativement la tête sur son oreiller.

– Il n'y a pas quelqu'un que je pourrais appeler ?

Il poussa un gros soupir et prononça le seul nom qui lui vint en tête avant de sombrer, assommé par la pharmacopée.

C'est ainsi que quelques jours plus tard Daniel Mouchebœuf poussa la porte de la chambre d'hôpital ou reposait Seb Meyer.

*

*Marne-la-Vallée, mars 1997*

Lorsque l'assistante sociale l'avait appelé, l'ex-lieutenant Dan Mouchebœuf n'avait même pas réalisé tout de suite de quoi il retournait ni surtout de qui il était question.

Mouchebœuf était plutôt occupé à se réconcilier avec lui-même.

Il avait longuement hésité, au moment des fêtes de Noël, et il avait finalement repoussé l'échéance mais sa décision était prise. Il présenterait Amélie à ses parents à l'occasion du week-end de Pâques. Il leur avait déjà parlé d'elle. Ils avaient hâte de la connaître. Le seul point d'ombre était qu'il n'avait pu satisfaire la curiosité de sa mère quant au passé de la jeune fille, qui restait obstinément muette sur toute question concernant sa vie antérieure.

Le Vendredi saint, donc – leurs congés coïncidaient, d'après le planning accroché dans la salle du personnel du supermarché Le Mutant –, ils prendraient la moto et rouleraient jusqu'à Issoudun pour y passer le week-end. Dan avait annoncé la nouvelle la veille à Amélie.

Elle avait commencé par essayer de se dérober – je n'oserai jamais, n'y pense même pas ! – avant de finir par céder.

Une idée trottait dans la tête de Daniel. Se marier. Épouser Amélie. Lui faire des enfants, de beaux enfants multicolores.

Donner la vie, après l'avoir tant de fois prise.

C'est sans doute cette aptitude nouvelle pour l'optimisme, allez savoir, ou bien la perspective d'une rédemption prochaine, qui le conduisirent à accepter de se rendre au chevet de Sébastien Meyer.

Le photographe incarnait pourtant un passé qu'il était désireux d'oublier.

Mais lorsqu'il le vit crucifié sur son lit, borgne, amaigri, réduit à une ombre et le visage encore tuméfié par la raclée qu'il avait reçue, Mouchebœuf tomba assis sur la chaise de plastique en soupirant :

– Nom de Dieu !

Il fallut à Sébastien plus de deux heures pour raconter son chemin de croix de Sarajevo jusqu'à l'hôpital Tenon. En entendant le nom de Grooteclaes, Mouchebœuf avait involontairement renversé un peu de l'eau qu'il était en train de servir dans le gobelet du malade épuisé. Il s'en voulait.

Jamais il n'aurait dû laisser partir le photographe, quand il était venu frapper à sa porte ce jour-là.

Il avait sous-estimé l'entêtement de ce pauvre type. Il avait pensé que ses investigations ne dépasseraient pas les limites de l'Île-de-France, vu le dénuement dans lequel il se trouvait. Il avait pensé que les menaces proférées à l'égard des snipers qui l'avaient blessé relevaient de la forfanterie.

Il avait cru. Il avait pensé. Il s'était trompé et il avait l'air fin à présent devant ce garçon livide qui persistait dans sa rage, qui arrivait encore à chuchoter malgré les calmants :

– Je me vengerai. Je vais trouver Grooteclaes et le tuer. Je tuerai cet enfoiré.

– Pour l'instant, j'ai l'impression que c'est lui qui vous a trouvé. Et qui a failli vous tuer. Avez-vous une idée de la façon dont ils vous ont localisé ?

Seb esquissa une ébauche de sourire tordu. Localisé. C'était bien un terme militaire.

Les habitudes avaient la vie dure.

– J'y ai beaucoup réfléchi. Ça n'a peut-être aucun rapport. Mais par la suite j'ai lu dans le journal que, ce matin-là, des fourgons de prostituées avaient été incendiés et que l'une d'elles, une Sierra-Léonaise, avait été tuée à coups de couteau. Ça pourrait être la fille à qui j'ai parlé. L'endroit correspond. Et elle avait un léger accent. Je sais pas, mais il s'est passé quelque chose cette nuit-là, c'est sûr. Quelque chose qui les a menés directement chez moi.

Il grimaça de douleur.

– Les enfoirés. Dès que je peux marcher, j'y retourne, je le trouve, et je le tue.

– Vous ne savez même pas à quoi il ressemble. C'est lui qui vous tuera.

Meyer tourna la tête vers Dan.

– Vous le connaissez, n'est-ce pas ?

Mouchebœuf ne commettrait pas deux fois la même erreur. Il n'allait pas le laisser repartir comme la dernière fois, et puis découvrir dans les journaux qu'il s'était fait descendre, qu'un promeneur avait retrouvé son corps.

Il y avait eu assez de cadavres comme ça, assez de guerres.

Arrêtez le massacre.

Et tant pis pour le secret.

– C'est lui qui vous tuera, je vous dis. C'est ce qu'ils faisaient, là-bas.

– Quoi ?

– Tuer.

*

*Région d'Omaha, Nebraska, septembre 1992*

Le problème de Duane Mortensen avait été finalement le plus simple à résoudre.

Grooteclaes avait de nombreuses accointances avec les milieux de la sécurité où travaillaient, sur les cinq continents, nombre d'anciens mercenaires comme lui. Ces gens-là restaient en contact, et pas seulement en s'abonnant à *Soldiers of Fortune*[1]. Les réseaux étaient réels.

Il lui avait été facile de faire circuler l'info : il paierait, cher, très cher, toute personne susceptible de lui amener des clients pour ses *reality tours*. Des clients riches, sans scrupules, qui s'emmerdaient. Maître Craig était un vétéran du Panama. Il avait facilement repéré Mortensen. Le salopard ne demandait que ça. Il n'avait eu qu'à le pousser un peu. Quand Grooteclaes avait débarqué à L.A., ils avaient conclu le marché. Restait à former Mortensen. Bien sûr, ce couillon survitaminé plein aux as ne savait pas tirer.

Il aurait raté une vache dans un couloir.

C'était oublier un peu vite à quel point les États-Unis étaient un pays merveilleux.

On pouvait toujours compter sur leur sens inné de la libre entreprise.

Sans parler du lobby des flingues.

Il n'en avait pas coûté plus de 495 dollars pour soumettre Duane Mortensen à un entraînement intensif dans une école du Nebraska, où il apprit en cinq jours à

1. Organe de presse réputé pour être le magazine des mercenaires.

loger une balle dans la cervelle de son ennemi à un kilomètre de distance.

Fort heureusement, Mortensen était cocaïnomane et pas fumeur, sinon il aurait été recalé.

Le Wind Creek Training Center n'effectuait aucun test de dépistage des drogues sur ses élèves. En revanche, le tabac y était proscrit avec la plus grande sévérité.

Les autres stagiaires étaient deux employés du téléphone, un ancien pilote de l'US Air Force, un assistant médical venu passer des vacances hors du commun, et même un flic désireux de se perfectionner à l'école du crime. Six élèves en tout.

Bien sûr, Mortensen avait dû attester la virginité de son casier. Et Maître Craig, qui connaissait Tod Mac Gill, le fondateur-directeur du Wind Creek Training Center, depuis le Panama où il avait servi comme *sharpshooter*, avait servi de témoin de moralité.

La parfaite maîtrise d'une arme de guerre de longue portée constituait après tout un passe-temps tout à fait respectable aux États-Unis, n'est-ce pas ?

Duane Mortensen commença l'entraînement un lundi matin de septembre. Les toutes premières gelées s'étaient abattues sur les plus hauts sommets des Rocheuses toutes proches et l'air glacé plongeait ses griffes dans le fond des vallées encore endormies.

Dans la salle de cour gaie comme un bunker, située au sous-sol de l'école et éclairée par des néons surpuissants, la devise fétiche de Mac Gill trônait au-dessus d'un grand tableau noir : *Ceci est votre fusil, il est votre meilleur ami. Il est votre vie.*

Les cours débutaient par un bref historique du métier de sniper. Les premiers tireurs d'élite avaient prouvé leur efficacité lors de la guerre de Sécession.

Puis il y avait eu 14-18. Et 39-45. Et depuis ça n'avait jamais cessé.

Tod Mac Gill était un adepte du *headshot*, le tir à la tête :

– Faites en sorte que votre premier tir soit le bon. Visez l'oreille. La mafia le fait depuis des années, pas de dégâts. Personnellement, je préfère les yeux. C'est un point d'entrée plus tendre. Et si vous voulez être certains de votre coup, visez la nuque. La *medulla oblongata* est une partie du cerveau de la taille d'une noisette qui se trouve tout en haut de l'épine dorsale. Si vous le touchez à cet endroit, votre client n'aura même pas le temps de péter.

Quand il parlait, Mac Gill évoquait certainement plus un sergent-instructeur des *marines* qu'un civil en train de donner un stage. Ils avaient dîné d'un infâme brouet : quand Mortensen avait vu arriver la bouffe, il avait immédiatement pensé à de la nourriture pour chiens ou pour chats. Tout de suite après l'avoir goûtée, il regretta que ça n'en fût pas.

À table, l'ancien de l'US Air Force – un vétéran de la guerre du Golfe – se lança dans un panégyrique du mode de vie des snipers :

– Mon vieux, ça c'est la vraie vie ! C'est quand même autre chose que quand on était coincés dans nos F-16, t'aurais vu ça, on se serait cru dans un putain de jeu vidéo !

Histoire de mettre un peu d'ambiance après le dîner, Mac Gill passa une cassette vidéo d'un genre assez particulier. On y voyait des snipers professionnels pratiquer le fameux *headshot* sur un pilleur de banque. Le gars tombait comme une poupée de chiffon désarticulée.

Ils se la repassèrent au ralenti, puis image par image.

Mortensen était excité. Pour une raison différente des autres stagiaires.

C'était exactement le genre de cassette qu'il aurait achetée chez Cult Killers au début.

Il venait de réaliser qu'il allait passer de l'autre côté de la barrière. Si par hasard quelqu'un filmait un jour ses exploits, un tas de mecs resteraient scotchés devant la vidéo.

Son heure était venue.

Les autres, cependant, se demandaient encore s'ils auraient les couilles pour tirer, comme ça, de sang-froid.

– Peut-être, fit l'assistant médical. Je suis assez bon à la chasse. Je peux toujours me dire que c'est un sanglier et qu'il est armé, lui aussi.

Tous se regardèrent, gênés, à l'exception de Mortensen qui sourit au jeune gars un peu trop enveloppé, au crâne rasé, qui s'était exprimé.

À dix-neuf heures, tout le monde était au lit.

À vingt heures trente, ce fut l'extinction des feux.

Ils furent réveillés par Mac Gill à cinq heures du matin. Il les conduisit jusqu'à une forêt d'où montait un parfum de cèpes fraîchement piétinés et de feuilles mortes en décomposition. Ils se tenaient à l'entrée du sous-bois dans l'obscurité, visages charbonnés, enveloppés dans des oripeaux de seigneurs de guerre médiévaux en guenilles, filets camouflés et treillis.

Mac Gill était coiffé d'un chapeau de brousse et sa mâchoire carrée semblait le précéder.

– Bon ! L'exercice consiste à ramper dans ces bois infestés de serpents à sonnette en se démerdant pour ne pas vous faire repérer. Sachez qu'il y a des palpeurs enterrés dans le sol. Arrivés à cent mètres des cibles – je vous préviens, ce sont des cibles vivantes, des instructeurs –, vous aurez trente secondes pour leur exploser la tête avec des balles à blanc. Chacun d'entre vous n'aura droit qu'à deux tirs.

Ils passèrent les quatre jours suivants à peaufiner l'art de s'insinuer jusqu'à la cible, à maîtriser les techniques de la traque. Les deux employés du téléphone n'obtinrent pas leur qualification.

– Ça fait rien, dit l'un d'eux quand Mac Gill lui remit son lot de consolation – un certificat de participation au stage – on a passé de bonnes vacances quand même, pas vrai ?

Mortensen était motivé. Il avait été qualifié haut la main.

Il pouvait passer aux épreuves pratiques. Ce serait Paris, et ensuite Sarajevo.

Pour les Européens, l'affaire fut un peu plus épineuse.

Les écoles du meurtre n'avaient pas encore pignon sur rue.

Les formations de Roman Skowron, le Polonais trafiquant d'ecstasy, de Silvio Bardi l'Italien, de Florent Dominici, le consultant en BTP, et de Langevin, le pharmacien véreux de Caen, eurent donc lieu dans les Ardennes belges, à l'abri des vastes forêts au-dessus de Givet, sous la houlette de mercenaires russes et surtout belges, embauchés par Grooteclaes.

Quant à Maroun Hariri, le Libanais qui présidait aux destinées de la ligne de prêt-à-porter TEXXL, entre ses voyages en Colombie et une participation active à la guerre interchrétiens à Beyrouth dans le camp du général Aoun à la fin des années 80, il n'y avait rien eu à lui enseigner, ou presque.

On s'était limité à de la révision.

*

*Bosnie-Herzégovine, hiver 92-93*

Le premier voyage s'était déroulé sous la neige.

Le petit groupe de clients était parti de Paris pendant qu'un des gars de Grooteclaes acheminait le combi VW jusqu'en Italie. La jonction s'était opérée à

Ancône. Ils avaient pris possession du petit van et avaient fait route vers Zagreb en descendant du ferry.

Grooteclaes les attendait sur place avec les armes. Il avait préparé le terrain en compagnie d'Igor Alexeïev, un mercenaire biélorusse qui combattait aux côtés des Serbes. Ensemble, ils avaient repéré les postes de tir dans les collines qui dominaient la ville. La topographie des lieux était idéale pour la chasse. Et puis ils n'allaient opérer qu'un prélèvement somme toute symbolique, au regard de l'ampleur de la moisson quotidienne.

Les clients avaient franchi tous les contrôles sans encombre, pilotés par Lesueur. À chaque arrêt, ils avaient exhibé les cartons de médicaments, le laissez-passer obtenu à Zagreb, et tout s'était passé comme sur des roulettes. Le manteau de neige recouvrait la laideur des ruines, et la guerre elle-même semblait dessinée à grands traits de plume à l'encre de Chine, dans une violence monochrome où seul le rouge faisait tache.

Une fois le van vidé de son chargement, qui avait été simplement remis à l'antenne locale de la Croix-Rouge, il fut confié aux bons soins d'un garagiste-carrossier qui survivait par un mystérieux hasard dans le no man's land au milieu des bombardements sur la route de l'aéroport. En quelques mois de conflit, le type était devenu un expert en blindage de véhicules. Il préparait les 4x4 des télés, les Golf des chefs de guerre et travaillait pour les deux camps, ce qui sans doute expliquait sa longévité, singulière sur un champ de bataille.

Il avait bricolé un double fond dans le plancher du minibus aux cloisons renforcées par des plaques de tôle. Un homme y tenait allongé. À l'arrière, une meurtrière était dissimulée par la plaque d'immatriculation. Il suffisait de la relever pour passer un canon muni d'un silencieux par l'ouverture.

Langevin fut le premier à prendre place dans la cachette.

Lesueur avait reculé le cul du combi en direction du pont sur la Miljacka, à environ 350 mètres en contrebas des lignes serbes.

Le pharmacien avait aligné dans la mire une jolie blondinette qui traversait en courant.

La fraction de seconde où il hésita sauva probablement la vie de la jeune femme. La balle à haute vélocité la frappa au niveau de l'épaule droite, lui brisa la clavicule et l'omoplate avant de ressortir dans son dos en crevant la laine de son manteau dans une gerbe vermeille mêlée d'esquilles d'os.

Ils décrochèrent tandis qu'elle rampait le long du parapet en hurlant.

Hariri se montra plus habile et moins scrupuleux. La balle qu'il tira sur un jeune garçon d'une quinzaine d'années pénétra dans son cou. Ils assistèrent à sa brève agonie sur Sniper Alley tandis qu'il s'étouffait avec son propre sang, puis ils s'évanouirent dans la nature.

Chacun à son tour exerça son droit de chasse.

Bensimon se montra incapable d'appuyer sur la gâchette. Il eut beau essayer à plusieurs reprises, il ne se résolut jamais à passer à l'acte au cours de ce premier voyage. Mais le spectacle de la guerre avait fait reculer son addiction, et désormais il s'endormait sans difficulté, excité seulement par la perspective de vivre une autre journée trépidante, nerfs tendus comme des cordes de piano.

Certes, leur voyage avait été bien préparé. Ils risquaient quand même leur peau.

Ils n'étaient pas à l'abri d'une balle perdue, ni d'un obus de mortier.

Et moins encore d'un de ces accidents de voiture si fréquents sur les routes verglacées, et dont les véhicules des ONG et de la Forpronu étaient si souvent victimes.

Mortensen fut le dernier à tirer.

Allongé à plat ventre dans l'habitacle dissimulé sous le plancher, il observait le quai, le long des ruines de la Grande Bibliothèque, à travers la lunette de visée fixée au canon de son fusil.

Soudain, une jolie brune surgit de derrière un container. Elle tenait un bidon de plastique vide à la main. Le cœur de Mortensen s'était mis à battre la chamade. Il avait senti son sexe durcir sous lui contre le plancher métallique de la cachette. La porteuse d'eau lui rappelait la serveuse mexicaine. Mêmes cheveux noirs, longs et raides. Elle courait à pas légers, comme un oiseau voletant au-dessus du bitume crevassé, et le *headshot* parfait la brisa net dans son élan. Il ne vit pas sa tête exploser, mais quand il rouvrit les yeux elle gisait sans vie comme un pantin désarticulé et il sentit l'humidité du sperme englué sur la peau de son bas-ventre.

Il avait réussi ! Il était passé à l'acte. Sans risque.

Qui allait rechercher un assassin à Sarajevo dans la guerre ? Qui ?

Il n'était pas une aiguille dans une botte de foin. Il était la paille même.

Bon Dieu, c'était meilleur que la coke !

Et pas tellement plus onéreux, quand on y pensait.

Trente mille dollars par tête.

Grimper en haut de l'Himalaya aurait coûté plus cher.

*

*Paris, mars 1997, hôpital Tenon*

– Attendez, attendez.

Pour le coup, le récit de Mouchebœuf avait réveillé Seb.

– Vous êtes en train de me dire que… que ces mecs n'étaient pas seulement des touristes en quête d'émotions morbides, mais qu'en plus… (les mots lui manquaient) qu'en plus ils faisaient, comment dire ça… un safari !

Calmement, Dan hocha la tête. Un vol de colverts traversa le ciel en direction du sud et passa dans l'encadrement de la fenêtre qui inondait de sa lumière vespérale le lit où gisait Seb.

– Mais… euh… tu… je veux dire, vous saviez, vous étiez au courant ?

– Je crois qu'on peut se tutoyer.

– Alors…

Moucheboeuf hésitait encore. Il regarda encore une fois vers la porte vitrée comme pour s'assurer que personne ne venait puis se tourna vers Seb et poursuivit à mi-voix :

– Les chasses à l'homme, ça a toujours existé. J'ai passé une partie de mon enfance en Afrique, à Kinshasa. J'y ai fait un bout de mes études. Mon père était conseiller en urbanisme, il travaillait avec les gens de Mobutu. Il est à la retraite ici, en France, maintenant. Je me souviens comment certains jeunes occupaient leurs samedis soir. Ils partaient complètement bourrés pour chasser l'indigène aux phares sur le plateau. Ceux des établissements français ou américains. Oh, pas tous. Et pas tous les samedis. Mais c'est arrivé. Et pas qu'une fois. Tout le monde a entendu parler de ces chasses à l'Indien en Amazonie dans les années 70, à la mitrailleuse 12-7. Comme des tueries d'enfants des rues à la carabine à lunette depuis les hélicos des escadrons de la mort au Brésil. En Amérique latine, c'est longtemps resté une méthode attractive pour gérer la démographie galopante des plus pauvres. Tu as déjà entendu parler de ceux qu'on appelle à Bogota *los desechables* ? Tu sais ce que ça veut dire ? Les jetables. Quand les miséreux descendent de leurs bidonvilles et envahissent un peu trop le centre-ville, il y a une rafle, et on ne les revoit plus jamais. Alors les safaris… y a rien de nouveau sous le soleil.

Il avait raison. Foutrement raison. Un jour, au cours d'un voyage en Mongolie, Seb s'était trouvé en présence de l'ambassadeur de France à Oulan-Bator. Il était infoutu de se rappeler comment le sujet était venu sur la table. Mais le diplomate, qui avait été en poste auparavant en Tasmanie, avait raconté à Seb comment les Occidentaux organisaient au XIXe siècle des parties de chasse au Tasmanien, comment ils exhibaient leurs trophées devant les photographes qui les immortalisaient avec des chambres photographiques en bois. Bien sûr.

– Merde ! C'est quand même la première fois que des gens paient une espèce de voyagiste pour avoir le privilège de tuer impunément. C'est les chasses du conte Zaroff, ce truc ! Mais comment ils ont recruté leurs clients, ces mecs ? On trouve quand même pas un assassin sous le sabot d'un cheval.

– Les mercenaires ont des réseaux d'information très développés. Ils ont dû faire circuler l'info, comme quoi ils avaient inventé un nouveau type de distraction, et payer des gens pour démarcher dans les boîtes de nuit bizarres, dans les réseaux de call-girls, les casinos, les boîtes sado-masos, les clubs échangistes. Tu serais étonné de savoir de quoi les gens sont capables.

– Pas tant que ça. J'ai vu assez de conflits, moi aussi, pour ne plus me faire aucune illusion sur le genre humain, répliqua Seb d'une voix blanche.

– Pardon. J'oubliais.

– Je sais, j'ai l'air d'une loque à présent. Mais j'ai été photographe de guerre. Et vous alors ? Vous saviez, oui ou merde ?

– Les premiers contingents de soldats français sont arrivés à Sarajevo en novembre 92. Des marsouins.

Nous, on a suivi pas longtemps après. Quand je dis nous, je te parle des commandos. On était là pour assurer la sécurité des convois sur lesquels les snipers faisaient des cartons. Au début, on n'a rien remarqué. Un snipe, c'est un snipe. Tu peux pas savoir si le tireur est impliqué dans le conflit ou s'il tue par plaisir. Leur histoire d'ONG était bien foutue. Ils ont débarqué, pour ce qu'on en a su, fin 92-début 93, avec leur camion, leurs médicaments. On n'a jamais compris comment ils avaient réussi à passer les fusils, mais tu sais, il y avait un tel trafic là-bas… Officiellement, les Bosniaques n'avaient aucun accès aux armes. En réalité, tout le monde leur en vendait, des Iraniens aux Américains en passant par les Européens. Bon, ils ont commencé à se poster du côté serbe. Ils changeaient tous les jours d'emplacement, ils n'utilisaient jamais deux fois le même poste. Le tableau de chasse était limité à une prise par participant, pour limiter les risques. Après ça ils devaient décrocher et rentrer. Six personnes tuées par des snipers, c'est passé totalement inaperçu au milieu du massacre général. Ils s'en seraient sortis sans problème si l'un d'eux n'avait pas été aussi bavard. Un des organisateurs, Lesueur, il s'appelait. Un soir, complètement bourré, il s'est vanté de la chose au bar du Terma, à Illidza. Ils étaient aussi bons que les meilleurs snipers serbes, il a dit, le con. Milkovic était là avec des copains à boire de la *slivovica* et il l'a entendu se vanter. Il a continué à le rincer et il lui a tiré les vers du nez. Je crois que Milkovic aimait tuer. Je crois qu'il aimait ce pouvoir si particulier, donner la mort ou laisser la vie. Mais j'ai l'impression qu'il conférait à la chose un caractère sacré. Il n'a pas digéré la vantardise du Français, ni le côté marchand de la chose. Et pourtant ! Dieu sait que c'était un mafioso sans scrupule. Mais pas sans honneur. Même pour lui c'était trop.

Seb était devenu d'une pâleur de craie et des ampoules de sueur s'étaient formées sur son front.

Au nom du fric. Amène.

L'avidité des hommes était sans limites. Et chaque jour l'emprise de l'argent sur ce monde se faisait plus pesante. Incapable de parler, Seb écoutait la suite du récit de Mouchebœuf, qui semblait ne plus devoir s'arrêter à présent que la digue du silence avait cédé.

– La suite paraît encore plus incroyable. Milko avait un vague cousin musulman, comme beaucoup de gens à Sarajevo où toutes les familles étaient mélangées. Ce cousin avait été enrôlé comme sniper dans l'armée bosniaque. Il y avait une zone vers Butmir, près de l'aéroport, une sorte de frontière poreuse où se rencontraient Serbes et Bosniaques pour toutes sortes de trafics, notamment d'essence. Ces cons-là n'ont jamais cessé de se parler et de commercer ensemble tout en s'entretuant. Bref. Milko a mis son cousin au courant. Un certain…

– Emir Ferhatbegovic. Je connais la suite, l'avait interrompu Seb d'une voix mourante. Je l'ai vu à Sarajevo. Je lui ai parlé, la veille de son suicide.

– Il est mort ? Merde. C'était un brave type.

– C'était un sniper. Il m'a enlevé mon œil. Il m'a ôté la vie.

Il y eut un silence, et soudain, Seb réalisa.

– Mais… tu le connaissais ?

Dan Mouchebœuf baissa la tête.

– On n'était pas seulement au courant. J'étais dans le coup.

– Attends. C'était quoi, ton affectation en Bosnie ?

– Tireur d'élite. Moi aussi j'étais un sniper, Sébastien. Moi aussi.

– Et tu… ?

– J'étais chargé de repérer les tireurs embusqués qui canardaient les convois et qui, certaines fois, ont abattu des soldats de la Forpronu. J'avais l'ordre de les supprimer. Milko et Emir nous ont contactés. Pour nous mettre au courant. J'ai informé ma hiérarchie, ils ne voulaient pas me croire au début. Tu imagines ! Un sniper bosniaque et un sniper serbe, une montagne de cadavres les sépare, et ils se seraient mis d'accord ? Pourtant, quand ils ont entendu Milkovic, ils ont enfin réalisé, ils ont accepté de les aider à tendre un piège à ces salauds. Mais Sarajevo grouillait de journalistes, de types comme toi. Si ça s'était su, ça aurait fait un scandale planétaire. Ils ont finalement décidé de laisser opérer Emir et Milkovic. Mieux, ils ont même décidé de collaborer, officieusement, bien sûr. Ça, c'était comme les ventes d'armes. Officiellement, la Forpronu devait rester d'une absolue neutralité. Ils m'ont chargé de faire le boulot. Avec Emir et Milko, on s'est revus une semaine plus tard. Les clients devaient retrouver Grooteclaes près du Holiday Inn. Un repas d'adieu était même prévu au restaurant de l'hôtel. Grooteclaes ne rentrait pas avec eux. Il avait prévu de rester quelques jours de plus à Sarajevo, sans doute pour régler quelques problèmes, ou préparer un second safari, j'en sais rien, c'est ce qu'a dit Milko. Il avait même réussi à le rencontrer et à parler avec lui. Je devais m'occuper de Grooteclaes. Ils me l'avaient désigné lors d'une planque. Je l'aurais tué sans hésiter un instant. Sauf qu'au moment où je le tenais en joue tu as été touché par un éclat de roquette. Le tir d'Emir. J'ai commis une erreur, j'ai hésité, je t'ai vu tomber quand le fourgon a explosé, j'ai tourné la tête un quart de seconde de trop, quand j'ai regardé du côté du Belge, il s'était déjà tiré. J'ai compris ce jour-là qu'il était temps pour moi d'arrêter. De toutes les façons, la plupart de ces salauds étaient morts. On t'a ramassé, on t'a transporté à l'hôpital, tu connais la suite, n'est-ce pas ? Après, on a effacé toute trace de la destruction du combi, on a brûlé les restes des corps. Quand je suis rentré en France, mon contrat arrivait à terme, je ne l'ai pas renouvelé. Je m'en étais déjà coltiné deux. C'était bien assez. Trop même.

Toi, officiellement, tu avais été blessé par un sniper qui avait essayé de t'allumer. On se doutait bien qu'avec le *blast* il y avait peu de chances pour que tu te souviennes de quoi que ce soit.

– Vous avez saccagé ma vie.

– Je suis désolé, Sébastien, vraiment.

Daniel Mouchebœuf se tenait debout au pied du lit, nuque courbée.

– Tu comprends ? Tu dois cesser de poursuivre Grooteclaes, ou il finira par te tuer.

– Je suis déjà mort.

Putain. Ça, on pouvait pas dire qu'il était pas têtu, le bougre.

– Tu sors quand ?

– Jeudi matin, normalement. Ils veulent m'envoyer…

– Je sais, le coupa Mouchebœuf. Je sais. Écoute, tu peux venir chez moi souffler le temps du week-end de Pâques, si le cœur t'en dit. Avec ma copine, on part, on va dans ma famille à la campagne – sa peau de roux avait viré au rouge jusqu'à la racine des oreilles –, je vais la présenter à mes parents.

– C'est du sérieux, alors ?

– Ben on dirait. Alors ? Après on s'arrangera pour t'aider à trouver un point de chute. Elle a une chambre dans un foyer, ils connaissent peut-être une adresse où tu pourrais crécher un moment, le temps que tu te rétablisses. Ça tombe bien, je dois chercher, moi aussi. À mon retour, elle va quitter son foyer. Il faut qu'on déniche un logement plus grand, un deux pièces, peut-être trois si on doit faire un petit. Avec Amélie.

– Amélie ?

– C'est comme ça qu'elle s'appelle. Je te la présenterai. Il y a de bonnes salles de gym, en banlieue. Je pourrai t'aider, pour la rééduc, si tu veux.

– Parce que t'es kiné, aussi ? Tu t'achètes une conduite, ou quoi ?

– Fais chier, Meyer. Fais chier.

L'ex-lieutenant de commando s'était rassis près du malade.

– Alors ?

– J'ai le choix ?

Et comme Mouchebœuf quittait la pièce, Seb le rappela.

– Daniel ?

– Ouais ?

– Merci quand même.

Et sa tête retomba sur l'oreiller.

*

*Sarajevo, 10 mai 1994*

Ils étaient revenus. Deux fois. Ils étaient en train de devenir des clients fidèles.

Trop peut-être.

Qui savait si l'un d'entre eux n'allait pas s'en vanter un de ces quatre matins à Paris, Los Angeles, Caen, Beyrouth ou ailleurs ? Ça devenait incontrôlable. Et Lesueur qui picolait de plus en plus, il devenait complètement alcoolique, celui-là. Quand il avait bu, il parlait trop, beaucoup trop. Sans compter qu'un de ces jours il allait foutre tout le monde dans le fossé à force de rouler bourré.

Pour lui aussi, il allait falloir prendre une décision. Radicale.

Grooteclaes vivait dans la hantise d'une fuite.

Ils n'avaient pratiquement tué que des femmes. Un vieillard, un ou deux adolescents.

Toutes les autres victimes avaient été des femmes. De préférence jeunes et jolies. Quand on y repensait, c'était tout de même curieux. Ça en disait long sur leurs motivations.

Le Belge avait décidé que ce voyage serait le dernier.

Après il faudrait trouver d'autres clients, choisir une nouvelle destination.

Les choses étaient en train de tourner au vinaigre en Tchétchénie. Peut-être que…

Le groupe avait trouvé asile à l'hôtel Terma, à Illidza, en zone serbe, comme d'habitude.

Grooteclaes, lui, logeait à Gorbavica avec Alexeïev, chez l'habitant.

La discrétion même.

Demain, il y aurait un pot d'adieu au Holiday Inn. Il les attendrait dans la rue, ils devaient le prendre au passage. Ainsi, ils arriveraient tous ensemble au restaurant. Après, il repartirait de son côté. De retour à Paris, il s'occuperait de Lesueur. Cet imbécile devait ramener le groupe indemne en France, pas question d'effrayer la clientèle avec un accident.

Dommage. Il aurait volontiers confié le travail à Igor Alexeïev.

Ici même, dans la mêlée, ça n'aurait pas fait de vagues.

*

*Marne-la Vallée, avril 1997*

Daniel Mouchebœuf avait poussé la sollicitude jusqu'à venir chercher Seb, pourtant Meyer avait tenu à sortir de Tenon sur ses deux jambes et ses bras tremblaient sous l'effort tandis qu'il avançait, péniblement calé sur ses deux béquilles en portant le poids des plâtres. Il lui fut impossible de progresser de plus de quelques mètres dans le couloir. Il effectua le reste du trajet jusqu'à l'ambulance assis dans un fauteuil roulant poussé par un auxiliaire de soins antillais. Sur le parvis de l'hôpital, il demanda à s'arrêter trente secondes. Il respirait Paris à pleins poumons. Le cerisier du Japon en fleur trônait toujours dans le square juste en face, sous le soleil d'avril. C'était bon d'être dehors.

Parvenus au pied de l'immeuble où habitait Mouchebœuf, le brancardier chargea Seb dans le fauteuil et ils empruntèrent l'ascenseur.

Une jeune femme noire sagement vêtue, aux cheveux coiffés en tresses ornées de perles de bois colorées, les accueillit sur le seuil de la porte.

– Bonjour, je suis Amélie.

Elle tendit à Meyer une main timide.

Mon Dieu, il était d'une maigreur effrayante.

Il avait l'air de revenir de l'enfer, et elle savait de quoi elle parlait.

L'ambulancier les aida à l'installer sur le canapé-lit déplié et s'éclipsa.

Mouchebœuf disposa le pistolet pour pisser et les béquilles de Seb à portée de main.

– Tu veux un Coca ?

Seb acquiesça.

Amélie avait fait appel à une association d'aide à domicile où travaillaient essentiellement des Africaines, et parmi elles une ou deux copines de galère qu'elle avait connues à l'époque de Saint-Bernard. Elles passeraient dans le courant du week-end pascal pour aider Seb à se laver, à marcher jusqu'aux toilettes, pour lui préparer un plateau-repas.

– Elles sont plutôt habituées à garder les personnes âgées, les grabataires. Ça les changera, d'avoir affaire à un jeune.

Seb rougit imperceptiblement. Amélie le regardait en souriant, cette fois. Elle consulta sa montre.

– Bon. Il faut que je file. Je dois encore préparer mes bagages, et puis je prends mon tour au supermarché dans une heure et demie.

Les deux hommes étaient restés face à face. Dan Mouchebœuf s'était assis à califourchon sur sa chaise Ikéa, dans la même position que la toute première fois où Meyer avait fait irruption chez lui.

– Elle a l'air sympa. C'est le grand amour, alors ?

– Je devrais te répondre que ça te regarde pas.

– Il paraît que les confidences les plus intimes, on les fait à des étrangers. C'est moins risqué. C'est ce qu'on dit, en tout cas. Dis donc, à propos de confidences… je me demandais… tu as snipé beaucoup de gens ? Je veux dire, avant…

– J'ai été militaire de carrière dans une unité d'élite, Sébastien. Et j'ai signé un contrat dans lequel je me suis engagé à une totale confidentialité pour les quarante ans à venir. Tu sais, en général, quand on intervenait, il n'y avait pas de témoins. Un jour, un de mes collègues a été pris en photo par un des tiens au cours d'une opération. Le lendemain, il a été viré. Ah, si ! Il y a une chose dont j'ai quand même le droit de te parler. Le Tchad. De toutes les façons, tout le monde l'a su. L'opération Épervier. J'y étais. Ça, j'ai le droit de te le dire. Je sais ce que tu penses. Que j'ai tué pas mal de monde. C'est vrai. Tu dois te dire que je suis un salaud. Mais quand tu es pris dans le moule, on te bourre le crâne, et tu ne réalises qu'une fois que tout est fini. Pour nous, seuls les autres hommes du commando comptaient. Les copains. Le reste, on n'y pensait pas. On n'a fait que des guerres sales. On nous appelait pour défendre les valeurs du monde occidental, son mode de vie. Mais personne n'a jamais eu envie de se vanter de nos actions, après. On n'est pas le GIGN. On vient, on nettoie, on repart. Les troupes régulières, les télés, tout ça, ils arrivaient quand on était déjà loin. En Bosnie, c'était la première fois de ma vie que je participais à une opération de maintien de la paix et, crois-moi, j'en étais pas peu fier. Je crois que sinon je n'aurais jamais signé un second engagement.

Mais à présent je pense que j'aurais mieux fait de pas y mettre les pieds.

– Grooteclaes, c'est qui au juste, c'est quoi ?

– Un bon soldat qui a mal tourné. Un sous-officier devenu mercenaire. Un mercenaire devenu maquereau. Un maquereau devenu assassin et, pour finir, voyagiste en enfer. Tu sais, les cloisons ne sont pas étanches. Moi, par exemple, après Sarajevo, quand je n'ai pas voulu signer pour un troisième contrat avec l'armée, je suis parti décompresser chez mes parents, du côté d'Issoudun. Tu vas pas me croire. Tu te souviens, à Tenon, quand je t'ai dit que les mercenaires avaient à leur disposition des réseaux de renseignement super-efficaces ?

Mouchebœuf s'était levé pour se servir une bière dans le frigo, puis s'était rassis dans la même position.

– Écoute ça. J'étais pas arrivé chez mes parents depuis quinze jours que ma mère a reçu une lettre pour moi. J'étais en train de faire la sieste dans le jardin, je me rappellerai toujours. Elle est arrivée avec l'enveloppe en trottinant, il n'y avait pas d'adresse d'expéditeur dessus. Elle avait été postée de Belgique. À l'intérieur, il y avait juste un mot, tapé à l'ordinateur, du genre : Cher Monsieur, vous avez été récemment démobilisé. Nous aurions la possibilité d'exploiter au mieux les compétences que vous avez acquises lors de votre engagement, dans un pays éloigné et en échange d'une rémunération significative. Si cette proposition vous intéresse, veuillez vous présenter à telle adresse – c'était un bar à Bruxelles – du, ça devait être (il réfléchissait)… je dirais du 18 au 23 août entre vingt et vingt-deux heures. Tu te rends compte !

Seb n'en croyait pas ses oreilles.

– Quoi ? Attends ? Ils t'ont démarché chez tes parents… ils… mais comment ils ont su, l'adresse et tout, je veux dire…

Dan posa sa bière sur le sol et s'étira, les mains croisées derrière la nuque. Ses vertèbres craquèrent.

– Les cloisons entre les commandos et le mercenariat ne sont pas très étanches, je t'ai déjà expliqué. Les services de renseignement privés sont très développés dans ce secteur d'activité.

– Et il y a beaucoup de mercenaires belges, compléta Meyer.

– Affirmatif.

– Si je comprends bien, ça ne te serait pas bien difficile de localiser Grooteclaes.

– Sébastien ! Non. Qu'est-ce que tu cherches ? À te faire tuer ?

– Je te l'ai déjà dit. Je suis mort, de toute façon. Et toi ? La lettre ? Tu n'as pas…

Mouchebœuf appuya son menton sur son avant-bras droit.

– Non. J'avais tenu un fusil assez longtemps comme ça. Tu vois, la discipline militaire m'est restée, mais le reste… enfin, tu comprends, j'en avais ras le bol. Au bout du compte, avec toi, d'un strict point de vue militaire, j'ai commis une faute. J'aurais dû descendre Grooteclaes, ne pas me laisser distraire, ne pas tourner la tête. Je suppose que c'était le snipe de trop. Les remords… je veux dire, pas pour lui… plutôt à cause des autres… de ceux d'avant…

Il cherchait ses mots.

– Moi aussi, j'ai des remords, l'interrompit Seb.

– Toi ? T'as tué personne.

– Détrompe-toi.

– Je connais les hommes. T'as pas la tête d'un meurtrier.

– C'était il y a longtemps. Je couvrais un conflit, un de mes tout premiers, le Haut-Karabakh. Il faisait un froid de canard. J'étais dans une tranchée, dans les montagnes. Les Arméniens avaient pris position juste en face de nous. J'oublierai jamais. Le jour se levait. J'ai vu un truc bouger, loin devant moi, dans la tranchée d'en face, une forme couverte de boue. À bien y regarder, c'était un type, je sais pas exactement ce qu'il foutait, mais j'étais intrigué. J'ai posé la question au soldat posté à côté de moi. « *Where ?* » qu'il a demandé. « Là-bas », j'ai montré du doigt. Sans se démonter, il a pris ses jumelles, il a repéré le gars, tranquillement, il a ramassé sa kalachnikov. Et avant que j'aie eu le temps de dire quoi que ce soit, il a épaulé et il l'a abattu.

– Tu pouvais pas savoir.

– J'aurais *dû* savoir. Je suis, enfin… j'étais un journaliste professionnel. On n'est pas censés intervenir. Ce gars-là est mort par ma faute. Mon ignorance. J'ai plus jamais recommencé un truc pareil. Mais ça me hante encore, des fois.

– Sébastien ?

– En général, c'est Seb.

– Je crois bien qu'un jour tu reprendras ton métier.

– C'est foutu. Si tu crois que j'ai pas essayé. De toutes mes forces.

Mouchebœuf s'était levé, il tendit la main à Meyer.

– Bon. Je dois y aller. Faut que je rejoigne Amélie, à présent. On doit partir ce soir. Elle dit que pas loin de là où elle habite, à Créteil, il y a un autre foyer pour les hommes, celui-là. D'après elle, ils ont de la place. On verra ça à mon retour. Ça va aller ? Tu as fini ton Coca ?

Le vigile posa la canette de soda et la bouteille de bière vide dans l'évier.

– Sauve-toi. À lundi, fit Seb dans son dos.

# 14

*Nationale 20, Vendredi saint, 1997*

Amélie était cramponnée à Dan comme un bébé au dos de sa mère.

Ils avaient fait étape chez un ancien collègue de Daniel qui vivait à Étréchy, dans la banlieue d'Orléans, et que le vigile tenait à revoir. Le gars s'était casé avec une fille plutôt gentille.

Il lui avait fait deux bébés à un an d'intervalle. Un garçon, une fille. Le choix du roi.

Dan et Amélie étaient repartis au bout d'une heure, après avoir avalé un café.

Ils bifurquèrent à Vierzon en direction d'Issoudun. Les forêts de Sologne avaient laissé la place à des champs, à perte de vue jaunes déjà des fleurs du colza. Les pylônes des lignes à haute tension étendaient leurs bras d'acier sur la Champagne berrichonne comme des épouvantails géants. La route longeait une rivière qui se frayait un chemin entre les peupliers en contrebas.

Les parents de Dan habitaient un pavillon de plain-pied des années 70 à l'entrée de Sainte-Lizaigne, une construction rehaussée avec un garage en dessous, des rosiers, un forsythia en fleur, des tulipes écloses et un nain de jardin en plastique qui veillait sur un bassin en ciment où barbotaient deux ou trois poissons rouges.

Le portail de bois à double battant était grand ouvert et la mère de Dan était sortie tandis qu'ils ôtaient leurs casques et leurs épais vêtements de moto.

Amélie se surprit à chercher dans les traits ronds et avenants de la vieille dame le visage de son amant. Il ressemblait bien plus, pourtant, au monsieur à la peau laiteuse tavelée de taches de rousseur qui se tenait à présent sur le seuil de la porte, chaussé de mules et vêtu d'un pantalon de laine et d'un gilet, une paire de lunettes de lecture à la main.

Les parents de Dan avaient vécu de nombreuses années en Afrique. Au Zaïre. Avec Daniel. Oui, dans l'urbanisme. Ingénieur. Marcel a travaillé plusieurs années avec l'équipe de Mobutu. Non, nous ne connaissons pas le Congo. Oui, c'était pourtant en face, de l'autre côté du fleuve. Et notre fils s'est engagé dans l'armée par nostalgie de l'Afrique, c'est sûr. À nous aussi, ça nous manque. Ça n'est sûrement pas le club du troisième âge de Sainte-Lizaigne qui nous emmènera là-bas. Mais l'an dernier nous sommes allés à Rome. Finalement, peut-être que nous irons au Sénégal pour nos noces d'or. Mais je parle trop. Voulez-vous encore un peu de pâté de Pâques ? Du gardiennage, quand même, il aurait pu trouver mieux ! Avec son parcours militaire ! Tu ne trouves pas Marcel ? Enfin…

La mère de Dan avait préparé tout exprès un pâté en croûte farci avec de la chair à saucisse et des œufs durs, une spécialité berrichonne.

Le père de Dan avait posé des questions plus pointues à Amélie sur son passé. Elle était restée évasive.

– Laisse-la tranquille, Marcel, tu vois bien que tu l'ennuies avec tes questions. Est-ce que vous voulez voir des photos de Daniel quand il était petit ? Regardez, s'il n'était pas mignon ! Là, c'est à Kinshasa. Moi, plus tard, je l'imaginais docteur, ou cadre dans l'administration publique. Vigile, non mais je vous jure…

Amélie feuilletait l'album de famille posé sur la nappe couverte de miettes en sirotant un café. En cet interminable après-midi d'avril, ils avaient marché un peu le long des rives boueuses du Théols, et l'air sentait la terre mouillée du Berry, une odeur que Dan aurait reconnue n'importe où les yeux fermés. Il avait dit, comme pour s'excuser :

– Ils sont comme tous les parents, un peu ennuyeux, mais ils sont gentils.

– Chez nous, en Afrique, tu sais, on ne dit jamais que les anciens sont ennuyeux.

Il avait emprisonné la main d'Amélie dans la sienne.

L'air fraîchissait. Ils avaient retrouvé le chemin de la maison comme la nuit tombait.

Plus tard, Dan et son père buvaient leur café – un déca pour Marcel, à cause de ses palpitations –, absorbés dans la contemplation des flammes à travers la vitre de l'insert.

Derrière eux, dans la télé comme dans un aquarium, les journalistes de Thalassa affrontaient une tempête sur un cargo en mer du Nord, volume au maximum. En vieillissant, le père de Dan devenait un peu dur d'oreille.

Amélie aidait sa future belle-mère à ranger la vaisselle du dîner. La mère de Daniel avait tendu un verre à essuyer à Amélie.

– Vous êtes la première qu'il nous présente, vous savez. S'il n'est pas capable d'autre chose, j'espère qu'il sera au moins capable de ça !

Torchon à la main, la jeune femme avait suspendu son geste.

– Capable de quoi ?

– De vous épouser, cette blague.

*

Les courses du samedi au supermarché d'Issoudun. Le pain bénit, acheté sur le marché. La messe de Pâques à l'église de Sainte-Lizaigne. Les hommes qui patientaient au bistrot en éclusant des reuilly blanc.

Daniel avait accompagné son père pour faire son tiercé dominical.

Le gigot pascal. La sieste. Crapuleuse, la sieste. Ils avaient fait l'amour en catimini, Amélie ne voulait surtout pas faire de bruit. Et là, dans la chambre, blottis l'un contre l'autre face à la reproduction d'un tableau de Bernard Buffet représentant un clown, Dan avait insisté :

– Au fond, je ne sais pas grand-chose sur toi. Et toi, tu connais ma vie, et même mes parents, maintenant. Tes parents à toi, tu me les présentes quand ? Quand est-ce qu'on va en Afrique ? Je dois savoir, si tu veux m'épouser.

Dans le noir, Amélie avait souri. Pas longtemps. Et elle s'était décidée.

Serrée fort contre lui, la jambe passée par-dessus ses hanches à lui, et ses lèvres collées à son cou, et redevenue solennelle, ses larmes mouillant la peau de son homme, elle avait raconté, d'une toute petite voix, comme un filet d'eau. Elle avait tout raconté.

*

Amélie dormait blottie contre lui.

Allongé sur le dos dans l'obscurité, Dan pouvait entendre son père ronfler dans la chambre d'à côté. D'habitude sa mère faisait lit à part. Les ronflements de Marcel troublaient son sommeil. Elle aussi devait certainement veiller, allongée à ses côtés. Il n'y avait qu'une seule chambre d'amis.

Un camion gronda sur la route qui traversait le bourg.

Qu'avait-elle bien pu penser d'Amélie ? Pas du bien, sans doute. Ça avait toujours été comme ça. D'abord quand il avait quitté l'école pour s'engager : mais, et tes études, tu n'y penses pas, tu vas devenir un raté. Et ensuite : mais, et ta carrière militaire. Te voilà presque officier, et tu abandonnes maintenant ! Tu nous déçois, mon fils ! Comment, un travail dans la sécurité ! Mais, et cette proposition, en Belgique ! Décidément, tu ne feras jamais rien de ta vie !

Quelle importance à présent.

Il ne pourrait pas. Comment aurait-il pu ?

La vie lui présentait la note.

Pas de rédemption.

*

*Nationale 20, lundi de Pâques 1997*

Amélie ne comprenait plus. Ou alors trop bien. Depuis le matin, Dan ne lui avait pratiquement pas adressé la parole. Quand elle s'était redressée dans le lit, quand elle avait voulu souffler sur son front pour le réveiller, elle l'avait trouvé les yeux déjà grands ouverts. Il s'était levé d'un bond sans une caresse, sans un geste, et il était parti courir sans l'attendre.

Marcel était absorbé par la lecture de *La Nouvelle République*. Il avait marmonné quelque chose à propos de sa femme qui s'était absentée pour aller faire une course.

Daniel n'était revenu que vers midi. En sueur, il s'était immédiatement glissé sous la douche.

Les hommes. Tous les mêmes. Qu'est-ce qu'elle était allée lui avouer qu'elle s'était prostituée pour s'en sortir des années plus tôt ! Maintenant il la prenait pour une pute. Les hommes n'épousent pas les putains, ils les baisent et ils les payent. Et puis ils s'en vont. Tout le monde savait ça. Tout le monde sauf elle, apparemment. Mais qu'est-ce qui lui avait pris ? Mais qu'est-ce qui lui avait pris, bon sang ? Il y a des trucs qu'on n'avoue pas à un mec.

Il avait juste lâché :

– On y va.

Sans lui accorder ne fût-ce qu'un regard.

Amélie avait senti monter les larmes. Elle n'allait pas supplier, oh non.

Maintenant le mal était fait.

Ils avaient abordé la banlieue par l'autoroute, sans même ralentir, les réverbères poussaient en diagonale sur le Plexiglas du pare-brise bombé. Elle s'était collée à lui, l'avait aussitôt senti qui se raidissait de tout son être. Rarement dos avait été aussi éloquent. Il la déposa au pied de l'immeuble qui abritait le foyer pour femmes seules où elle vivait encore, il n'enleva même pas son casque, ne releva même pas sa visière, c'est à peine s'il lui laissa le temps de saisir son sac et il la laissa plantée là, bras ballants sur le trottoir, en combinaison, casque à la main, elle n'eut que le temps de dire : « Dan… » Il passa la première, seconde, troisième, régimes poussés à fond, et l'arrière de la moto écarlate disparut, vite avalé par la nuit tandis qu'il repliait la jambe sur le cale-pied juste avant le virage sur l'avenue.

Elle ne pouvait même pas mettre ça sur le compte du racisme ordinaire.

*

*Marne-la-Vallée, printemps 1997*

Ce lundi matin de Pâques, Dan avait ouvert la porte de l'appartement, posé son casque et son blouson dans l'entrée.

Il n'avait pas demandé à Seb comment s'étaient déroulés ces quelques jours.

Il avait juste lâché :

– Tu veux toujours ta vengeance ? On va trouver Grooteclaes. Je t'aiderai. Et quand on l'aura trouvé, on le tuera. En attendant, tu peux habiter ici. Tu continueras à dormir sur le canapé, j'ai un lit de camp.

– Mais…

Meyer l'avait regardé depuis le lit où il gisait dans un T-shirt informe taxé dans les tiroirs par une des nounous dépêchées par Amélie.

– Mais… Et ton mariage ? Ton boulot ? T'es devenu cinglé ou quoi ?

– C'est ce que tu voulais, non ?

– Oui, mais…

Le regard de l'ex-tireur d'élite avait été suffisamment éloquent pour que Sébastien s'en tienne là. Il n'avait plus posé de questions.

La convalescence de Seb avait demandé du temps. Lorsque les plâtres lui avaient été enlevés, il avait fallu reconstituer ses muscles fondus. C'était à peine s'il tenait debout sur ses jambes.

Dan dormait sur le lit pliant militaire à côté du canapé-lit. Chaque jour, il avait conduit Seb à la piscine municipale, au Gymnase Club, il avait même payé son abonnement, et les bains à remous avaient fait un bien considérable aux articulations de Meyer. Dan avait fait preuve d'une patience taciturne, d'une infinie sollicitude, imprégnée cependant de tristesse. Ses absences étaient fréquentes et prolongées. Jamais il ne s'en expliquait. Quelque temps après le fameux week-end de Pâques, Amélie était venue frapper à la porte de Dan. Seb avait ouvert. De sa petite voix, elle avait murmuré :

– Je suis venue lui rendre son casque de moto.

– Écoute, il n'est pas là, il est parti bosser, mais tu peux le laisser, ou bien tu lui rendras au supermarché. Entre.

Elle avait décliné l'invitation, elle avait seulement accepté de bavarder un peu avec Seb sur le pas de la porte en regardant de temps à autre par-dessus son épaule. C'est ainsi que Meyer avait appris que Dan avait démissionné de son poste de responsable de la sécurité chez Le Mutant. Et qu'il avait plaqué Amélie sans plus d'explication.

En rentrant, Mouchebœuf avait juste regardé son second casque posé sur le guéridon de l'entrée.

– Ça m'évitera de t'en acheter un.

Puis il avait bougonné quelques explications vaseuses. Il avait retrouvé un poste dans une société de gardiennage, il avait repris l'entraînement intensif au tir. Pour ce qu'ils auraient à faire plus tard.

Toutes les questions de Seb étaient restées sans réponse.

Dan avait bientôt été muté à un poste de nuit, et chaque matin en rentrant il rangeait soigneusement son arme dans son étui de cuir sur l'étagère du haut dans le placard.

Puis il s'écroulait sur le canapé. L'alternance de sommeil entre les deux hommes avait permis de replier le lit de camp qui ne réapparaissait que lors des deux nuits de congés hebdomadaires de Dan.

Pour respecter le sommeil de son hôte, Seb devait se déplacer à pas feutrés dans le studio aux stores baissés. La promiscuité devenait chaque jour un peu plus lourde.

Mai, et puis juin, étaient passés, et les journées d'été avaient autorisé de longues promenades dans les zones vertes de Marne-la-Vallée. C'était bon de pouvoir quitter l'atmosphère du studio, de respirer un peu. Meyer boitait encore. Pour le marathon de Paris, il faudrait attendre.

Un samedi soir de juillet, Mouchebœuf avait enfin proposé :

– Il faut qu'on arrive à savoir comment ces fils de pute sont arrivés jusque chez toi. Si on les trouve, on trouve Grooteclaes. Ils ont dû t'oublier, à présent. Ils doivent avoir d'autres chats à fouetter. C'est le week-end, il y aura sûrement du monde au bois de Vincennes, cette nuit. Tu veux pas qu'on aille traîner un peu ? Vraiment, tu n'as aucune idée de la façon dont ils sont remontés jusqu'à toi ?

– Aucune. Allons toujours faire un tour, on verra bien.

La chasse reprenait.

Ils avaient enquillé l'A4 en direction du Bois sur la moto. Il faisait doux. Dan avait eu raison. Les allées étaient très fréquentées le samedi soir. Ils avaient écumé les routes où rôdaient les ombres des clients et des voyeurs congestionnnés qui se dévissaient le cou en essayant d'apercevoir quelque chose à travers les rideaux derrière lesquels les filles étaient occupées avec des clients. Ils avaient tourné en vain à la recherche de Juicy.

Rien n'avait changé, si ce n'était les fourgons, plus nombreux encore que l'hiver précédent.

– On demande rien à personne, avait exigé Dan. On ne va pas se faire cueillir bêtement. C'est comme ça que tu t'es fait repérer, à tous les coups. En parlant trop. On tourne, on vire, et toi tu regardes. Tu essaies seulement de te rappeler quelque chose ou quelqu'un que tu aurais vu le jour où ils ont fait une descente chez toi.

Les rangs des amateurs s'étaient clairsemés aux petites heures.

Seb dévisageait les Africaines, les Antillaises, cherchant à reconnaître des traits familiers. Vers quatre heures et demie, les filles épuisées avaient commencé à s'endormir. L'une d'elles, enceinte de plusieurs mois à en juger par ses seins gonflés et son ventre rebondi où s'accrochait un paréo, éveilla les soupçons de Meyer. Le soutien-gorge rouge, peut-être.

Il était descendu de moto sans ôter son casque et s'était approché. Elle dormait la bouche grande ouverte, la tête chavirée en arrière.

Elle dodelina, son menton retomba vers sa poitrine et elle sursauta et ouvrit les yeux. Non.

Ça n'était pas la fille qui lui avait donné rendez-vous quelques mois plus tôt.

À en juger par les gnons qu'arboraient les pare-brise et les carrosseries des camionnettes, il n'y avait pas eu de trêve. Les batailles de territoire faisaient rage.

Il repéra la voiture une demi-heure plus tard. Ils étaient passés une ou deux fois devant, déjà, sur l'avenue de la Pyramide. Puis le déclic s'était fait.

Seb avait tapé sur le casque de Dan qui avait arrêté la moto sur le terre-plein.

– Attends, tu pourrais repasser, là, je voudrais voir un truc.

C'était ce que faisaient les mateurs, passer, repasser. Ils avaient suivi le flot.

Un peu plus loin, Meyer avait posé sa main sur l'épaule de Mouchebœuf.

– La Porsche.

– Quoi, la Porsche ? La 924 noire, le modèle années 70 avec moteur Volkswagen ? Tu la connais ?

– J'en sais rien, je m'en fous du modèle. Elle était là, cette nuit-là.

– T'es sûr ?

– Pratiquement. Je me souviens pas vraiment, si tu veux. La mémoire, à présent, j'en connais un rayon. Ça marche pas comme ça. C'est juste que je la reconnais.

– OK. On va voir.

Ils avaient attaché la moto à un arbre avec la chaîne et quitté l'avenue pour se glisser dans la pénombre d'un terrain de sport adjacent, à l'abri des regards derrière une rangée de sapins rabougris. Les premières lueurs de l'aube délavaient le ciel.

Parvenus au niveau de la Porsche, ils avaient rampé jusque dans le fossé humide qui longeait la route.

La voiture était garée juste derrière un fourgon vert pomme de la Redoute recyclé en hôtel de passe.

Un Black vêtu d'une veste en cuir marron glacé était assis dans la bagnole, enfoncé dans son siège baquet, l'oreille collée à un portable. Difficile de lui donner un âge. Ses cheveux étaient coupés très court, presque rasés, son teint était chocolat au lait. Son cuir et sa peau luisaient dans la semi-obscurité d'un égal reflet.

Les deux hommes reculèrent à l'abri des sapins.

Le jour s'était levé.

Vers six heures, la porte coulissante du camion s'ouvrit sur deux jeunes femmes en jeans effrangés moulants, coiffées de bonnets de laine à oreillettes décorés de motifs andins. Elles étaient chargées de sacs plastique et se penchèrent vers le chauffeur. Dan et Seb en profitèrent pour revenir à la moto.

Les filles étaient montées dans la Porsche qui déboîta et s'engagea sur l'avenue en direction de l'Hippodrome. Dan suivait à bonne distance.

La voiture déposa les deux prostituées à la station RER de Joinville. Puis le chauffeur s'engagea sur l'autoroute en direction de la porte de Bercy. Il filait sur les quais vers Bastille, puis il se dirigea vers République, gare de l'Est et le boulevard Magenta. S'il s'aperçut de la filature dont il faisait l'objet, il n'en montra rien. Il conduisait nerveusement sur les boulevards déserts inondés de la pâle lueur du soleil matinal de ce dimanche matin. Parvenu au métro aérien, il remonta le boulevard Barbès, tourna sur sa gauche dans la rue Custine puis la rue Simart, où il trouva enfin une place.

Il s'engouffra dans l'entrée d'un vieil immeuble décrépit, au numéro 156.

La peinture, qui avait viré au marronnasse, s'écaillait. L'ampoule du vestibule était cassée.

La cage d'escalier aux marches crasseuses exhalait des odeurs de café, de sueur et de Crésyl.

Les noms qui figuraient sur les boîtes aux lettres rouillées et défoncées étaient pratiquement tous à consonances africaine ou maghrébine.

Le type à la Porsche pouvait être n'importe lequel d'entre eux. Ou aucun.

Le patron d'un café kabyle à l'enseigne du Mont Lozère était en train d'ouvrir son rideau de fer sur le trottoir d'en face.

Dan et Seb prirent place dans le bistrot désert et commandèrent un double expresso en guettant le souteneur.

Au bout de deux heures et demie, il n'était toujours pas ressorti.

Il y avait de grandes chances qu'il vécût ici, et qu'il fût tout bonnement allé se coucher après une nuit de turbin. Dan passa ses doigts larges dans la brosse de ses cheveux roux.

Décidément, le pain de fesse ne rapportait plus autant. Une fausse Porsche au bout du rouleau.

Un appartement dans une bâtisse défraîchie du 18$^{e}$. C'était pas terrible.

Ou alors il n'y avait pas beaucoup de filles qui travaillaient pour lui.

Seb était crevé, ses jambes tiraient, et il piquait du nez de plus en plus souvent.

– Il est parti pour nous faire sa nuit, décréta Dan et Meyer sursauta. On va en faire autant.

Vers quinze heures, ils reprirent leur poste après avoir dormi quelques heures. La Porsche n'avait pas bougé. Le type ressortit un peu après dix-sept heures, toujours vêtu de sa veste en cuir. Il démarra en laissant des traces de pneus sur le goudron à moitié fondu, et les conduisit jusqu'à la Goutte-d'or.

Là, il passa deux bonnes heures à palabrer avec des copains dans une gargote de la rue Myrha, à deux pas de la mosquée, avant d'aller dîner avec trois d'entre eux dans un petit restaurant près du métro La Fourche. D'après Dan, aucun d'eux n'était Grooteclaes.

Ils allèrent ensuite traîner du côté de Pigalle, et ils saluaient les aboyeurs qui haranguaient les touristes devant les *strip-tease shows* en échangeant avec eux de grandes claques de leurs paumes.

Puis le julot reprit la direction du Bois où il passa la nuit.

Seb était crevé.

– Je sais pas, dit-il à Dan au petit matin. Je ne suis plus sûr du tout. Ça nous mène où, tout ça ? On va quand même pas le pister jusqu'à la Saint-Glinglin.

– T'es pas très patient, comme mec.

Mouchebœuf était incroyablement résistant. Il semblait qu'il n'eût jamais sommeil. Et guère plus faim. À présent que les deux hommes savaient où le mac à la Porsche passait ses nuits, ils décidèrent de se concentrer sur ses journées. Ça tombait plutôt bien, Dan avait repris ses gardes de nuit. Ils abandonnèrent les filatures matinales pour se concentrer sur les après-midi. Ils le suivirent au cours de la semaine suivante jusque devant le TGI de Bobigny où il récupéra une fille qu'il déposa dans un hôtel pouilleux de Belleville.

Plus les jours passaient et plus les incertitudes de Seb grandissaient. Ils discutaient déjà d'une nouvelle stratégie lorsque le proxénète alla récupérer la fille à l'hôtel, le mercredi suivant.

Il emprunta l'autoroute du Nord à la porte de la Chapelle et s'engagea dans les rues pavillonnaires de

Villepinte. Le portail rouillé du pavillon aux volets déglingués et clos, aux murs d'enceinte tagués, s'ouvrit en grinçant et la Porsche s'engagea dans une allée de gravier bordée de mauvaises herbes.

Sébastien tressaillit. Il avait eu le temps d'apercevoir un garde en treillis, rangers et blouson kaki, pitbull au pied. Dan avait planqué la moto derrière un fourgon rouge garé à l'angle de la rue.

– Ça, ça ressemble comme deux gouttes d'eau aux types qui m'ont agressé. Ils portaient des cagoules, mais ils étaient habillés exactement comme ça. C'est eux, Dan. C'est eux ! Qu'est-ce qu'on fait, putain !

Meyer ôtait déjà son casque avec des gestes désordonnés.

– D'abord, tu te calmes. Ensuite, tu remets ton casque, OK ? Ensuite, on se casse.

– Quoi ?

– J'ai vu aussi bien que toi, figure-toi. Le garde, là, c'est un pro. Grooteclaes n'est peut-être pas loin, il va falloir prendre d'autres précautions. Ils vont pas s'envoler, de toute façon. Maintenant, on laisse repartir ce pédé de mac. Et on revient avec du matos.

– Du matos ?

– Qu'est-ce que tu crois, bon Dieu, qu'on va squatter là tranquille à les guetter en plein jour, à attendre que Grooteclaes se pointe pour qu'on puisse le buter, et qu'il va rien se passer ? Si on reste là, je leur donne pas dix minutes avant de nous repérer. On se casse, je te dis.

À contrecœur, Seb remit son casque.

*

*Paris, juillet 1997*

Daniel Mouchebœuf s'engagea dans la rue de la Folie-Méricourt et gara sa moto devant la vitrine du magasin Hadès, spécialisé dans la sécurité. Il retira son blouson. Il faisait une chaleur à crever, l'air était moite et un de ces orages dévastateurs de juillet ne tarderait sûrement pas à éclater. Beaucoup de boîtes de gardiennage se fournissaient là. Vous pouviez y acheter la panoplie complète du parfait nervi pour services d'ordre des partis politiques et des concerts de rock. Rangers, treillis, lacrymos, casquettes, laisses et colliers pour chiens féroces, matraques en tout genre et bidules divers et variés, rien ne manquait dans le magasin bien approvisionné. Un malabar en pull bleu marine trônait derrière le comptoir en Formica blanc aux cornières d'alu brossé.

– Tiens, lieutenant Mouchebœuf ! Ça faisait un bail. Qu'est-ce que je peux faire pour vous ?

– Bonjour, sergent Farès. J'ai besoin de matériel de surveillance, diurne et nocturne.

– Quel genre ?

– Jumelles à infrarouges, lunette de visée nocturne, micro directionnel, ce genre de truc.

– Rien que ça !

L'armoire à glace sortit de derrière sa caisse et alla verrouiller la porte du magasin. Puis il se tourna vers Dan.

– Suivez-moi au sous-sol. Quoi de neuf depuis le Tchad ?

– Pas grand-chose, le boulot, la vie civile. Enfin, si on peut dire. Et toi ?

– Ben vous voyez, moi je prospère. Plus ça va, plus les gens ont la trouille. Et plus les gens ont la trouille, plus ils ont besoin de sécurité. Au train où va la peur, je suis pas près de manquer de clients.

Ils se tenaient à présent debout au milieu du sous-sol du magasin, sous un plafond en hourdis de béton brut éclairé par des néons. Des piles de cartons étaient entassées sur les étagères de métal galvanisé de la réserve.

Le vendeur farfouilla un moment dans les emballages avant de finir par en extraire une jumelle monoculaire qu'il tendit à Mouchebœuf après y avoir introduit une pile.

– Qu'est-ce que vous dites de ça ?

L'ex-lieutenant poussa le bouton sur *On*, tandis que son ex-subordonné éteignait les rampes de fluos.

Il pouvait voir distinctement le patron du magasin qui se déplaçait dans un magma monochrome et verdâtre.

– Impeccable. Je prends. Et la lunette ?

– C'est un accessoire militaire de tir. Va me falloir quelques jours.

– Bon. J'attendrai. Dis-moi, tu verrais pas passer des types, genre anciens mercenaires belges, par chez toi, en ce moment ?

– Mon lieutenant, regardez autour de vous. Vous réalisez où vous êtes ? Mettez un coup de pied dans un arbre, il en tombe quinze, ici.

Il réfléchit un moment.

– Pourtant, c'est marrant que vous me demandiez ça. Figurez-vous que j'ai eu récemment une commande d'une série de lunettes de tir à visée nocturne, des trucs hyper-sophistiqués à guidage laser, le type en voulait cinq. J'ai refusé. Je le connaissais pas. Je fournis pas aux gens que je connais pas. Trop risqué, il y a trop de magouilles en ce moment. Trop de cinglés. J'ai pas envie de me retrouver impliqué dans une histoire de braquage de fourgon blindé ou je sais pas quoi.

– À quoi il ressemblait, ton gars ?

– À un ex-para de la Légion. Avec un tatouage sur l'avant-bras. Son insigne. Habillé avec un maillot à bretelles, un mimile, quoi. Avec la chaleur qu'il fait, vous pensez ! Et il avait aussi une pin-up tatouée sur l'épaule. Sinon, normal, treillis, rangers, crâne rasé. Mais je vous dis, j'avais pas confiance.

Le cœur de Daniel Mouchebœuf battait la chamade. Son ancien sergent du Tchad venait de lui dresser la liste des signes particuliers de Grooteclaes tels qu'ils avaient été transmis par la DGSE à Paris au moment où son élimination avait été ordonnée à Sarajevo.

Et le Belge cherchait des lunettes de visée nocturne. Cinq en tout.

Ça ne pouvait signifier qu'une chose, une seule. Il préparait un nouveau safari.

Dan se tourna vers le patron du magasin Hadès :

– S'il réapparaît, ton client, tu lui dis que c'est positif. Que tu peux le fournir, mais qu'il te faut un délai. Et tu m'appelles, s'il te plaît, OK ? Ah, et dis donc, tu l'as toujours, ta camionnette équipée pour la surveillance ?

*

*Villepinte, juillet 1997*

Ce qu'il y avait de bien avec le fourgon loué par Mouchebœuf au sergent Farès, c'était qu'il était climatisé. Le véhicule était garé depuis plusieurs jours à l'angle de la rue Jules-Vallès, en vue du pavillon délabré. Toute la journée, Dan et Seb montaient la garde à l'abri de l'habitacle tôlé. En découvrant l'engin, Meyer était devenu comme fou.

– Oh là ! Mais il y a tout le confort, là-dedans.

Et c'était vrai. Des sièges, un petit frigo avec des boissons fraîches, rien ne manquait. Il était possible de surveiller l'extérieur par une série d'orifices dissimulés, ou derrière les vitres sans tain depuis l'arrière du fourgon. Un micro directionnel était dissimulé par le calicot d'une entreprise d'électricité placé sur les flancs du véhicule.

Trois jours. Cela faisait trois longues journées qu'ils patientaient, et rien dans la maison ni dans le jardin n'avait bougé. Hormis le va-et-vient des gardes et de leurs pitbulls.

– De toute façon, avait lâché Dan, s'il se pointe, on ne pourra pas se le faire ici. Il n'y a pas de fenêtre de tir, pas d'endroit où se poster, et du camion il vaut mieux ne même pas y penser. Si on le rate, on est foutus. Sans compter qu'on ne va pas pouvoir attendre ici le déluge. Ils ne sont pas complètement cons. Ils vont finir par nous repérer.

Déjà, un des hommes de main était venu rôder autour du camion, mains dans les poches, l'air de rien. S'il leur prenait l'idée – et ça n'était qu'une question de temps – de se pointer avec les chiens, c'était foutu.

Chaque soir vers vingt heures, Dan et Seb quittaient les lieux et rejoignaient Marne-la-Vallée.

Puis Mouchebœuf partait prendre son boulot de nuit.

Il ne dormait presque plus et ses traits se creusaient jour après jour.

Grooteclaes se pointa le mercredi suivant dans sa Mercedes, et tandis qu'il patientait pendant que les gardes lui ouvraient le portail, Seb put distinguer deux filles à l'arrière.

L'ex-mercenaire se tenait au volant, impassible, le regard protégé par une paire de lunettes de soleil aux verres ovales.

– C'est lui ? C'est lui ? demanda Meyer surexcité.

Il n'y avait pas de doute. Même après toutes ces années, un sniper professionnel n'oubliait jamais un visage, une fois qu'il l'avait eu en ligne de mire.

– Non, ce n'est pas lui.

– T'es sûr ? Tu le reconnaîtrais, après tout ce temps ? Il a pu changer et…

– Ce n'est pas lui, le coupa sèchement Mouchebœuf sur un ton légèrement agacé.

Les deux hommes avaient encore patienté un bon moment, et comme la Mercedes ne ressortait pas et que l'heure approchait où le vigile devrait prendre son poste, ils retrouvèrent le chemin de Marne-la-Vallée.

Quelques lourdes gouttes s'écrasèrent sur le pare-brise du fourgon Iveco avec un bruit d'œuf brisé, comme ils roulaient sur la Francilienne en direction du nord.

L'averse rafraîchissait l'air brûlant. Déjà le bitume s'était mis à fumer.

Ils étaient pris dans un embouteillage dû à une collision entre un camion et une caravane hollandaise tractée par une Rover. À peine commencé, l'orage était allé déverser plus loin sa manne réparatrice et les essuie-glaces tournaient à présent à vide, leurs balais de caoutchouc grinçant sur le verre.

– Toi aussi, tu as pu te tromper.

– Comment ça, s'indigna Seb, et mes deux jambes brisées, alors ?

– Ce que je veux dire, continuait Mouchebœuf comme s'il parlait à un enfant à qui il tentait d'expliquer une chose simple à comprendre, c'est que ton agression n'est pas nécessairement liée à Grooteclaes. Tu as très bien pu marcher sur les plates-bandes d'un maquereau que ta démarche aura chiffonné.

– C'est ça. Prends-moi pour un con.

– De toute façon, il faut que je rende le fourgon.

– Et qu'est-ce qu'on fait, après ?

– Je sais pas, Seb. Je sais pas.

– Mais merde ! hurla Meyer dans l'habitacle. Tu te dégonfles, ou quoi ?

Et il flanqua un grand coup de poing sur le tableau de bord :

– Et coupe-moi ces putains de balais d'essuie-glaces qui me tapent sur les nerfs !

Il tendit la main et actionna la commande d'interruption avant que Dan ait eu le temps de réagir, puis il se renfonça dans son siège avec un air buté.

Comme le vigile le déposait en bas de l'immeuble, Sébastien leva vers lui son œil flamboyant de rage et lança :

– Tu dis que ce mec, tout à l'heure, c'était pas Grooteclaes, et moi je ne te crois pas, Dan. Je ne te crois tout simplement pas.

– Seb, fais pas l'idiot, je…

Meyer claqua la porte à toute volée et s'éloigna en claudiquant.

Et merde ! Qu'il aille se faire foutre, après tout, ce petit con.

Mouchebœuf démarra en faisant crisser les pneus de l'Iveco.

Ce soir-là, il quitta définitivement son travail.

Après avoir restitué le camion au magasin Hadès, rue de la Folie-Méricourt, il récupéra sa moto et fila jusqu'à Villepinte.

Posté à l'autre bout de la rue Jules-Vallès, sans enlever son casque, sans non plus descendre de moto, il observa aux jumelles à infrarouge le portail du pavillon de banlieue en priant pour que Grooteclaes ne soit pas déjà reparti.

Son attente fut vaine.

À l'aube, l'ex-mercenaire n'avait toujours pas reparu. Il se serait bien hissé sur le mur, mais si les chiens le repéraient tout serait fichu. Il avait beau regarder autour de lui, aucun immeuble ne donnait sur l'intérieur de la cour. Il allait renoncer lorsque le portail s'ouvrit pour laisser passer une Renault Express. Dan démarra son bolide japonais et, d'un coup de roue arrière, il fut sur l'entrée de la maison devant laquelle il passa en trombe. Des gardes étaient toujours postés à l'intérieur, mais, pour autant qu'il put en juger d'un rapide coup d'œil, plus trace de la Mercedes. Il tourna et disparut au coin de la rue.

Seb Meyer et Dan Mouchebœuf passèrent le plus clair des jours suivants à se faire la gueule. Quand encore ils se croisaient dans le studio.

Chaque nuit, le vigile quittait les lieux à la même heure, comme s'il s'en allait prendre son poste. En général, quand il rentrait au matin, Sébastien était déjà levé et ne tardait pas à déguerpir pour la journée entière, tandis que Dan se glissait dans les draps.

Différence notoire, depuis leur dispute, le café chaud n'attendait plus Mouchebœuf à son retour chaque matin.

*

*Paris, 15 août 1997*

Putain, mais qu'est-ce qu'il foutait, le Belge ? Il avait pris des vacances ou quoi ?

Après tout, c'était bien possible.

Avec cette chaleur, tout le monde avait fichu le camp à la plage, et à part les habituelles hordes de touristes japonais, Paris était vide comme il se doit au mois d'août.

Grooteclaes ne s'était pas montré au pavillon de Villepinte depuis l'unique fois où Dan l'avait aperçu au volant de sa voiture. Il était peut-être déjà parti à l'autre bout du monde dégommer des innocents à la tête d'un nouveau groupe. Il aurait dû le descendre, un mois plus tôt. Oui.

Il aurait dû. Mais Seb était là, ce jour-là.

Mouchebœuf avait planqué à proximité de la maison de dressage, avec son ballet de pauvres filles et de gros bras, pendant des jours et des nuits, sans succès. L'ex-mercenaire s'était volatilisé.

Roger Olomidé s'était réveillé de bonne humeur. Les dernières recrues étaient vraiment de bonnes suceuses, elles allaient lui rapporter un paquet, ce coup-ci il avait vraiment investi, il s'était endetté auprès du Belge, mais il allait pouvoir quitter ce taudis très bientôt, et même peut-être se payer enfin la bagnole de ses rêves, une Porsche, mais une vraie cette fois, une Carrera.

Il se regarda dans la glace, ajusta sa chemise crème à manches courtes et chaussa ses lunettes de soleil avant de descendre l'escalier quatre à quatre en sifflotant une chanson de Kofi Olomidé, chanteur zaïrois avec lequel il n'avait aucun lien de parenté, lorsque arrivé au rez-de-chaussée – la minuterie s'éteignit – il sentit une main déterminée l'empoigner par le col et l'envoyer valser face contre les boîtes aux lettres défoncées, et le coin de métal rouillé d'une d'entre elles lui brisa les deux dents de devant. Une voix furieuse gronda contre son oreille :

– Enfoiré de maquereau de mes deux, Grooteclaes, le Belge, tu le connais ? Où il crèche, hein, ordure, où il crèche, bordel !

Et la main lui tapa de nouveau le front contre les boîtes aux lettres qui rendirent un son creux tandis que le proxénète sentait un filet de sang tiède lui dégouliner sur le visage et couler sur son col de chemise crème.

Comme il essayait de secouer la tête en signe de dénégation, il sentit la pointe de la lame du cutter appuyée sur sa gorge. La porte du hall de l'immeuble demeurait fermée, et il ne pouvait rien distinguer de l'homme qui le menaçait à part son odeur de Blanc, l'odeur lourde et rance de sa transpiration.

– Tu me le dis, ou je te crève, salope !

– Je sais pas, je sais pas, essaya de bluffer le mac, la respiration courte.

S'il parlait, le Belge le tuerait.

– C'est toi, enflure, qui m'as suivi jusque chez moi ! C'est toi qui as envoyé des gros bras me casser les jambes, tuer ma renarde, enfoiré, je vais te crever.

Olomidé avait senti ses jambes se dérober sous lui. Le petit merdeux qu'il avait filé. Ils lui avaient pété les jambes, ces cons-là. Mais qu'est-ce que c'était que cette histoire de renarde à la mords-moi-le-nœud ? Les bribes d'une chanson d'Oum Kalsoum descendaient jusqu'à eux depuis les étages supérieurs. Si seulement quelqu'un pouvait se pointer.

– Quoi ? Mais quelle renarde, de quoi tu parles, là ? Écoute petit, je sais pas, je sais rien, fais pas le con, je… Aïe !

La pointe avait pénétré sous la peau du cou du proxo.

– Je suis pressé, mec. Et je suis très en colère ! Grooteclaes, c'est pour aujourd'hui ou pour demain ?

Olomidé aspira une goulée de l'air confiné et saturé d'ammoniac, d'urine, du sombre couloir d'entrée, avant de se décider. Merde, après tout, qu'il se fasse crever, le petit merdeux, dès qu'il aurait le dos tourné il se jetterait sur son portable pour appeler le Belge.

– OK, petit, OK. Je sais pas où il habite… Aïe, mais putain, attends, attends, je sais où est son quartier général, là où je le rencontre. Dans un pavillon, à Villepinte…

C'est le moment que choisit une brave ménagère marocaine pour rentrer du marché avec son cabas, et comme elle poussait la porte d'entrée du petit immeuble et que Seb tournait la tête vers elle, Olomidé l'envoya bouler contre le mur étroit d'une ruade et s'élança vers la sortie en bousculant la femme qui se mit à hurler et à l'invectiver en arabe.

Le proxénète déboucha comme un boulet de canon dans la rue Simart et jaillit entre deux voitures juste devant la calandre d'une Skoda qui le percuta de plein fouet, lui brisa les deux jambes au niveau des tibias et l'expédia dans les airs comme un grand corbeau désarticulé qui tenterait vainement de battre des ailes. Il tomba tête la première sur le capot d'une vieille 205 Peugeot qu'il défonça copieusement avec son crâne, tandis que ses vertèbres cervicales se brisaient à angle droit. Il rebondit et retomba lourdement sur un emplacement de stationnement réservé aux livraisons et resté vacant.

*

*Noisiel, 3 août 1997*

Dan pouvait toujours retourner planquer devant le pavillon de Villepinte et attendre que le Belge se pointe pour le descendre. Simple comme bonjour. Sauf que ça pouvait durer jusqu'à la Saint-Glinglin. Et si le safari était déjà parti pour Dieu savait quelle destination… Grooteclaes n'opérait certainement pas seul, son exécution n'entraînerait peut-être pas automatiquement l'annulation du voyage. Dans ce cas, d'autres innocents mourraient.

Mouchebœuf était descendu jusqu'au bord de Marne, vers Noisiel, et il avait garé sa moto devant l'entrée des anciennes usines des chocolats Menier. Le prodige d'acier et de faïence qui enjambait la rivière datait du triomphe de la révolution industrielle. Toute la ville avait été construite au tournant du siècle par la famille Menier dans un grand élan de paternalisme.

On naissait Menier, on apprenait à lire dans les écoles construites par Menier, on travaillait chez Menier, on mangeait Menier, on chiait Menier, on mourait Menier.

Dan descendit la pente qui menait à la berge. Des pêcheurs à la ligne saucissonnaient dans leurs barques en bois, des jeunes des cités voisines étaient descendus chercher un peu de fraîcheur au bord de l'eau. Appuyés à leurs scooters, ils faisaient tourner un pétard en tchatchant. Ceux qui n'avaient pas eu la chance de partir en vacances venaient trouver un semblant de détente sur la Marne. Dan marchait d'un bon pas à l'ombre des arbres qui bordaient la rive. Il longea le parc du château de Champs-sur-Marne. L'air était alourdi par une odeur de vase et les ombres des feuilles dessinaient sur le sol de terre battue des motifs compliqués de tissu japonais.

Dans quelle fichue contrée ces salauds allaient-ils se payer un carton ? Bon Dieu, en matière de violence, la foutue planète tenait du self-service. Le Kosovo grondait, la paix conclue en Tchétchénie semblait de plus en plus fragile, les combats étaient incessants entre les talibans de Kaboul et les troupes de Massoud retranchées dans la vallée du Panshir, le processus de paix entre Israël et Palestine s'effritait comme un vieux parchemin, le Zaïre entre les mains de Kabila était livré au chaos, le Timor oriental était en pleine insurrection, l'Indonésie était plongée dans la tourmente et si vous vouliez savoir d'où viendrait l'orage, vous n'aviez que l'embarras du choix.

Le vibreur du portable de Dan fit tressaillir un muscle de sa cuisse et il plongea la main au fond de la poche de son pantalon de jogging.

– Mon lieutenant ? C'est Farès. Il est revenu. Cette fois, il m'a lâché un nom. Il s'est présenté comme étant M. Vivien. Si c'est sa véritable identité, alors moi je suis moutardier du pape. J'ai fait comme vous m'aviez dit. Je lui ai répondu que je m'étais renseigné, que je pouvais avoir ce qu'il demandait, mais que j'avais besoin d'un délai.

– Écoute, voilà ce que tu vas faire. Il t'a laissé un numéro de téléphone ?

– Non, vous pensez bien que non. Il doit repasser dans trois jours.

– Bon. Quand il revient, tu lui dis qu'il te faut encore deux jours de plus pour obtenir les lunettes de visée nocturne. Et tu lui glisses de façon un peu insistante que la personne qui te fournit est un ancien militaire, un type de haut niveau, qui s'ennuie ferme dans la vie civile, qui cherche partout un peu d'action en ce moment, quitte à y mettre le prix. Tu ajoutes que le gars en question a la nostalgie de la vie militaire, qu'il est en manque d'adrénaline. Et tu vois comment il réagit, d'accord ?

– Mon lieutenant ? Je n'ai pas l'habitude de poser des questions, mais dans quel merdier est-ce que vous êtes en train de vous fourrer ?

– Comme tu dis, tu n'as pas l'habitude de poser des questions. Alors, tu m'aides, oui ou non ?

– Mais… il va pas se méfier ?

– Bien sûr, qu'il va se méfier. Je veux le rencontrer. Le reste, j'en fais mon affaire. Au pire, s'il ne réagit pas à ce que tu lui racontes, tu lui dis que je veux livrer moi-même la camelote, que je suis prudent, parano, même. Enfin, tu te débrouilles, merde.

– Bien, mon lieutenant, je vous reçois cinq sur cinq. Seulement, il risque d'y avoir un hic. Le client pourrait tout simplement nous envoyer balader. Il m'a déjà prévenu que si je n'étais pas foutu de lui trouver ce qu'il cherchait, il se débrouillerait avec les Russes.

– Les Russes, hein ? Tiens. Intéressant, cette histoire. Dis-lui que justement je me fournis chez les Russes. On verra bien. Le risque fait partie du métier.

Mouchebœuf raccrocha. Il était parvenu jusqu'à une petite guinguette abandonnée. Le nom du caboulot avait été peint des décennies plus tôt sur les planches grises : La Pergola.

Malgré les caractères à demi effacés par le temps, le passant pouvait encore distinguer une inscription qui proclamait : « Cuisine soignée ». La piste de danse circulaire au ciment fendu était envahie de buddleias et de ronces.

Dan fit demi-tour et s'en retourna vers sa moto à petites foulées.

Pour ce qu'il lui restait à faire, il avait intérêt à tenir la forme.

*

*Nogent-sur-Marne, 10 août 1997*

La réponse de Grooteclaes n'avait pas tardé. Il n'en avait rien à foutre de la parano du vendeur. Pas question qu'il le rencontre avant la transaction. Est-ce qu'il était prêt à céder ses lunettes à faisceau laser, oui ou merde ? Si la réponse était positive, alors, qu'il les livre à Farès. Par principe, il refusait de céder à des conditions qui n'étaient pas les siennes. Par contre, une fois l'affaire conclue, il voulait bien, peut-être, après tout, organiser un rendez-vous avec ce fameux baroudeur en mal d'action. Mais le business d'abord.

Deux jours auparavant, le Belge était donc passé prendre livraison de sa commande au magasin Hadès. Avant de partir, il avait juste lâché à Farès :

– Si votre gars tient absolument à me rencontrer, qu'il vienne à la Bourse aux armes anciennes de Nogent-sur-Marne, au pavillon Baltard, et qu'il se présente après-demain entre dix-sept heures trente et dix-huit heures au stand numéro douze.

Mouchebœuf avait garé sa moto dans la côte du Baltard et l'avait enchaînée aux grilles métalliques qui protégeaient l'ancien pavillon de la volaille transporté sur les bords de Marne à la démolition des Halles de Paris.

Les bourses aux armes anciennes, les *militarias* de toutes sortes étaient autant des salons pour collectionneurs d'armes que des rendez-vous de soldats à la réforme et de porte-flingues, et celle de Nogent ne dérogeait pas à la règle. Les Famas, les M-16, les kalachnikov et AK 47 y étaient bien plus nombreux que les pistolets de duel du XVIII$^{e}$ siècle.

Dan déambulait entre les allées, laissant traîner un œil distrait sur les stands où se côtoyaient Colt 45 et Lüger. En principe, toutes les armes proposées avaient été déculassées, neutralisées, rendues inutilisables. En réalité, pour un connaisseur, c'était un jeu d'enfant de rendre un mortier ou un fusil d'assaut à sa vocation première. Il suffisait d'acheter les pièces manquantes à part. Les nostalgiques de tout poil hantaient ce genre de manifestations, et quiconque aurait farfouillé sous les étals n'aurait bien souvent eu aucun mal à dénicher quelque insigne nazi vendu sous le manteau aux amateurs du genre.

Le Belge repéra Mouchebœuf alors que celui-ci se présentait au stand numéro douze. Il s'adressa au vendeur qui haussa les épaules dans un geste d'ignorance. L'ex-mercenaire attendait derrière une des colonnes de fonte du bâtiment, et il resta un moment à observer les rangers impeccablement cirées, le laçage militaire croisé, le pantalon de treillis noir, le bomber, les cheveux ras et les épaules solides de Dan. En pleine forme, aucun doute. Tout en lui respirait l'ancien soldat. Un client de plus, ça ne pourrait que grossir le chiffre. Et il était largement encore temps. Si le gars était réglo.

Grooteclaes s'avança et posa la main sur l'épaule de Dan qui se retourna.

– Bonjour. Je suis Vivien. Votre client.

Le Belge le fixait de ses yeux porcins, insondables.

– Je suis Florian, répondit Mouchebœuf sans ciller.

Il ne tendit pas la main.

– Le patron d'Hadès m'a laissé entendre que vous seriez en quête d'un peu d'action. Je ne connais pas votre parcours, j'aimerais que vous m'en disiez un peu plus. Faisons quelques pas, si vous voulez bien. Dans quelle arme avez-vous servi ?

Mentir au plus simple, au plus près de la réalité.

– Commandos.

– Mmm, fit Grooteclaes d'un ton appréciateur. La Légion, vous aussi ?

– Non. Nous avons opéré au Tchad, entre autres. Et nous avons aussi participé à l'opération Daguet.

– La guerre du Golfe, hein. Le Rwanda ?

– Non.

– En ex-Yougoslavie aussi, peut-être ?

Mouchebœuf hésita. Il savait que le Belge ne manquerait pas de se renseigner sur son compte. Il fallait compter avec la chance.

– Oui. Nous étions nombreux là-bas.

Grooteclaes le sonda du regard un long moment avant de hocher la tête.

– Et à part vendre des armes, vous faites quoi dans le civil ?

– Sécurité en général. Ça paye assez bien. Mais le terrain me manque.

Les deux hommes s'étaient arrêtés devant l'éventaire d'un magazine spécialisé dans les armes de la Seconde Guerre mondiale, et Grooteclaes jaugea encore une fois Mouchebœuf.

Sarajevo l'avait rendu plus prudent. Mais pas moins âpre au gain.

Il parut hésiter.

– Ça fait longtemps que vous n'êtes pas allé sur un théâtre d'opérations. Vous auriez besoin d'entraînement.

Et puis… Enfin, si vous êtes là… c'est que vous avez entendu parler de nous.

– Farès. Il a été mon sergent au Tchad. Il peut se porter garant pour moi. Quant à ma forme, à mon entraînement, je vous mets au défi, quand et où vous voudrez. Je tire chaque semaine dans un stand, et je cours vingt kilomètres tous les matins.

– Je n'en doute pas, mon ami, je n'en doute pas. Voyez-vous, nous organisons, comment dire, des voyages à thèmes, pour les gens comme vous, pour ceux qui ont envie de se replonger dans l'action. Oh, il n'est pas question de mercenariat, disons plutôt de vacances… stimulantes et originales. Vous n'avez droit qu'à une prise. Qu'est-ce que vous ne donneriez pas pour ressentir encore ce frisson-là, ce sentiment d'être Dieu ? N'est-ce pas ?

Daniel Moucheboeuf avait l'impression d'être mis à nu, dépecé par les petits yeux de Grooteclaes à présent réduits à des fentes. Le doigt qui se tend sur la gâchette. La respiration qui se bloque. Il avait presque oublié. Il avala une goulée d'air vicié par le gaz carbonique que rejetaient les badauds tassés devant les étals. Le murmure poli de la foule parvint à nouveau jusqu'à son cerveau.

– Oui, lâcha-t-il. C'est ça que je veux. Encore une fois. Juste une dernière fois.

Il avait la bouche sèche.

– Nous sommes chers, *très* chers.

– Le prix importe peu. Je me fous d'où vous pouvez bien aller, même si c'est en enfer. Quand partez-vous ?

– Je n'ai pas dit que je voulais vous emmener. Disposez-vous de deux cent cinquante mille francs, en liquide ?

– Quand vous les faut-il ?

– Je vous contacterai. Appelez Farès demain vers midi. Il aura eu de mes nouvelles.

*Marne-la-Vallée, 11 août 1997*

Daniel Mouchebœuf n'était pas riche. Mais ses années de guerre avaient compté double.

Il n'avait eu pratiquement aucuns frais des années durant, nourri, logé, blanchi par l'armée française. Il avait péniblement constitué un Plan d'épargne logement au fil des ans, puis il avait rempli un Livret d'épargne populaire. Ses économies se montaient en tout à un peu plus de cinq cent mille francs, et lorsqu'il se présenta au guichet de son agence de la BNP pour en réclamer le solde, il crut que le préposé allait lui faire une crise cardiaque. Il finit par en appeler au directeur d'agence en personne, un petit homme replet aux cheveux rares et au visage tavelé de cratères, séquelles d'une acné compulsivement tripotée, qui passa une bonne demi-heure à argumenter, proposant des plans d'épargne en actions mirifiques, des Sicav miraculeuses, suppliant, conjurant Dan de réfléchir.

Rien n'y fit.

Vaincu, il demanda un délai de quarante-huit heures pour rassembler la somme.

Le Belge avait laissé un message à Farès. La moitié avant le départ, pour réserver le billet.

Le solde au jour J. Le 18 août.

Il avait réclamé le passeport de Mouchebœuf. Pour les visas.

Il faudrait serrer les fesses. Sous peu, le Belge connaîtrait sa véritable identité.

En contrepartie, Dan devait absolument savoir quelle serait leur destination finale.

Le surlendemain, il passa à sa banque et fourra les 527 232 francs et 35 centimes dans un sac de voyage qu'il arrima à la selle de sa moto. Il passa les quarante-huit heures qui suivirent à changer la moitié de la somme en dollars US à coups de transactions de 30 000 francs dans différentes agences de la Banque de France et de l'American Express. Il fit aussi un saut chez son médecin où il se fit prescrire une dose massive de calmants, arguant d'insomnies répétées dues à des angoisses nocturnes.

*Paris, le 15 août 1997, vingt et une heures*

Arnaud Grooteclaes regardait les hommes réunis devant lui dans la salle à manger du pavillon de banlieue délabré.

Les six clients du Belge étaient assis sur des chaises pliantes en tubes de métal et en plastique. Le papier peint à fleurs moisi se décollait par endroits des murs et des taches d'humidité dessinaient au plafond écaillé une géographie imaginaire de territoires dévastés.

Des geignements indistincts descendaient de l'étage supérieur. Une femme. Ou une bête.

À chaque angle de la pièce se tenait une armoire à glace en bomber, pieds chaussés de rangers légèrement écartés et mains croisées sur le bas-ventre, regards vides de bouchers dégénérés.

Par les fentes des persiennes closes qui tenaient à distance la chaleur imprégnée d'une moiteur carbonique de gaz d'échappement filtrait un jour qui ne se décidait toujours pas à se retirer.

Le Belge sonda ses clients du regard, et s'attarda sur le dernier en date.

Moucheboeuf. Tu parles d'un nom.

Il avait activé son réseau. Le gars ne lui avait pas menti. Troupes d'élite. Il avait même été l'objet d'une tentative de recrutement de la part d'un groupe de mercenaires que le Belge connaissait, au moment où il avait choisi d'abandonner le service actif. Le Français avait décliné l'offre.

C'était bien ce qui faisait tiquer Grooteclaes. Ce type prétendait avoir besoin d'action. Pourquoi ne s'était-il pas engagé dans la voie du mercenariat, dans ce cas ?

Il n'avait pas l'air dans le besoin. Il avait rassemblé les 125 000 francs sans problème et les avait déposés comme les autres, sur la table au centre de la pièce en arrivant, et les tas de billets formaient autant de matelas rassurants sur le placage de chêne boursouflé par l'humidité.

Quelque chose le mettait mal à l'aise chez ce type. Aucun doute, il était capable de tuer. Un tireur d'élite de l'armée française, tu parles, il n'en était pas à son coup d'essai. Avec ça, il avait l'air en pleine forme physique. Il passerait sans problèmes les tests de tir et d'exercices d'aptitude qui devaient se dérouler le lendemain dans la campagne normande.

Les autres existaient à peine à côté de lui. Une poignée de bourgeois congestionnés avides de viande fraîche, plus un Autrichien, un ponte de la protection rapprochée qui voulait casser du bougnoule, ce qui ne l'avait jamais empêché de se faire tringler jusqu'à la moelle par des éphèbes marocains pendant ses vacances à Casablanca, et un libraire parisien trentenaire qui vendait sous le manteau des photos de gamins des rues qu'il filmait nus dans un cloître des environs de Carthagène, en Colombie, où il les gardait enfermés au chaud.

Dans l'après-midi, Grooteclaes avait appris la mort d'Olomidé.

Ce con s'était fait écraser par une bagnole en sortant de chez lui.

Où est-ce qu'il courait comme ça, pour être aussi pressé ?

Enfin, où que ça puisse être, il y était arrivé trente ans trop tôt.

Ce qu'il y avait, c'était que le Belge ne croyait pas aux coïncidences.

Du coup, il avait failli virer ce Florian/Mouchebœuf. À vrai dire, il hésitait encore en le fixant droit dans les yeux. L'autre ne cillait pas. Un silence gênant s'était installé dans la pièce.

Grooteclaes se racla la gorge et finit par reprendre la parole.

– Messieurs, demain, nous partons pour les côtes normandes. Elles sont truffées de blockhaus abandonnés où nous pourrons nous exercer à volonté au tir, au camouflage, à la course. Je vous rappelle que ceux qui échoueront bien qu'ayant déjà subi un entraînement seront éliminés et que nous conserverons leur avance en numéraire. Cela vaut pour vous qui n'avez pas subi l'entraînement, Florian, suis-je clair ?

Chacun des membres de l'expédition était appelé par son pseudonyme.

– Affirmatif, répondit Mouchebœuf d'un ton martial et impersonnel.

Grooteclaes se permit un sourire en coin en hochant la tête.

– Bien. Messieurs, nous aurons pour destination la Tchétchénie, via Moscou et Nazran. Je conserverai vos passeports d'origine jusqu'à notre retour. Ceux qui vous seront dévolus seront établis à de faux noms, en l'occurrence les pseudonymes que nous avons utilisés dès le début de l'instruction. Sachez que nous devons nous retrouver à l'aéroport de Roissy-Charles-de-Gaulle dans trois jours. Rendez-vous à midi pile, aérogare 2, porte 32. Là, je vous remettrai vos faux passeports et vos billets d'avion. Tenez les sommes restantes prêtes. Vous devrez me les verser en échange de ces documents, en liasses de coupures de cinq cents francs, dans un petit sac de voyage ou un sac à dos de ville. Soyez ponctuels, nous n'attendrons personne.

– Est-ce qu'on peut savoir s'il y aura beaucoup de gibier ? demanda l'Autrichien.

– Ne vous inquiétez pas, *herr* Johann. Vous aurez tout loisir de casser du musulman. Nous voyagerons sur Aeroflot jusqu'à Nazran, puis en hélicoptère jusqu'à Grozny.

Quelques murmures de protestation s'élevèrent. À ce prix-là, on aurait quand même pu avoir droit à Air France en business class jusqu'à la capitale russe, protesta le libraire.

– C'est beaucoup plus difficile de faire passer des lunettes de visée nocturne à faisceau laser dans les bagages contrôlés par les Français, répondit le Belge en fixant de nouveau Mouchebœuf droit dans les yeux. Avec les Russes, on peut toujours s'arranger. Messieurs, rendez-vous demain matin à cinq heures, place de l'Étoile, à l'angle de l'avenue de la Grande-Armée. Nous serons de retour le soir même.

Les six hommes se levèrent et commencèrent à replier leurs chaises sous les néons pâles et clignotants. À l'étage, les geignements avaient cessé.

Moscou, avait dit le Belge. Et la Tchétchénie. Depuis que Lebed avait signé la paix des braves avec les combattants tchétchènes, la guerre était censée être terminée.

En fait, les Russes ne le criaient pas sur les toits, mais ils continuaient à éliminer des indépendantistes. Et de temps en temps des soldats ivres ouvraient le feu sur des convois de civils. Ça faisait quelques morts et la vie reprenait son cours.

On comptait les disparitions, les enlèvements, un peu plus chaque jour. Le conflit couvait, avait expliqué Farès quand Dan l'avait appelé sur son portable en sortant de la réunion de Villepinte. En fait, la guerre était déjà repartie de façon larvée. Une guerre moche, qui ne voulait pas dire son nom, pour couronner une fin de règne crépusculaire. Eltsine, plongé dans des flots de vodka, n'avait, disait-on, plus comme conseiller que son moniteur de tennis. Et aussi un petit homme terne qui répondait au nom de Vladimir Poutine.

La Tchétchénie. Il allait falloir se décider à miser le tout pour le tout.

Avant de rentrer à Marne-la-Vallée, Dan fit un détour par la pharmacie de la porte de Vincennes qui restait ouverte tard dans la nuit.

Là, il se fit délivrer le contenu de son ordonnance.

*Marne-la-Vallée, le 16 août, minuit trente*

– Espèce d'enfoiré ! Pourquoi est-ce que tu ne m'as rien dit, hein ! Pourquoi ? Tu marches avec lui, c'est ça, hein ?

Seb avait attendu Moucheboeuf, assis sur le canapé-lit, défait, maigre, sale et aussi désemparé qu'un oiseau mazouté échoué sur une plage.

– Ho ! On se calme !

Qu'est-ce que ce petit con était encore allé inventer pour l'emmerder ?

– Grooteclaes ! L'autre jour, à Villepinte, dans la Mercedes, c'était lui. Tu m'as pris pour un con !

– D'où tu tiens ça, toi ?

Seb avait tout déballé. Comment il était allé planquer devant chez Olomidé, comment le maquereau lui avait avoué sous la menace que le pavillon de Villepinte servait de QG au Belge. Comment le mac avait trouvé la mort en essayant de lui échapper. Comment il n'avait ensuite pas fallu longtemps à Seb pour additionner deux et deux.

Daniel Moucheboeuf regarda Meyer en soupirant pour tenter de contenir la colère qui montait en lui. Il marcha jusqu'au frigo et se servit une bière sans en proposer à Seb qui le regarda vider la canette presque d'un trait en se mordant la lèvre inférieure. La glotte de

Mouchebœuf bougeait au rythme des gorgées, et les veines de son cou rougi saillaient un peu plus à chaque goulée.

La baie vitrée ouverte laissait entrer les premières bouffées de fraîcheur depuis la fin du jour, un air chargé des relents de vase qui montaient de la vallée de la Marne voisine.

Dan reposa la canette presque vide sur le plan de travail de la cuisine équipée et rota.

Seb le défiait de son œil brûlant.

– Alors ?

– Alors quoi ? aboya Mouchebœuf. Qu'est-ce que tu crois ? Tu descends ce connard de maquereau zaïrois…

– Je l'ai pas tué, le coupa Sébastien, c'était un accident.

– Ça revient au même ! Et tu crois que ça ne va pas éveiller les soupçons de Grooteclaes !

– Mais pourquoi, nom de Dieu, pourquoi est-ce que tu m'as menti, à Villepinte, devant la baraque ? C'était lui, oui ou merde ? Qu'est-ce qui se passe à la fin ?

Dan attrapa une des chaises pliantes qui traînaient dans le studio et s'assit à califourchon dans une posture familière.

– Oui. C'était lui. T'es content ?

– Mais pourquoi, merde, pourquoi ?

– Seb. Tu t'es regardé ? Non, je te jure, regarde-toi, et regarde-les. T'es tellement maigre qu'il faut que tu rentres deux fois de suite dans la pièce pour qu'on voie que t'es là. Si un seul de ces mecs t'en colle une, même s'il te loupe, il t'enrhume rien qu'avec le déplacement d'air !

Meyer ne put s'empêcher de sourire en coin avec une expression douloureuse.

– Et toi, t'es le pro, le balèze, tu vas te les faire à toi tout seul, c'est ça ? C'est un travail pour Supersniper, hein ?

– Crois ce que tu veux, Seb. En attendant, j'ai toutes les raisons de penser que cet enfoiré de bouffeur de frites est en train d'organiser un nouveau safari, qu'il est sur le point de partir. Et si on le loupe, il va se tirer je sais pas où pour faire des cartons avec ses clients de merde ! C'est pas dur, il suffit que tu continues à déconner comme tu as fait avec ce minable de mac. Si toutefois Grooteclaes a pas déjà mis les bouts ! Ce mec est parano.

– Parti ? Quoi ? Mais qu'est-ce que tu dis ? Mais c'est pas vrai !

Comme la réponse de Dan ne venait pas, Seb se mit à lorgner d'un air piteux ses invraisemblables croquenots. Puis, très lentement, il arracha son bandeau. L'élastique avait laissé une marque sur sa joue, et ses cheveux noirs emmêlés en bourre se prirent dedans, puis il leva la tête vers Mouchebœuf.

– Dan, putain ! T'as pas le droit de m'enlever ma vengeance. Regarde la tronche que j'ai, la dégaine que j'ai. Tuer cette ordure, c'est ma seule raison de vivre.

L'ex-lieutenant secoua la tête.

– C'est pas possible. Ça va tout simplement pas être possible. Il te connaît. Il sait quelle tête tu as et, crois-moi, tu es repérable ! S'il te voit, il va se barrer et on le reverra plus. Ou bien il te tuera.

– OK. Ce sera lui ou moi, dans ce cas. Prends-le dans tous les sens, ma parole, je viens avec toi. À partir de maintenant, je ne te lâche plus d'un centimètre. D'un millimètre. Même pisser, tu n'y vas plus sans moi.

Mouchebœuf poussa un long, très long soupir et considéra Meyer assis au bord du canapé.

Il essuya du revers de la main les gouttes de sueur qui perlaient à son front.

Il aurait dû s'en douter.

– Ben justement, si, j'y vais, là tout de suite, pisser, si ça te gêne pas trop.

Et comme il revenait en rajustant l'élastique de son jogging, il proposa :

– Tu veux une bière ?

Seb acquiesça et Dan se retourna pour ouvrir la porte du frigo. Il se baissa, saisit une canette dans le pack de huit, la dégoupilla et en versa le contenu dans un verre.

Puis il se tourna de nouveau vers Meyer et lui tendit le bock aux parois ruisselantes de condensation.

Un scooter au pot d'échappement trafiqué passa en hurlant dans la rue et réveilla la moitié de ses habitants. Noisy attitude.

– Tu peux pas fermer la fenêtre ? demanda Seb en lampant une gorgée de bière.

– Fait trop chaud.

Mouchebœuf s'était mis torse nu et en caleçon. Il s'était rassis à califourchon sur sa chaise.

– Alors, Grooteclaes, on se le fait comment ?

– Faut voir. Faut voir.

– Tu sais où il va, avec ses ouailles, et quand est-ce qu'il part ?

– Mmmm.

– T'es pas causant, comme mec, Dan. Écoute, j'ai une idée. On le guette à la sortie du pavillon, on le suit en moto, et ce fils de pute va bien aller quelque part, il doit bien descendre de sa putain de caisse, se garer, je sais pas moi, dormir. Là, on n'a qu'à piéger sa Mercedes. Quand il grimpe dedans, boum ! Record du saut en hauteur en bagnole. Et après on prévient les keufs. T'imagines, ces pauvres filles qu'il doit garder là-dedans. Même si elles sont renvoyées au pays, c'est moins pp… pire que le t'pin sur les boulevards ou au Bois.

Dan considéra Meyer avec l'air de quelqu'un qui réfléchit intensément.

Sébastien battait de plus en plus souvent des paupières. Sa voix devenait pâteuse.

– Tu sais quoi, t'es un brave mec, Seb. T'es vraiment un brave mec. T'es fait pour tuer comme moi je suis photographe, tiens.

– Arr… Arrête ddde dddéconneries, de dddéconner, Dan. Je me vengeangerais. P'tain, qu'esse j'ai, moi ?

Mouchebœuf appuya la plante de son pied droit sur la poitrine de Seb et poussa un grand coup. Meyer retomba en arrière dans le chaos des draps défaits. Son œil de cyclope devenait de plus en plus vitreux à mesure que Dan faisait des tours de rouleaux d'adhésif toilé autour de son maigre torse. Enfin, il scella sa bouche.

Seb essayait de se débattre. Mais qu'est-ce qui lui prenait, à Dan, il était devenu dingue, ou quoi ? À travers un brouillard cotonneux, il entendit Mouchebœuf lui parler de Tchétchénie, de chasse à l'homme, mais non, ça c'était à Sarajevo, il mélangeait tout et des armées de fourmis circulaient sous ses lèvres et aux extrémités de ses doigts pour en pomper le sang, et puis qu'est-ce que c'était encore que ce délire de rédemption, quelle mouche cinglée avait bien pu piquer ce fêlé ? Finalement, il n'était pas si mal que ça, allongé là les bras le long du corps. Quel corps, d'abord ? Il ne s'était jamais senti aussi léger. Si léger même qu'il s'en échappait et montait comme un gaz vers le plafond. Il se regarda, tout en bas, il avait l'air d'une momie entortillée dans l'adhésif, c'était drôle, il ne ressentait aucune frayeur, même quand Dan s'en alla chercher une seringue et dirigea l'aiguille vers le haut pour chasser l'air de l'aiguille avant de chercher sa veine.

Le somnifère était puissant, et il n'avait pas lésiné sur la dose. Un hypnotique de la famille du Mandrax, qui avait été interdit de fabrication des années auparavant. En France, du moins, car en Inde les usines qui en produisaient la molécule tournaient à plein.

Seb était si chétif, si malingre que le narcotique avait agi avec une rapidité inattendue.

La sueur dégoulinait en rigoles dans le dos de Mouchebœuf et y dessinait une hydrographie inédite qui luisait sous la lumière indirecte.

– Tu fais vraiment chier, Meyer. Tu fais chier. Je me barre avec eux pour la Tchétchénie. J'ai pas le temps de t'expliquer. Pas vraiment. Mais comme je te connais, t'es encore capable de tout faire foirer. Alors, je déteste ce que je vais faire. Mais faut que je le fasse. Il faut que je te mette hors service jusqu'à ce que… Ho ! tu m'entends ?

La paupière de Seb s'était immobilisée à mi-chemin de son parcours, laissant apercevoir la nacre des parois de son orbite vide, obscène, vaginale. L'autre paupière avait sagement obturé son œil valide.

Il dodelinait encore de la tête et un filet de bave avait coulé le long de la commissure de sa lèvre inférieure par-dessus l'adhésif. Dan introduisit l'aiguille dans la veine de Meyer, à la saignée du coude, et poussa sur le piston jusqu'à ce que la totalité de la dose de penthotal se soit mélangée au sang du borgne. Puis il attendit une petite demi-heure.

Lorsque, debout sur ses tibias couturés, en rangers, l'ex-lieutenant Mouchebœuf lui brisa à nouveau les deux jambes, Seb ne se réveilla même pas, il n'eut pas même un sursaut quand les broches plièrent et que les vis déchiquetèrent ses os récemment ressoudés avec un craquement sec de bois mort qui casse.

Avant de partir, Dan replaça pudiquement le bandeau sur l'œil du borgne.

# ÉPILOGUE

Dan Mouchebœuf avait pris ses dispositions.

Grâce à l'aide de Farès, il avait monté un rendez-vous avec des fourgues de Nazran.

Ça n'avait même pas été très compliqué. Les boîtes de gardiennage et de fournitures pour vigiles comme Hadès fleurissaient en France depuis plusieurs années déjà sur le terreau de l'insécurité. Il en existait de toutes sortes, désormais, et toutes ne consacraient pas la totalité de leurs activités à la sécurité intérieure. Nombreux étaient les barbouzes et les mercenaires qui avaient trouvé là un moyen de se recycler. On y vendait des armes, des informations, du renseignement. Des officines de mercenaires avaient été rachetées par des groupes transnationaux. Ils avaient à présent pignon sur rue. Ils étaient même cotés en bourse.

La guerre se privatisait.

Le jour du départ, dix minutes avant le rendez-vous, Dan avait appelé une dernière fois Amélie depuis son portable. Il était tombé sur un répondeur et en avait été soulagé. Il avait juste prévenu : il fallait secourir Seb. Il avait ajouté qu'elle trouverait dans son sac de sport, rangé dans le placard du studio, un peu plus de deux cent mille francs en liquide. À partager avec Meyer.

Il espérait qu'Amélie aurait son message au plus vite. Sébastien devait être réveillé, à présent, et il devait souffrir le martyre.

Il n'avait pas eu le choix.

Il avait passé un ultime appel. Il avait donné aux flics l'adresse du pavillon de Villepinte, en leur conseillant d'envoyer le GIGN. Les types qui gardaient les filles étaient armés jusqu'aux dents, il avait décrit le plus rapidement possible la topographie des lieux, le type d'armes, et leur avait signalé la présence de prisonnières à l'étage, afin qu'ils ne tirent pas dans le tas, et il avait raccroché au bout de soixante secondes.

Puis il avait détruit son portable à coups de talon. Il en avait jeté les débris au fond d'une poubelle des chiottes de Roissy.

L'airbus d'Aeroflot avait décollé à l'heure et s'était posé trois heures trente plus tard sur le tarmac de l'aéroport de Moscou-Sheremetyevo.

Le petit groupe n'était pas allé plus loin que le Novotel de la zone aéroportuaire où il avait passé la nuit, à la lisière des sombres forêts de sapins et de bouleaux qui entouraient la capitale de la Fédération de Russie.

Le lendemain matin, le groupe avait embarqué à bord d'un Tupolev quadriréacteur hors d'âge à destination de Nazran, capitale de l'Ingouchie aux rues poussiéreuses, aux immeubles de brique rouge déglingués protégés par des portails rouillés.

Là, comme prévu, Mouchebœuf réussit à échapper à la vigilance de Grooteclaes en pleine nuit pour se rendre à son rendez-vous. Il prit livraison des pains de plastique C4 et des deux détonateurs de poche, ainsi que de la ceinture destinée à les recevoir, en échange de sept mille dollars en liquide.

Ils s'étaient entassés dès l'aurore avec les armes qui leur avaient été remises dans un hélicoptère russe aux rivets disjoints affrété par la mafia, et tandis que les pales découpaient des parts régulières d'un air brûlant en se propulsant vers Grozny, Dan, la joue collée au hublot sale et fêlé, contemplait le paysage brouillé qui défilait sous la carlingue.

*République du Congo (Congo-Brazzaville), région de Pointe-Noire, septembre 1988*

Le sous-lieutenant de commandos Daniel Mouchebœuf avançait prudemment devant les six hommes qui le suivaient en file indienne parmi les hautes herbes. Un serpent mamba fila devant ses bottes de saut. Il leva la main et s'accroupit au sol et tous l'imitèrent. Ils étaient vêtus de treillis camouflés dans les couleurs sable et terre, et leurs visages étaient barbouillés de noir, leurs yeux clairs farouches, résolus, ne trahissaient pas la peur qui leur fouillait le ventre.

Les forages effectués par Petrocoq s'étaient révélés peu rentables. C'était même un euphémisme, si l'on songeait aux sommes englouties pour rien. Infructueux aurait été un mot plus juste. Sans compter que Sassou N'guesso, avec ses théories marxistes à la noix, avait exigé la construction de crèches, d'écoles, de dispensaires en échange des autorisations de forage pour la région, plutôt défavorisée. À présent, il allait falloir tenir les promesses qui avaient été faites, et implanter tout ça dans des villages paumés, à grands renforts de travaux, et à perte, en plus.

Le marchandage s'était déroulé à huis clos, et par sous-entendus, dans la ouate sépulcrale des cabinets ministériels et des sièges parisiens de la compagnie et de ses filiales.

Le pétrole contre le prêt de troupes d'élite. L'armée avait toujours de gros besoins en carburant. Il suffisait d'un petit groupe d'hommes déterminés et bien entraînés pour déstabiliser la région. Des commandos, par exemple.

Personne ne construirait ni écoles, ni hôpitaux, ni crèches dans une zone d'instabilité, tout le monde savait ça. Rien de plus précis n'avait été dit. Une guerre économique était engagée en Afrique, contre les États-Unis qui cherchaient à battre de vitesse la France dans la course aux gisements. Texaco contre Petrocoq. Le match allait durer des années. Il durait encore.

– Il y a des rebelles dans la région de Pointe-Noire. Ils fomentent quelque chose contre Sassou. Ils sont planqués dans les villages des zones marécageuses à l'écart du fleuve.

Le colonel Marchand avait désigné la carte d'état-major et montré un point à Moucheboeuf, vers l'embouchure du fleuve.

– C'est là. Nettoyez le coin.

Ils s'étaient avancés en rampant jusqu'à la lisière des habitations. Et le sous-lieutenant avait lâché ses hommes sur le village d'Amélie. Le sang dévalait les ruelles de latérite, les balles hachaient la viande, une fièvre d'abattoir s'était emparée des soldats, ils avaient massacré, tué à balles, à coups de crosse, de pied, de couteau. Pas de prisonniers.

Il était arrivé sur la petite plage, il avait ouvert le feu, les femmes qui couraient étaient tombées, un des soldats avait achevé le bébé. Il s'était avancé dans l'eau jusqu'à la taille, il cherchait d'éventuels survivants. Ne pas laisser de témoins.

De retour à Brazzaville, Dan avait pris une cuite d'anthologie.

Il s'était réveillé au matin dans la boue d'une venelle. Il pleuvait sur l'emplâtre de dégueulis séché qui couvrait son menton et son cou, il avait laissé la mousson le rincer, les yeux grands ouverts sur le ciel gris et bas.

Ce jour-là, il avait dû se trouver à moins d'un mètre d'Amélie.

Il y avait presque dix ans.
Le temps ne faisait rien à l'affaire.

*

Dan attendit que le MI 8 se fût suffisamment éloigné de Nazran et survolât une zone déserte en direction de la Tchétchénie pour fermer les yeux. Il demanda pardon en pensée à Amélie, à Seb, aussi. Puis, du pouce, il actionna simplement le détonateur.

Il y eut un éclair, quelque chose comme un arc électrique, une onde de choc, et un champignon, un bourgeonnement de feu, et les morceaux de corps et de métal s'éparpillèrent aux quatre points cardinaux.

Il fut fait peu de cas de la catastrophe, une de plus dans la longue litanie des accidents aériens dus à la vétusté de la flotte civile et militaire de l'ex-URSS.

Un appareil d'une compagnie privée s'était écrasé avec à son bord des touristes européens.

On n'eut pas plus d'informations.

Les autorités russes accusèrent bien un peu les terroristes tchétchènes.

Mais bientôt plus personne ne parla du crash.

*

Les pompiers avaient enfoncé la porte, Amélie derrière eux, le visage rongé d'angoisse, et tous s'étaient précipités.

Elle s'était dépêchée de mettre la main sur le sac qui contenait les deux cent mille francs avant que les flics n'arrivent pour dresser un procès-verbal.

Seb n'avoua rien de ce qui lui était arrivé. Officiellement, il avait été hébergé par un ancien militaire de carrière, et agressé dans son sommeil. Les flics rattachèrent bien sûr l'événement à l'attaque dont il avait précédemment été victime à son domicile, au Pré-Saint-Gervais, mais ils ne purent rien tirer de plus du pauvre borgne éclopé.

La disparition de Daniel Mouchebœuf resta tout aussi inexpliquée que des milliers d'autres chaque année. On avait retrouvé son passeport après que l'assaut eut été donné par le GIGN à un pavillon de banlieue de Villepinte qui appartenait visiblement à un réseau mafieux de prostitution. Trois pauvres Sierra-Léonaises qui avaient été systématiquement battues et violées des semaines entières avaient été délivrées après un furieux échange de tirs entre gendarmes et gardes du pavillon. Deux des gros bras avaient été abattus par les hommes du GIGN, et le troisième avait réussi à prendre la fuite après avoir allumé un incendie vite maîtrisé dans la maison. D'autres passeports furent retrouvés avec celui de Mouchebœuf.

Tous leurs propriétaires demeurèrent introuvables. La piste s'arrêtait là.

Les inénarrables Lecoq et Poulet s'étaient pourtant rendus à nouveau au chevet de Seb, au CHU de Créteil – un sommet de la modernité, comparé à Tenon –, en vain. Ils eurent beau le cuisiner sur les motifs qui l'avaient conduit à se retrouver dans la même situation que plusieurs mois auparavant, les deux jambes cassées, de plus chez un type dont on avait retrouvé les papiers dans une baraque de la mafia, ils eurent beau le menacer de le placer en garde à vue hospitalière, agiter comme un hochet l'épouvantail de la prison pour faux témoignage, dissimulation de preuves, ils ne parvinrent pas à l'impressionner. Au bout du compte, comme les policiers n'avaient aucun délit spécifique à lui reprocher, ils finirent par renoncer après plusieurs visites et Seb resta seul face à ses interrogations. Jusqu'au jour où il tomba dans une salle d'attente sur un entrefilet dans les pages « Étranger » d'un *Libé* vieux de trois mois et daté du 25 août, qui rapportait les circonstances étranges dans lesquelles un hélicoptère russe s'était écrasé près de la frontière entre l'Ingouchie et la Tchétchénie, visiblement en route pour la région de Grozny avec à son bord des passagers dont l'identité était inconnue.

Le Belge était mort. Ses clients étaient morts. Et Dan était mort. Tout était terminé.

Il n'apprit jamais rien, pourtant, des motifs qui avaient poussé Dan à disparaître, à se sacrifier.

Il avait ses idées sur la question. Vagues, fumeuses.

Des bribes du monologue fiévreux de Mouchebœuf alors qu'il saucissonnait Meyer avec de l'adhésif, tandis qu'il sombrait dans l'inconscience.

Ses rêves ne lui apprirent rien de plus.

Seb dut subir trois opérations à la clinique des Maussins et deux années de rééducation furent nécessaires avant qu'il puisse se remettre à marcher. Les médecins de la Clinique du sport avaient craint la formation d'une pseudarthrose. La répétition des fractures à intervalles rapprochés pouvait presque créer une fausse articulation. Ses os, pourtant, voulurent bien cicatriser plus vite que son âme.

Amélie vint le visiter, au début du moins, et au bout d'un an, ils eurent même une brève liaison qui tourna court très vite.

La jeune femme quitta la région parisienne pour s'installer en Bretagne où elle avait trouvé un poste dans la banlieue de Lorient.

Grâce à l'argent laissé par Dan, la convalescence de Seb fut plus confortable, encore que le mot soit inapproprié en regard des douleurs qu'il endura.

Ce fut au cours d'un séjour au centre de rééducation de Granville qu'il fit la rencontre de Serge. Ce kinésithérapeute était également un passionné de tir à l'arc.

Attention, pas ces machins en fibre de verre fabriqués industriellement en Corée.

Non, jamais de la vie.

Serge avait suivi un stage avec des paléo-anthropologues en Dordogne, où il avait appris à fabriquer des arcs néolithiques semblables à ceux utilisés 10 000 ans auparavant.

Il initia Sébastien au tir à l'arc instinctif. C'était bon, disait-il, pour les muscles de son dos, et aussi pour gérer le stress.

Au moins, avait ajouté Meyer, il n'avait pas à fermer l'œil, c'était déjà fait.

C'est ainsi qu'eut lieu le déclic.

Pas d'un coup. Et même plutôt lentement, en fait. Mais cet œil droit empoté, sommé de viser juste, se réveilla.

Au bout de six mois, Seb mettait dans le mille à tous les coups à trente-cinq mètres.

Bientôt, il fut capable de décocher sa flèche sans même regarder.

Pour la simple et bonne raison qu'il était *devenu* la flèche.

Lorsqu'il quitta Granville et revint à Paris, la première chose qu'il fit fut de griller ses dernières cartouches en achetant un vieux Nikon FM d'occasion et un 50 mm.

L'assistante sociale l'avait casé dans un foyer, et il percevait toujours le RMI ainsi que sa petite pension d'invalidité.

Il ne lui fallut pas trois mois avant d'encaisser le montant de ses premières publications.

Rien de glorieux, au début. Des manifestations, des occupations de locaux par des organisations de SDF, de sans-papiers.

Quelque chose pourtant avait changé en lui. Très vite, on remarqua son style.

Et sa signature occupa de nouveau régulièrement les pages des magazines.

Il n'hésitait plus à user de formats bizarres, à innover.

Il avait souvent des difficultés à publier son travail, malgré l'acharnement complice de ceux qui se battaient encore au sein des rédactions pour publier autre chose que des photos de célébrités, ou les reflets polis d'un monde inventé en studio, avec des figurants, faux malades, faux délinquants proprets et caricaturaux.

Pas mal de photographes persistaient à affronter le réel. Mais souvent le réel se dérobait.

Le conformisme ambiant écœurait vaguement Seb. Il n'était jamais satisfait de ses images, il trouvait que la plupart du temps les services photo couraient après la télévision, qu'ils étaient à la remorque des stéréotypes. Le mythe de l'âge d'or du photo-journalisme hantait toujours les couloirs, mais avait-il seulement jamais existé, ce fameux âge d'or ? Un confrère excédé lui avait montré une série de photographies qu'il avait réalisées peu de temps auparavant, quelque part en Afrique. On y voyait un reporter appuyé sur le cadavre d'un enfant mort de faim, en train de shooter on ne savait pas quoi avec son téléobjectif. Seb avait espéré que le môme était déjà mort, sinon le photographe l'avait certainement achevé.

Des milliards d'images étaient réalisées chaque année. Que restait-il encore à inventer ?

Pourtant, petit à petit, il se remit à couvrir des conflits. La Tchétchénie, justement, où la guerre, la vraie, avait repris depuis 98. L'Afghanistan où les talibans harcelaient les troupes de Massoud. Les guerres africaines, les pires, si nombreuses, Sierra Leone, Liberia…

En 2001, quelque temps après le 11 septembre, une exposition lui fut consacrée à Paris.

*

*Jérusalem-Est, mai 2002*

Ça avait été du goût d'Isabelle Berger, une débutante de vingt-deux ans qui avait vu ses photos sur les cimaises, et qui ne le lâchait plus depuis son arrivée. Elle s'était carrément lancée dans une drague éhontée, une vraie groupie.

Seb venait juste de s'asseoir à une table, attiré par la fraîcheur de la fontaine du Kiosque d'Ibrahim, lorsqu'elle s'installa sur une chaise en face de lui.

Il étira ses jambes douloureuses. Il avait conservé de ses multiples fractures un boitillement dont, disaient les médecins, il ne se débarrasserait jamais tout à fait.

Il dévisagea la jeune femme. Rien à dire, elle était plutôt mignonne, avec sa coupe au carré à la Louise Brooks, son gilet reporter et ses pantalons de treillis qui dissimulaient mal ses formes pleines. En plus elle avait un joli sourire.

Si seulement elle n'avait pas été si bavarde.

Seb, tu vas bien, Seb, qu'est-ce que tu as fait aujourd'hui, Seb, et moi j'ai fait ci, et moi j'ai fait ça, et blablabla.

– Tu n'as pas ton escorte, aujourd'hui ? demanda-t-il plus par politesse que par sollicitude.

Elle traînait depuis son arrivée deux rédactrices d'un magazine féminin parisien qui n'avaient pas le moindre projet d'écrire la moindre ligne sur le conflit israélo-palestinien, mais qui avaient absolument *adooré !* l'idée de passer leurs vacances à raconter le quotidien d'une photographe de guerre jeune, jolie et intelligente. Elles l'avaient donc accompagnée.

Comme Isabelle était plutôt futée, elle leur avait proposé de tourner une vidéo souvenir de leur passage sur le front avec la caméra numérique qu'elle trimballait partout comme un carnet de notes. On ne savait jamais ce que réservaient les lendemains dans ce métier.

Il n'était pas inutile de s'accorder les faveurs des gens influents.

– Tiens, regarde.

Elle avait posé la vidéocam sur la table, le minuscule écran à cristaux liquides tourné vers Seb. Son sang se glaça instantanément.

Les deux pétasses, il n'y avait pas d'autres mots, en tout cas il n'en voyait pas d'autres, hilares, étaient en train de se défouler à la kalachnikov devant des Palestiniens ravis qui les arrêtaient de temps à autre pour leur donner des précisions concernant le maniement des armes.

Lorsqu'elles eurent vidé leurs deux chargeurs bananes, elles se tournèrent vers l'objectif en prenant une pose sexy.

– Sur quoi elles tiraient, demanda Seb, d'une voix blanche.

– Allez, je te rassure, sur des cibles, pas sur des vrais gens. Ça va leur faire un super souvenir de vacances à montrer au bureau, tu trouves pas ?

Seb Meyer détestait déjà ce foutu 21e siècle.

Grooteclaes était peut-être mort.

Mais les *reality tours* avaient encore de beaux jours devant eux.

FIN

*Canet d'en Berenguer, Espagne, le 2 septembre 2003*

## MISE AU POINT DE L'AUTEUR

Si le tourisme de la misère est hélas en plein essor, si l'on peut désormais passer ses vacances dans un bidonville latino-américain, dans un goulag russe, ou en stage pour devenir sniper, il importe de préciser que les *reality tours* n'ont bien sûr rien à voir avec les voyages décrits dans le présent roman.

Bien au contraire, ce nom a été inventé par une ONG altermondialiste états-unienne, Global Exchange, qui promeut sous cette appellation des échanges « de peuple à peuple » dans le monde entier.

Pour ce qui est du reste de ce récit, le lecteur s'enquiert souvent de savoir ce qui, dans un roman, relève de la réalité et ce qui relève de la fiction.

La chasse à l'homme, malheureusement, n'est pas une occupation récente et, au cours des siècles derniers, elle a le plus souvent visé des populations colonisées.

Le plus souvent aussi, elle a été le fait des populations colonisatrices.

Nous laisserons de côté les génocides, qui constituent un genre à part.

Pour autant que nous le sachions, cette funeste pratique n'a pas été l'objet de safaris lors des guerres de Tchétchénie ou d'ex-Yougoslavie, sauf à considérer les débordements de certaines personnes dépêchées sur place, et sauf à considérer, bien entendu, l'acharnement de la soldatesque, des mercenaires et des bandes armées sur les populations civiles, en termes de viols et de massacres.

Les filières de l'immigration clandestine, celles de la prostitution et de toutes les formes modernes d'esclavage ne doivent malheureusement rien à la fiction, pas plus que le mercenariat ou les manœuvres internes et manipulations diverses liées aux guerres du pétrole.

La plupart des gens sérieux pensent que les *snuff movies* n'existent pas.

Ce ne sont pas les images de vrais meurtres qui manquent.

Les personnages de ce roman sont totalement imaginaires. Cela dit, nous sommes plusieurs milliards d'êtres humains sur la planète, alors une coïncidence est toujours possible.

Je m'en excuse par avance auprès de quiconque se reconnaîtrait.

# REMERCIEMENTS

L'auteur tient à remercier ici Marie-Berthe Ferrer pour son soutien de tous les instants. Thierry Jonquet pour son amicale lecture et ses encouragements,

Annie Morvan et Sophie Jolivet pour leur confiance.

Éric Karsenty pour avoir sauvé le titre de ce roman.

Philippe, Christian et Stéphanie pour leurs témoignages précieux.

Pour leur aide indispensable concernant la condition de photo-journaliste et de journaliste en zone de conflit : Jean-Claude Coutausse, Alexis Cordesse, Patrick Robert, Benoît Schaeffer, Thomas Haley, Hien Lam Duc, Bruno Odent, Jean-François Le Texier.

Merci à Sidonie Masson-Defives pour les acouphènes, et à Thierry Veyrat pour la pseudarthrose.

À Jean-Pierre Reymond pour Graham Greene.

Les auteurs des quelques photographies décrites dans l'ouvrage sont :

Jean-Claude Coutausse pour la photographie de l'orphelin sous le signe de la paix à Sarajevo. Luc Delahaye pour la photographie de la dame morte étreignant son porte-monnaie. Jean-Michel Turpin pour la photo du reporter appuyé sur un enfant inanimé.

Jean-François Joly pour la photographie de l'enfant hospitalisé tenant une arme en plastique.

Pour les photos de Sarajevo après la guerre, l'auteur s'est inspiré des images de Kemal Hadzic, Danilo Krstanovic, Nermin Muhic, Mladen Pikulic, Nihad Pusija, Damir Sagolj, Sahin Sisic et Dejan Vekic, regroupées dans l'album : *Sarajevo, Self Portrait : The view from inside*, de Leslie Fratkin, essai de Tom Gjelten, paru aux éditions Umbrage, N.Y.C.

L'auteur s'est notamment appuyé pour la rédaction de cet ouvrage sur les documents suivants : les travaux de la Cimade, un article de Stephen Smith paru dans *Le Monde* du 14 août 2002 : « Une remontée au matin du monde », illustré par Patrick Robert, les sites news. mpr. org : « Face of Mercy, Face of Hate », Minnesota Public Radio, The Limonov X-Files, Voices from Sarajevo (compiled by Sharon Machlis Gartenberg, for the Bosnia Action Coalition), Saraynet (Emir Kasumagic, Vanja Matkovic, Ozren Pavlovic, Nihad Kresevljakovic, Suada Kapic), Task Force Eagle-SFOR XI, les articles : « A letter from Sarajevo », *Time Magazine*, 12 décembre 1994, « La prostitution arrive à l'Ouest », *Ouest France* du 5 janvier 2002, « Stages pour apprentis snipers », David Wallis, *Voir* (Montreal) in *Courrier international* n° 629 du 21 novembre 2002, *Perspectives Psy*, vol. 40, n° 2, avril-mai 2001, Patrick Clervoy, « Le huis clos de la zone d'attente de Roissy », Charlotte Rotman, *Libération* du 22 octobre 2002, *L'Air de la guerre*, de Jean Hatzfeld, Points Seuil, ainsi que sur plusieurs documentaires de Capa Productions sur Sarajevo diffusés sur les chaînes publiques de la télévision française.

TABLE

DU MÊME AUTEUR

**Monographies et ouvrages photographiques**

Paris côté cour
*(texte de Jacques Brunel, légendes de Léo Mallet)*
*Hatier/Berberousse, 1985*

Masques à Jazz
*(Sur des poèmes de Jean-Claude Charles)*
*Port-folio, L'Échiquier d'art, 1990*

Quelques dimanches en bord de Marne
*(en collaboration avec Thierry Jonquet)*
*Éditions Amatteis, 1990*

Paris-Chansons : les 100 plus belles chansons de Paris
*(Régine Deforges & Patrick Bard)*
*Spengler, 1993*
Mango-Images, 1998

Blues Mississippi Mud
*(texte de Patrick Raynal)*
*La Martinière, 1993*

Aubrac
*(nouvelle de Jean-Bernard Pouy)*
*Chamina, 1995*

La Banlieue des quatre dimanches
*(texte de Thierry Jonquet, préface de Pierre Sansot)*
*Éditions du Parcours, 1996*

Causses
*(préface d'Yves Rouquette)*
*Freeway, 1998*

Route 66
*(texte de Jean-Pierre Reymond)*
*SPE-Barthélémy, 2001*

El Norte
*Marval, 2002*

Mongolie, le vertige horizontal
*(préface de Homeric)*
*Autrement, « Mondes », 2002*

Transsibériens
*Marval, 2003*

Lozère : entre arpège et silence
*(Nicole Lombard & Patrick Bard)*
*Éditions du Bon Albert, 2004*

Carnets d'Europe, Brest to Brest
*Seuil, 2005*

Pétaouchnock
*(Jean-Bernard Pouy, avec la participation de Patrick Bard)*
*Éditions A. de Kerversau, 2006*

Le Chemin de l'Inca : Qhapac Nan
*Seuil, 2006*

Les Routes du Che
*Seuil, 2007*

## Romans et nouvelles

Mojo *(nouvelle) in* Les Treize Morts *d'Albert Ayler*
*Série Noire/Gallimard (avec Jazz et Polar festival), 1996*

La Frontière
*prix Polar Michel Lebrun 2002*
*prix Brigada 21 (Espagne) du meilleur roman policier étranger 2005*
*prix Ancres Noires 2006*
*Seuil, 2002*
*et « Points », n° P1102*

La Quatrième Plaie
*Fleuve noir, 2004*

COMPOSITION : NORD COMPO À VILLENEUVE-D'ASCQ

GROUPE CPI

*Achevé d'imprimer en mai 2008*
*par* **BUSSIÈRE**
*à Saint-Amand-Montrond (Cher)*
N° d'édition : 79838-3. - N° d'impression : 80888.
Dépôt légal : mars 2005.
*Imprimé en France*

# Collection Points Policier

DERNIERS TITRES PARUS

P1394. La Mort au fond du canyon, *C. J. Box*
P1395. Recherchée, *Karin Alvtegen*
P1396. Disparitions à la chaîne, *Ake Smedberg*
P1407. Qu'elle repose en paix, *Jonathan Kellerman*
P1408. Le Croque-mort à tombeau ouvert, *Tim Cockey*
P1409. La Ferme des corps, *Bill Bass*
P1414. L'Âme du chasseur, *Deon Meyer*
P1417. Ne gênez pas le bourreau, *Alexandra Marinina*
P1425. Un saut dans le vide, *Ed Dee*
P1435. L'Enfant à la luge, *Chris Mooney*
P1436. Encres de Chine, *Qiu Xiaolong*
P1437. Enquête de mor(t)alité, *Gene Riehl*
P1451. L'homme qui souriait, *Henning Mankell*
P1452. Une question d'honneur, *Donna Leon*
P1453. Little Scarlet, *Walter Mosley*
P1476. Deuil interdit, *Michael Connelly*
P1493. La Dernière Note, *Jonathan Kellerman*
P1494. La Cité des Jarres, *Arnaldur Indridason*
P1495. Électre à La Havane, *Leonardo Padura*
P1496. Le croque-mort est bon vivant, *Tim Cockey*
P1497. Le Cambrioleur en maraude, *Lawrence Block*
P1539. Avant le gel, *Henning Mankell*
P1540. Code 10, *Donald Harstad*
P1541. Les Nouvelles Enquêtes du juge Ti, vol. 1
Le Château du lac Tchou-An, *Frédéric Lenormand*
P1542. Les Nouvelles Enquêtes du juge Ti, vol. 2
La Nuit des juges, *Frédéric Lenormand*
P1559. Hard Revolution, *George P. Pelecanos*
P1560. La Morsure du lézard, *Kirk Mitchell*
P1561. Winterkill, *C.J. Box*
P1582. Le Sens de l'arnaque, *James Swain*
P1583. L'Automne à Cuba, *Leonardo Padura*
P1597. La Preuve par le sang, *Jonathan Kellerman*
P1598. La Femme en vert, *Arnaldur Indridason*
P1599. Le Che s'est suicidé, *Petros Markaris*
P1600. Les Nouvelles Enquêtes du juge Ti, vol. 3
Le Palais des courtisanes, *Frédéric Lenormand*
P1601. Trahie, *Karin Alvtegen*
P1602. Les Requins de Trieste, *Veit Heinichen*
P1635. La Fille de l'arnaqueur, *Ed Dee*
P1636. En plein vol, *Jan Burke*
P1637. Retour à la Grande Ombre, *Hakan Nesser*

P1660. Milenio, *Manuel Vázquez Montalbán*
P1661. Le Meilleur de nos fils, *Donna Leon*
P1662. Adios Hemingway, *Leonardo Padura*
P1678. Le Retour du professeur de danse, *Henning Mankell*
P1679. Romanzo Criminale, *Giancarlo de Cataldo*
P1680. Ciel de sang, *Steve Hamilton*
P1690. La Défense Lincoln, *Michael Connelly*
P1691. Flic à Bangkok, *Patrick Delachaux*
P1692. L'Empreinte du renard, *Moussa Konaté*
P1693. Les fleurs meurent aussi, *Lawrence Block*
P1703. Le Très Corruptible Mandarin, *Qiu Xiaolong*
P1723. Tibet or not Tibet, *Péma Dordjé*
P1724. La Malédiction des ancêtres, *Kirk Mitchell*
P1761. Chroniques du crime, *Michael Connelly*
P1762. Le croque-mort enfonce le clou, *Tim Cockey*
P1782. Le Club des conspirateurs, *Jonathan Kellerman*
P1783. Sanglants trophées, *C.J. Box*
P1811. - 30°, *Donald Harstad*
P1821. Funny Money, *James Swain*
P1822. J'ai tué Kennedy ou les mémoires d'un garde du corps
*Manuel Vázquez Montalbán*
P1823. Assassinat à Prado del Rey et autres histoires sordides
*Manuel Vázquez Montalbán*
P1830. La Psy, *Jonathan Kellerman*
P1831. La Voix, *Arnaldur Indridason*
P1832. Les Nouvelles Enquêtes du juge Ti, vol. 4
Petits meurtres entre moines, *Frédéric Lenormand*
P1833. Les Nouvelles Enquêtes du juge Ti, vol. 5
Madame Ti mène l'enquête, *Frédéric Lenormand*
P1834. La Mémoire courte, *Louis-Ferdinand Despreez*
P1835. Les Morts du Karst, *Veit Heinichen*
P1883. Dissimulation de preuves, *Donna Leon*
P1884. Une erreur judiciaire, *Anne Holt*
P1885. Honteuse, *Karin Alvtegen*
P1886. La Mort du privé, *Michael Koryta*
P1907. Drama city, *George P. Pelecanos*
P1913. Saveurs assassines. Les Enquêtes de Miss Lalli
*Kalpana Swaminathan*
P1914. La Quatrième Plaie, *Patrick Bard*
P1935. Echo Park, *Michael Connelly*
P1939. De soie et de sang, *Qiu Xiaolong*
P1940. Les Thermes, *Manuel Vázquez Montalbán*
P1941. Femme qui tombe du ciel, *Kirk Mitchell*
P1942. Passé parfait, *Leonardo Padura*
P1963. Jack l'éventreur démasqué, *Sophie Herfort*
P1964. Chicago banlieue sud, *Sara Paretsky*
P1965. L'Illusion du péché, *Alexandra Marinina*